哥们儿

老曲 著

中国铁道出版社
CHINA RAILWAY PUBLISHING HOUSE

图书在版编目（CIP）数据

哥们儿 / 老曲著 .— 北京 : 中国铁道出版社，2018.7
ISBN 978-7-113-24452-1

Ⅰ . ①哥… Ⅱ . ①老… Ⅲ . ①长篇小说－中国－当代
Ⅳ . ① I247.5

中国版本图书馆 CIP 数据核字（2018）第 089910 号

书　　名 : 哥们儿
作　　者 : 老　曲

责任编辑 : 王晓罡　奚　源　　　　电　话 :（010）51873343
装帧设计 : 李　悦
责任印制 : 赵星辰

出版发行 : 中国铁道出版社（100054，北京市西城区右安门西街 8 号）
印　　刷 : 中煤（北京）印务有限公司
版　　次 : 2018 年 7 月第 1 版　2018 年 7 月第 1 次印刷
开　　本 : 880mm×1230mm　1/32　印张 : 11.5　字数 : 300 千
书　　号 : ISBN 978-7-113-24452-1
定　　价 : 42.00 元

这是一个被“爱”串联起来的故事，

也是一个充满人生悲欢离合的故事。

哥们儿说

当我随便问一声周围的人们：“嗨，你们有‘哥们儿’吗？”

所有人的回答几乎都是肯定的。

“嘿！这话问的！谁还没有几个哥们儿！”

哥们儿在时下来得好像比较简单，例如身边的球友、酒友，当然还有牌友、驴友、舞伴什么的。这个词现在是一个既无需界定，又无确定标准的称谓。

不过在我眼中，“哥们儿”是这样一些在人生旅途中不断陪伴在你左右的人——他们一旦进入你的法眼，就会印上你独特的审美和志趣的符号！这颇有些“人以群分，物以类聚”的色彩。

兴时！呼之即来，花点小钱，或寒屋，或路边小店，大碗喝酒，大块吃肉，喝三吆四，话无顾忌，让你豪情迸发。这可能是哥们儿！

难时！倾心相诉，或无语静听，或同病相怜，泪洒衣衫，让你活在世上不觉得孤单。这就是哥们儿！

病时！伴医送药，用也许并不细腻的情感烘暖你的希望。这肯定是哥们儿！

错时！诤言相对，大声喊停，似一味警世的苦药，让你迷途知返，悬崖勒马。这是求之不得的哥们儿！

他们就像日常的衣服——不见得最贵、最好，但一定是你最爱！至于终生守志、共成大业像“桃园三结义”那样，你知道的，那只是传说。

正是在这种哥们儿的相聚和陪伴中，你感到了力量，体会出生活的有滋有味。随着时间的流逝，哥们儿可能会因为各种原因一个个离你而去。在孤独的苦守中，回忆过去是你的另一种享受。

哥们儿的聚散中有一种神秘“缘分”的巧成。他们来时可能像一阵风，似乎是偶然扑进你的怀中；一旦缘尽，分手时虽带走了你些许热量，却不会让你如失恋般魂不守舍、痛心疾首。

请千万不要在哥们儿间制造太多的羁绊，让哥们儿的聚散如闲云野鹤般洒脱。来不迎，走不送。乘兴而来，尽兴后而去。少了些寒暄，多了些随意，挺好！

如此相伴人生，又何需再寻找什么知心、知音？在享受哥们儿所带来的乐趣时，也请一定记住：自己也要够“哥们儿”！

老　曲
2018 年 2 月，于北京

1

梁欣本以为天应该是大亮了，可睁眼一看，窗外仍是一片朦胧。再睡是根本不可能了，又怕起得太早把家里人都吵醒，只能耐着性子委在床上。

脑子一清醒，昨晚上的坏心情立时让他一点没了情绪。起因是，昨晚刚要睡觉，三十多岁的儿子小宝，不知在哪儿喝了顿大酒，进门就把他小屋里的音响开得山响，光着膀子又跳又扭。闹得梁欣在屋里坐也不是站也不是地瞎转悠。

实在烦了！干脆出门到小区里看街坊们下棋。站了足足一个多小时，觉得累了，想着儿子也该闹腾够了，这才一步步往家蹭。进门一听，音响还开着，儿子钻在卫生间里，借着哗哗的水声边冲澡边可着嗓子在唱。梁欣一看这般光景，心里的火一个劲地往上蹿。他真想冲进卫生间和儿子理论理论！可老伴田娣死活挡着他，不让去！

说来，老伴是对的！小时候没教育好，现在可不就成了现世报。和儿子翻脸吵闹也不止一次了，每次也就是惹一肚子气，剩下的什么也解决不了。本来忍忍也就过去了，偏偏老伴临睡前想劝他两句，就劝出了火！

“你就不能换位想想，他这么大人整天闷在家里，他也烦！爱干什么干什么呗！只要别在外边惹事，你就假装看不见，消消停停的得了！”老伴说道。

“三十多岁的人，好吃懒做，眼高手低，自个儿没本事，还吃不了苦！这么多年不正经上班，还不能说！还不都是你宠的！你看看，他也三十好几了，还有一点规矩都没有！你问问他，从小到大，他扫过一次地，还是擦过一次桌子？什么都不干，还得吃、穿都尽着他，他还烦？”

“嗐！你也是站着说话不腰疼，你以为他愿意这么闲晃！他要能有个像样的差事，你想留都留不住他，早颠儿了！别什么都怨儿子！现在社会上讲的就是拼爹！咱家穷，又没个当官的亲戚，想找个像样的工作，得送礼、托门子。咱们不行，帮不了儿子的忙，可不就得忍着！他不扫地，也没让你扫，我来！我什么也不指着你们！别打架，咱们悄没声儿地过日子，我就知足了！”

“送礼？狗屁！那是邪门歪道！地，你扫！活儿，你干！累死你活该，天生老妈子的命！”

“得，得！我是老妈子！我是上辈子欠你们的！”老伴说到这儿，唏嘘地掉起了泪。

你说憋着一肚子气，谁能睡得好？梁欣知道老伴这一落泪就得半宿，劝也没用，只能忍着。后来，听她哭得越来越伤心，就没好气地又叨唠了一句：“哭，哭！就知道哭！这会儿哭，能换回个好儿子吗？”

“好像儿子就是我一个人的！那不是你儿子？我惯着、我宠着，当妈的谁不这样？养不教，父之过！儿子小的时候你干吗呢？你为什么不教育？”

老伴说到这儿，等于是点了梁欣的哑穴。他没的说了！那会儿他积极又贪玩，整天泡在单位和哥们儿群里不顾家。儿子是怎么就一晃长大了，他还真像做了个梦。而今宝贝变成怪胎，说是老伴惯的，可自己这当爸的……唉！

梁欣窝着火，听着老伴的哭声迷糊了一宿，直到刚才睁眼，也没整明白这一夜到底是睡着了还是没睡着。

……

梁欣的发小刘星，这宿觉不但也没睡好，还睡出了事！

昨天，接到保定来的电话，告诉他年初那笔化妆品的买卖可以结账了。接到电话后，他立马和媳妇扯谎，说是约了朋友，上保定喝酒。媳妇听了，说了句：“编！可劲儿编！怎么保定又有朋友了？”就没再搭理他。

他出了家门，在小区门口，可巧碰上同住一院的张成和肖国平推着车也往外走。要说这二位，加上刘星和梁欣，那可是当年上学、下乡号称“四条汉子”的铁磁。但此时，心眼活络的刘星可不想讲真话，就又把刚编的瞎话重复了一遍。没耽搁，直奔火车站。

火车上，刘星把手机调到计算功能，按出货单一笔笔计算着这批货能赚多少钱。结果一出来，他这心里有点不平衡！“白忙活了！肯定没人家二手挣得多！”他心里骂了一句，把头靠在椅背上，闭上眼，开始盘算怎么从二手的盘子里再挖出点干货。

刘星做的这单买卖，明面是韩国正宗化妆品，实际上货是从广西拿来的东南亚产的高仿品。这些东西，他不敢在北京推，只能走廊坊、邢台、保定这些三四线城市。当初，他拿着货跑遍了这几个城市的商场，总算挤出了点市场缝隙。眼看着有利可图，这才在每个城市找了当地的二手商。刘星说来也是明白人，可头一次做化妆品买卖，心里还是虚！当时就一个心思，把货发出去，少在手里积压。所以和二手们订的协议，那真是赔本赚吆喝，加价就给货！直到今天一算账，才明白自己有点亏！

他在保定找的这位二手商姓于，五十多岁，一脑袋白头发，瘦小的身量。要是头上包块手巾，穿个羊皮坎肩，换上缅裆大棉裤，那活脱脱就是个乡下的羊倌。这人，虽然瞧着貌不出众一副憨实相，那嘴可甜得能让你把自己卖了还帮他数钱！可能也正是这点本事，他走货比其他二手们快得多。刘星在北京天天忙着给他催货、发货！一开始还偷着乐，可几个月下来，他就犯起了嘀咕。几次偷偷去保定想看个究竟！可几次都是让老于灌一脑袋好话，加一肚子酒，任是什么也看不出来。

按刘星的智商，编个瞎话、整个糊弄人的段子不是费劲的事。可今儿，眼看火车已经进了保定站站台，想得脑袋直迷糊，也没想好能挖出肉来的方法。

“别瞎费这神了！上商场看看情况，见面先唬他一炮再说！”刘星想到这儿，心里像吃了定心丸，等车一停稳，下车就往外走。

“刘老，刘老！这大热的天让您跑一趟！快来吧，喝点冰镇的矿泉水。”

刘星刚一过检票口，循着声音立刻看见老于汗津津的一手举着矿泉水，一手撑着遮阳伞已经挤到了身边。

“哎哟，不用接！约个地方聚齐，上商场结账就行了！”刘星让老于几声“刘老”叫的，心里有点酥。又看他不顾满头大汗，高举着遮阳伞罩在自己头上，那劲头更是让他美滋滋的，有点当领导的感觉。心里美，脸上自然摆出了笑脸。话说出来也热情了几分。

“哥，您可真逗！结账那碎催的事，哪能让您干！能收的，俺都替您收齐了！您老坐一上午车，肯定又累又乏！走吧，俺的哥，地方俺安排下了。走、走，先喝点，回头您再听汇报。”

一听说老于把商场的账结了，刘星心里莫明其妙地有点打鼓，盘算着这里边是不是老于有什么手脚？脸上的笑脸立刻收敛了几分，问道：“账你结了，还叫我来干吗？你把钱……”

“您说呢，俺不是想您了吗！俺要不说结账，您能来？咱一土包子，哪敢去北京叨扰您，也就是结账能和您能热乎热乎。说句掏心窝子的话，俺一辈子没个正经营生，没有个单位。遇见您，那就是俺的领导，俺给您当差！说点您不知道的，为了卖这点东西，俺里外不得好！媳妇嫌东西卖不出去，拿不回钱来，堆一屋子破烂占地方，天天没好脸子。商场里更得求爷爷告奶奶，四处当孙子！刘老，这要不是给您干，俺真懒得挣这杂碎钱！还不够鞋底费呢……”

“得、得了吧，你是无利不起早！这阵子，你这货没少走，肯定是挣下了。你甭老跟我说好听的，你报个实数，一共挣了多少？自己挣了多少？”刘星眼看心里的底线又要被老于的好话泡软了，赶紧趁着还明白让老于报账。

“哥哟！俺挣不挣都是小事，俺得让您挣上！俺个大老粗，就一想法，卖得多，你才挣得多！有好几笔买卖，俺宁愿赔，也要把货弄出去，还不就图着让您高兴！您看！您这岁数越来越大，还能老让您跑啊！老嫂子心疼不俺猜不出，可俺看着是心疼！这次约您来，就是想让您把上线的关系告诉俺，让他们直接给俺发货。您在北京当老太爷，就等着收钱看好吧！唉，快走两步，俺的亲哥！咱们到那空调房里喝上凉啤酒，俺再给您细说！”

中午一顿，晚上一顿，刘星什么也没看见，唬人的话也一句没出口！又“赚”了一脑袋好话，一肚子酒，被老于送进了旅店。

“怎么着哥，您先躺床上，俺给您找个姑娘放放，醒醒酒？别老憋着！”老于看刘星喝醉了，就坏笑着张罗给刘星找小姐。

刘星醉得眼里只剩下老于那憨实的脸。他满嘴吹着酒气，说道：“又胡整！你看哥这把年级，除了嘴硬、脑袋硬，浑身再没能硬的地方！找小姐？你快拉倒吧！还不如咱哥儿俩坐会儿、扯会儿。来，坐到哥身边来，陪着哥唠唠……”

“哥，您这才叫胡整！俺一大老爷们儿，哪如叫个闺女来，那多温柔！”

老于说着，挪了挪脚步，一屁股坐在刘星床边。顺手从床头柜上的纸巾盒中扯了两张纸巾，边替刘星擦着脸上、胸口上的汗，边接着说道：“哥，您要想和俺唠唠……俺这可憋了一肚子话。”

“有话说，有屁放！你小子张嘴还能有好事？”刘星强咽下一口已涌到嗓子眼儿的酒污，一把拉过老于的手，边揉搓边说。

“哥！”老于未说事，先又甜甜地叫了一声哥！这才说道：“俺是想，就近在这儿租上间房，俺给哥好好拾掇拾掇。一是您来住着舒服，二是俺也有个落脚的地方，谈个生意也排场，这才能把买卖做大。可眼下俺真是没钱，俺是想……是想……您再让点利……”

“我就……就知道，你……你……想算计我！行……行！饭桌上你说有两笔买卖的账没结，得……得……结了……算你的……算你的……”刘星的酒劲一阵阵往头上涌，眼皮一个劲地往一块儿贴，糊里糊涂地答应了。

“那就说定了，哥！发货的那家上线……”老于用手轻轻摸索着刘星已经松弛的肚子，眼睛死盯着刘星快要闭上的眼睛，嘴上不松劲地追问着。

刘星是在睡梦中突然惊醒的！眼睛睁开，脑袋蒙蒙的，一时想不起来这是睡在哪儿。“真浑蛋，跟谁喝的，又断片了！”他骂了自己一句，摸着黑，拧开床头灯，看见屋里的陈设，才想起这是到保定来收账。

“老于这小子什么时候走的！昨儿晚上……聊……聊啥了？他给我的钱呢？”想到钱，他一个鲤鱼打挺就坐了起来。仿佛记起，晚上喝酒时老于塞给他一张银行卡。

“卡呢？卡放哪儿了？”他光脚下了床，一边叨唠，一边在几件脱下来的衣服里翻来覆去地找了起来。

“放哪儿了？怎么没有了？别是老于这小子趁我喝醉了又给拿走了吧！不会，不会！老于就是会哄人，心还挺憨的，咱不能冤枉人！我的天，别是丢了？”他这一急，浑身的汗立刻涌了上来，脑袋也天旋地转地冒起了金星。他无奈地又躺倒在床上，双手使劲掐着太阳穴，认真回忆着昨天那点事。

“喝酒真误事，肯定又把实话都说了，别是把进货的上家告诉老于了吧！这要把实底都给了他，可就全毁了！这次算白来了，让这小子的好话又糊弄了！别说割他的肉，本钱都找不着了！我的天！我这是图个啥？哎哟！鞋里……鞋里……的东西！”想到这儿，他撑着劲探下身拎起了床边的鞋。抽出鞋里被汗水浸得发黄泛着酸臭味的鞋垫，直到从鞋垫夹层中抽出几张银行卡，他这心才算落了地。

他摆弄着手里的几张银行卡，脑子里反复计算着卡里的数额。当大脑定格在 100 万这个数字上时，一种快感油然而生，嘴角不经意地泛起了一丝志得意满的浅笑。

“唉……要早有这些钱，咱也给当官的送送，肯定早发迹了！什么哥们儿、媳妇，这年头没钱，连你妈都看不起你！”刘星骂完这句话，觉得自己总结出了人生真谛，心里挺解气！可愣了会儿，突然想起前些日子和梁欣酒后的一段对话。

“梁子，这两年，按说我算挣下了点，日子应该比你好过，可……可我这心里……总觉得不是那么回事！看你一天缺盐少油，日子过得挺紧巴，可你和弟妹夫唱妇随挺甜美，倒让人眼馋！”

“你是饱汉子不知饿汉子饥！钱挣得多了，烧手了吧？你挣了多少钱，那不关我的事，咱也不打听。不过你今儿说到这儿，我还真想劝你两句！一是那蒙人的钱少挣……”

“嘿！现在这世道,就看谁脑袋活！蒙人？谁不蒙人！你现在吃的、用的，有几件是真的？”

“别人怎么蒙人,我管不了！你要不是我哥们儿,我才懒得搭理你！再者说，都这么大岁数了，东跑西颠，操心劳肺，就为那几个钱，值吗？挣多少是够啊？你看看你，现在头发全白了不说，浑身的肉皮子耷拉着，脸上褶子数你多！你挣得再多，还得有花的命！”

“你今天是怎么了，怎么拿哥们儿开涮？”

“开涮？你拉倒吧！我这是心疼你，盼着哥儿几个太太平平地一块儿多活两年。”

这段话，不知为什么，曾经几次在刘星的脑袋里翻腾！梁子的为人是最让他信服的。他说这话虽然不那么中听，可细想心里是暖的。“你挣得再多，还得有花的命！”这句话现在琢磨起来，在理！我要真没这命……那不冤死了！他这心里不踏实，脑海里开始翻腾这辈子的经历。

刘星这辈子不易！少年下乡，就两个字：一是穷，二是惨，悬悬地把命丢了！返城后，考学差几分落榜。中年下海，光湿鞋不挣钱。成家，到手的是个斗鸡婆。刘星自己说：“真是点儿背到家了！”老年和梁欣一块儿下的岗。眼瞧着这辈子要交待，可他愣是不信邪，下来就没闲着，非要挣这个命！凭着前几年攒的人脉，他在圈里卖过安利，和别人搭伙卖木材、倒服装，摆地摊卖文玩、倒腾假古董。今年搭手又玩起化妆品。想到这一步步，刘星觉着手里的几张卡分量重了起来。

“累！这辈子真累！要能有个暖窝歇歇……”刘星捏着这百八十万的银行卡，心里又羡慕起了梁欣。这傻哥们儿，别看穷，可人家找了个疼人的媳妇。刘星和别的有家的人不一样，值钱的东西一点不敢往家里放！他得防着，防着家里那斗鸡婆抄了他的底！

想起家里的媳妇，刘星觉得这是他这辈子亏得最大的一笔买卖，真是肠子都悔青了！当时，他和梁欣一块儿从农村返城，穷得又没钱又没窝。眼皮子一浅，找了家里有房、条件好，可没有北京户口回不了城的她。当时，他觉着这买卖肯定有赚！可新婚不出一个月，他就尝到了这个老娘们儿的厉害——那真是所有收入要交公，一个月就十块钱零用！你要执拗，立马动员全家，让你净身出户。

刘星觉着自个儿连个倒插门的女婿都不如，心里憋屈！就找机会耍点奸，报点假账，说点瞎话。有一次，丈人让他买茶叶，他看那茶叶都一个色，就来了个以次充好，赚他个三块五块的。谁承想丈人内行，当场揭穿！刘星不但挨了家里一顿批判，而且被双倍罚款。

这样的日子，刘星一直熬到自己分了房，从丈人家搬出来才略有改观。可两口子的感情一点没存下，互相算计成了过日子的主要内容。本来，日子也就这么过了。谁想有一天他出门没锁抽屉，媳妇觉得有机可乘，打开他的抽屉一通乱翻！不但翻出来他几年的积蓄，更要命的是，他老爸临死留给他的一封信，落在了老婆手里。

老爸这封信，是告诫他现在这媳妇靠不住，所以一定要善待弟弟、妹妹，给自己留条后路。本来刘星对老爸的告诫并没太往心里去，只是觉得是父亲的遗物，留个念想。可这东西到了他老婆手里，意义就不一样了！一哭、二闹、三上吊，把女人的功夫用到了极限。回头就拉着刘星闹离婚！

刘星明白，老婆和他闹是惦着他的房子和存款。因此，坚决不离！来了个分屋睡，死猪不怕开水烫。分开睡的时间一长，媳妇醋劲又上来了，花大价钱雇了狗仔队盯他的梢。

可能是刘星心眼多，也或许是狗仔队不专业，几个来回刘星就觉出不大对劲。他明白，要想从媳妇嘴里套出实话成本太大，就可劲请十多岁的儿子大海撮了一顿！自然一切真相大白。知道了就里，他却不动声色，暗中盯上了媳妇的梢。直到狗仔队和媳妇碰头让他暗中照了相，这才拿着相片和媳妇来了个“三堂会审”。这一闹，总算是刹住了这个斗鸡婆的威风，日子才算消停。

临退休前，在铁路上班的媳妇要分房。两人自然都不想交出现住房，这回是一拍即合，立刻办了假离婚。房子一到手，媳妇租了出去，俩人还是不死不活地沤在一起。可双方心里明白，夫妻的情分已经所剩无几。刘星早几年没觉出什么，可现在年龄越来越大，想起后事来，难免心里发寒。

刘星瞧着手里几张攥出汗的银行卡，叹了口气，又探下身塞回到鞋垫夹层中。刚要起身，看见刚才找寻的那张卡正躺在床边的茶几下。他心里一乐，用一只手撑住地，使劲探出身子，另一只手吃力地向银行卡摸去。突然他撑地的胳膊一软，脑袋里“轰”的一声，人已滚下床来……

……

肖国平，身高 1 米 93，在 20 世纪 40 年代末 50 年代初，这身高就是在篮球圈里也是稀缺物种！可这哥们儿偏是好静，不好动！一辈子没碰过篮球，反倒是叠腰、缩腿整天跟把二胡较劲！

老肖小时候，跟孩子们一块儿起哄，学结巴说话。没想一来二去，竟真成了结巴。他妈看着起急，就听信了偏方！在一阴天下雨的日子，让二小子偷着扇了他一嘴巴。哪知，偏方，就只能是偏方！这一嘴巴不但没治了结巴，反倒比过去结巴得更厉害了！“大个儿”性格内向，哥们儿都说他黏糊。只有梁欣了解他，说他的性格像铜钱，外圆内方。

肖国平因为个子高，圈里的朋友、哥们儿都叫他“大个儿”！时间长了，“大个儿”就成了他的名字。真要有个人冷不丁叫他名字，他还真犯愣！

昨天，是他早逝儿子的祭日。他约张成一块儿去给儿子扫了墓，回来俩人找了个小饭铺又是一醉方休，挺晚了才回家。推门就看见闷坐在沙发上的老伴，正用纸巾擦眼泪。他知道老伴是想儿子，本想过去劝两句，可看见她连正眼都不看自己的冰冷劲，只能打消念头，叹了口气，悄无声息地进了自己睡觉的小屋。躺在床上，他放平了瘦长的身子，想借着酒劲赶紧迷糊过去。可偏偏脑子清楚得像一面镜子，把他这几年走过的路映了个明明白白。

“老肖，我们不回北京就不成吗？包头这地方，虽然说不上好，可我在铁中教书，你也进了段机关，工作条件都不错。又住着八十多平的房，有什么不满意的！再说，我的家又在这儿，你让我跟你走……我……我……唉！”

“树挪死，人挪活！走吧，人无远虑，必有近忧的理你也懂！你好好琢磨，有道理！这儿虽说有你的家，可北京那儿也有我的家！老父亲尚在，我……我也想尽……尽孝。包头再好，可我也想归根不是！再说……再说，我们也得为儿子……”

一晃，过去小二十年了，当初媳妇和他的对话，至今肖国平仍能一字不差地回忆起来。可只有他心里明白，当时他和媳妇说的理由并不完全。还有个更重要的想法是，自打梁欣、张成和刘星调回北京后，自己心里就没踏实过。他依恋哥儿几个的情分，更胜于对一个“家”字的理解。但这个理由他说不出口，他怕伤了媳妇和她家人的感情。

决心下了，他托人情、走关系，加上北京几个哥们儿的帮忙，总算一切遂愿，他踏上了回家的路。火车正点开进刚刚启用的北京西站，站台上等候的几个哥们儿早就发现了一直贴在车窗玻璃上的他。看见哥儿几个追着尚未停稳的列车，挨个儿敲打着车窗的玻璃，那一刻他的眼泪不由自主地往上涌。后来，是怎么被撕扯着下了车，又是怎么进了梁欣早就订好的饭店，怎么喝得大醉，他却一直不能记起。他没有想到，他这一醉，就再没有醒过！

肖国平两只空洞的眼睛，死死地盯在床头儿子的照片上，二十来年的辛酸委屈瞬间涌了上来。兄弟反目！为了几间老房闹到了法院！为求得安宁，他跪在全家人面前苦苦哀求！然而，老父仍是在一片嘈杂的争吵中，死不瞑目！面对这个不消停的家，他烦、他委屈，可他得忍！

看着儿子逆境中艰难求学，一步登顶后，又求得了令人仰慕的工作。他和窝在一所小学任教的媳妇，心里总算得到了安慰。儿子娶妻，生了可心的“小棉袄”。他临退休，又分到了和张成同院的二手房。他觉着苦尽甘来，一切都有了希望！然而，他没有想到，更大的灾难又将他带入了万劫不复。白血病突然降临在儿子身上，半年时间撒手人寰！儿媳带着孙女，不再登门！老伴面对这桩桩摧残，她的心冷了，冷得时常让他不寒而栗。

家散了，心冷了，他彻底后悔了！后悔当年的回京之举竟是如此孟浪。心烦意乱的肖国平从床上爬起来，从床下拖出一瓶昨晚喝了一半的“二锅头”，像喝凉水一样灌进了胃里。

“爸，您别送了！您都送了这么远了，这一路您花了这么多钱，又受了这么多累，您别送了！剩下的路，您让儿子自己走吧！再说，我妈还在家等着您呢！”

肖国平迷茫地看着眼前的儿子，不由自主伸手摸了摸儿子苍白的脸，不放心地说道：“儿啊，你这么一走，爸心疼！你看前面的路又黑又冷！你让爸再送送……爸害怕再也见不到你了。”

“爸，我没事！我的病不是都好了吗？我都这么大了，总有些路是要自己走的。当年，您上山下乡的路不也是自己走的吗！您看，您看，我同事不都在前面等我吗？”

肖国平顺着儿子的手势，抬眼一望，前面桥下，可不有几个影影绰绰的人，正向儿子招手。

“儿子你去吧，别忘了常回来看看……”肖国平边说，边伸手想再拍拍儿子的肩膀。然而，他伸出的手落了空，眼前的儿子没了踪影，只隐隐听到了一阵哭声。

“儿子……儿子……你别哭！爸来了！”肖国平边喊边循着哭声向前扑去。

肖国平一个激灵从床上坐了起来，摸着满脸的虚汗和突突狂跳的胸口，他知道刚才是在梦中又和儿子见面了。可那……那儿子的哭声还在耳边萦绕。他使劲拍了拍自己的脸，这才听清，哭声来自隔壁老伴的房间。老伴的哭声，像鞭子抽在心里一样，让他一阵阵冷得发抖！他一把抓过毛巾被，使劲地包在头上，可那哭声像是钉在了心里，仍是呜呜咽咽地不曾停止。

他扔开被子，睁着有些浮肿的眼睛，在心底喊道：哭吧！哭吧！我对不起家里，对不起儿子，更对不起你！你让我赔你儿子，可那也是我的儿子！我这心里也委屈，也苦啊！唉，这……这日子可怎么过呀！

想到痛处，他又把手伸向床下，“二锅头”幽绿色的酒瓶在他的手里像瓶能救命的药。他发狠地用后槽牙咬开瓶盖，抬手就要往嘴里灌！可瓶嘴刚沾嘴边，猛地想起，今天该是和梁欣等几个哥们儿打羽毛球的日子。

“唉！别喝了！哥儿几个这些年陪着我不容易！扛着吧，别让哥儿几个为我担心了！”想到这儿，他捡起滚出挺远的瓶盖，用力拧在瓶子上，轻轻地将酒瓶放在了床头柜上。

……

“你看看你这德行！昨天又上哪儿喝去了？这都几点了？你媳妇连菜带早点都买回来了，你还不起？快起！去把妈喝的鸡子儿给冲开，记着里边放点红糖！”

张成在床上刚翻了个身，正想接着再眯会儿，耳朵里就听九十多岁的老妈一边用拐棍敲门，一边没里没面儿地嚷嚷。

“妈，您可真够烦的！这才几点？您就这么催！您这不是挤对我吗？您要真把我挤对跑了，看谁伺候您？”张成听见他妈喊他，不敢怠慢，赶紧从床上爬起来，边往身上套衣服，边和老妈逗着嘴。

“妈，甭理他！昨夜里，连哭再喊，一宿！也不知道他又喝了多少？来……我来，甭指着他！我把水灌上就给您冲。”媳妇小高给张成打着圆场。

“怨不得人家都说，一个好儿子不如一个好儿媳妇！高儿，你坐下歇着，甭伺候他，他这懒劲都是你给惯出来的！”老妈夸着媳妇，数落着儿子。

“妈，您说他是我惯的，那您可屈死我了！上次他说发烧，我一试表，才 37 度多一点！看把您急的！又是递凉手巾把儿，又是端着碗给他喂药，哪至于呀！他的娇气劲，要我说就是妈您给惯的！”

“嗐，谁让咱家缺丁，就他这么一男人！这儿子和闺女，到底分量不一样噢！”老太太听了这话，边回话，边笑。

“妈，这都什么年代了，您还这么重男轻女！要我看，我这仨妹妹个顶个儿地都比我强！”

“你还说着了，你这几个妹妹论人品、讲持家还真是都比你强！可……可她们生了孩子都不姓张啊！”

正在给老太太冲鸡蛋的小高，听老太太说到这儿，一缩脖，扭脸朝张成吐了下舌头。张成知道媳妇的意思，赶紧接茬说：“妈，我和高儿商量好了，回头让您孙女生个二胎，要真是男孩，就让他姓张。”

“甭拿好话甜乎我！你也就是吹，当年你怎么不要二胎？你们的主我都做不了，我还能管了孙辈！嗐，我这是怎么了，真是人老讨人嫌……”

“妈，您还有完没完？高儿，我那打球擦汗的毛巾，你洗完放哪儿了？今儿我们打球，我可没工夫在这儿磨牙！我走了啊！”

张成起来后，嘴就没闲着，趁着和老太逗乐的当子，抹了一把脸，从媳妇买回的早点里掐了两根油条，边嘟囔，边就要往门外走。

“你给我站住！一个打球，又不是正事！你给我坐这儿，踏实把早点吃完再走！你也六十多岁的人了，怎么还这么没深没浅？”老太太蹾着手里的拐棍，冲张成耍起了威风。

“哎哟，您干吗呀！我坐下，我坐下还不成吗！”张成听话地坐在了老妈边上。

“今儿你碰上梁子，让他带上媳妇家来一趟。有些日子没见着这两口子了，妈想他们了！唉，这人老了，就老想着这些孩子们……那年，妈腿坏了，在医院里楼上楼下地跑，还不都是梁子背着妈！把人家孩子累得一脑袋汗，没一声嫌弃！再说，你小子哪次喝多了，不是你梁哥把你扛回来！田儿，更没的说！按年给我织好毛袜子、毛护腰。唉，一对好孩子呀！”老太太说完，颤颤巍巍地站起来，接过小高用小碗冲好的鸡蛋。

“成了，您别念叨了，我叫他们来，叫他们来！”张成趁老太太一愣神的工夫，边应着，人已连跑带蹿地出了屋。

张成昨天陪着“大个儿”，去给儿子扫墓。回来的路上，看见哥们儿一副郁郁寡欢的惨象，想说点什么，又找不着词。他清楚，这会儿，说什么都没用！能劝哥们儿的，只能是“二锅头”！想到这儿，就毫不犹豫地拉着老肖进了路边的一个小酒馆。不用劝，三杯酒下肚后，两人都打开了话匣子。

“成……成子，到今……今儿，我……我都想……想不通，凭……凭什么这……这些倒霉的……的事都……都落我……我头上！你说……说，这……这些年，我……我清静过一……一天吗？妯……妯娌们、姐们儿们闹！我……我当……当着老家儿，不……不能说，不能……争！我得让，得……忍！可……你说，都……都是亲……亲兄弟，一个娘……娘胎里出来的，怎么就……就这么心狠……”说话间，肖国平的话里又有了哭音。

“‘大个儿’，我看你快成祥林嫂了，哥儿俩高兴喝点酒，干吗又提这出！钻什么牛犄角尖啊！你打开电视看看，中央台、北京台播的不都是房子、老人这点事！家家这样，有什么想不通的！这几年你是怎么过来的，那还用你说，我和梁子都看得真真的！可你看眼前这几个人，谁活得轻松！梁子，摊上一个啃老的儿子，嘴上不说，心里也烦！大星子，娶了个斗鸡婆，从结婚到今天，两口子变着花样地斗心眼！他不烦？我这儿四世同堂，上有老妈，下有孙伙计，也不容易！你细想，可不家家有本难念的经！”

“嗐，你……你说……说这，我……我服气！可这兄……兄弟间……间的事，还好……好说。你嫂子怨……怨我，我……我能……扛！可这送……送了白发人，又……又送黑发人……这……这……”

“‘大个儿’，我求求你别说了，别说了！兄弟这杯酒，先祭老家儿，再祭大侄子，我……我干了！”张成设身处地想着“大个儿”这几年的难，眼泪早就成串地流了下来。

“我……我就……就不该回……回北京！我这扫……扫把星，克……克了老爸，克儿……儿子！我……”

一瓶“二锅头”匀了后，两人已经分不清谁在说，谁在劝！前几杯还觉着有点辣的酒，这时再灌到嘴里已经变成了糖水。

……

梁欣伸头看了看表，6 点 10 分。他打了个哈欠，不情愿地从床上坐了起来。

老伴田娣，这两年可真显老了，老得让梁欣不敢细看。才六十二三岁的年龄，头发已经灰白了，加上昨天晚上肯定是枕上辗转反侧地折磨，枯发蓬乱无章。脸上的皮肤也显得过于松弛，腮边、眼角的条条皱纹，像是记录着和自己相守几十年的不易。“唉，这几十年她也真是不容易！”

梁欣在心里叨咕了一句。

1980 年，梁欣从内蒙回到北京。三十来岁的他，孤魂野鬼似的没个家。厂子里难得有几个女同志，早就名花有主。眼看着就成了大龄青年，这才经人介绍认识了田娣。

第一次见面，看着对面个子不高，两颊带着高原红，憨厚朴实的姑娘，梁欣当时就心动了。

“是个能吃苦，过日子的人！”梁欣赞叹着。

“我叫田娣，是东北兵团的返城知青。”

毫不做作的自我介绍，让梁欣听了心里很是受用。特别是姑娘笑容中那两个深深的酒窝，更让他立马想到电影《柳堡的故事》里面的女主角“二妹子”。

“真好，真甜，这一定是我的媳妇！”梁欣又一次在心里赞叹着。

想到那时的田娣，看到今天的老伴，梁欣心里面一种对老伴的愧疚之情油然而生。“真是的，结婚三十多年了，衣服没给买几件，金银首饰全免。看看周围的女人，哪个不是穿红戴黄地捯饬！可老伴一件衣服穿几年，不抹油不涂粉，省吃俭用一辈子踏踏实实跟你过日子。除了受累、生气，自己给过她什么？”

梁欣往田娣身边靠了靠，把胳膊挤在了她的头下。这通常是想和老伴亲热亲热的肢体信号。要在平时，田娣不论是累是乏，总会有所反应，尽到妻子的责任。可今天，她烦烦地推开梁欣的手，身子往床边挪了挪，嘴里说道：“大热天的，烦不烦哪！”梁欣知道老伴是昨晚上脑子里的雾霾还没消散，自己是热脸贴了冷屁股，自讨没趣。只能抽回胳膊嘴里叨咕道：“还记仇，真没劲！”

碰了钉子！梁欣双手抱头，眼望天花板，没趣地左思右想起来。再有十天，该是六十四岁的生日了。今年这个生日还过不过？往年这会儿，不是老伴就是身边的哥们儿，总会有人给操持了。今年怎么没人搭理？和老伴提提？现在肯定不是时机。给哥们儿打个电话招呼一声？嗐，这几年几个哥们儿都七灾八难的，别给人家找事了。再说去年在饭店过生日，老伴拿着钱去结账，却让发小“大个儿”抢了先，花了好几百。今年再招呼，不是明摆着是让人请客吗？虽说都是几十年的朋友，不在乎这点钱，可这事也千万不能办老了。真那样，可就没劲了！算了，不过了，不就是个生日吗！

可真要下这个决心，梁欣又觉得心里有点痒痒，有些悻悻的缺憾！其实，梁欣心里想过个生日也是虚的，还不就是想找个由头，哥儿几个聚到一块儿，小酒一下肚，天南地北、男的女的地吹吹大牛，发泄发泄！都说少时夫妻老来伴，其实这些哥们儿不也都是老时的伴吗！活到这把年纪，梁欣从心里珍惜身边的几个哥们儿。

梁欣想着自己的心事，边上的田娣起了床。他听着老伴洗涮完毕出了屋，这才慢条斯理地下了地。自打两口子都退了休，天天早起都是三件事：老伴是洗涮、遛早、菜市场；梁欣是抽烟、喝茶、卫生间。

梁欣的房子是个 20 世纪 90 年代初的两居室。五十来平方米，一明一暗两间卧室，中间是厨房、卫生间和一个十多平方米的小厅。除了关门睡觉，一家人的大事小情全在这个厅里。今儿个也不例外，梁欣先取下饮水机上的两升桶，把里面的剩水倒进洗菜的水盆。出门在小区东侧的自动售水机上把水桶灌满，回屋烧开，沏上茶。不用看表，这个流程整十分钟。

25 块钱一斤的“张一元高末”，别看便宜，沏出来的香味可一点不含糊。滚烫的水浇上后，厅里立时弥散开一股浓浓的茉莉花香味。

茶叶是一块儿打羽毛球的哥们儿，老苑送的。每年一过立夏节气，茶叶肯定准时送到。要说这几个哥们儿，那可真是守信！只要是认下的事，没的说，那肯定当正事办。据老苑说：“这茶叶末里猫腻大了，在 500 块一斤的银毫里多攥攥、多倒倒箱，这拨儿高末那肯定是味道纯正。”

伴着茶香，梁欣点着手里的都宝香烟，屋里的茶香中不免又添了点臭球鞋的呛味。可梁欣不觉着烟次，他觉得，这烟就是侍候他这样的插队抽老乡的叶子烟，回城进厂卷“大炮”的老枪手。再说抽这烟，可大有好处！一是便宜，二是劲大，三是没人爱抽，省了让人的客套。

梁欣正陶醉在开门三件事的享受中，“哐当”一声，儿子小宝的屋门敞了个大开。小宝光着膀子一头就扎进了卫生间。

“今儿太阳从西边出来了？这小子干吗起这么早？准是这小丫的让电扇吹着肚子拉稀了吧？”梁欣想着。

等他抽完手里最后一口烟，茶也泡了两过，肚子里的宿便开始不消停地一点点往外拱。可儿子在卫生间里，还没有一点要出来的意思。梁欣听见里边哗哗的流水声，像是小宝在洗澡，心里更是纳闷！

“昨晚上刚祸害完水，今儿这小子怎么了，又大早晨洗澡？”可不等他细想，下边往外拱的劲是一阵比一阵紧。梁欣急了，不由地向卫生间里喊道：“完了吗？嘿！”

“着什么急，早着呢！”里面硬邦邦地甩出一句。

梁欣想急，可又觉得没有急的道理。想了想，憋是憋不住了，得了，忍着点上外边公厕吧！不容细想，他冲进卧室，拿了一卷没开包的手纸就跑了出去。哪承想，他又错估了形势，公厕根本不是给他准备的！小区门口的公厕，早被附近的外地租房户围得水泄不通。

几个等在门外的和他可谓同病相怜，都是咬着牙、跺着脚、脸憋得通红的痛苦相。梁欣的肠子蠕动得越来越急，满头的汗不自觉地流了下来。正在无计可施之时，厕所里几个聊早天的蹲客，带着满脸的轻松，边系着腰带道着别，边从里边踱了出来。

北京的公厕，十几年前全世界有名！特点就是一个字，“臭”！后来，市政下了大力气改造，过去的干厕都改成了今天的水冲式。可就算设备提高了，那股特有的味道，还是能把梁欣熏得直接憋气！可这会儿，他顾不上这些，先解决了才是硬道理！他小心地躲过地上的两口浓痰，站到了位置上，哪想平时坐惯了马桶，要想一次蹲到位并不容易！调整了几次姿势，总算摆好架势。心里的压力小了，他从容地点着一颗烟，又用卫生纸掩住口鼻。梁欣这么做一点不矫情。他实在担心距他半米来远的一排背身而立的小便者排出的阵阵肠气直接喷到脸上。

说时迟，那时快，一阵电闪雷鸣、急风暴雨后，梁欣肚子里的压力瞬间减轻了。“真舒服！我的天，原来天下最舒服的事竟然如此简单！”难怪著名歌唱家李光羲老师有过“吃得下，拉得出，才是人生最大享受！”的高论。

回到家里，老伴已经买菜回来，正在儿子屋里俩人吵吵着。就听“抠死了，就给三百！您出去看看，现在三百块钱能干什么？”

“昨天你刚拿走二百，又没什么正事，多少是够啊？”

“我不是跟您说了这回是正事吗！您再给二百吧！”

“没有，爱要不要！”

“拿来吧您哪！”随着小宝最后一句话刚落音，梁欣看见这小子穿戴整齐，举着从田娣手里抢来的二百块钱，兴冲冲地跑出了屋。

随后是老伴气鼓鼓地跟了出来，嘴里喊着：“小宝你也太……”

梁欣劝道：“得了，别追了，钱到了他手里，你还追得回来？直当肉包子打狗吧！”

“这钱要让他这么花，还有个头儿！不到一星期一千多块了！昨天又让我给买裤子，还说……”

“得了，人都跑了，你瞎叨唠给谁听？自己省着吧！”

“咱俩总共一月就这几个子儿的退休费，除了吃饭、交水电费，剩下的全便宜他了！一个子儿也存不下，这今后要有个灾病的可……”

“哎哟，我的姑奶奶，盼点好吧！有这么个轰不出去的儿子，这灾还小啊？还咒着来灾病呢？你快住嘴，让咱们俩多活两年吧！”

田娣听了他的瞎咋呼没言声，梁欣琢磨了会儿也觉着有点不对劲，就冲着田娣说道：“嗨，我说小宝天天打扮得人模狗样地往外跑，是不是搞上对象了？”

“没见有人给介绍，这对象天上掉下来的？”田娣一听老伴提起儿子搞对象，立刻警觉起来。

“这成天上网聊天，聊着聊着没准就对上眼了呗！”梁欣很门清地接着发挥道。

“你说的也是，别真是在网上搞上了吧？等他回来，我得问问！”

“网上可净是骗子，那样的对象可得留点神！你说，这要真给咱领进一个和小宝一样四六不分的二货来，那苦子日可在后头喽！”梁欣说完咽了口唾沫。

“你这死老头子，留点口德吧！你儿子在你心里就这成色？”田娣不高兴地翻了梁欣一眼。

梁欣让田娣噎了一句，没言声！心里想着，自个儿这辈子过得有点寒碜。上半辈子下乡，后半辈子下岗！老了也不省心，摊上这么个倒霉儿子！心里不由得一阵阵堵得慌……

梁欣 53 岁时厂子倒闭，新来的东家把他这样的老职工全部买断工龄，解除了劳动合同。他拿着 35 年工龄的买断费，用这不到四万块钱买下了自己住着的福利房，彻底把自己从无产者变成有产阶级。接下来的几年是怎么过来的，他不愿意想！还不就指着田娣 50 岁从市糕点厂退休后的千八百块钱！

梁欣从小吃过苦，那会儿家里兄弟姐妹多，就指着老爹那 60 多块钱的工资。从小就没怎么吃过正经的炒菜，早晨拿个窝头，往窝头眼儿里塞两片酱疙瘩就是早餐。晚上不论是稀是干，菜是老娘坛腌的泡菜，上面浇点现炸的辣椒油就算不错了。中午照例是一锅或白菜或萝卜的上汤。能管饱，梁欣就觉着是好生活。后来，老娘实在感到日子太艰难，不知是托了谁的门子，在家糊火柴盒、叠卫生纸。全家上阵，只要不出废品，还真就一月能挣个十块八块的。梁欣记得特清楚，第一个月结算，老娘买了点麻糖分给孩子们。当时把梁欣美的，那可是他长这么大第一次吃糖！就这种生活，他那会儿并不觉着苦！因为胡同里出来进去的孩子都大致相仿。

十七八岁正是能吃的时候，一声令下，梁欣和同学们胡噜胡噜脑袋去了农村。家境好的，提着箱子，拿着铺盖卷。梁欣省事，一床八斤的棉被，一条褥子，卷上日常穿的衣服，就是他的全部家当。好在到了村里，哥儿几个你的也是我的，我的也是你的地混着用，梁欣也没觉出比别人缺什么。

梁欣 1 米 65 的身高，个儿是矮了点。可人长得敦实，四方国字脸，一副连毛胡子一直长到胸口。知青点的哥们儿没事就胡噜他那胸毛，无不羡慕地说："好男一身毛！梁子,你这长相不像李逵,最起码也像李鬼！"

梁欣家里姊妹多，等于从小就过集体生活。在知青集体户里，跟在家和兄弟姐妹相处没什么区别。随和忠厚的性格让他和大家处得很不错。没觉得给人做过什么，可大伙就都爱和他处。日久天长，那时的同学、发小都成了今天梁欣的铁磁。

村里待了几年，没赶上前几次就地招工，在随大拨儿返城后，说是分到了交通局，实际上是在交通局下属的一个汽车修理厂干起了车工。一月三十几块钱，虽说不多，可多少有了点和朋友交往的资本。没等几年，三十老几了才认识了田娣，娶妻生子，手头儿又紧了起来。细算起来，一辈子在钱上就没解放过。

后来下了岗，吃着田娣的“软饭”，自己倒不觉着多难。可年代不同了，已经不是腌缸咸菜吃一年的年代！先是儿子和周围的孩子比，就耐不住苦日子了，哭着嚷着吃这买那，闹得日子没一天消停。

再后来田娣找到街道，给梁欣找了个在马路上站岗当交通协管员的临时工岗位。她自个儿又跑到一个饭馆，凭着做糕点的基本功，当了饭馆里的白案师傅。俩人加起来挣个两千来块，这才算让这个家没塌架。

小宝从小功课不上心，没念上大学上了中专。毕业这么多年，托人去了几个单位。可这小子不是嫌专业不对口，就是说活儿太累，总共也没上了一年班。当时，梁欣觉着也就是吃饭加双筷子的事，没往心里去。可这时间一长，随着小宝已经不只是填饱肚子的事，花费越来越大，这才觉出是个大负担。最近看电视新闻，他闹明白了，这叫“啃老族”！这帮 80 后、90 后的“啃老族”已是时下的社会问题！

梁欣这辈子讲的是实实在在做人，踏踏实实做事，没那么多花花想法！由于文化水平的关系，平时在家，一是不会也不懂得教育儿子，因为自己就是胡同里散养出来的“胡同串子”！落得今天小宝除了模样身高随他，脾气秉性和他是毫无相似之处；二是不会执家，不知道心疼媳妇。有时哥们儿聚会，嫂子、弟妹的一见面，再看身边衣着有些寒酸的媳妇，才知道自己差距不小。有时他也给自己找借口。“钱都装在她兜里，你自己不心疼自己，怨谁呀！”他这儿正思谋着，外面叫上了门！

“田姨，田姨！”

没等梁欣起身，正在收拾屋子的田娣抢先打开房门。进来的是同住一个楼里的本厂职工老唐的闺女。女孩一进屋，冲着在沙发上发愣的梁欣说：“叔，我爸今儿睁眼就喊胃疼，我又急着上班。麻烦您回头给照看一下，这是钥匙。”

“得了，你忙去吧！我这就上去看看。”梁欣爽气地答应着。等老唐的闺女一出门，他站起来就要上楼。

“你吃完早点再去，要不还得给你摆着，还在乎这一会儿。把那塑料袋里的菜，也给老唐带上去。他那腿脚不利落，省得跑啦。”

“早点你先放着，菜我拿上去，我估计老唐也没吃呢！”

“什么时候自家的事你也这么上心，那才叫我的福呢！”田娣看着要出门的梁欣叨唠着。

“这是要上哪儿啊？先等等。”

梁欣刚推开门，就见也是一个单位的老李挤了进来。看老李进了屋，梁欣拿出“都宝”想让烟！

“得了，你自个儿留着抽吧，那烟太硬！我跟你说，老刘他儿子上个月给他生了个孙子。昨儿老刘见着我，说想给孙子过满月，哥儿几个也聚聚。第一个就先让我告诉你！我琢磨着咱们怎么也得凑点喜钱。就怕你早起出门，所以早早来和你商量。”

“这还商量什么，一人五百呗！”

“五百是不是多点儿，我琢磨着一人二百得了，就是那么个意思！”

“老李你就不想想，老刘的老伴走得早，他一人又是爹又是娘把儿子拉扯大，不容易！这咱们都知道。去年他找的后老伴，老刘又好面子，咱哥儿几个不得给他在新老伴面前长长脸！”

“梁子，我真服你，什么事都替别人想全喽。得，就冲你，我也掏五百！”

田娣看老李出了屋，拉过梁欣说：“梁子，你知道我不是小气人，给刘师傅凑点喜钱也是应该的。可你就不想想，不到俩月咱都掏了三次五百了。儿子是给自个儿花，你是给哥们儿花，这日子还过不过了！”

“得嘞，我的夫人，都是哥们儿之间的事。你说他们有事，咱不想着，谁还给操这心？我知道这些日子开销是大了，要不这月我少抽一条烟？再说人家见你比亲嫂子都亲，那还不是花点钱、占上点工夫，日久天长换来的！跟这些哥们儿甭算细账！就这么着吧，给我点面子！”梁欣哄着田娣。

“你就会滑舌贫嘴地糊弄我，哪次说少抽烟，真给你少买了？我就是觉得这么一月一光，心里没底，怕再赶上点事！”

“想那么多干吗？大不了再上大街站几年岗，扛扛也就过去了！”

“说得轻巧，也不看你什么岁数了？谁还用你！”

“得、得！我也不和你说了，先看看老唐去吧，闹不好还得上医院！”

“问问他想吃点什么？我给他做！”

“行，行……”梁欣答应着，人已出了屋。

老唐大名叫唐中华，今年59，前几年得了痛风病，上下班走路都是个问题。又赶上厂里效益又不好，索性托人弄了个有害工种证明，没到点就办了退休手续。老唐别看脚有病，人倒显得十分年轻，一米六四的身高虽说矮了点，可头发总是染得漆黑，梳理得一丝不苟。加上“一白遮百丑”，穿衣服又讲究个颜色式样，那形象任人看了都会夸奖几句。

这老哥们儿没个别的爱好，就好一口酒！平时人也随和，自然不缺酒友。三天一小聚，五天一大聚，自己在家吃饭也得闷二两。老唐的老伴虽说也退了休，可雌威不减，把他看得齁儿紧。自打老唐有了痛风病后，老伴对他明示了限烟限酒令，零花钱也给减了三成。

这些日子老伴回南方娘家伺候父母去了，老唐浑身上下觉着轻松了不少，和朋友聚会自然又多了起来。闺女碰见这样难缠的老爸肯定是束手无策，索性不闻不问。实在看他喝得没了样，就下楼上梁欣这儿告状。

梁欣平时喜欢老唐待人的实诚劲，一来二去就成了无话不说哥们儿。听说他老哥们儿胃疼，自然是挂了心。梁欣一口气从自己住的一楼爬到了老唐的六楼，不等钥匙插进门锁，门就从里边打开了。老唐看着梁欣说：“我就知道这死丫头准去麻烦你！怎么又给拿菜来，又是嫂子买的吧？你们这两口子真行，街坊四邻、朋友们的事，没有你们不操心的。”说着把梁欣让到厅中沙发上就座，这就要张罗着给他沏茶。

梁欣忙拦住老唐，随口问道：“怎么样，胃还疼吗？别忍着，我陪你趁早上医院看看！弟妹这阵子走的时间可够长的，什么时候回来？”

“嗐，她这一走就得几个月。两老家儿都是奔九张的人了，见一面少一面，她回去不得尽尽孝！我这胃病也是好一阵坏一阵，今早晨疼起来想让闺女陪着上医院，人家说工作忙请不了假。你说这年头养活这孩子们干吗？都跟眼前花似的，有事一点指不上！”

“老唐，你知足吧！现在谁不知道生孩子就要女孩，那是生个情人，今后给家里带来个‘仆人’。别像我，生个儿子，那是得了个对头，将来还给你领回个‘仇人’。你说那不也得过！老唐啊，你这人哪儿都好，就是心眼小。我告诉你，这胃病三分靠治，七分靠养。怎么养？就得少操心！心理压力小了，病就好了一半。怎么着，咱别在这儿废话了，先上医院吧？”

“得了，梁哥！刚吃了药，又喝了瓶苏打水好多了。我就懒得去医院，乱乱哄哄，没病看着都能急出病来！今儿不是你们打球的日子吗？你那帮插队的哥们儿今儿来吗？好多日子没见他们上家来了，要不今儿中午就我这儿，大伙聚聚！”

“嗐，这不是天热吗？衣服都穿得少，上谁家也不方便。再说那帮人跟土匪似的，话又糙，谁敢招惹他们。今儿个打球他们肯定来，还有老苑。说是要好好练练参加老年队的比赛呢！今儿个可不能上你这儿，病病歪歪的，多不合适吗！”

“梁子，怎么说话呢？什么时候我和你客气过？你倒还来劲了！你那些插队发小，别人怎么说我不知道，我是从心里喜欢。都那么实在，没虚的！而且哥儿几个都那么敬重你，我这心里特羡慕。我要有这帮朋友，天天请他们喝酒都愿意。再有那苑师傅，我听你说，怎么，过去是当头儿的？瞧着戴个眼镜挺有知识的，怎么也跟你们混一块儿了？我看，今儿咱们说准了，中午就我这儿！我告诉你梁哥，跟你们在一块儿，再喝点酒聊聊天，比什么都痛快！梁子，我这可有病啊，别气我！你们要不来？我跟你急！”

“来！来！只要你病好了，怎么着都行。”梁欣笑着一边答应，一边出了老唐的家门。

梁欣回到家和田娣打了个招呼，告诉她中午不在家吃饭了，然后抓起两个老伴给准备的烧饼就直奔了球馆。

……

田娣看他出了门，手脚不闲，从小屋到大屋，拭家具墩地，不停地忙。田娣年轻时经人介绍认识了梁欣，当时她也是刚从东北兵团返城。好在父母都是市食品公司的干部，所以回来就在糕点厂上了班。认识了梁欣后，当时不嫌他家境差，不嫌他个子矮，就是觉得这人靠得住，是个本分人。结婚后，逐渐认识了他这些哥们儿，心里很替梁欣自豪！看着别人有钱、有权，有房、有车，她一点不眼红。她觉得，梁欣这帮哥们儿间的感情比那些金贵！有点事，哥们儿间你伸伸手我动动腿，看着那亲热劲，那才叫让人眼红。正想着，家里的电话“铃，铃”地响了起来。

“喂，喂，哪位？哟，是郭子吧？不是听说你们两口子去新疆玩了吗？什么时候回来的？噢，噢……嗳，送什么葡萄干啊？大热天的……想我们了，那就过来！正好梁子打球去了，中午那帮子肯定凑一块儿喝酒，剩我这一个，正闷呢！我这就炒几个菜，你过来咱姐俩也边吃边聊！想着啊，出门带把伞，今儿太阳毒……好了，等你。”田娣放下电话就手忙脚乱地准备起来。

郭子叫郭秀兰，是和田娣同车间的党支部书记，也是老三届的知青。那时，田娣因为待人热情爱帮助人，所以全票当选了车间的工会主席。俩人虽说都是兼职的，可车间二百多人又净是女工，自然磕磕碰碰鸡毛蒜皮的事少不了，她俩不分红脸白脸，这么多年下来总能把姐们儿间的矛盾摆平。在配合中，她俩自然成了好朋友。有时，田娣也跟梁欣吹吹牛：“梁子，我告诉你，别老觉着就你们哥们儿铁！我们厂里那些姐们儿的关系，一点不比你们差！”想起自己当年“过五关斩六将”的事，田娣心里美滋滋的！

2

梁欣赶到羽毛球馆，看见张成、“大个儿”和老苑已经练开了球。张成自小就是梁欣的影儿，两人关系比别人又近了几分。看见他连跑带颠地一进来，就喊道：“你就不能早出来会儿！这三缺一的球，打着没劲！快，快点换衣裳。”

“梁师傅，先别急着换！我那包里有身球衣，是儿子给我买的，又短又肥，我看你穿正合适。你换上给我看看。”说话的是老苑。

梁欣从老苑包里拿出衣服一看，是还没拆包装的“尤尼克斯”套装。这身行头在品牌店怎么也得四五百块。不由有点含糊，就开口问道：“苑哥，不对吧！你儿子在国外还能给你买球衣？你要是专门给我买的，这礼可有点……”

“梁子，你挺痛快的人，今儿怎么这么磨叽！你管他谁买的呢，穿着合适就是你的。”老苑说这话时看都没看梁欣，只顾接住“大个儿”扣过来的球。

“梁子，苑哥说给你，你就换上吧！都是实在人，客气什么，我这儿等着你呢！”张成边做着扣球动作，边说着梁欣。

“行！行！我这就换。刘星今儿怎么又没来呀？再不来，你告诉他，咱可除名了。”梁欣借着换衣裳的当口问着张成。

“他跟你一个单位的，有事得跟你请假，碍我什么事！”

“他是和我一个单位，可他跟你都住铁路小区！哪次你们都一块儿来，今儿你跟我装什么傻！”

“他住媳妇的房，我从来没上他家去过，你又不是不知道。”

“都是哥们儿，不至于，唉，抬头不见低头见的！”

“你拿他当哥们儿，谁知道人家拿咱们当不当哥们儿！昨儿个，我和‘大个儿’在小区门口碰见了他。他说上保定，和朋友喝酒去。可鬼才知道丫哪句话是真的！再说他也没说今儿不来打球。”

“梁……梁子，这身衣服你……你……你穿着还真……真合适，跟韩国的郑在成似的，浑……浑身都是专业范儿！”肖国平隔着网子也开了腔。

“得，你先别说我这身衣裳，你今儿这脸色可不正，眼泡儿也是肿的！又和谁生闲气了！”

“嗐，生……生什……么气！是……是酒……酒喝高……高了！”

肖国平看了张成一眼，掩饰着说道。

梁欣穿上衣服蹦了两下，拿起拍子，双腿跃起把张成送过来的平高球结结实实扣回了对方的底线。

“行！这姿势配上这身衣裳，真是比郑在成还霸气！我儿子好眼力，隔着太平洋就知道他梁叔穿多大的衣裳。”老苑开着玩笑。

照例是开张三盘球，今儿梁欣换上新球衣觉得格外气爽。有的没的，只要能起拍，都让他的大力抽杀得了分。眼瞧着那半场的张成和“大个儿”有点顶不住，开始不停地互相埋怨。先是张成嫌“大个儿”的平高球送不到位，老让梁欣大力抽杀得分。回头就听“大个儿”说：“瞧你……瞧你那小球放……放的！还……还嫌……嫌……嫌我臭！”俩人越埋怨，球打得越没了质量。

这回是“大个儿”放了小球让老苑猜个正着，网前一扑，把球扣在正想上前补位的张成身上。张成不干了，立马道：“该挑后场不挑，非要和人家玩小球，又现了吧！”

“不……不跟你……你……你玩了！”“大个儿”说不过张成，一赌气甩了拍子，一屁股坐在场边的椅子上。

“我这儿堵枪眼，他倒生气了！爱玩不玩！歇会儿，苑哥歇会儿吧！不打了！”张成说着也跑到场边，端起茶杯就是几大口凉茶。回头又拿起随身带的小暖瓶，张罗着给梁欣老苑续水。

“瞧……瞧你……你这……叛徒相！场……场上让……让……让人家蹂躏了，场下……”“大个儿”仍气不忿地挖苦着张成。

“那是我哥，我愿意，急死你！”张成回首甩了“大个儿”一句。

“成子，你歇会儿吧！‘大个儿’多老实的人，天天挨你挤对，今儿个人家也造反了，该！”梁欣数说着张成。

“梁子，你又拉偏架！还不都怨你，穿人家苑哥送的球衣高兴，可那得藏在心里。哪有你这么嘚瑟的！看你今儿这个欢！‘大个儿’，你说是不是？”

梁欣听了没言声，拿出都宝烟来，点着了，蹲到旮旯儿里边抽边瞧着几个人笑。

“今儿还挺自觉，知道自个儿那烟不是味，躲一边去了。苑哥来，抽我这‘长白山’！来吧，老抽你的了，今儿你也换换口味！”张成拿着烟让着老苑。

“梁子，你过来吧，没人嫌你的烟次，大伙琢磨琢磨咱这球该怎么打？”老苑叫着梁欣。

“苑哥，你又要上课，玩玩得了，你真够累的！”梁欣一边叨唠一边坐了过来。

“玩亦有道吗，干什么都得有点追求！别嫌烦！梁子，咱俩这搭档也有两三年了，怎么也得有点提高吧！”

“对，苑哥说得对！不能就这么瞎打，一块儿说说有好处。”“没……没错！”张成和“大个儿”都附和着。

“先说梁子，你中后场的威胁不小，可你一拍下去了，总担心自个儿的反手底线，不敢往前压！其实老年组里的对手，接杀时手腕力量不够，很难弹到你的后场底线，倒是轻拨变线两个前角或腰线威胁很大。你球杀得越重，回来得越快！让我补两角很吃力，你试试杀球后往前冲一步。要是对方不得要领，把球弹到中场，你连续扣杀得分概率很高。即便对方拨到腰上，你守着一边我就轻松多了。你看‘大个儿’，这方面做得就不错！还有……”

“我可和他比不了，他 1 米 9 还高高的，我才 1 米 65，他那一步顶我两步！”梁欣分辩着。

“不……不是你底……底线两大角遛……遛我的时候了？这……这会儿夸我了！”

“你还别不服气，我两底线只要有球速，‘大个儿’你还真跑不过来。”梁欣讲到这儿有点得意。

“苑哥，甭跟他废话，他不进油盐！一会儿，前后场遛他两次就不吹了。”张成接了一句。

“打……打，再……再打三盘，谁输谁……谁中午请客！”“请客！”眼看张成来了精神，大伙立时又叫起了阵。

“说到中午吃饭，我倒忘了，我楼上的唐师傅让咱们打完球去他那儿，还要喝二两哪！”

“得！得！梁子，咱不去他那儿成不成！不是我这人事多，我怎么瞧他都不顺眼，岁数也不小了，成天还挺能捯饬！一张瘪瘪嘴，就他能白话，个子不高，偏还有一双邪乎的大痛风脚，怎么瞧怎么不招人待见！”张成眼睛瞥着梁欣就是一通片儿汤话。

“你又不和人家搞对象，你管人家捯饬不捯饬！人家那脚是病，你不同情也就罢了，还数落人家！我看你事是够多的！”梁欣不买张成的账，立时用话顶了回来。

张成听了梁欣的数落，心里自然不服气，脖子上的青筋暴了起来！张嘴喊道：“你看得上他，你去！我回家自个儿喝去！”

“张师傅，你这是干吗？都这岁数了，能走到一块儿就是缘分！处得来多聊两句，处不来少聊两句，还至于发脾气！梁子，你赶紧给唐师傅去电话，让他别忙活。就他那痛风脚，肿得有人两脚宽，够让人心疼的。中午让他骑车出来，到你家门口的‘老北京食府’，大伙一块儿聚聚不就得了吗！”老苑一把稀泥抹了个严丝合缝，轻描淡写地制止了张成和梁欣的争执。

“苑……苑哥说……说得对！老……老唐这……人挺……挺不错的，人不……不小气，也……也挺随和，朋友有……有事也热……热心。又……又不是提……提干，还要党委政审，干……干吗呀！”“大个儿”边说边拍了拍边上的张成。

“嗨，我也就是那么一说，其实我俩没冤没仇的，不就一块儿喝点酒吗？犯不着给我做思想工作。”张成情绪转了过来，顺着“大个儿”的话下了台阶。

“那就定了，去‘老北京食府’，又便宜还有空调，中午我请！”老苑表了态。

“嗨，苑哥，这里你岁数最大，平常你说什么都是圣旨，我们哥们儿都得听着。可咱们不是定好规矩，咱们几个以后都 AA 制吗？别又闹事坏了规矩，行不？”张成有点不依不饶地说。

“行！行！AA 制，AA 制。”

梁欣看大伙都这么说，拿出手机拨通了老唐家的电话。

“铃铃”，电话响了半天，才听见老唐那边有了动静。

“干吗呢？怎么不接电话？”

“你可真行，查岗啊！还能干吗，把嫂子给买的菜连择带洗正忙呢！”

“别忙了，哥儿几个让你十一点半‘老北京食府’见！”

“怎么又变了！不是说好……”

“大伙心疼你，怕把你那痛风脚用残了。得了，哪儿不一样啊，不就是聚聚……”

“行！行！那我拿两瓶酒！”

“在饭店买那蓝瓶的凑合着喝吧，拿什么酒？再说你今儿胃又不舒服，还喝哪，不要命了！”

“得了，嗨！电话里有完没完？谈恋爱呢！”已经进了场地的张成催促着。

大伙吵吵着，又拿起拍子回到场地干了起来。两个多钟头的场租，打球的时间没有打嘴架的时间长。闹闹哄哄中到了时间，几个人汗流浃背地坐在场边，边擦汗换衣裳，边评论着今天一共打了几个好球。

……

去饭店的路上，老苑场上的威风荡然无存。刚才还蹦蹦跳跳的，现在走起来一瘸一拐的。梁欣知道老苑是老年性足跟疼，就有意走在老苑边上，让他扶着自己的肩膀。可巧，有几个十多岁的学生也相互勾肩搭背地走了过来，老苑看看自己的伙伴，又看看旁边的学生，说道：“老有老哥们儿，小有小哥们儿，但年龄不同，哥们儿的含义也就差之千里喽！”

“那可不吗！小哥们儿是玩伴，老哥们儿是老伴，能一样吗！”

“内容不同，精神层面是一致的……”

“苑哥歇菜吧！又层面了，太深！弄点通俗的，中午喝多少！”

几个人嘴不失闲地吵吵。梁欣隔着马路看见老唐已经站在饭馆门口，正向他们招手。路口还是红灯，大家耐着性子等着变灯。

“这灯怎么还不变绿，真烦！”梁欣边上的一小伙子耐不住等待，看准车流中一个空隙，抢步冲了过去。两边等得不耐烦的行人，看见有人带头，立时大摇大摆地跟了上去。原本直行的汽车只好踩下刹车，按动喇叭表示不满。

老苑笑着说:“这就是中国式过马路——只要人数够,神仙也得让路。据说心理专家有过分析，中国老百姓都有等待焦虑症，最长等待时间不能超过 90 秒。一脚刹车两毛钱，就这一下，这么多车，好几十块没了！还有尾气呢，那可是 PM2.5 的主要成分。”

进了饭馆，老苑岁数最大，自然坐了中间。“大个儿”和梁欣坐在老苑左右。张成坐在了梁欣下首，老唐坐在了“大个儿”下首。老唐张罗着点菜，又把带来的两瓶酒蹾在了桌上。“大个儿”拿过来就要开，张成一把拦住，说道：“你也不问问价，这是牛栏山的‘精品百年’，一瓶得二百多！”

“管它几百呢！拿来不就是喝的嘛，在家老伴、闺女看着不让喝，今碰见哥儿几个，还不好好撒撒欢！”老唐说着打开了酒瓶。

“真香，就是不一样！是比咱们平时喝的那蓝瓶酒香多了！”张成边吸着鼻子边赞叹道。

“不对！不对！怎么还有股臭咸带鱼味？老唐你这酒……”张成抢过老唐手里的酒瓶，边嘀咕边把眼睛望向老唐。

“爱喝不喝！我这酒……”老唐不高兴地从张成手里夺回酒瓶，放在鼻子上边闻边说道。

“得、得、得！是冤枉了老唐，准是梁子把鞋又脱了！梁子没你丫这样的，一双臭脚熏得满屋子臭，你就不能让嫂子帮你刷刷鞋。再说都六十多岁的人了，谁脚还这么臭！老唐你坐在外首，把梁子的鞋扔出去！”张成说着把梁欣脱下来的鞋用脚踢了出来。

“我可不敢扔他的鞋！上次在我家，我嫌他脚臭，让他把鞋提出去。人家可倒好，答应得特脆，可自己的鞋没动，把我的鞋给扔出去了！害得我下午想上街，满屋子找不着鞋！”老唐说着又把梁欣的鞋踢了回来。

“哄”，听了老唐的诉说，大伙都乐了。

“脚臭，说明梁子身体好，你们想臭恐怕还臭不了！人家那是排毒！梁子，可你也不能把人家的鞋扔出去呀！真看不出来，看着挺憨厚的，咋还干这事？”老苑听了老唐的诉说笑得前仰后合，拍着梁欣的后背说道。

梁欣听着大伙的调侃，一边低头穿鞋，一边不言声嘿嘿地乐。等大伙都消停了，才慢条斯理地冲正在点菜的老唐说道：“唐师傅，您菜别点了，大伙拿我垫牙就酒就齐活儿了！”

“说到脚，唐师傅您还真得少喝酒，这痛风比糖尿病还讨厌。你吃那点药都让酒冲没了，药劲什么时候能到您那脚上啊！”

“苑哥，您千万可别跟我还‘您、您’的，您这客气劲让我心里虚得慌！少喝点酒？我知道您是为我好，可这酒不喝到位，这精神头就上不来，恹恹的，生活一点质量都没有，那还活个什么劲！”

“目前这病止疼有药，根治没药。广告上吹得天花乱坠，实际一点疗效没有，就是骗钱！”

“唐师傅我劝你还是少喝。生活质量固然重要，可今后下不了地落了床，那罪谁也替不了……”

“苑哥，您真是我的亲哥！我听还不行吗？我今就三两，就三两！”

趁着菜还没上桌，梁欣扭头向边上的张成问道：“老妈最近怎么样？血压控制住了吗？”

“你还问呢，老娘打听你好几次了，临出来还跟我提你呢！我就整不明白，你是怎么把老太太糊弄舒服了！见着你这假儿子，比我这亲儿子还亲！其实我知道老太太的意思，她就希望家里来一屋子人，大伙‘老妈、伯母’地一通叫，美着呢！不过你抽空是得去看看，要不该骂我没告诉你了！”

张成、“大个儿”和梁欣同岁，只是梁欣生日比这俩大几个月。从上学到插队，梁欣没少往张成家跑。可巧老太太仨闺女，就张成一个男孩。所以张大妈特别喜欢梁欣。隔些日子不去，准惦记着。直到梁欣这么大岁数了，每年春节前，都得做好扒肉条、扣肉等传统菜，吆喝着张成给梁欣送过来。梁欣的父母去世早，每次去张成那儿，老太太都摇着八九十岁的身子，亲自张罗梁欣的吃喝。如此景象，总闹得梁欣心里酸酸得想要流泪。时间长了，只要日子一觉得过得孤单，他总会带上田娣上张成家待一天。陪老太太聊天，让老太太给他夹菜，重新在心里再体会那有娘疼的感觉。今天，张成说老太太想他了，不由在心里埋怨自己，最近为什么不去看看老人家？他心里内疚着，嘴上赶紧问道："你那几个妹妹这礼拜回家吗？她们要不去，我和田娣过去看看。"

"梁子你傻呀！你和嫂子去才得让她们来呢，要不谁做饭，谁伺候你！"

"我是怕老太太看人多，心里烦，去了我和田娣做饭！"

"你快歇菜吧，老太太能舍得让你做饭？你一去，把你往身边一拽，什么活儿都是我的，我才不傻呢！说好了，这礼拜你去，我把几个妹妹都叫来。几个妹夫拿烟、带酒伺候着，美去吧！"

这俩人说着，边上的老唐搭了茬儿："梁子，你真有人缘，老的小的都惦记你。要不这礼拜我也跟着去看看老太太。梁哥我跟你说，有个妈谁都喜欢，妈活多大岁数在儿女心里都是宝！不像咱们这些当爹的糟老头子，在哪儿也不招人待见！"

张成听见老唐说要和梁欣一块儿去，把脸往边上一扭假装没听见。

"老张，你可真是有福！都六十老几了还能在老妈跟前撒娇！"老苑没理会张成的态度，羡慕地看着张成说道。

"撒娇？苑哥你可说对了，就我那老妈，天天出幺蛾子！我几个妹妹谁也伺候不了，有时候把我也闹得哭笑不得！非得我撒娇耍赖一闹哄，老太太才能消停。这人一老都自私，老想着她自己，她出幺蛾子就是想让你哄着她，这才高兴！"

"别这么说，老家儿活着永远是儿孙的福。爹妈都一样，老人闹脾气就是想让你多关心，就跟孩子小时候撒娇一样，要不怎么叫'老小孩'。成子你可不能跟老人耍脾气！"老苑听见张成发牢骚，立马又插了一句。

"我哪敢呢！不为孝敬二字，也得给我闺女留点好印象，要不我老了谁管呀！"

"'大个儿'，最近胡琴还拉吗？"梁欣隔着桌向"大个儿"问道。

“烦……烦了就……就拉会儿，解……解闷呗！”

“你说的还真是，插队时候一烦就想听你拉琴！好像拉那玩意儿比听人讲道理都管用，那琴声能钻到你心里去！”

“这就是作曲家的高明之处！怎么，‘大个儿’你能拉二胡？”边上的老苑问道。

“苑哥你不知道？这丫的不但会，而且拉得不错呢！你说也怪，也没见他怎么练，也没个老师，他就无师自通！”

“这就是天赋，哪天有机会给老哥过过耳瘾！”

“苑……苑哥，你别……别……别听他们的！我也拉……拉……不好，就是……就是喜……喜欢！”“大个儿”脸红了，不好意思起来。

“瞧瞧，还脸红了，什么岁数了，还不好意思！”老唐看着“大个儿”调侃道。

“谁跟你一样，脸皮比城墙拐弯还厚！”张成顶了老唐一句。

“大个儿”用眼睛扫了老唐和张成一眼没有说话。

“老北京食府”在京城是连锁店，哥儿几个愿意上这儿来，就是图个京菜京味的感觉。每次来，羊油麻豆腐、炸灌肠、肚片、肥肠、豆汁儿、焦圈的先得弄一桌子垫补垫补，回头才是喝酒的事。今天也不例外，别看大家聊得唾沫星乱飞，桌上的小吃片刻间就扫荡了个八九分。几个人正发着狂，冷热菜一块儿上了桌。

老唐先站起来，端着满满的一杯酒，恭敬地对老苑说：“苑哥，您过去当过领导，在这群哥们儿里您就是大哥！我先敬您一杯，干一个！”说着，仰脖一口喝光了杯子里的酒。

“唐师傅，你是拍马屁，还是酒馋的！上来就干干的！哥儿几个坐这儿，酒就是个引子，不是就想聊聊天吗？”张成听见老唐张嘴心里就不痛快，自个儿又喝不了快酒，看见老唐干了杯，心里直起急，嘴里的话横着就冒了出来。

“成子，你干吗呢！没人让你干，急什么，慢慢喝。”梁欣替老唐解了围。

其实这几个人谁也不用劝，菜还没怎么动，一会儿一瓶酒就见了底。

梁欣“吸溜、吸溜”地品着酒，冲着张成说道：“刘星这小子真没福气，这么好的酒菜没赶上！”

“你心疼他，谁心疼你呀？那小子身上要有一身毛，比猴都精！我敢说，这丫的这会儿也没闲着，保证喝着哪，没准还喝的是花酒！”张成往嘴里扔了粒花生米，酸了吧唧地说道。

“你就不能想人家点好？他精，精他的，又不碍咱什么事。”

“他是不碍咱们的事！我就是腻味丫那劲！按说咱们亲不亲一块儿处这么多年了，谁还不知道谁！丫的在外边倒腾买卖，全世界人民都知道！嘿，丫的当咱们的面，一个字都不露！干吗呢？这么防着咱们，又没人和他借钱！”张成总觉着梁欣在给刘星护短，接过话头闲话就甩了出去。

“他做他的买卖，你打你的球，犯得着这么说人家！前几天星子见着我，还说月底大伙一块儿坐坐，他请客！”

“我的哥，还月底呢，今儿都二十八了！这还三天，人都见不着，请谁呀！糊弄日本鬼子吧！都是哥们儿，一点实诚劲没有，真没劲！”

“梁……梁子，刘星跟……跟他……媳……媳妇……是……不是……是……离……离婚了？”“大个儿”一直喝着闷酒，这时突然扭头向梁欣问道。

“到底是……是！还……还……是……不是！国平你……你……你把舌头捋……捋直了……再……再说。”张成学着结巴调侃着“大个儿”。

“大个儿”脸又红了，别过脸看着张成又没了话。

梁欣正为自己提起刘星挨张成挤对的事犯愁！突然又听了“大个儿”的问话，心里这个别扭！想借着酒劲，放开了说点这哥儿俩老想打听的事，又觉着背后议论朋友有点不够意思。“大个儿”又是个实在人，他又不好意思编谎。愣了会儿神，他才轻描淡写地说道：“离…是离了……是为了要房。刘星他媳妇在铁路，想多分套房，你们都知道，那小子在我们单位已经分过房了。就为这，俩人办的假……离婚。”

“梁子，一提到刘星的事你就支支吾吾的，你们俩是不是有故事啊？”张成看着梁欣的磕巴劲，刨根问底地起哄。

“有什么故事，都是些提不起来的糗事，没劲，咱不说了！”梁欣又打起了马虎眼。

“这……这小子真……真能算计，别假事变……变真，那他媳……媳妇可……可就真把刘……刘星坑了。”

“谁坑谁呀？说不准刘星那小子也没憋好屁，就等着假戏真做呢！梁子，你不知道，我们小区的街坊都问我，说那两口子怎么天天打架，而且准是为钱打架。那钱就真比夫妻感情重要？”

“清官难断家务事，一家有一家的活法！两口子打架甭管因为什么，别人永远猜不透……”

“你们瞎聊什么，这酒还喝不喝了？”老唐别看和刘星也是同事，可平时关系一般。今天看几个人没完没了地说刘星，心里不受用，端着酒杯发了难。

“唐师傅你先等会儿，我得去趟洗手间。”老苑说着站了起来。梁欣这才注意到老苑脸已通红，脖子胸口也都红得一塌糊涂。站起来时，身子也有点不稳。他知道老苑酒量不行，又有个晕尿池的毛病，赶紧站起来陪着老苑去了厕所。

老唐看着梁欣的举动，心里犯了嘀咕，心想：“这上厕所还用陪着，就说都是男人，那也有点……”他心里光想倒也无所谓，谁想这老先生心里搁不下事，随口就说了出来：“我说，这俩人是不是同性恋哪，怎么上厕所还拉着手一块儿去！”

“唐师傅，你说什么呢！您是不是同性恋呀？要不怎么都懂！”张成和梁子的感情本就决定了听不得一点对梁欣不好的话，更何况这话又是让老唐说出来。立时站起来对老唐有点急赤白脸。

“怎么了？不就随便一说吗，又没说你！”老唐的话也有点横。

“随便一说？我要说你搞破鞋，你爱听吗？这同性恋的话也是随便说的，那是埋汰人！这么大岁数了，怎么不懂事……”张成越喊声越高了起来。

“大个儿”在边上见势头不好，赶紧解释道：“唐师傅，你……你……不知道，有……有一次我……我们几个喝酒，那……那天苑……苑哥多喝了点，结……结果老哥摔……摔小便……小便器边上了，头……头……头上还碰破了一块。从……从那儿起，只要……只要苑哥去厕所，梁子准……准陪着。得，得！不知不……不为过。就……就当刚……刚……刚才刮了一阵风，把话……吹……吹跑了，直当什么也……也没说。都……都别生气！”

可是任凭“大个儿”费劲地做了解释，俩人对刚才的话都觉得有点不对劲，一时酒桌上的气氛有点沉闷。等梁欣和老苑从卫生间出来，看见三个人耷拉着脸闷坐着，就明白肯定是这仨人聊岔了。

梁欣乐了乐，说道：“怎么着唐师傅，舍不得开那瓶酒了。开！你给苑哥少倒点，你那儿倒半杯，剩下的我们仨均了。”

“先别忙，我先自罚一个！”老唐说着，打开酒瓶就把自己杯子里倒满酒，端起杯冲着梁欣和老苑说：“俩老哥，刚才是兄弟口下无德，我自罚一个！”说着仰脖干了。

“嗨，你说我什么了，就自罚一杯！”

“嗐，刚我看你陪苑哥去卫生间，还手拉着手，仗着酒劲说，你们俩是不是……是不是有点同性恋。说完，没等我后悔，张成就不干了，跟我戗戗了两句。我在这儿给俩哥哥赔礼了！”

“嗳，多大点事，还用赔礼！都这把年龄了，爱恋谁恋谁，连老婆知道了都懒得搭理你。再说这恋也分好几种，咱们哥儿几个要不恋？干吗一个礼拜见不着就想得慌！张成你小子说实话，咱俩打小就在一块儿，上学插队又在一块儿，调回北京又在一块儿，你恋不恋我？你要说个‘不’字，我立马和你掰！行了，都别往心里去。喝酒！喝酒！”

“喝！喝！张哥咱俩碰一个，给个面儿。”老唐顺着梁欣话里的台阶，端起酒杯看着张成说道。

“说什么呢唐师傅？您给个面儿，刚老哥那话有点噎人，别在意。”张成眼瞧着老唐当着大伙把事挑明，又赔礼又罚酒，不由对自个儿刚才的举动也有点后悔。这又看老唐端着杯给自己找台阶，哪还好意思较劲，赶紧端杯给老唐说着好话。

“在什么意呀，都是痛快人，哪那么小心眼啊？真要那样，还叫哥们儿吗？来，喝！”

“梁……子，过几……几天该过……过生……生日了吧？”“大个儿”结结巴巴地又开了口。

“行啊‘大个儿’！你可真是哑巴吃饺子——心里有数，这心里还真惦记着！”张成这边和老唐喝着，嘴里酒一咽下去，又拿“大个儿”开起玩笑。

“谁过生日？”老苑迷迷糊糊地问了一句。

“是……是梁……梁……”

“是梁子要过生日了，今年我给做东！”张成嫌“大个儿”说着费劲，截下了“大个儿”的话头抢先说道。

“梁子，这六十岁以后不能过生日的旧理你不懂？”老苑盯着梁欣问道。

“怎么了苑哥，这里还有讲究？”

“当然有了！六十岁以后不过生日，是省得让阎王爷知道你还活着，一个不留情销了你的名！”

“哎哟我的天，这酒咱们在一块儿还没喝够呢，千万可别！千万别除名！梁子到时候咱换个说法，别把酒钱省下不就得了！”

“我看成！”

“对，到时候换个说法不就得了！”

“嗨，把媳妇都带来，几家聚一下！来，干了杯中酒，这事就定了！”

老苑随着大家伙的话音，喝干了自己的杯中酒。再想续，瓶里已经没了东西。随手拿起“大个儿”的杯子，就要往自己杯中倒。“大个儿”想拦，老苑说道：“别拦我，我心里有数，这点酒没事！今儿借着酒劲，我给你们说说我和梁子的交情。那是……那是零……零三年，我坐着单位的车去市局办事。车子右转，可巧有个骑车的抢红灯直行，正跟我那车顶上。骑车的是个小伙子，躺在地上不起来，非要我的司机掏一千块钱私了。按我的想法，一千就一千吧，谁让赶上了，倒霉！我这儿正掏钱哪，路口一个带袖标的交通协理跑了过来，冲那小伙子说：‘得了哥们儿，起来吧！我在边上看着哪，没碰着你哪儿。你闯红灯，是你违章。

再说，你在这路口碰瓷也不是一次了，我都认识你了！你要不服气，我这就叫警察，咱们派出所说理去。’

“‘算你狠，你等着，哪天我找人……’小伙子爬起来，嘴里叫着，狠狠瞪了一眼那名协理，推上车就跑了。

“麻烦没了，我让司机从车上拿了条烟，要好好谢谢这位协理。可人家什么也没说，摆摆手就走了。等我们开车上了路，司机说：‘领导，您说现今真是什么人都有！有碰瓷讹钱的，还有仗义执言不计报酬的！您说刚才那协理，肯定不富裕，长得跟板儿爷似的，可这心眼还真不错！’

“事摆平了，可我还是有点担心。担心我开车走了，回头碰瓷的带人来找那位协理的麻烦。我心里明白，当时在马路上站岗当协理的，十个有九个是下岗职工。干一个月也就八九百块钱，再要因为我摊上麻烦，那就太不合适了！因此我让司机把车停在路边，又让司机返身去找那名协理，并嘱咐一定把我的手机号告诉人家。真有了麻烦，好联系。事情也就这么过去了，这么多年人家协理也没来过电话，我把这事也就忘了。

“前几年我退了休，想活动活动身体，平时又喜欢打羽毛球，就找了个同事来宣武体育馆打球。没想正值暑假，学生打球的人多，没有场地。跟人家管场地的磨了半天也没用。正准备悻悻走人，觉着有个人拍我肩膀，我扭身一瞧，眼前站着一个标准北京板儿爷，四方脸、小板儿寸、敦实的身量。当时我一愣，就觉着这人眼熟，可又想不起在哪儿见过。犹豫中人家先开了口：‘大哥，您把我忘了吧？还记得在XXX路口，您坐那车有人碰瓷的事吗？’人家这一说，我这才想起眼前的板儿爷，可不正是自己想谢却没能谢成的人吗？当时也不容我细想，就被那位曾经的协理拉到他们的场地上打了两钟头。分手时，我想分担点场租费，人家大手一把攥住我，说这是缘分！一来二去，一块儿打球这也有几年了。我不用介绍，你们也明白这位板儿爷是谁。说心里话，这几年和你们几个哥们儿处得不错。我从心里觉得，像梁欣这样的哥们儿可交！这样的哥们儿，什么时候心里想的都是别人！说句良心话，跟你们这哥儿几个处着简单，没那么多虚礼！就今儿唐师傅说的什么同性恋的话，要在我原来的单位，就是看出来也没人说。找机会让你现眼，好在边上看乐。可你要真说出来，得让人家恨一辈子！绝不会像今天，说开了就完事，这么痛快！”老苑说到这儿，不知是因为酒劲，还是动了感情，眼圈有点发红。

“都是些陈芝麻烂谷子的事，要说当年您给留电话联系的事，苑哥，我今儿跟你说实话，如果没有再次见面的缘分，我是不会和您联系的。您一看就是个当官的，我一个下岗工人，我和您掺和什么。可后来和您这一处，您这人不但羽毛球打得好，人也好！没架子，有知识，也不知道我们这群板儿爷，哪儿修来的福气交了您这样的哥们儿。唉，不对，应该叫朋友！”

“别价，梁子，就叫哥们儿！我觉着哥们儿这词更有亲情味。”

“听你们俩一聊，我才明白，原来你们是这么交上的！巧成，纯属巧成！我喝一大口，苑哥你随意，梁哥你不行，你得下一半！”老唐来了劲。

“凭什么呀？你喝一口，让我喝一半，我这可是满杯！”

“喝吧，梁子！我和‘大个儿’陪你，唐师傅脚有病，让他少喝点！”张成半明白半醉地替老唐说起了好话。

“行！打虎亲兄弟，上阵父子兵，咱哥儿仨借着老唐的酒，是该喝一个。来！一人半杯，走着！”

梁欣哥儿仨正干着杯里的酒，老唐听见兜里的手机响。他掏出来一看，是个陌生的号码。不等他把手机放在耳朵边，就听里边一个女人有些娇嗲的语音：“大哥你想不起我了吧？那天在菜市场……您好好想想……”老唐一听里边的语声，赶紧捂着话筒走到了一边，小声地说：“想起来了，大妹子，你……什么，到我楼下了！你等我？好……好等我……我马上回去！”老唐这几句话说完，头上已冒了虚汗。

他扭身回到桌前，看着还在兴头上的几个人，有些不好意思地说道：“哥儿几个，对不住了！家里有点急事……”

“有事你先忙去吧，我们再聊会儿。”梁欣善解人意地赶紧说道。

老苑看老唐要走，急忙从座位站起来，把老唐拉到一边，说道：“唐师傅，你这痛风病，得上了不是一天的毛病，要想治也不是一天的事。别老靠‘秋水仙碱’顶着，得从根上调理。你看，前几天《晚报》上有一条健康广告，说吃乌鸡白凤丸管用，广告我给你剪下来了。本想今儿打球让梁子捎给你，可巧咱们见了面，您收好。再有，我劝您别不爱听，酒真得少喝，有能力多活动活动，出点汗，也能帮助排酸，要不一块儿来和我们打打羽毛球……”

“苑哥，你快让老唐先回家吧，人家有急事！有什么话下次再说。”张成看老唐站那儿听老苑没完没了地说，急得直出汗，赶紧出来拦住了老苑的话头。

“苑哥是从心里疼我，没事，没事！苑哥您说……您说！”老唐边客气着，人已向门口走去。

等老唐有些慌乱地离开后，老苑有些纳闷地问道：“老唐怎么了？刚才还好好的，接个电话满脸通红，怎么紧张兮兮的？”

“不会有什么大事吧？我一会儿上去看看。”梁欣说道。

……

老唐出了饭店，一溜小跑往家赶。心里像揣了十几只兔子，咚咚直跳。“真是交了桃花运了？怎么说来还真就来了……”

说来，这真是个巧事。前些日子，他去菜市场回来的路上，一边看着篮子里的菜，一边算着菜价，没承想和别人撞了个满怀。他有些恼，可看着对面撞他的是个女的，肥大的胸口让老唐隔着衣服都感到了柔软，不由气消了一半。

“大哥，您要香蕉吗？”女人晃着手里的一根香蕉说。

“买什么香蕉？菜市场有的是！”

“哟，这您都不懂！这香蕉跟里头的可不一样，除了贵点，包您满意！”女人说着又上下晃了晃手里的香蕉。

老唐看着女人手上的动作，瞬间像是明白了什么。脑子里立时想起，前几天厂里几个退了休的老哥们儿喝多了酒，说起的如今洗头房、洗脚房里的馊事。当时听得他脸红心跳，心里直那个劲的。想到这儿，他觉着脸腾地红了起来，浑身觉得燥热，嘴上也结巴了起来。

“您说的香……蕉，怎……怎么卖……怎么……卖？”

对面的女人听见老唐问，立时侧过了脸，用眼角瞟了老唐一下，扭着肥大的臀部说：“我这香蕉可贵，大哥你……”

老唐一辈子没有过闲心，偶尔看见女人对着男人秋波闪闪还是在电视里。今天被比自己年轻不少，又颇有几分姿色的丰满女人目光一扫，立马没了招架。他有些怕，也有些跃跃欲试。正犹豫着，女人见周围的人多了起来，随手将手里的香蕉塞在了老唐手里，边笑边向前走去。老唐想追过去，又觉着有点……不由怔怔地发起了呆。

回到家他有些恼：“还是个男人吗？真没出息！送到嘴的肉没吃上！”随手将手里捏着的香蕉扔在了地上。随着香蕉在地上翻了个身，老唐才看见香蕉皮上清晰地写着一个电话号码。

老唐本来和老伴到了这个年龄，床上的事也就是有一搭没一搭。老伴一走几个月，他也没觉出哪儿不自在。可此时一股邪火蹿了上来，让他竟有了久违的冲动。这回他没有犹豫，立马拨通了电话。

可和女人的电话通了好几天，就再没了信儿！老唐火热的心也凉了下来。谁想，今天说来就来了！想着一会儿也许……老唐立时感到浑身热辣辣的，嗓子干得像要冒烟。平常走道都得轻拿轻放的脚，这时疼感也轻了不少。

3

这顿饭吃得时间有点长，梁欣觉着大厅里逐渐没了喧闹。站起身一看，整个饭馆食客全无。服务员有的吃饭，有的聚在一起玩牌，有的索性几张椅子一拼，在上面放了平。

“有点不好意思了，我说，咱们撤吧，影响人家休息了！”

一说撤，“大个儿”先跑到前台去结账。可碰了壁，原来老苑进来时候就交了押金。

“得！这回咱破一次规矩，怎么说我条件比你们要强点！好兄弟们，给老哥这次机会！”

“行，行！谢谢苑哥！”

“下礼拜打球把老唐叫上！”

“喝了酒了，你们骑车的也算酒驾，都慢点！”

大家拉拉手，嘱咐着，这才各自回家。

梁欣和哥儿几个临分手时，避开“大个儿”叫过张成说：“成子，我怎么看‘大个儿’的话越来越少。今儿酒桌上这么闹，也没听他说几句话，老自个儿闷头喝，是抑郁了吧！你们住得近，没事约他聊聊天，别真落了病！”

“不至于吧，今儿不是还行吗？行，我盯着他点。”张成答应道。

梁欣估计田娣在睡午觉，没敲门，直接用钥匙开门进了屋。一看老伴脸红扑扑的，显得年轻了许多，正在手脚麻利地收拾屋子。看着桌上放着两袋葡萄干，就知道中午家里来了人，田娣和客人喝了酒。桌上的东西肯定是客人送的，故意摆在显眼的位置给自己看。梁欣心里明白了，嘴上却不说，闷着头进卧室，就要睡觉。果然老伴沉不住气了，拿着东西追进屋来，说道：“中午郭子来了，我俩喝了点酒！人家两口子上新疆刚回来，还给咱带了东西。梁子你什么时候也带我出去玩玩！”说完美不唧儿地一晃身出了屋。

老伴的表情让梁欣心里又是一阵内疚：“真难为她了，都六十老几的人了，还从没有带她出去旅游过。看着人家去，心里羡慕，可从来不讲，这是中午喝了点酒，头一次提出要旅游！两袋葡萄干就让她心里美成这样！我这男人是干什么的！”内疚的心情刹那间让他心里有了一股潮热，立马追出卧室，揽过老伴就是一次热吻。老伴推脱着，嘴里叨唠着：“哎哟，都什么岁数，还……”梁欣用嘴唇让老伴停止了叨唠，这才觉出田娣的吻依然温润并富有弹性。

“咔嚓，咔嚓”，是钥匙插进门锁的声音。梁欣松开老伴，心里有些气恼地想：“准是儿子回来了，这小子在外边忙什么哪，也这点儿回来，真不是时候！”

“妈，我要结婚！”小宝进屋看都没看他们一眼，硬邦邦地甩了一句话，就进了自己的小屋。

“跟谁结呀？你有女朋友了？”田娣赶紧问道。

“早就有了，网上都认识好几个月了，这些日子我们老见面！”

“你还真在网上……我的天！结婚这么大的事，你们刚认识，这说结婚就结婚？”

“哎哟，儿子有女朋友了！怎么样啊？快跟妈说说！”

“怎么还不得比你长得漂亮！”小宝瞥了一眼田娣，有点蔑视地说。

“小宝，你这是怎么和妈说话哪？儿不嫌母丑，狗不嫌家贫，这道理……”

“得！您别给我卖三字经，我不嫌您丑。是您非要问我，我这是实事求是！”

“田娣，你别理他，跟他废什么话！到现在你都三十老几了，一个大子儿也挣不回来，一句人话不会说。你结婚？你发昏吧！”梁欣大着嗓子喊了一句。

田娣看梁欣又要起急，连忙拿着一袋葡萄干进了儿子的房间。梁欣隔着门听见小宝不乐意地说：“一个大子儿挣不着怎么了？不挣钱就不能结婚？婚姻自由，你懂法吗？”

“你再着急，也得先找上工作呀！要不媳妇进了门，以后再有了孩子，谁养活你呀！”是田娣的话音。

“谁养活？你和我爸养活我！这是天经地义的事，有什么可商量的！你们生我的时候和我商量了吗？噢，现在嫌我不挣钱了！我告诉你们，生我就得养活我，甭废那份话！这些日子就算便宜你们了，每次给我那俩破钱儿，中午吃顿饭就光了，想给人家买点东西都没钱。我这面子都让你们给丢光了！”

“什么？你们两人吃顿饭就五百！中午我们五个人才用了二百多，你就造吧！”梁欣气不忿地嚷嚷着。

“都像你们这些有骨头没肉的老东西，社会还怎么进步！”

“你说谁老东西呢？没我们这些老东西，能有你这小东西！我告诉你，网上认识的有几个好东西，净是骗子！”

“我就喜欢骗子，你们有本事也上网给我骗回一个来看看！我告诉你们，明天我女朋友和她父母要来咱们家，我的婚事成不成，你们看着办！我还告诉你们，没个百八十万别养儿子，省得好苗子也毁在你们手里，一辈子跟着你们活受罪！”

梁欣让儿子胡说八道地乱挤对，心里想说的话一句也讲不出来，只觉着一股怒气往上升，顶上的头发茬都一根根地立了起来。他猛地站起来，就要往儿子的屋里冲。可一站起来又突然想到：“现在可不是发火、动手的时候，明天人家真要上了门可……再说，田娣这当妈的……”想到这儿，他跟泄了气的皮球一样，软软地倒在了沙发里。

也不知过了多久，田娣落着泪从小宝的屋里走了出来。看见梁欣还呆坐在厅里的沙发上，不由分说拉上他就回了卧室。

俩人进了屋，田娣趴在梁欣的肩上就“呜呜”哭个不停。一会儿，梁欣就觉得肩上的衣裳被田娣的泪水打湿了一片。看着老伴抽动的双肩，他的心里又着急又心疼，不由地拍着田娣的后背柔声地说：“怎么了，田儿？他跟你说什么了，这么委屈？得，心里有委屈就哭！哭痛快了，有事咱再商量，别着急。有我，不是有我呢吗！”

听了梁欣的话，田娣渐渐止住了哭，带着些抽泣说道：“梁子，我跟你说，你可不能急！宝儿不但真搞上了对象，而且……而且和那女孩已经有了……已经有了！你说……你说咱可怎么办，只能应下了吧！”

“有什么了？有什么有啊！你……说清楚了！”

“小宝……小宝和人家女孩有……有孕了！”

“什么？有……有孕了！不……不可能！你过去再问问那小兔崽子，让他说清楚！这统共才见了几面，怎么……怎么就……就……唉……我的天哪……”梁欣的脸红了，说话的声也显得高了几分。

“哎哟……你又发火！明天人家父母就要上门了！他爸，现在可没时间发火了！你先拿个主意，看明天怎么办吧！”田娣用双手不断擂着梁欣的胸脯说道。

“他们来不就是看看吗？有什么了不起的！”梁欣大大咧咧地说。

“哎哟，你怎么就不明白！人家父母一是来问罪，二是要咱们一个说法！你要不答应……不答应，人家上派出所一告，小宝不就成了强奸犯！到时候，不但儿子要被追究责任，咱这老脸往哪儿搁呀？儿子再不好，那也是咱的心头肉，咱们……咱们就别逼小宝了，别逼他了！”田娣说完又是泣不成声。

梁欣听田娣这么一解释，才算明白了问题的严重性。立时倒吸了一口凉气，嘴里不由得叨唠道：“这……这怎么还没怎么哪就怀上了！你……你让我怎么办？”

他想着平日里朋友、哥们儿中但凡儿女婚事，都是喜气洋洋，谁想轮到自己儿子要结婚，竟是这般光景。可眼看着仍在哭泣的老伴，他知道再难的戏也得唱！于是缓了缓劲，拍拍田娣的背，有几分诙谐又有几分无奈地说：“好事！喜事！人家孩子找不着对象的多了，你看家长多着急。咱儿子挣钱的本事没有，找对象的本事倒无师自通。这一进门，还要双喜临门。得了老伴，别哭了，走一步看一步，留着点眼泪以后用。明儿人家来，还得收拾收拾，准备准备。你还得练着当婆婆哪，眼睛哭肿了让人笑话！明天你自己也打扮打扮，别让没见过面的儿媳妇小瞧了你。听话，快别哭了！”

“那你不许和儿子怄气了，要说小宝三十多了也该……”

“还怄什么气，都生米做成熟饭了，咱就等着揭糊锅吧！”

梁欣中午喝的那点酒回来这么一闹全出去了，脑子里开始盘算明天这出戏该怎么唱。“男大当婚，女大当嫁”的理，他当然明白，他是生儿子的气！一是，这么大的事，事先也不和家里商量；二是，一点上进心没有，好吃懒做屁本事没有；三是，怎么就不学好，和人家姑娘还没怎么着，就先办了事。明天人家家长进门肯定没好脸子，什么难听的话都只能听着。自己倒无所谓，一个大男人，人家爱说什么说去吧！只是田娣，本来话就来得慢，明天一挨挤对能受得了吗？把她支使出去，自己唱独角戏？不行，中午还得张罗饭哪。再者，人家见不着女主人，肯定说你没诚意，把事搞僵了可就更麻烦了！退一步讲，就算自己能应付，田娣她也不会答应。

梁欣又琢磨了会儿，才对田娣说道：“明儿他们来了，你忙里忙外的事多干，少落座。和他们谈的事，我来！你哪，今儿下午四五点钟出去买点菜，明儿早晨再弄条鱼，怎么咱也得弄几个合口的菜，别让人家笑话。再想着买点水果，洗个盘子摆在茶几上，吃不吃得像那个意思。烟、酒、茶，我准备。今晚上吃点简单的，我看你上午买的有茄子，我做个茄子卤，咱拉条子吃。得了，别想那么多，还是那句话，有我呢！你就记着把该吃的药按时吃了，血压别上去就行。”

田娣让梁欣这么一劝，情绪稳定了许多。抹抹眼睛，有点不好意思地冲着梁欣说道：“你当我是傻子，还用你这么嘱咐！我琢磨，明儿这事没准还是好事呢！你想，小宝这回还不该想着找工作了。真要儿子能踏实地找个活儿干，我还真得谢谢人家姑娘呢！”说着回手拍了一下梁欣的脸。俩人正聊着，厅里的电话响了起来，田娣扭身出了卧室去接电话。

“喂，喂……是成子呀，今儿喝多了没有？别蒙嫂子，看梁子那表情，肯定你们都没少喝。你梁哥在，在哪，梁子出来接电话。”

梁欣听见动静跑过来接过电话，张口说道：“成子，你喝了酒不老实歇会儿，打什么电话！有事？什么，刘星病了？正……用救护车从保定往北京赶？什么病？什么，刘星说的听不清？奔宣武了！嘿，刘星这小子病糊涂了？怎么这回先给你来电话了？”

“我还纳闷呢，今儿太阳从西边出来了？这么看得起我！”张成在电话那头边说边乐。

“你还有心乐！怎么着，我是等你，还是先去宣武医院看看？什么……等你，你开车接我？你刚喝了酒开车行吗？别再让警察抓你个醉驾！什么，这点没人查？你就作吧！好，那你别着急，慢点开。好！好！”

梁欣撂下电话又对老伴喊道：“田娣……田娣你过来，刘星那小子住院了，可能病得不轻！一会儿成子来接我上医院，你按我说的做准备。就是茄子卤我做不成了，我得出街口等成子，省得车在院里不好掉头。还有待会儿买菜的时候，叫上小宝，得让他知道，来个人待客不容易！再探探这小子的口风，看有没有想上班的意思。”

“行，我知道。你不说，我也得和他聊聊，想办法哄着他找点事干。

哎，刘星不是身体挺棒的吗？什么病，这么邪乎，还用救护车往回拉！”

“我也不知道，电话里也说不清。这小子今儿没来打球，说是有朋友接他去保定喝酒去了。现在是保定的急救车往这儿赶，肯定是病得不轻，要不能用救护车往北京拉！”梁欣说着就要出屋。

“等等，拿着你的手机……你看，有好些个未接电话，别……”田娣举着手机喊道。

“可不……可不都是刘星的！刚这一乱，差点误事！”梁欣扫了一眼手机上的显示，冲田娣说道。

梁欣一出门，突然想起了老唐。这老哥们儿走的时候慌里慌张，别真是家里有什么急事吧？不行，我还是先去看看吧。想着，“噔、噔、噔”，一口气爬上了六楼。

……

却说老唐怀里揣着炭火似的往家赶。老远一看，真有个女人站在小区门口一棵大椿树下，像是等人。走近一看，可不正是那天在菜市场外碰见的女人。女人也看见了老唐，顺手把搭在肩头的长发甩在了身后，冲着老唐迎了过来。

老唐刚要说话，那女人看老唐赶得满脸是汗，先面带三分笑地开了口：“大哥，看您累的，喝酒了吧！大哥，这么热的天，您真得少喝点。这身子骨，那不是自己的吗！”

“不累，不累！您早到了？要不咱上家喝口水歇歇？”老唐心里想着那事，又不便直说，急赤白脸地就想带女人回家。

“哎哟！那可不行，您这儿人多眼杂的，我可不敢去！再说要是碰见嫂子……那多不方便呢！”

“你嫂子出远门了，闺女上班，没闲人，方便，方便！”老唐心里有想法，思想上没了防线，一股脑儿说了实话。

“哎哟，您今儿方便，我可不方便！我今儿是赶上了急事，想让大哥您帮忙呢！”

“帮什么忙？你说！”

“说来不好意思，刚和您认识就张嘴。可我这也是没办法，在这儿人生地不熟的。”

“得！你就别客气了，什么事？说！”老唐心里有杂念，摆出一副大男人的劲说道。

“嗐，我那没用的老公三天前让车撞了，现在还躺在医院要死要活的。医院天天催着交费！我这两天该想的办法都想了，可我一个女人，一时上哪儿找那么多钱，在这儿我又没有熟人。大哥！我是想让你帮帮我，借……”说着女人双手捂脸竟哭了起来。

“想借钱！”对方一提钱，老唐的警惕性立时提高了不少，心里想：“别是个女骗子吧？”他这心眼一活动，态度自然就有点冷。

“大哥，我知道您不信我！我真是有难呢！要不，我也不会走这条路。”

“那我凭什么信你？”老唐碍不过面子还是开了口。

“您信不过我的人，还信不过我这儿吗？”女人看老唐还在犹豫，一把把他拉到椿树后面，顺手抓住老唐的手按在了自己的胸口上。

老唐未及反应，手已摸在了女人的奶子上。并明显地感觉到女人连胸衣也没穿，隔着一层薄薄的外衣，仿佛手直接摸在了那面团般柔软的尤物上。这一惊非同小可，老唐瞬时觉得自己浑身战栗起来，嘴也不听使唤地嗫嚅起来：“别……别，大妹子，这不行！”

他理智地想缩回手，可在本能的驱使下，还是下意识地在女人坚挺的奶子上摸索了一下乳头。女人扭捏着，浑身的肉像是没了骨架立时就要软瘫。

老唐这时脑子一热，竟有了一掷千金的冲动，爽气地问道：“钱！你想借多少？”

“我看您也不富裕，您就先借我三千。”

“三千！”老唐一听这个数，立时有了敲骨吸髓的痛感，那可是他一个月的退休费，不由地发出一声惊呼。

“您这不是救人积德行善吗？再说我这人都押给您了，大哥您就行行好！”女人边说，边用手摸了摸老唐的小腹。

老唐立时又是一阵战栗，嘴上早就软了下来：“三千就三千！这可是借啊！”

“您放心，可不是借吗！我这借条都写好了。”女人赶紧说道。

老唐上楼取了钱交到女人手里，眼看着她扭着屁股消失在人群中，才意犹未尽地回到家。坐在门厅的沙发里喝了一口凉茶，觉出身上的背心已湿腻腻地贴在了背上，内裤也像是黏黏糊糊的，显着那么难受！伸手一摸，才知刚才的一阵战栗竟是付出了代价。

“真没用，还没见真章呢，将军先尿了！”他气恼地骂了自己一句，起身在卫生间冲了个澡。当他惫软地躺在床上，叼起一颗烟，脑子随着嘴中喷出去的烟，又体味起刚才战栗中的愉悦，不由心中想：“这年轻新婚时都没有的感觉，怎么老了老了倒这么刺激！真没出息！”可一想三千块钱就这么借出去了，心里又觉着不踏实。正在此时，传来了敲门声。

“咚、咚、咚！”

“唐师傅！唐师傅！家里没事吧！”

老唐听出是梁欣的声音，赶紧下床，给梁欣打开门。一边让梁欣进屋，一边说道：“没事，没事！就是来了个客，来了个客人，这么点事，还让你惦记着……”

“行、行，您没事，我就不进屋了。”梁欣和老唐客气了几句，下楼赶紧赶到小区门口。

……

梁欣和张成赶到宣武医院，才知道汽车这会儿成了累赘。医院门口的车排了有一里多长。梁欣心里起急，就跟张成说：“成子，你慢慢排着，我走过去先奔急诊看看情况。你甭着急，有变化给你打电话。”

梁欣连推带挤小跑着总算进了医院，懵懵懂懂地站在院里找不着急诊室的门，脑门子却让三四点钟的毒太阳晒出一层油汗。他急喘喘地拦住一个从身边经过的护士，问道：“大夫，去急诊怎么走？”

“这么大的字你看不见！文盲啊？”护士爱搭不理地说着，随手一指。梁欣顺着女护士的手指一看，原来急诊室就在对面，近在咫尺！“真笨，眼睛长脚后跟上了！”他拍了拍满是油汗的脑门，有点气恼地抱怨了一句。

急诊里人流穿梭，梁欣的心里急，他用焦躁的目光搜索着走廊过道里的病人。没有！几间观察室里也没有刘星的影子。梁欣挤到护士站，趁值班护士稍有空闲，急忙问道："大夫，刚才有个由保定转过来的病人吗？"

"叫什么名？我们不管是哪儿转来的。"

"对不起，叫刘星！"

"没有！"护士翻了翻留观病人记录后回答道。

"没有？"梁欣有点愣，"准是张成没听清，刘星根本没在这儿！"

想到这儿，他掏出手机直接拨通了刘星的电话。"嘀、嘀……"没人接。他固执地再次拨通。"嘀""哎……我是刘星……我在北医，在……快……来看看我……"

梁欣顾不得多想，拔腿就跑。等到他赶到医院大门口，张成的车离大门还有个二三十辆车。梁欣冲正着急的张成喊道："别排了，掉头，掉头！刘星在北医哪，根本没在这儿！你那是什么耳朵？"

"这小子亲口说在宣武！怎么又成了北医？这孙子……"

可等他们费了九牛二虎之力赶到北医，整个过程又让梁欣重复了一遍，依然没有刘星的影子。

"你说我没听清，你不是也没听清吗！要我说，这丫的就是糊涂了，可能他自己也不知道在哪儿！"

"有这种可能，成子咱别这么瞎撞了。你找个有车位的快餐店，咱俩吃点东西，歇会儿。回头给刘星他媳妇打个电话，说不定人家已经在医院了。"

太阳下山了，余晖在天边留下了一抹赤红。张成在车场停稳了车，梁欣从车上下来，手搭凉棚望着天空说："这都快七点了，天还没见黑，像要把人熬死！"

"真热！都说武汉是'热都'，我看这头把交椅该让给北京了！我跟你说，别看天气预报老说是 35 度，实际上得够 40 度。他们不敢报，他们一说实话，不但市里高温费不够发，好多露天工作都得停。这要一停，市里的 GDP 上哪儿完成去！"张成不失闲地发着牢骚。

“我说你哪儿那么多屁话，赶紧进去占个座，我得弄瓶冰啤，你来什么饮料？”

“得了，给你省下吧，给瓶矿泉水就行。要知道满不是那么回事，我才不开车哪，也来瓶冰啤多爽！”

俩人要了两碗凉面，“吸溜、吸溜”地吃着。张成吃不了辣，一个劲地咧嘴，又把碗里的两块肥肉片挑了出来。

“成子，你现在是越岁数大越事多，原来插队的时候，你什么不吃啊？每天吃辣椒油泼面，你比谁少吃了？还专捡那焦黄的辣椒吃，那会儿怎么不嫌辣呀？现在可倒好，连肉都得挑出来了，牛得你！”

“今非昔比喽，梁哥！那会儿肚子里没油水，吃什么都香。现在血脂又高，下边又有难言之隐，没辙！这岁数，自己就得惯着点自己，要不谁心疼你。”

“得了吧你，都是弟妹惯的！你那难言之隐，纯是在沙发上鞝的！多干点活儿，下面通通风，自然就好了。血脂高！现在谁不高？我琢磨着咱们这代都是从小家里穷，加上困难时期，后来又插队，吃脂肪类的东西太少，体内消化肉的功能退化。等后来条件好了，有肉吃了，可身体的功能没了，存在肚子里变成了高血脂。成子，你觉得哥说得有道理吗？”

“有点道理，但基本上属于歪理邪说。嗨，梁哥，还有件事忘告诉你了，‘大个儿’他媳妇最近又信上佛了！”

“这当老师的怎么也信起佛了？”

“这有什么新鲜的！过去是穷，每天刨食就得累得七荤八素的，顾不上那些。现在生活好了，精神上还不就得有点追求！再说信点就比什么都不信好，总比就信钱强！就是这下人家改吃素了，把‘大个儿’给吊起来了，想吃口肉，没门！把‘大个儿’给馋的，天天见着我就喊：这日子没法过了！可你说就为这点事散伙也有点……”

“成子你说得对！现在这人就是闲的，过去买大白菜，腌咸菜，抢着买白薯，搓煤球，愁着冬天的棉衣、孩子的学费，哪有闲工夫信这拜那的。现在可倒好，家里关不住这些老婆子了。大街上没时没会儿地蹦跶，说是跳广场舞。可话得两头说，你健身不能碍着别人，整天听着‘嘣噔、嘣噔’的鼓点，能犯心脏病！可真……还不如让老婆子们都去拜佛，落个清静。”

“中国这些事就是怪。没听人家说，外国的教堂，进去是忏悔；中国的佛堂，进去是交钱。”

“交钱，交什么钱？”梁欣有些不解地问。

“进庙交香火钱，积功德不都得花钱，这不都是向佛交钱！所以现在信洋教的也越来越多！梁哥你说得对，现在家里的老婆子们一个个都越来越强势。在小区里大呼小叫，就显她们了。老爷们儿倒都蔫头耷脑的一副怂相。你说这是不是人种变了？”

“又没文化了不是！男人一老了，雄性激素下降，雌激素就会上升。所以，男人一上岁数，从模样到做派都开始像老太太。相反，老太太更年期一过，雌激素下降，雄性激素上升，反倒像老头！你不信，上街上看看，那些老人走过来，真分不清男的女的。”

“嗨！还真长学问了，上生理课了……”

“得了，快吃，快吃！抓紧给刘星他媳妇打个电话，别把正事耽误了！”

“要打你打，我特烦她！在小区里我都躲着她。我就纳闷，刘星就够精的，找这媳妇比他还精！怎么凑的！”

“你不打就住声！别老在背后议论人！”

“我就纳闷，刘星给你什么好了，你老护着他……”

“喂，是刘星家吧。喂，我说……别撂电话……我是，我是梁欣！”

不等梁欣细说，对方就不耐烦地撂了电话。梁欣能听见，电话那头好像是刘星媳妇正跟他儿子瞎嚷嚷着什么。

“挨噎了吧！我跟你说，刘星这媳妇真够……”

“先别叨唠了，快想想办法……”

“还能有什么办法，不行再打刘星的手机呗！”张成说着就拨通了刘星的手机。不大一会儿电话那头真有了动静，还是刘星说不清道不明的腔调。这回张成有了经验，在电话里喊道：“大星子，你把电话交给边上的人，我跟他们讲。”

待了会儿，真就有人接了电话。“喂！喂！我是患者刘星的朋友。对！对！我们想过去看看。对！可不知道在哪家医院？什么？噢！是奥兴医院。什么？病人没人管！好，我们这就过去，这就……”

张成这电话打出一头的汗，他喘了口长气才说道：“我的天！在奥兴医院那儿。走吧，别耗着了，刘星那儿还没人管呢！”

“你认得吗？我可不认路！”

“你上车吧,那医院我也没去过,大概知道方向。到那边再问吧……”

刘星的病房说是重症监护室，其实是个大通间。两边各八张床，中间是个挺宽的过道，摆着林林总总的设备。也许是天热，也许是护理上方便，里边的病人都赤条条的，任几个护工翻来倒去地翻身、擦洗、收拾大小便。没了生命的尊严，人在这儿成了个物件！那种视觉冲击，肯定会让没有亲历过的人莫明其妙地升起一种亲临屠宰场的感觉。

梁欣和张成被屋里一种说不清的味道熏得倒憋着气！俩人掩住口鼻，正在这些赤裸的白条中搜寻，就听监护室里端传来阵阵呻吟，和口齿不清的喊叫：“呃……呃……哎哟，怎么……没人管我！我饿……我饿！老于……你……你不够意思！你把哥……扔这儿……就撤了！呃……呃……哎哟！来人……来人哪……我有钱……有钱呀……”

“都到这时候了，还喊有钱，唉！”一个正给病人喂饭的护工小声叨唠了一句。

“这是刘星喊呢吧！”张成伸手拉了一把身边的梁欣说道。

“像，像是他！”梁欣听着这喊声，从心里感到瘆得慌！使劲拽着张成就往里走。到了里边才看见，墙角的一张加床上躺着的正是刘星。俩人同时抢到床边，梁欣觉得几天没见刘星像是瘦了许多，原本还算富态的脸露出了十足的苦相。

“怎么了哥们儿？不是去保定喝酒了吗，怎么这样了？”张成握着刘星正输液的一只手问道。

边上的梁欣却敏感地发现，刘星里侧的胳膊和大腿软瘫着，那侧的面孔也显得十分呆板，一股涎水随着要说话的嘴正不受约束地流出来。

“这病人够可怜的，一天了，也没人管！想替他擦擦身，可连块擦身上的毛巾都没有！总算你们来了，你们看，说喂他口饭，也没家什！”边上的一个护工毫不掩饰地抱怨着。

“行,行……辛苦您了！我们也是刚得着信儿,东西我这就去准备。”梁欣赶紧给护工道着歉。

“没人管我……没人管！哎……梁子……梁子，是……是你吗？哥们儿难受，饿……哥们儿饿呀！你去……去找大夫……让他们给我治！成子……你告诉……告诉大夫……我有钱……有钱！”刘星看着眼前的哥们儿，像是抓住了根救命稻草，边诉说，边从他那大睁着的眼睛中迸出两颗豆大的泪珠。

“哥们儿，别哭，别哭！我这就给你办！给你准备！你再扛会儿，再扛会儿……”张成从邻床借了几张餐巾纸，一边替刘星擦眼泪和流出来的口水，一边劝说着。

梁欣和张成走出病房合计了一下，当下有四件事得办：一是赶紧把刘星日常生活用品添买齐了；二是买点他能吃的东西；三是找大夫了解病情；四是想办法通知刘星家里。

张说道：“后两件事回来再说，我先找个超市把东西买了，别待会儿再关了门。”

“行，那我出去给他找点吃的。”

哥儿俩说着就往外跑。梁欣此时才觉着跑起来的两条腿没了往日的轻盈。仔细一想，除了昨晚上和老伴伴嘴没睡好觉外，今儿一天，不但打了两个钟头球，喝了顿大酒，剩下的时间也没得闲。“终究是六十多岁的人了，不服老不行喽！”他心里嘀咕着，不得不放慢了脚步。

医院在一条不算浅的巷子里。梁欣看了几家饭馆，不是关张就是打烊。总算街口上有个像排档的还有些生意。梁欣走到近前，往菜单上一看，不是小龙虾就是腔子骨，再有就是毛豆、花生这样乱七八糟的下酒菜。掌柜的一看就不是本地人，态度还算热情地招呼梁欣道：“您来点什么？这鲜啤、扎啤现成的，毛豆、花生都是刚出锅，小龙虾保鲜……”

“老板，您给来盆西红柿疙瘩汤行吗？里边有个病人要吃这口儿。”

“疙瘩汤我们这不做，您上前边看看吧！”

“别价呀，哪有往外推买卖的？你这西红柿、鸡蛋都是现成的，抓把面，十分钟的活儿。你照顾照顾我这岁数，走不动了！”梁欣说着拍了拍两条腿，一屁股坐在了边上的凳子上。

“东西都有，就是占人占火，没时间伺候您。您看这吃饭的喝酒的这么多人……”店家还是不愿意地说道。

“大兄弟，我多付点钱总行吧！”梁欣累得坐那儿就不想动，嘴里只能央求着。

“得，得！看您这岁数，四十块钱一盆不贵吧！”

“不贵！不贵！做完您拿个餐盆装上就行。”梁欣嘴上说不贵，其实他心里明白，这盆疙瘩汤连十块钱都不值。这些小摊也够黑的。

梁欣捧着疙瘩汤回到刘星的病房，张成买东西还没有回来。他只能借用临床的饭勺，洗了洗，准备喂刘星吃饭。刘星眼睛盯着那碗疙瘩汤，眼泪成串地往下落，嘴里不规律地发出“呃、呃”声，像是从胃里往上冒泡的声音。抬起那只正输液的手，就要端梁欣手里的吃食！

“别着急，你等等！我把床给你摇起点。我喂你，别动，别碰了针！”梁欣看着刘星着急的样子，赶紧说道。

两人调整好姿势，梁欣一勺勺地往刘星嘴里喂。眼看疙瘩汤下去了一半，可刘星吞咽的速度并没降低，都是不等梁欣的勺子端起就早早地张开了嘴。

看来老哥们儿真是饿坏了，一大盆疙瘩汤连汤带水吃了个精光。张成买东西回来后，静静地站在旁边看，心里揪不开地紧吧。虽说几个插队的哥们儿里，他最看不上刘星，每次见面不是拌嘴就是吵架！可毕竟都是一块儿长大的哥们儿，眼看着人病了没人管，愣给饿成这样，心里还是不爽。

梁欣喂完饭，一样样清理着张成买回来的东西，脸盆两个、毛巾、饭盒、勺、漱口杯、牙刷、牙膏、香皂、洗衣粉、卫生纸……

“哎，这是什么？成子，你可真成，怎么连卫生巾也买回来了？”

“不可能，怎么会呀？”张成探过头来说。

“那还有错，这不写着卫生巾吗？快换去吧！”

“嗐，我当是餐巾纸了。那小铺里就俩节能灯，黑漆漆的，看不清。得，我待会儿就去换了。这两条腿，今儿有点不听使唤了。梁哥，这两年我可真觉得老了。”

“谁说不是，可不是老了吗，都六十四了！甭管怎说，咱们是赶上好年头了。这要在过去……打球？甭去吧！早就儿孙满堂，一脸褶子，老得没魂了！”

“算了，我还是先把东换回来再聊，省得刘星一会儿用，又得使人家的！”张成嘟囔着，拖着两条腿一点点地往外蹭。

张成是这哥儿四个里最小的。身材既不像“大个儿”那么愣高，又比梁欣、刘星显着顺溜得多。人生得白净，又有一双大眼，配上一头潇洒的长发，绝对是他们这群里的美男！年轻时，生性腼腆，偏又是女同学或村里年轻姑娘追逐的对象。常常因为一些善意的玩笑，搞得他狼狈不堪。

记得有一次，梁欣和他从地头收工，往宿舍走的路上，一些当地的媳妇、大嫂正在桥头的水闸那儿洗澡。看见张成的身影，都大声地喊：“成小子，快些走，来给嫂子搓搓背！”当时把个张成羞得满脸通红，拉着梁欣就跑。女人们见他跑，喊得更加起劲：“成小子跑甚，嫂子的奶水可足了！”

可如今，看着哥们儿远去的身影，梁欣感叹，哥们儿除了处人的实在劲没变外，其他都变了！性格上由过去腼腆怕羞，变成了现在的大大咧咧。身躯也不再挺拔，头发由浓密漆黑变成稀疏花白。原本白皙的皮肤经不住岁月的摩擦，不但过早地显得松弛，而且密布着深深浅浅的皱纹。现今比较，倒显得比梁欣还衰老了几分。

梁欣看着张成消失在门外，随后将目光转向了刘星。吃饱饭的哥们儿比刚才安静了许多，眼睛似闭不闭地进入了半睡眠状态。

在他眼里，刘星是哥们儿中心眼最活泛的一个，对自己的一切想得多、想得细。可只有梁欣知道，他一直过得并不幸福。而命运又恰恰让他和自己交好，比其他几个哥们儿多了一些内容。

眼瞧着刘星，平时那么精明的一个人，如今半癫半傻的表情，他这心里阵阵发酸！本想趁着清静问问哥们儿犯病的经过，可叫了两声，推了两下，刘星只是痴痴地睁眼看了看他，嗓子里“呃、呃……”地又冒了几个泡，就又合上了眼。

他只得打消了这个念头，自言自语道：“这人哪，真不禁念叨！前些日子还跟你说，人不能光有挣钱的命，你还得有花钱的命！谁承想，这么两天就应验了！唉，今后你可怎么好！”梁欣不由地叹了一口气。

张成这次回来得很快，放下一包餐巾纸就要坐下。

“成子，别坐了，都这点了，咱俩找大夫问问情况吧！还得想办法和他家里联系呢，要不等人家都睡觉了可怎么办呢？”

“梁哥，你真成！这幸亏不是给你办事，要不还不得逼死我，走！走！”

到了走廊里，张成烟瘾上来了，拉上梁欣就找卫生间，嘴里不失闲地说道：“抽颗烟，抽颗烟再去！我看今儿这一夜是把咱哥儿俩搁这儿了，工夫长着哪，着什么急！我回头给‘大个儿’去个电话，让丫的去刘星家报信儿，省得打电话不接！”

“那倒行！要不今儿晚上就别去了，怪闹人的，让他明儿一早去。再有，刘星家里明天要不来人，得让‘大个儿’来盯一天。我明天是真有事，推不开。”

“你可真知道心疼人，凭什么不告诉他们家里，让咱俩在这儿顶缸！”张成不高兴地说道。俩人说着，一头钻进了卫生间。

抽完烟到了医生办公室，一个大夫正写着病历。“大夫，我们想跟您了解一下病人刘星的情况。”梁欣开口说道。

“我的天，总算这病人家里来人了！你们是他什么人？什么？又是朋友！他家里人呢？”

面对大夫的问询，梁欣不好解释，只能说：“家里还不知道呢！”

“那可不行！这病人从保定用救护车转来，十几个小时了，见不着家属。送他入院的说是朋友，把病人撂这儿，放了点押金就搭救护车走了。这等了半天，来的还是朋友！我告诉你们，患者得的是脑溢血！别看现在病人情况还算稳定，但核磁片上反映，他出血情况并未完全止住，随时都可能出血量变大，病人可就有生命危险！我们正等着家属来商量手术哪！怎么着，你们俩能做主吗？”

要说仅就刘星本人而言，梁欣自觉还能做半个主。可人家有儿子、有家，这个责任他和张成都不敢担。两人只好走出大夫办公室，商量起来。

“怎么办？你拿主意吧！我可做不了主，真要刘星有个三长两短，他媳妇还不吃了我！我可惹不起她！”张成先打了退堂鼓。

“那就给‘大个儿’打电话，赶紧去找他媳妇！别耽误了！”

张成听话地拨通了“大个儿”的电话，语气比平时也客气了许多。“喂，‘大个儿’吧，真对不住，还得麻烦你去趟刘星家。晚，晚也没辙！星子住院了，要做手术！什么，和梁子说没说？梁子就在我身边哪，我俩都忙了一晚上了。你辛苦一趟，星子是脑溢血，有危险！对！你就跟他媳妇这么说！着急？她不急谁急呀！不说急点，能请得动她！得，得，我等你信儿。唉……”张成放下电话，长出了一口气。

一个多钟头后，“大个儿”带着刘星媳妇和儿子大海进了病房。冲陪在床边的梁欣和张成笑了笑，算是打了招呼，回头就开始边喊边摇晃已迷糊着的刘星。

“嗨！我说你醒醒，你这酒喝到医院来了，怎没喝死你？有本事这辈子别求我，躺这儿装什么怂！”

“爸……爸！”刘星的儿子大海也不停地喊。

刘星让媳妇摇的，眼睛睁了睁，一会儿又无力地闭上，只是顺着眼角往下流眼泪。

“哭什么哭，这会儿知道哭了，怎么不找你弟弟你妹妹了？嘿，我说你呢！”刘星媳妇一边喊，一边仍在不停地摇晃着他的身子。

“这位家属，你要再喊再摇，病人出了危险医院可不负责……”正进门的大夫喊住了刘星媳妇，随后一脸严肃地带着她娘儿俩去了办公室。

“大个儿”这才有工夫和梁欣二人打招呼：“你……你俩什……什……什么时候来的？”

“嗐！下午四点多钟得的信儿，找了三家医院……这不，一直忙到现在！”张成说。

“我看大星子和他媳妇缘分快尽了，哪有自己老公病成这样还这么说话的！”梁欣没接那哥儿俩的话茬，愣愣地说了一句。

“那也是大星子自己作的！能怨谁？”

“话……话是这么说，可……可谁不……不想自……自个儿的哥们儿过得好……好点。再说，谁……谁都没长后……后眼，再……再高明也……也算不出哪天有……有……有灾有难！”大个有些悲凄地插了一句。

“唉，你们俩又不是不清楚，搞对象的时候，动机就不纯！几十年的日子，就是一部家庭内斗史！都用尽心思想制服对方，结果，真是棋逢对手，将遇良才！这要不赶上事，楚河汉界，日子也许还能凑合过！这刘星要真病得卧了床……到时候是一把屎一把尿，翻身喂饭的良心账，要指着这媳妇伺候，可就真不好说了！”梁欣从不当着别人议论哥们儿，可能是刚才看到刘星媳妇的表现有点气不忿，话也就说得多了起来。

几个人正聊着，刘星媳妇带着儿子又闯回病房，不停地在刘星脱下来的衣服中翻找着。掏了半天就找着一把零钱，媳妇瞥了一眼梁欣和张成，嘴里叨唠道：“见鬼了，大票子放哪儿了？你住院得有钱！想花我的钱，没门！梁子，他的东西是不是都在这儿？”

“我们来时候就这一堆，没顾上细看，不清楚！”梁欣没有表情地回答了一句。

“妈，你再找找！没准我爸是带的银行卡。”大海提醒道。

在儿子的提示中，刘星媳妇果然在衣服中找到了一张卡，立时嘴里的语气舒缓了许多：“我就说吗，你不可能没钱！”

“哎！哎！我看着刘星怎么有点翻白眼，口水也流得多了，是不是病情有变化？快叫大夫！叫大夫！”一直站边上，半天没搭话的张成，看着刘星的表情，有些慌张地喊道。

“刘……刘星，你醒……醒，醒……醒！”“大个儿”拍了拍刘星的脑门。

“‘大个儿’别拍了，我叫大夫去！”张成说。

“得！还是我去，我叫去吧！”说话中，刘星媳妇拉着儿子跑了出去。

“梁子你看没，咱买这么多东西花多少线，人家连问都不问。这是找着那张卡了，要不咱俩还成嫌疑犯了！”

“都这时候了，别计较了！只要刘星命大，什么都好说。”

一会儿大夫进了屋，看了看刘星的情况立即说：“怕什么来什么，家属再跟我到医生办公室来一趟。”

又过了一会儿，刘星被手术室的大夫接走了。哥儿几个明白，刘星到了性命攸关的时候，心里瞬间都紧张起来。大伙奓着手，你看着我，我看着你，谁也不知道该干点什么。正发着愣，刘星媳妇进屋对梁欣说：“梁子，你看今晚上得有人盯着，我这儿什么也没准备，是不是还得麻烦……”

“得！您什么也别说了，我都明白！今儿夜里压根儿就没打算回家！您要不方便，尽管撤！我们哥们儿盯着！”梁欣没让她把话说完就痛快地答应了。

“妈！我想和梁叔一块儿看着我爸！”大海嘴上说着，眼睛却瞄着他妈。

哥儿几个都清楚，刘星的儿子可能是因为爹娘都强势，这孩子从小就懦弱。虽说年龄比梁欣儿子小宝还大两岁，可什么事都得看他妈的脸色。

“大海，不用了！今晚上，你先跟你妈回去，你爸以后就指着你呢！还是我和你梁叔盯着吧。可嫂子，要是大星子手术有点什么情况，我们可做不了主。到时候……”张成说这话时瞧都没瞧刘星媳妇一眼，眼睛盯着一张空床搭的茬。

“这我明白！明白！刘星的手术通知单上我签字了！而且我和大夫说了，病危不抢救，别插管、电击地瞎闹哄！生死看他的命吧！大海，你张叔说了，走！跟妈回家！”刘星媳妇同样不看哥儿几个的表情，很利落地回答道。

“行，只要你放心就行。‘大个儿’你也一块儿回去吧！明天我是真有事，还得你来换我，实在有点不好意思。”梁欣听刘星媳妇说病危不抢救这么没人情的话，心里立时洼凉洼凉的，可他没辙！只能眼睛看着“大个儿”说道。

“行……行，没问……问……题。明……明早我……我接班。今……今晚上你和成……成子都……都小心点，能迷……迷糊就……就迷糊会儿，都……都这岁数了。不……不是当年了！成……成子，你……你高血……血压的药带……带了吗？”“大个儿”看着眼前的俩哥们儿，不放心地嘱咐着。

“得了！瞧你这啰唆劲！快走……快走吧，啊！”张成往外轰着“大个儿”。

等人走了后，梁欣对张成说：“走吧成子，咱俩上手术室外头等着吧，千万别真有点事！”

手术室门外很安静，俩人拣了张靠窗户的椅子坐好后，张成说道：“还真有些日子咱俩没这么熬夜了。梁子，咱俩也不能干坐着，趁着没人，咱拿刘星垫垫牙！跟我聊聊你和刘星的事。”

“我们俩有什么可说的，我知道的还没你知道的多呢！”

“得了吧你，我就不明白，你跟刘星的交情怎么会比和我深？要我说，你俩根本就不是一路人！再说，现在解放的事都解密了，就你们那点杂碎事，爱说不说！臭自己肚子里还得占你一块地方……”

“成子，你挤对我？这你也多心！说实话，我和他的感情连和你的一半都没有。可这么多年终究是哥们儿！我是不愿意背后说他走麦城的事。”

“这我理解！他和我，包括‘大个儿’，就那么回事。别看从小一块儿长大，又在村里一块儿滚了几年，他那人没劲！不过，要说刘星这么个能算计的人能服你，肯定你是做到了，否则……”

“得！就冲你这多心劲，我也犯回错误！趁着今晚上有工夫，我就跟你说说！从哪儿说起呢……”梁欣没等说下文，眉头已经先皱了起来。

“平时咱们都在一块儿，他那些奸坏的小事多了，全世界人民都知道！我懒得听！说点新鲜的，我不知道的！”张成提示道。

“那……就从那年冬天，我俩没回家探亲发生的事说起。当时，唉……那可都是丢人的事，现在聊出来也就算个乐吧！我告诉你啊，可不能喝多了酒满处嘚嘚去！”

“你把我看成什么人了！再说，你们能有多大事？看你邪乎的！这就是瞎聊呗，省得犯困！”

“你记得吧，那好像是70年冬天的事……”叙述中，梁欣的思绪拉回到40多年前……

……

那年的冬天，地里已经没了话计，知青点的大部分知青都回家过大年了。你和“大个儿”接到家里寄来的路费也回了家。因为家里没钱，知青点就剩下我和刘星两个。

这天，刘星情绪有点低落，挤靠在我的被子垛上发起了牢骚：“这怂天冻死人，又缺油少肉的真没劲！村里的那帮小子还能耍耍钱、串串门子找点乐。你说咱俩，任吗没有，这混的可是什么日子？要不……要不咱俩再扒火车回家？”

“得了，去年扒火车，在大同差点冻死不说，还差点让纠察送劳改队！还扒车？我可不敢了！你要有本事，你也跟着村里的傻狗们耍去，在这犯什么劲！”我噎了他一句。

“你别将我，我看过村里几个小子在场院那儿赌，不是推牌九，就是大碗甩点，没什么新鲜的！哥们儿要是有钱上桌，没准就能把回家的路费赢出来，咱俩暖暖和和地坐客车回家。”

“我说你别做梦了！我问你，村里那几个傻小子就敢公开耍钱？不怕民兵绑了？”

“他们不敢玩真的，就是赢点烟卷，小打小闹，没人管。我都不愿意跟他们玩！折腾半天就几颗烟，没劲！”

“嫌没劲！你还说个什么劲？快歇着吧你，还路费呢！”

“我跟你说，那几个真赌手都在外边玩，一夜能赢个百八十的！要不，你借我俩钱儿去试试手气？”

“放你的屁吧！我有钱早回家了，谁跟你在这儿熬着！我劝你也死了那邪心，什么人什么命！忍着吧！”

“嗨！我还就不服这个气！凭什么咱俩就天生是穷命！”

“得了，别在这瞎较劲了！有本事先上哪儿寻点硬柴火来，省得烧麦秸弄一屋子烟！好好把这凉炕烧把火，也算你为集体做点贡献！”

“这算什么！你等着，把面和了，我找柴火，你做饭。”说着刘星就出了屋。

可一等，二等，直到天擦了黑，也没见刘星的影。我只好自己上队部挑了两筐麦秸回来，凑合着吃了晚饭，然后就着油灯看起了书。可直到油灯点得没了油，也没见这小子回来。“睡吧！别等这小子了，谁知道这孙子干什么去了？”当时我心里想着。

也不知过了多久，迷迷糊糊地听见“咚、咚”的敲门声，我爬起来开门。就见刘星裹着寒风一身酒气进了屋，甩手就丢过来一盒烟，嘴里说道：“今儿，哥们儿赢了，赢了！真爽！”

“赢多少？美成这样！等输的时候该哭了！”我叨唠他一句，随手把那两毛钱一盒的太阳牌香烟扔到了炕上。

“你这乌鸦嘴，盼哥们儿点好行不？”刘星瞥了我一眼，翻白眼道。

随后的几天，宿舍里几乎见不着刘星的人影，天天都是很晚才回来，通常是带着一身酒气。这天，眼看他又要出门，我跟出了屋，一把拉住他说：“星子，我看你不光是赌盒烟的事，是不是和那些人玩真的了！我告诉你，那不是咱玩的东西！等你上了套，早晚把自己输进去！”

“梁子，别那么正经，我光棍一个，怕个屎！要不你也跟我乐乐去！”

“我才不去哪，我也不想让你去。”

“这两天点背，哥们儿输了！我得捞回来，哥们儿你放心，捞回来我就洗手听你的！这玩意儿不是什么好活儿！”

“你这是从哪儿来的钱？”

“三队的一个老干巴头子，天天在那儿放债，月厘十个。”

“放什么债，什么月厘？”

“你不懂！少打听吧，不是好事！”说着，他甩脱了我的手消失在雪夜之中。

接连的几天，刘星照样昼伏夜出。我能看得出来，哥们儿的情绪越来越消沉，经常是回来进屋上炕就睡，连个招呼都懒得和我打。

“别赌了！那里面的水太深了！你一个人单枪匹马肯定输！”我看着他这德行，知道肯定是输了，就有时没会儿地劝着他。

“该人家钱呢，不捞回来他们还不吃了我！”

“输多少了？”

“有百八十了！”

“那么多！你可真敢！”

后几天刘星没去，天天躲在知青点里不出屋。当时我心想：“阿弥陀佛，这小子总算不赌了！”

哪承想，这天早晨，我从队部挑柴火回来。老远就看见一个长着瘪柿子脸，留着山羊胡子的老头，正指挥着三个壮汉从屋里强拽着刘星往外走。我一看就知道没好事，扔下柴火筐，抽出扁担就往宿舍跑。临到跟前，就听刘星说：“老爷子，您再宽限三天，就三天我一定还！”

那几个人眼见我已经快要赶到，就见老头子攥住刘星衣领，咬着牙说：“侉子，你小子别耍滑！这是俺的一亩三分地，还怕跑了你！三天你要不还，有你好看！”说着一招手，领着三个壮汉扭头走了。

“怎么了，星子？他们要干什么，想打架？”我跑到刘星跟前，着急地问道。

“梁子，你别管，没你事，没你事！”

“我听见你和他们说三天还，这大年根儿的，你上哪儿弄钱去？”

“我借，我借去！”

“你能上哪儿借？还是明儿我上队里问问，看能支上点现金吗！”

“梁子，我求你了，我的事你别管，我自己想办法！”

第一天，刘星整在宿舍猫了一天，倒是我在会计那儿磨破嘴皮，真挤出了二十块钱！当我把钱递到刘星手上时，眼见刘星嘴唇一个劲地哆嗦，眼睛里也隐现一层水雾。

挨到第一天吃晚饭，刘星推说有事出了宿舍。一个时辰后，满头是汗地进了屋。说头疼，就早早睡了觉。我看他没精打采的，只能独自干个人的事。

第二天一早，就看刘星拾掇着又要出门，临走，跟我说：“心里烦，上大队部转转！”

我心里替他着急，催问道：“明儿就是第三天了，你还有心思瞎转，有辙了吗？”

“你别管了，大队部人多，碰碰运气，没准能借点。”刘星说着走了出去。

眼看他走了，我挑起柴火筐上了部队。一进场院，就听一群乡亲们围在一起正在议论：“你说这村里几十年也没听说谁丢过甚，咋就昨天闹上了贼！”

我听说村里闹了贼，就好奇地挤过去问道：“闹甚贼了！谁家有甚丢下了？”

“你这娃还不知晓？昨儿后晌儿，村里来的贾画匠把近日里挣的钱丢下了！有大几十块呢！”

“贾画匠不是蹲在老队长家吗？咋会丢下东西？”

“晚半晌儿，贾老汉到队长屋里喝酒，喝下酒回屋见行李有人翻过，才见钱没了。”

听了这话，我这心里就起疑：“昨天刘星就那个点出去的，回来时满头大汗，说是头疼，别是这小子偷的吧？”想到这儿，也没心细听了，装了点柴火就回了知青点。进了屋却再无心思做饭，只觉得心里闹得不行，越想越觉得刘星可疑。

“这小子这是被逼急了，铤而走险！可你这是犯法呀！这今后要是让知青点其他人知道了，你还怎么做人！再说，乡亲们平日里对知青很照顾，你怎么就下得去手！刘星呀，刘星！你可真是鬼迷心窍！唉……我凭什么怀疑自己的哥们儿？也许就根本不是他……我先翻翻这小子的铺盖里有没有钱……不行！人家不在，私自翻不合适。嗨！等他回来问问不就知道了，着什么急！”

我一个人在屋里转着磨，心里乱七八糟地瞎想着。饿了就胡乱地鼓捣了点吃的填饱肚子。剩下的时光，只能孤坐在窗户底下，盼着刘星早点露头。盼着、盼着，总算看见这小子把脑袋缩在大衣领里，一颠一颠地走了回来。

“星子，你听乡亲们议论昨天贾画匠丢钱的事了吗？”不等刘星进屋站稳，我就着急问道。

“哎哟，多大点事吗，你先让我喘口气。今儿风真大，把地上的雪吹了我一脖梗子。”说着，一边脱大衣甩着脖子，一边问：“中午吃什么，给我留了吗？”

“有碗糜子米饭锅里热着哪，你自个儿上缸里捞点咸菜凑合着吃吧。”

“谢了！能有口热的吃就不错了。我听见大队里也有人议论，说丢钱的事，没往心里去。有怀疑对象了吗？”刘星一脸无辜地问道。

“我哪知道，就听他们议论，别是……”

“别什么别，你怀疑是我？看来我这人是差点劲，好事没人想着，屎盆子甭躲，准扣我脑袋上！你呀，也够傻的！兔子都知道不吃窝边草，我能干那傻事？”

听刘星面不改色地矢口否认，我心里倒也踏实下来。下午俩人谁也没出门。睡了会儿觉，刘星还操持着做起了晚饭。要说做饭，知青点十几个人就数刘星做得好。今晚上虽然还是焖的糜子米饭，菜却新颖了许多。不但炒了俩鸡蛋、炸了盘花生米，还揪了点白菜帮子做了个醋熘白菜。我看这架势，知道肯定得喝点，就提前捞了点腌黄瓜，切成丁浇上点麻油，摆好碗筷等着他。果然，刘星炒好菜，上炕就摸出瓶酒，俩人“滋溜、滋溜”地喝了起来。

“星子，你今儿在大队借着钱了吗？明儿人家可要来逼债了！要我说，上公社公安把这事挑了吧，反正那老东西赌博、放利都是犯法！”

“梁子，你那叫犯傻，什么道儿有什么道儿的规矩。你别管了，今晚上我再试试运气！”

“你还要赌？”

“梁子，喝！把碗里那点干了！对，再来点……”

“就你这劲，我真替你着急，那会儿劝你，你又不听……”

“嗨！自作自受！那天本应该去挑柴火，可巧碰见了队里四栓子那小子，甩手就给了我一盒烟！我挺纳闷，平时那小子小气得拉泡屎都挑豆吃，今儿怎么这么大方？就问他：‘你发阴财了，今儿怎么这么大方？’

“‘怎么着，侉子！想试试吗？走，跟哥去试试手气！’这小子边说边冲我做了个掷骰子的动作。

“我看丫美的，心里就直痒痒。可咱没本儿，只能回答道：‘你丫的浪去吧！你爷手紧，没本儿，这丫的让我骂完，不但不生气，反而说：‘你这生货，一看就是雏儿！那儿有人给你担本儿，走吧，只要你手愣，敢一夜赢个媳妇回来！’”

说到这儿，刘星端起碗喝了一大口酒，缓了缓劲才又说道：“梁子，我从来不觉得自个儿是好人。不能和你比，又忠厚又仗义，从不动歪脑筋。我是不服气，凭什么别人又有钱又有门路，我就只能受罪。因此，让四栓子一鼓动，就想也去试试运气。真要赢了，说明哥们儿也不是个穷命；要是输了，我认输认栽，活该！梁子，我当时想的真不是就为了一个‘钱’字！我就想看看我刘星的命数，我就是不甘心自己的穷命！”

“你就没听老人说，人不能和命争？”看他说得挺动感情，我也喝了口酒，看着坐在对面的哥们儿说道。

“梁子你不懂，凡是去赌场的，都是觉着能赢！我也一样。我跟着四栓子一直往东走，先去了三队，到了那个……那个……”

“是那天来催债的老头家吧？”

“没错！就是那老丫的！老东西见我进屋倍儿热情，一个劲招呼我又吃又喝，没用我张嘴就拿出五张大团结。我刚要接，老丫的又把钱缩了回去，歪脸冲四栓子说：‘这可是你带来的，你作保！规矩你可要给这知识侉子讲清！’四栓子听了老东西的招呼，也瞪着眼冲我说：‘侉子，你想好了，这钱不是白拿的，要抽十厘利，月翻，利滚利！听明白了吗？’我当时不懂这个，脑袋热得就想立时上手，嘴里就应道：‘输赢自有天命，我认！’老头子看我猴急，又给我倒上酒说：‘这话在理，甚人甚命，是个明白人。别急！天还早，喝了酒，甚事也不误。’

“直等到天黑得没了星星没了月亮，我跟着这俩人才出门往外走。天黑，当时也不知是去哪儿，直到来到一个窑口。四栓子先钻进去，回来才招呼道：‘爷，人都到齐了。’我跟着钻进去，里边已经二十来个人，几盏马灯把窑里照得雪亮。梁子，我跟你说，那劲头，就跟《林海雪原》威虎山座山雕的土匪窝差不多。当时我这心里突了一下，知道今儿个上了这条船，要想下船恐怕……。”

“你就不知道怕！”

“也怕了！可三把押下去，我的劲头就上来了！”

“怎么地了？”

“这还用问！我赢了！那天晚上我真是神了，怎么押怎么赢。不但还清了老头的本，自个儿还赚了二十多。当时我心里特美，不是因为手里赚了钱，而是觉得这钱来得容易，证明我刘星不是个穷命！后来，连着几天我都赢，赢得三队那老头子直含糊。可也怪了，随后点就背了。不但把赚的又都输了回去，又连着借了钱。当时我心里特沮丧！心说自己到头来还是穷命，不玩了！我这几天连着一不去，才有那老丫的上门催债的事！梁子，我这人你清楚，就连张成、‘大个儿’在我心里都不是哥们儿！可我就信你，什么也不想瞒你……”

刘星说到这儿，又喝了一大口酒。脸色完全红了上来，太阳穴的青筋胀得老高，眼泪眼瞧着就要流下来，那样子真挺可怜的！当时，我下了炕就想劝他两句。可不等我开口，这哥们儿一把拉住我的手，嘴一边哆嗦一边瞧着我犯愣。我心里猜着，他心里肯定还有更难的事瞒着我，就说：“大星子，你要拿我当哥们儿，有什么难你说出来，哥们儿和你一块儿扛！”我的话刚一住声，刘星把碗一推说：“梁子，你别问了，哥们儿知道你是这人性。我今晚就再赌这一次，我要赢了，咱哥儿俩明天就买车票回家过年。我要输了……哥们儿……”说到这儿他穿上大衣看都不看我就出了屋。

刘星走了后，我这心里特别紧张，甚至可以说是害怕，孤零零地一个人守着偌大的房子。窗外的风一阵比一阵大，屋里的小油灯经不住折磨，忽闪了几下无力地灭了。灯一灭，当我完全被黑暗包裹后，我这心里像有几十只利爪在撕扯！外面的风也刮得邪乎，就像有人蹲在墙根儿底下拿锹往窗户上扬沙子。我那心“扑通、扑通”跳得让人站不住坐不下的，真后悔刚才为什么不和刘星一起出门。人家都说酒壮怂人胆！可那天，我肚子里的酒闹得我没想一点好事！真是越想越怕！“他不会出事吧！他要出了事，我可怎么和哥们儿交代！他是去了赌场，还是去了哪儿呢？他能弄到钱把欠的钱还清吗？”

我就这么想东想西也不知过了多久，最后终于耐不住心里的不安，穿上衣服冲出屋去。室外的寒冷，迅速让我的头脑冷静下来，“我可上哪儿找他去……我又能帮他什么……”无奈中，我真跟那泄了气的皮球一样，无精打采地又回到屋里。屋里黑得伸手不见五指，好像我整个人钻进了口袋，真是又急又怕。我想重新点燃油灯，可尝试了几次却摸不到火柴。回头一看，大灶的膛里星星点点有些余火，就添了把麦秸，抽动风箱。灶膛中先是钻出股股浓烟，然后不耐烦“轰”地一下蹿出红红的火来。借着灶火，我看清油灯里已经没了灯油，找来大油瓶一看，里边也是空空如也。随着灶膛中麦秸燃尽，屋里又重新被死一样的黑暗所包裹。

“成子，你知道什么叫无依无靠吗？我当时真是对这四个字理解到家了！”梁欣说到这儿，两眼直愣愣地望着边上的张成。

张成听到这儿，正来了精神！突然听见梁欣问自己话，扭头一看梁欣的面部表情，现出了一种他从未见过的绝望和无助，正大喘着气盯着自己！这时，他才明白，哥们儿回忆这些往事并不轻松！他赶紧替梁欣点了颗烟，说道：“梁子，要是心里难受，咱就不讲了，咱讲点痛快事，讲痛快事！”

梁欣没有接张成的话茬，只是狠狠地嘬了几口手里的烟，继续说道：“当时，我就缩在炕沿底下，像是想什么，又觉着脑子里是空的，也不知道过了多久……”

“哐”的一声，屋门大开！刘星带着一身寒气闯了进来。

“星子你回来了，你可回来了，怎么样？”

“梁子你……你怎么不……点灯，黑灯瞎火，怪瘆的？”

“没灯油了，明儿我……”

“梁子……这是……这是 50 块钱，你收好……收好！”

从刘星说话的语气中，我能听出黑暗中的哥们儿也特紧张。我没敢接他递过来的钱，反问道："钱哪儿来的？你留着还债用吧！"

"别问那么多，先替我收着！跟谁也别说，我还得出去一趟。"

"你还要干什么去？我跟你去！"

随着我的话音一落，黑暗中我觉得刘星猛地和自己拥抱在一块儿，话语中带着哭腔说："梁子，好哥们儿！你不能去，不能去！"随后，我被推到一边，身边的凉风让我知道刘星已经出了屋。

我拿着刘星硬塞过来的钱，想着徒有四壁的屋子，竟一时不知道放哪儿好。琢磨了会儿，还是把钱放到了刘星的褥子底下。钱替他收好后，我这心里还是不踏实，又开始琢磨："这小子又干什么去了？今儿手气看来不错，赢了这么多！"我当时的感觉，真说不清是替刘星高兴还是替他担心。要说赌博，我肯定从心里反对。可看着哥们儿赢了钱，总算能渡过难关又替他高兴。"唉！总算能把高利贷还清了！"我嘀咕着，心里稍许放松了些。

那宿我连衣服也没脱，靠在被子卷上慢慢地睡着了。第二天一睁眼，看刘星正睡在身边。"什么时候回来的？连点动静也没有！"我叨唠了一句，可没有惊动他。下了炕准备收拾收拾做饭，又一想别丁零当啷地吵醒哥们儿，就靠着灶台边发起了愣。

我这个人平时不爱胡思乱想，可那天心里突然有了一种特别想回家的冲动。两年没回去了，家里都好吗？回家的那帮小子，肯定买东购西地忙着过年，忘了哥们儿了吧？让他们给家里捎的五斤黄豆送过去了吗？一想起这些，我这心里揪揪巴巴地就想找个伴聊聊天。可回头再看看炕上的刘星？我还是忍住了。"这小子最近担惊受怕的不好过，能睡就睡会儿吧！"心里嘀咕着，就给刘星留了个纸条。告诉他钱在他褥子底下，自己去供销社打煤油。然后抄起窗根儿底下的煤油瓶，就往大队的供销社走去。

"成子，你也知道，内蒙古的雪只要一下，就得来年开春再化了。漫野的溜子风像不失闲的搬运工，把地上的浮雪一会搬到南坡一会吹到西梁。庄户人一到这光景，都蹲在家里喝酒耍牌没人出来。蛮荒的大地上看不见一个人，就听见几棵歪脖树挑着的两根广播线在嗖嗖的狂风中发出瘆人的尖啸。我走上一段，就回头瞭瞭自己在雪地里踏出来的脚印。第一段还算直，这肯定是童年自己走出的路；第二段虽然也比较直，但有些深一脚浅一脚，这肯定是上学的这段路了；第三段虽然小心翼翼，很想在雪地上留下一行笔直清晰的脚印，可天公不作美，偏这段有沟有坡。回头一看，这行足迹竟然七扭八歪不成体统。这是不是预示下乡经历会十分曲折？想到这儿，我就觉得心里洼凉洼凉的。

“知识侉子，你做甚去？”

我这正为自己的脚印不够顺畅而沮丧，猛然听见有人招呼，扭身一看，是个从供销社方向往回走的老乡。忙搭话道：“寻点煤油，点灯了。”

“快不要去了，供销社今日不开，回哇！”

“为甚不开，没灯油用了！说些好话，寻上点了。”

“好些个大队干部围着咪，不知是出甚事了？”

我这些日子整天猫在屋里闷得要死，一听说有事立时充满了好奇。“知晓了，谢咪！”我一边向老乡致谢，一边索性撒开丫子往供销社跑去。到了供销社门前，里边真是围了很多人，几个出入口都用绳子圈着。大队长张乐田，外号叫“张八”的正领着几个大队干部出来进去地查看着什么。

叫他“张八”不是乡亲们骂他，而是他在家行八。他六哥“张六”就是我们小队的队长，是个瘦高身量留着一把山羊胡子的和善老汉。

我不管不顾地挤到近前，正好“张八”从供销社屋里出来，一眼看见了我。我俩的眼光还不偏不斜地碰个正着。我当时敏感地觉出大队长见到我后眼神一亮，正不得其解？就见“张八”分开众人冲着我走了过来，这可是平常没有的光景。当时我挺不好意思，忙笑着说：“八叔，忙咪！今晌供销社不开了？”

“你来要做甚？刘星那侉子咪？”

“在屋里蹲着睡咪，还没起咪。出甚事咪？想寻些煤油，没的用咪。”

“没甚事！大年前防火、防盗检查咪。”

我看“张八”一边跟我搭话，一边用眼神深一下浅一下地冲我扫射，就有些不自在，忙说：“八叔你忙，不开门我就回唻。”

“老王，给知识侉子打些煤油，急用唻！”“张八”拿过梁欣提着的煤油瓶，递给了供销社姓王的售货员。

“先挂账吧，没零钱找！”老王冲我喊了一句。

我当时正怕自己身上的几个子儿不够打煤油，听说能挂账，立时乐不颠儿地说：“好唻，先挂下，先挂下！”当我提着油瓶，美不唧儿扭身的一刹那，我看见“张八”还在盯着自己。不由心里有些愤愤地想：“牛甚！有甚可看吗！”

回村的一路上，我想着“张八”盯着自己看的眼神，心里又是奇怪又很是不爽。到了知青点一看，刘星已没了人影。刚才自己留纸条的地方，换成了刘星留给自己的纸条。上面写道：“钱我拿走了，去火车站买回京车票，不要出门在家等我！”

我看了纸条心里特高兴。一是刘星这小子平日里特抠门，今儿有了钱还想着哥们儿；二是正在十八九的年龄，离家两年了怎么能不想家？所以一想明天坐车后天就到家，那可是天上掉下来的惊喜！愣了会儿，又想该准备点什么呀？我用眼珠子在屋里转了个遍，除了有半口袋糜子米，真没什么新鲜东西。可也不能空手回去呀，再说家里的粮票也不富余。于是，我手脚麻利地卸下自己和刘星的枕套，抖搂抖搂，把糜子米分两袋装好。又想到刘星一会儿回来，我俩一天的饭食和道上、车上的干粮，就把屋里剩的一点白面全和了，烙起了大饼。第一张，随烙随揪，一会儿就让我填进了胃里。等大饼烙完，觉着光吃干的有点浪费，就抓了几把玉米面熬了锅粥，就着腌咸菜“吸溜、吸溜”地喝起来。吃喝完了，我爬上炕收拾自己回家要带的衣服。其实翻来翻去，也就两件内衣和一身外罩，其他的全在身上穿着了。都办完了还不见刘星回来，不知还该干点什么，就在屋子里瞎转悠。转着转着，又想到今儿在供销社张大队长看自己的眼光有点瘆人。

“咋的了，没惹下他呀！为甚盯着我看？唉！是不是供销社里有事了……可，能有什么事？再说它就是有事……碍着我甚了，干甚用要吃人的眼光看我？”想着想着，就靠在铺盖上睡着了。

不知过了多久，我听见“梁子，梁子快醒醒！”是刘星的喊声。睁眼一看，外边的天已经大黑了。我坐起来就闻着刘星身上又是一股酒味，就下地边要点油灯，边问道：“又喝了？车票买着了吗？”

“喝点身上暖和，你点什么灯！立马走！麻利点！走！快走吧！”刘星边说边扇灭了我手里的火。

“什么时候的车？这么急！这是给咱俩带的路上的干粮，这是一人半袋糜子米，总不能空手回去吧？”

“你愿带你带！我什么也不带！我说你别磨叽了，快走吧！”

当时我真觉着刘星的着急有点反常，就反问一句道：“你丫的今儿这是怎么了？着哪门子的急？总得拾掇利索吧！”

“有什么可拾掇的？走，快走吧！”

我当时让他催得心烦，也就没好气地说：“跟逃跑似的，哪像是回家！走，走！你锁门。”就在我有些气恼地拉开门的瞬间，门外几支手电筒白炽的聚光照在了我脸上。

“谁嘛，闹甚了！”

贼亮贼亮的手电光晃得我根本看不清门外的人。我以为是村里的小伙子串门开玩笑，就奓着两手向来人喊。

可不等我话音落地，就听来人说道：“闹甚了！还想跑，你们跑不了！”

听见这话，我知道眼前的事不像是玩笑，并且我也听清了说话的人正是大队长“张八”！

“跑甚了，谁跑了？我们回家嘛！”我理直气壮地顶了一句。

“哦，今儿你们是回不了家了！走个吧，上大队去说说清楚！走！”另一个大队干部边冲我和刘星吼着，边过来推搡我。

当时，那架势真把我搞晕了。平时天老大我老二的愣劲一下冲了上来，反手就把那大队干部推了个趔趄！不服气地喊道：“你推什么推！我咋的了？”

“你咋的了？到大队去说！走，别让俺们费事！”“张八”的话像钉子一样硬邦邦地甩了出来。

“你们凭啥随便抓人？”我还是不服气地和进来的人边撕扯边喊！

“再挣蹦，绑了你！带上走！”随着“张八”的话音，又有几个大队的民兵进了屋。

“我咋的了？咋的了！”在几个民兵的裹挟下，我放开嗓子喊叫起来。

“梁子，跟他们走吧！”

听见刘星这话，我扭过身，看见他的脸在手电筒的照射中显得蜡白蜡白的，原本总是高昂的头像是也垂了下来。看到他这表情，我这心里没了底，想着肯定是这小子赌博事发了！

在众多人的扭送中，我和刘星深一脚浅一脚地来到大队部。我晕头转向地被推进一间临时用办公室改成的审讯室。“坦白从宽，抗拒从严”的标语墨迹还湿漉漉的就被贴在了墙上。回头一看，刘星没有进屋，也不知被带到了哪儿。我进了屋，就被按在了屋子中间的一个凳子上。坐在面前的是大队会计和民兵队长，身后还有两个自己叫不上名的大队干部。

“把鞋脱下来！”大队会计喊道。

“脱鞋作甚？”我反问道。

可不由分说，身后的一个民兵早就上前扒掉了我的鞋，并拎着出了屋。

“前天后晌你都干甚了？”大队会计问道。

“没干甚，做饭、吃饭，看书、睡觉。”我挺着脖子说道。

“谁能证明？”大队会计边问，边把我的话记在了一个本子上。

“证甚明咗，就我一个！”我答道。

“你老实点！问你甚，答甚！就没出知青点？”

“上场院挑了担柴！”

“谁能给你作证？”

“队里保管在咗，还抽了老汉一袋烟。”

“刘星呢？他跟你在一搭吗？”

听见他们问刘星，我当然不愿意出卖哥们儿，就回答道：“刘星……

刘星……和我一样，在一搭咪……”

“梁欣，你不老实！刚才问你，你说就你一个，怎么刘星又和你在一搭了？”

“在一搭就是在一搭，刚才不爱搭理你！”我知道刚才说漏了嘴，但仍梗着脖子强硬地说。

“你和刘星是不是做下了偷人的事咪？”有个民兵冲我喊道。

“你才偷人了哪，爷从来不干那些脏事！”

“这怂娃，不老实！捆起来！勒他一绳子，看他说不说实话！”大队会计恼了，大声喊道。民兵队长真就从抽屉里拿出绳子，三下五除二就把我捆了起来，并把后背结扣的余绳甩过屋里大梁的那侧。

“俺告诉你梁欣！没有证据俺也不会带你来这儿，说不说实话你自己掂量咪！你要骗俺，立马把你吊起来！我再问你，昨天晚半晌儿做甚了！”

“晚上和刘星喝酒咪！”我没有犹豫，冲口答道。

“喝完又做甚了？”

“喝多了睡下了！”

“刘星呢？”

“喝多了，不知晓！”

说到这儿，梁欣不由地长出了一口气。他又狠嘬了几口手里的烟，看了看听得入了神的张成，说道：“成子你想想，当时我光着脚站在冰冷的水泥地上，脚上的皮都粘在地上了，从脚心往大腿窜冷气！这又被捆了一绳子，心里的气真是不打一处来！可气归气，眼前的形势，我也多少有了判断：他们是在审贼！”

“是怀疑我偷了村里的贾画匠？还是……今天这阵势，看来也是早有准备！”想到这儿，我这心里觉得特冤！可再细想他们问昨天的事，又拿走了自己的鞋，看来是还有别的事！他们是怀疑我……还是怀疑刘星？对，这些事是不是……真的是刘星干的？前天傍晚，昨天喝完酒，这小子可都出去了，会不会是为还钱……”

“刘星这侉子这两天都做了甚，你也给俺们说说！”我这儿正从头至尾地回忆分析，民兵队长又问起了话。

“除了吃饭就是睡觉有甚可说吗！”

“他就没做下另事？”

“他做不做另事，我哪知道，他又不和我商量！要问，你去问他自己吗！”

“成子，你知道我这脾气，吃软不吃硬！他们越拾掇我，我这心里越逆反！所以一句实话也不想说。”

“你甚也不知道？我看你是不老实！”站在我背后的那个民兵使劲踹了我一脚。

“做甚？还想打人了？”我让那小子踹了一跟头，手又被捆着，就边骂边使劲地往起站。可刚等站住，就又被重重地按到凳子上。

“打你？打你是从轻！你不说实话，我们有证据照样抓你！全公社游街、批斗！”

“我做甚事了？你们又捆我又踢我！我告诉你们，这事，我和你们没完！”他们一说要游街、批斗，我心里的怒火一下顶到了脑门，挣扎着又要从凳子上往起站。

“你做甚事了！你和刘星偷……”

“你们这群狗日的！你们才偷呢！你们才……”我不等大队会计说完，早已暴跳如雷地骂了起来。

“你敢骂人！把他给我吊起来！”民兵队长咆哮着。

那孙子一喊，我立时觉得后背的绳子往上一拉，身子不由地被拽了起来。刚才被扒掉鞋子的脚原本蜷缩着，如今冰冷地落在了地上。但不等我体会出凉的滋味，双臂开始钻心地疼，脚已离了地。

“你们丫的私设公堂，刑讯逼供！我告你们去……”我可着嗓门喊了起来。

“我让你这贼侉子骂！”我搞不清是谁从背后打了我几下！

“放下，放下！你这傻狍子……”

正在不可开交之时，张大队长提着我的鞋进了屋。大队会计和其他几位见大队长笑呵呵地让把我放下来，都一愣！就听“张八”说道：“刘星那个侉子都招了，快放下这个顶缸的侉子吧！”

随着他的话音，屋里又进来一个人，看见我光着脚被捆着刚从房梁上放下来，就气哼哼地喊道：“老八，你做下的是甚事吗？偷了的好好的，没偷的又捆又吊的！那还是个娃嘛！有甚事吓唬吓唬就得吗！你让他爹娘见了心疼唻！”说着抢过“张八”手里提的鞋，在我身前佝偻下腰替我穿上。随后推开我身后的民兵，就要解我身上捆着的绳子。

“六哥，六哥，我来……我来！”“张八”、大队会计等人都喊着拥过来替我解身上的绳子。我一看进来的老汉是我们队长“张六”！刚才还犟犟的脾气，立时被一种委屈的情绪所代替，趴在老队长的身上大哭起来。

“傻娃子，莫哭，莫哭，是‘六叔’腿脚慢，来晚了，来晚了嘛！你要气就骂叔、打叔！快莫哭了！”老队长先是搂着我的头，然后用粗糙的大手捧起我的脸哄着。

我立时看见老队长眼圈也红红的，一撮花白的山羊胡抖动着，正满眼慈善地看着自己，就越发委屈地边哭边说：“‘六叔’，他……他们作践……作践我，非说我偷了！我没有偷，我真不……不知道！”

“你是队上的好娃子，好娃子，是他们屈了你……”

看着我唏嘘地哭着，“张八”接过大队会计递过来的一杯水，送到我面前说道：“大后生唻，这点委屈都扛不住？”

我在接水的瞬间看见“张八”原本瘆人的眼光显得和善了许多，正要答话，就听边上的老队长抢白道：“甚事嘛，你们又捆又吊的，娃儿哭哭也出出火嘛！”

“张八”听到抢白，讪讪地退到一边说“这娃子也犟了些，再不……”

“张八”正表白着，民兵队长从另一间屋闯进来说道：“刘星那小子口供画押了，明天报公社？”

“报甚公社！你把刘星那娃叫过来，认个错！报甚了！”

“六哥，这可不行，刘星偷了贾画匠，又撬了供销社，这可是大案！”

我一听刘星不但偷了贾画匠，还撬了供销社！脑袋“轰”的一下，真吓傻了！

“甚大案吗？出了大案，你们都光荣咋的！贾画匠也是个知理的人，在村上多整几个墙围子画画，回手把小队部也画上些，钱也就挣下了，不会和娃子们过不去。供销社丢了多少唻，小队先垫上，明年让刘星那娃还！可不敢报到公社，判刑批斗，那娃就毁了！再咋说他也是个娃！几千里地投奔到这儿，爹娘不在跟前，犯下这错，我老汉担责！你们大队就不担责？今天让刘星画了押把经过说清，认个错！事就了唻！人，我可要带回队里！”

“六哥，这事您可不能做主！有大队革委会唻！”

“咋吗，哥有甚做不了主？公家的钱给你还上，人是我的。咋吗？你还要和六哥耍威风？”

“六哥唻，俺是想这事小队担了……担了……怕有人……”

“怕甚唻！今天的事，谁要讲出去我就和他狗日的干！”老队长说着上了气，喘吁吁地瞪了“张八”一眼。

刘星被人推搡着进了屋，先是愧疚地看了我一眼，而后就知趣地双手抱头蹲在了地上。

“坐过来，坐嘛！”老队长招呼着。

“我没脸坐，我犯了罪！不但连累了梁子，还累您老大半夜地操心着急！‘六叔’，我求您别把我送走……我害怕……害怕！”说着，刘星的头低得更低了，蹲着的双腿也抖个不停。

“现在知道怕了？把经过当着这些人再说一遍！”民兵队长喊道。

刘星可能刚才也哭过，鼻子有些齉齉地说了起来。

“大声些，自己做下的事有甚难为情了！别囔囔，说！”又是民兵队长喊了一句。

“不要吓他，让他说嘛！”老队长不满地叨唠了一句。

刘星的嗓音在呵斥中高了许多，从头讲到挑柴火时碰见四栓子，后来和三队老汉借钱赌博的经过，也讲了输钱让人逼债走投无路的过程。

“一准是三队那个姓王的老狗日的，这老东西放债，让娃子钻套！老八，你去把那老狗日的一绳子捆了来！四栓子，这灰货也该骂，教娃子们点好嘛！”老队长听到这儿发着狠地说。

刘星又说道：“前天后半晌，我本想是去找贾画匠借钱，未承想屋里没人，就拿走了他行李中的大几十块钱。回来一看，加上梁欣从队里支的二十块钱，还是不够还债。昨上午又去的供销社，心里想着是能碰见个熟人，再借点。可聊天中知道，售货员老王每天晚上都要回家瞭瞭，就动了一不做二不休，撬供销社的贼念头。当时心里也怕得不行，就和梁欣晚上喝了些酒，壮着胆子去了供销社。小心地蹲在院里装酱油的大缸后边，一等二等，不见老王有回家的动静。自己当时冻得怕得要命，就想得了，回去吧！谁想就这会儿老王出了屋，锁上门骑上车就走了。我走到供销社门前一看，锁挺大！琢磨着得找个棍子撬，可黑灯瞎火什么也看不见，就摘了一只手套在地上摸，真就摸着了根钢筋棍。哆嗦着就把弄那把锁，谁知那锁没锁实，‘咔嗒’一声就开了。当时，我心里想：‘打猎的碰见瞎家雀，真是老天照顾。’我进了供销社没敢停留，找到钱盒抓了一把就走，连数都没敢数，一气跑回知青点。当时，梁子还没睡，我就拿出五十块交到梁子手里。想把还贾画匠的钱先撂下，因为担心明天要债的堵门，就又去了赌场，还清了那老汉的钱。又用剩下的钱赌了两把，当时手挺顺，还真赢了。回到宿舍，一是害怕，二是想家，就趁今早晨梁子买煤油的工夫去了县里火车站，买了两张回家的车票。可那心里发虚，怕大队发现情况查案，本想不回村，直接等着明早的火车就走。可想着，那太对不住梁子了，就趁黑回了村，结果……结里……就……刚才张队长审我，我本不敢承认。可见了张队长手里握着自己落在现场的手套，知道一切都完了，就都认了账。”刘星说完，从里边内衣兜里掏出两张车票和想还给贾画匠的钱。

听到刘星的供认，我才算弄明白这小子这两天都忙了些啥。才知道他不单偷了贾画匠，还偷了供销社。心里也就明白了，上午为什么“张八”看自己的眼神瘆得让人直起鸡皮疙瘩的缘由。

听了刘星的叙述，我真是从心里恨他！竟然干出这些见不得人的事，也怨自己知道他赌博为什么不翻脸制止。当听到刘星说惦着和自己一块儿回家，又觉得哥们儿还算够意思。正在想着，就听老队长说道：“娃子，你没跑就是你的好命！你要真走了，梁娃子要受多少委屈！再说，你还得回来呀！真要那样，‘六叔’可就真帮不了你了！行了嘛，快给张队长认个错，把贾画匠的钱还上，剩下欠的钱‘六叔’从队里垫上。你明年好好劳动，再把欠队里的钱还上！老八，这事不要报公社，我要带娃子们回呀！”

“慢些，慢些！六哥，你先带梁子回……先带梁娃子回吧！替我安慰安慰这娃子，毕竟是受了委屈！梁子，你可不要记恨八叔，哪天八叔请你喝酒！刘星今晚先别回了，一是要把经过写了，还得有份像样的检查吧。万一这娃不学好，再要……那可是数罪并罚！”

“行了，行了，可不敢打骂啊！”

“哥，您就放心回吧，明早让他回！”

在和老队长回村的路上，我要回了那两张火车票，又从老队长家借了自行车，连夜赶到县城火车站把票退掉。把钱交给了队里，这事才算是个了结。

“怨不得我们那年回队，有的老乡管我们叫贼侉子！是从这儿来的吧！”张成听完这段恍然大悟地说。

“没那回事！老队长说话算数！这事真就没在村里传出来！成子，我不知道你怎么看，别看现在社会上都说当年知青是时代的受害者，其实我这心里一直觉得这几年插队没白去。有好些做人、做事的道理都是当年学到的。而且我真觉得村里的乡亲们对我们挺好的。特别是老队长，‘六叔’这老汉，多善的一个人呢！”

“可不是吗！那老汉真是个好人！算来老队长当年的岁数比咱们今天这年龄，恐怕还要小些！可看着，比咱们现在显得老多了！”

“可不是！”

……

梁欣讲完，这头涨得难受，知道自己肯定已是满脸通红。他长长地出了口气，一口喝掉了半瓶矿泉水，扭脸一看，张成听得同样也是满脸通红。

缓了会儿劲，张成又替梁欣点了颗烟，有些动感情地说：“刘星这小子，看来除了有让人讨厌的地方，也有那么点让人心疼的地方。”

“唉！哥们儿之间的情分不就是这么攒起来的吗！”

“刘星的家属……刘星的家属……谁在这儿抽烟了？这呛！嗐，医院是无烟区……”两个正聊着，猛地听到了手术室护士的呼叫。

“在这儿……来了……来了，不抽……不抽了！实在是困呢！”梁欣和张成连答应再解释，拥到手术室推出来的刘星身旁。

“大夫，手术怎么样啊，还有危险吗？”

“手术还算成功，目前血也止住了，命恐怕是保住了。今后，肢体功能……就看他自己慢慢恢复了！你们把病人推回病房，今晚上多观察，有什么情况赶紧叫大夫！”站在刘星担架车旁的大夫边摘口罩边说道。

刘星因为手术，脸被破了相。原本已经看惯的一脑袋白头发，被剃得精光！头顶光秃秃的，罩了个半个西瓜皮样的白色网兜裹着伤口，上面还斜插着根引流管。原本颇有女人气，没有胡子的圆下巴，如今竟偷长出些没有秩序歪歪斜斜的鼠髭。这副面孔，让梁欣和张成看后都不由有了几分陌生。

“星子今后这日子难了，这要不能自理，谁管他呀！”张成先说了一句。

“我也琢磨这事呢，咱们出点力行，要想深管，可有点名不正言不顺……”梁欣听了张成的话也有些发愁地说。

“也不知道这哥们儿到底有多少钱？”

“你打听人家这干吗？哥们儿再好，这事也不能打听！”

“谁打听了！我是琢磨他如果有这能力，好帮他联系个老年公寓，起码里边有饭吃，日常护理有人管！”

“这事咱俩说了也不算数，最后还得听他媳妇的！再说找老年公寓也不是件容易的事，公立的得排两三年的队，才能有床位。私立的不但收费贵，服务也没保证。你没听说外地有家养老院，几个失能老头夜里让人家把睾丸割了，听着都瘆得慌。说来咱们这代是惨点，受了一辈子罪不说，还正赶上建国后第一次生育高峰。这拨儿人一老，中国立马进入老年社会，就是咱们这些暂时能动的，以后养老都是个问题，就更别说像刘星这样病病歪歪的！”

“那也得想个办法呀！总不能这么看着他受罪！”

“你先别想那么远了，这从根儿上说，还得看他媳妇和儿子的态度，咱们着急也没用！肯定今后咱们哥儿几个都少受不了累！”

“那为什么？”

“你们是一个院的邻居，远亲不如近邻吗？更何况我们还是几十年的哥们儿！”

“要光是受点累，那没得说！有我吃的就不会饿着他！我就是不愿意和他媳妇打交道！”

“不看僧面看佛面呗！你说能怎么办？”梁欣说着站起来，倒了点热水，给刘星擦了擦满是油汗的脸。

“梁哥，你先上外面找个椅子歇会儿吧，我来！大半宿了，别把血压再熬上去。”张成劝着梁欣，自己先打了几个哈欠。

“要歇，你去歇会儿吧，你那血压比我还高！”

“我没事！从家出来我就知道没好事，所以我把药带上了！梁子，你这两年觉得自个儿老了吗？”

“心里不觉得，可这腰腿是不能跟过去比了。刚我给刘星买饭的时候，就觉着两条腿特沉，迈不开步似的。”

“可不是！我就觉着精气神不济了。你说当年咱俩在坝外看庄稼，一聊就一夜，不知道什么叫困！现在可不行了，麻将一玩儿到过十二点，准抬不起眼皮，还不如我老妈呢！”

“得！你要累了快迷瞪会儿去吧！别这儿愣扛着了！”

“今儿真邪了，还真不困！趁着刘星这小子正迷糊着，再聊会儿！”

“和你们几个几乎天天见面，天天聊，聊什么呀！你出个题！”

“嗨！我想起来了，还有件事我一直没搞明白？”

“又什么事？”

“那年选调，我明明听说有单位要你，你怎么没去呀？难道又和刘星有关？”

“没错！还真是因为他！”

“那快说说又怎么了！”

“那年村里的知青，从年初开始，有自己找关系走的，也有公社推荐走的。你和‘大个儿’也就是八九月也都让铁路选调走了。刘星见了心里起急！差不多有一个多月，无精打采的。那小子天天睡不着觉，眼睛熬得赤红，嘴唇裂的口子都见了血。我就看他隔三岔五上公社卫生所开安眠药吃。好容易过了两月，苦熬着的他，脸上总算有了点笑模样。可到了年底，铁路二次招工，这次我和三队那个叫黑牛的……不知道你现在还有印象没有？”

“有，还有点印象，不就那个挺高挺瘦一脸胡子茬的那位吗？后来我见过他，分到铁路工务部门了。”

“对，就是他！公社就我俩榜上有名。当时接到公社通知时，我心里特高兴。觉着这回当了铁路工人，不但咱哥们儿又到了一个系统，而且今后回家方便多了。可自从我接到通知，刘星就没跟我说过一句话，问他什么，也爱搭不理地跟我赌气，就好像是我让他榜上无名的！可看他那可怜相，我又心疼他。就找‘六叔’打听为什么别人都走了，就刘星没人要。‘六叔’那老汉你还不知道，心软得让我一说真上公社带回了话，说是大队对刘星印象不好。老队长这么一说，我当然知道，刘星不论是在乡亲眼里，还是大队干部中口碑是差了点。也明白，这不是一两天就能改变的。”

“那些日子把我也愁得够呛！劝他，他肯定是听不进去。说别的，你一张嘴他就往屋外走。我体检那天，连招呼都没法打，只能给他留张纸条。等我回来，看他在炕上蒙着头睡觉，屋里冷屋子凉炕，就连房子里的空气都像是死的没了魂。我没叫他，抱柴火烧水做饭，直到饭熟了，叫他还是不吱声。当时我也上了气，心想我又不该你什么，凭什么老哄着你！就自己闷头把饭吃了，然后出了屋就到了曹生子那儿。盘腿坐在他家热炕上，有一句没一句地和他们两口子瞎聊。曹生子问我：‘梁子，你这就要走了，剩下刘星那灰小子日子可咋过？’我说：‘是够他小子受的！可我能咋办，总不能就这么守着他！’曹生听了我的话，闷了会儿说道：‘你们这些侉子都是国家人，早晚也是个走！不像我们……这辈子就是这儿受着了！’我听了曹生的话一想，可不咋的！刘星这小子要是走不了，早晚也得跟曹生一样，娶个婆姨，生上一炕的娃。这一辈子可就没啥奔头了！心里惦着刘星这小子，我怎么也在曹生这儿坐不住了，扯了个理就往回赶。”

“那天，我估计不是阴历的十五就是十六，月亮晃得村里如点上了天灯，惨亮惨亮的！我一进屋，没点灯就借着月光看见刘星还是老姿势，一点动静也没有。我原想他小子趁我出门，还不把饭吃了，谁想还真跟我较上了劲，灶上的饭菜一点没动！我耐着性子叫了他两声，还是不理我。我心想：‘你爱理不理，睡觉！等我真离了村，看你还跟谁赌气！’可真躺下，半天我也睡不着！这脑子又转开了刘星的事。当时我就想，这局面如果换了我，肯定心里也是不好过！真我走了！剩他小子一个，连个说话的伴也没有，是够孤单的！我这心里一边为他发愁，一边琢磨，这哥们儿挺聪明的一个人，怎么这命比我还差！想到这儿，原本对刘星那点气也就消了，我就用脚踹他，嘴里开玩笑说：‘你还来劲了，不行你起来吃了饭，有劲和我上院里摔一跤，出出火！’踹了一下没见他动，又踹了一脚听见他哼哼了两声，那哼哼声，我当时听着有点怪！一琢磨，别是这小子病了吧？这么一想，我着了急。麻利地在炕上爬到他跟前，揭开他被子一看：我的妈！窗外一束月亮正照在刘星的脸上，那小子面色惨白中泛着一种说不清的贼光，两眼似闭不闭，眼皮的缝中露出充满血丝的眼白，两只嘴角往上翘着，嘴唇上翻着大血口子。那样像是笑！又像是哭！再看他那枕头、胸前，包括被子、褥子，沾的都是吐出来的白沫。一股刺鼻的怪味，熏得我立时胃液上涌。当时他那样真把我吓着了，我的第一感觉就是：刘星他……他死了！”

“成子你知道，咱们在上学时见过淹死的，‘文革’见过打死的、上吊死的！应该说胆子不算小！可那天晚上那惨淡的月光配上刘星的表情，我浑身的汗毛都竖起来了！当时我使劲扇自己的脸，让情绪冷静下来。先哆嗦着点亮油灯，随后大着胆子把他的被子全掀开。立时随着被子掉出两个瓶子，我借着油灯的亮，看见一个是他平时吃的安眠药的瓶子，另一个味特呛，肯定是装过敌敌畏或乐果一类的农药瓶子。心里马上明白了，刘星这是要……要不活着了！”

说到这儿，梁欣长出了一口气，对着张成说：“成子，有些过去的事真是不敢想，刚才和你说起这事，想起那天的情景，头发还都往起竖。”

“当时我光着膀子披上大皮袄，顾不上套裤子就穿一条裤衩冲出了屋。等到了‘六叔’家，连门也没敲，用膀子撞开门，一个跟头就栽了进去。‘六叔’正在油灯下抽羊骨头棒子做的‘一口香’，看我栽进去，吓了一跳！他老婆子正脱衣服上炕，看见我也是一愣，赶紧用被掩住了身子。‘六叔’下炕把我拽起就知道肯定是出了事，张嘴就问：‘咋了，体检没通过？’”

“‘六叔’，不是我……是刘星那小子喝下农药没气咪，快上……上县里医院……‘六叔’要快呀！”

“成子，你知道平时‘六叔’干啥都是慢条斯理的。可一听这事，麻利得像小伙子。出门，放开嗓子就喊隔壁的大小子：‘满福子，快麻利套车，套大胶车！快……快些嘛！’”

“咋的了，大！去哪圪？”

“让你套车就快些，问甚了！”

老队长说着拉上我就往知青点跑，边跑边问我：“刘星这侉子喝药几个时辰咪？”

我算计着，从回来烧火做饭到转弯睡觉，总也有……就喘着粗气说：“总有小半晌……小半晌了！”

要说平时能坐大胶车上县城肯定觉得又稳又快，可那天晚上连“六叔”都一个劲催满福子：“快些！再快些！”

到了县医院又是一通忙活。先是一个大夫翻了翻刘星的眼皮，摸了脉，没犹豫就给上了手段。老粗的管子从他嘴里捅进去，接着就一桶桶地往里灌水。然后就是刘星翻肠倒肚地吐。那罪受的，任何人看了都心疼。

我和满福子帮助大夫按着刘星的胳膊腿，边上操作的大夫说：“这小子命大，喝了农药又吃安眠药，人昏迷了，胃肠吸收慢，又没喝水……要不……要不咱就都不用忙活了！”这一通折腾完，接着又一瓶一瓶地给刘星打水，直到他小子睁了眼。

“你个让人操心的娃，没选调就闹这！村里人都没选调，咋的，还都不活了！你爹妈养你，你一天孝没尽，咋的，就寻短？你还是个爷们儿？连个蹲着撒尿的娘们儿都不如……”“六叔”平时多好的脾气，可看刘星一睁眼还是忍不住地嚷了起来。

我听了这话就是一个心思，想哭！我知道“六叔”骂刘星一是着急，二是心疼。可听了老爷子说的在理呀！当时“六叔”把我也骂醒了！我这脑袋一激灵，甩掉手上大把的眼泪，心里想：“不选调……难道就只是死路！不就是少俩钱儿花，多吃两口粗粮的事吗！我不走了，陪着你臭丫儿的！”

“成子，这人吧，其实什么事都是心闹的！我真一下决心不走了，立时觉得眼前的事也没啥难的。就这么着，我就放弃了那个机会，和刘星那小子在村里又一块儿干了几年。直到大拨儿知青返城，我俩以困退的名义一块儿回了北京。”

“你可真行，当时我要是知道这事，准骂你缺心眼儿，特别是为了刘星这小子不值得。”

“有时候人和人的缘分是说不清的！那会儿在队里，虽说关系都不错，可细论，属咱俩最铁！我和你们一样，都有点腻歪刘星那爱耍小聪明的怂劲。所以看着是和他的缘分差点，可偏巧命运就把我和他拴到了一块儿！再说，他连命都不要了，我晚几年选调换他一条命，不是不值，是太值了！当时要是换了你，你也会这么办！”

“梁哥，你是说咱哥儿俩缘分不够？”

“你这老东西，都这把岁数了还吃醋，怎么越来越小心眼儿？我不是这意思。我只是说缘分这东西不是想来的，确实是有点说不清！你比如，看着我和大星子参加工作比你们都晚，可我俩回北京又比你们都早。而且没费大劲后来还都分了房，倒显得比你们后回北京滋润。”梁欣说到这儿，有点得意地看了看坐在边上的张成。

“这我信！这两年可能是上岁数了，觉着人这辈子，有时候真说不清！老辈人讲：人的命，天注定！得了，都这岁数了，咱也认命吧！唉……”张成说完，叹了口气。

“这叫玄学，懂吗？深着呢！这里边肯定有它的道理！可，你叹什么气呀？你这命，就不错了！”

“看和谁比吧，比‘大个儿’是强点！哎，我告诉你，‘大个儿’他媳妇最近又信佛了。前儿，一块儿给他儿子过两周年，半道上他说的……”

“你脑袋进水了吧！‘大个儿’媳妇信佛的事，昨儿你不是说了吗！可给儿子办两周年，这怎么没叫我？打球也没听他吱声，真他妈……”

“看我这臭脑子，昨儿和你说了！可你也别骂，你也吃醋啊？”

“我不是吃醋，我是心疼！别人不知道，咱哥儿俩清楚！这几年，这点烂事可把‘大个儿’熬惨喽！”

“要我说，他就不该调回来！”

“这和调回来，不调回来有什么关系？凭什么人家就不该回北京！这话我不爱听！”

“哥！我的哥！你刚还讲玄学呢，他就没这命！我这话是不好听，可这话也就是咱俩说，要不是咱哥儿俩今聊到这儿，这话烂到我肠子里也不该说！”

“你这么讲，可就深了！要照你这么说，干什么之前还真得翻翻皇历，查查八字算一卦……”

“我和你说正经的哪，你别又胡扯，我给你捋捋，你就明白了！先是拉砖、和泥、盖小房！那年他儿子也十五六了，三人挤在九平方米冬冷夏热的‘空调房’里。”

“这我知道，还是咱哥儿几个帮着干的哪。”

“回头是，哥儿仨、姐儿一个为这点家产，吵嘴、动手，上法院！没等法院判决下来，老爷子一命呜呼！”

“没见过‘大个儿’这俩妯娌这么浑的！整天丢脸子、甩闲话不说，后来撕破脸，一到晚上就在‘大个儿’窗根儿底下，敲土簸箕、晃手电！真是闹出花样来了！”

“‘大个儿’当时没想明白，觉着一奶同胞，怎么也能容下他这哥哥。可人家哥儿几个，就没打算他这当哥的还回来！多了一家分财产的，当然大家都不高兴！老爷子没了！法院判了！看着是消停了，可家的亲情，一点没剩。你说‘大个儿’，里外不是人！那心里得有多烦？”

“他这喝闷酒的毛病就是那几年养成的！”

“可不！说谁也不成，就自个儿没理！可不就剩下喝酒了！那年，他儿子高考，要不是咱们轮换着给接出来，管吃管住伺候着，让孩子能踏实温书，能不能考上大学还真难说！”

“事后，那几个弟弟妹妹都说，是他们盖这小房坏了风水，才老人死、儿子没！”

“这话够难听的！谁听了也受不了！”

“有一次，咱们喝完酒，我们俩骑车往回走，他是死活非拉着我又进了个酒馆，一边喝一边哭！问我哪儿有卖后悔药的！说他就该一把黄土埋外头，不该回北京。当时我看他那伤心劲，就劝他别往邪处想。当时，他手捂着脸呜呜地哭，认死理地说，都是他一调回来，才把家闹成这样！就是他的罪过。梁子你说，他自己都认定的事，我还能怎么劝！”

“唉……这点烂事都让他赶上了，儿子再一走，家散了！王老师也跟着受罪！这儿一走，娘的命就没了一半！心一凉，哪还有心思过日子，唉……都说好人有好报，怎么到这两口子身上，就不灵了！”梁欣边说，边叹了一口气。

“可不！现在儿媳不登门，孙女见不着！两口子整天没话，一个喝酒，一个掉眼泪！外人想劝，都没处下嘴。”

“‘大个儿’当年回北京，有一半是惦记着咱们哥们儿的情分。谁能想到，是这么个结果！”

“这我明白，瞧着他黏黏糊糊，其实这哥们儿特重感情。他要不回北京，生活就很可能是另一条轨迹，不但老人可能还健在，儿子许就得不了这病，家里的亲情也能为继。可他偏偏就回来了，赶上这一堆事！哥，你说，这是不是命？”

“什么叫玄学，就是谁都不懂的学问！我哪懂啊！”

“玄不玄的，咱都不懂！我是真看出来了，这亲哥们儿，有时还真不如社会上的哥们儿亲……”

“你最近看那叫《老炮儿》的电影了吗？”

"就冯小刚和张涵予演的那个？我觉得故事编得有点扯……"

"事编得是有点大发，可它讲了一个道理。"

"什么道理？"

"就是什么道儿有什么道儿的规矩。朋友和亲弟兄不一样，多不隔心的朋友处起来也有点潜规则。亲弟兄不一样，有理没理挡不住死缠乱打。再有妯娌又没血缘关系，可不说翻脸就翻脸。"

"老于！老……于，卡……卡……"

哥儿俩正聊着，病床上的刘星一边断断续续地喊，一边扬手就抓头上的伤口。

张成眼尖，一把按住刘星的手，扭脸问梁欣道："老于……老于是谁？这丫的是醒了，还是昏迷说胡话？"

"咱圈里没姓于的，他这是说胡话呢。"

"怎么还喊卡……卡的？丫的上保定是生意上的事吧？"

"卡？别是让生意人蒙了！"

"这丫的，都这样了，还惦着钱呢！"

"你看着点他的手，别碰着刀口。"梁欣嘱咐着张成，站起身，兑了点温水，一勺一勺往刘星嘴里喂。

"喝得还挺美，当'二锅头'喝呢吧！"

梁欣没有理会张成的玩笑，看着刘星的脸，叨唠道："其实要说命苦，刘星的命比'大个儿'还苦！就插队时，他那点心病，就得折他十年寿！回来这几十年，他也不容易！"

"他还不是那媳妇闹的！"

"面上看，这么回事！实际上他是苦在心上了！他是心比天高，命比纸薄！在他眼里，没有服的人，没有他不想的事。咱们几个没本事，咱认命！他是本事不大，又不认命！一辈子和命争，一辈子不平衡，今儿落到这儿！唉……"

"他就一鸡贼，见利就上！找罪受！我都怀疑这小子和媳妇处成这样，是不是外边有人。"

"哥们儿间别这么说，这小子要说在外边和女的随便玩玩，保不齐的。可说他包养谁，我不信！他呀！心思就不在女人身上。”

“那他这一天忙忙活活的，图什么呀！”张成说完这话，冲躺着的刘星做了个怪样。

“你刚说‘大个儿’走到今儿，是命！刘星，到今天，也是命！八十年代，看别人上大学，他不服气！点灯熬油，他也考，结果差几分没取上！九十年代，别人下海经商，他不服气，也辞职下海！结果，卖体育用品赔钱，开饭馆赔钱，倒腾买卖还赔钱！单位调级升职没他事，两头够不着！钱没挣上，连鞋带衣服湿一大片！找这媳妇，瞧着条件、模样都不错，还是干部子弟！觉着一步登天，这回捞上了！谁想，又是他的克星！你说，他这不是命？我跟你讲，他哪步赶上了，都不是今儿躺在床上的刘星！可偏偏，他就哪步都差那么一点！差这一点，把他这辈子可就赔里面了。”梁欣把喂完刘星水的空碗放到一边，边说边冲张成摊了摊空无一物的双手。

“他这点事，我也知道点。那年冬天，他让我帮他整个车皮，说往俄罗斯运大葱。发货那天，我在站台上碰见他，冻得大鼻涕直流，脖子上挂一破书包，那模样比拉葱的小贩还惨！要说他也真不容易！”

“活到今天，黄土快埋脖子了，咱哥儿几个的命数也能看个八九不离十了！刘星和‘大个儿’的命数，看来已经是悲剧了！我这儿，守着一个啃老的儿子，肯定比这哥儿俩也强不到哪儿去！还就数你命好！除了弟妹疼你，还能和九十多岁的妈撒个娇。”

“得了，你又来了！你有个好媳妇比什么不强！梁子你别不知足，我和‘大个儿’聊天也常说，像田娣嫂子这样的人，难找！”

“小高和王老师不是都挺贤惠吗？哪个也不比你嫂子差！”

“得了吧你！这俩虽说也行，可要比嫂子，还都差一块。当然，我媳妇和‘大个儿’媳妇也不一样。小高没人家王老师有文化，就是个能干活，不能受委屈的炮筒子！不过遇着事，小高还算明理。王老师……就是让这些事给缠的，要不多好的人啊！平时也特知道心疼‘大个儿’。我估计她这脾气过些日子也许能调回来。”

“老唐媳妇？怎么说呢！人家都说南方的女人娇小可爱，怎么偏老唐媳妇生得人高马大的。我估计这两口子要动起手来，老唐还不跟小鸡仔儿似的，就是挨捶的份！”

“你呀，真是狗嘴里吐不出象牙来，你盼人家点好！你还没见老唐的女儿呢，面相随老唐，长得又水灵又漂亮。那个子可随了她妈，比老唐高半头，小一米七五！其实你不知道，老唐媳妇别看瞧着对老唐挺凶，其实老唐在家什么都不干，油瓶子倒了都不带扶的！这家，里里外外全是他老伴顶着。”

“那真是什么人什么命。”

“你看，咱俩怎么聊着又扯到媳妇上了？”

“嗐！聊天可不就是说到哪儿算哪儿。现在看，咱们这几个的媳妇都比刘星的强。”说到这儿，梁欣和张成同时把目光望向了病床上的刘星，情绪都有点伤感。

“大星子，虽说面相老点，不是身体还行吗？怎么就脑溢血了？”

“就他这挣命劲,家里又不省心！两头拽着,能挺到今儿就算命大！又是血压高，又是糖尿病，平时对自个儿又特抠！加上正赶上多事之秋的年龄。今儿，撂这儿！算消停了！”

“那可不！跟咱一块儿打球的老桑……”

“就那满脸旧社会的那位？”

“没错！瞧着岁数大，其实比咱们小，也就一个多月没见着，一打听，走了！”

“没听说呀！要有人招呼，怎么也得大伙送送！”

“咱们这帮哥们儿年轻时候，是传谁调回来了、当官了、娶媳妇了、有儿子了，都是好事。回头是传谁退了、病了、娶儿媳妇了、抱孙子了，喜忧参半。现在一说，准是谁住院了、谁又走了，都是丧事！”

“那是人生三部曲！这可不分当官当兵，都一样！天下的事，就这件事最公平！”

“今儿可是整聊了一宿，一点没耽误。”张成看了看手机说。

“几点了？这天都要亮了。”

“五点多了，嘿，我说刘星这昏睡着可怎么吃饭呢？”

“一会儿咱问问大夫。你这一说我可觉出饿了。”

“要不我去弄早点去？”

“开门了吗？这么早！”

“早什么早，大街上再过会儿又该堵车了！早点铺早开了！”

“吃点……吃点……填饱肚子回家好睡觉。”张成边说边打哈欠。

“你行，我这儿到家还件闹心的事呢！”

“怎么了，和嫂子闹气了！”

“两口子闹气不记仇，跟她能有啥，是小宝的事！你说这也怪了，我和他妈都挺仁义，怎么就混了这么个儿子！不说了……不说了，想起来就来气！”

“你对小宝得有耐心，别拿孩子跟咱们比。时代不同了，人家是80后！得，你不说我也不问了，省得招烦。可真要有事，你得跟我们哥儿几个说，别跟刘星一样，自个儿憋出个好歹来！”

“自个儿的梦自个儿圆吧，这忙，你们可帮不了！走吧，看看大夫有时间吗？问问大星子怎么吃饭？”

“鼻伺，一会护士去给他插管！什么叫鼻伺？嗨，你们别问了，一会儿护士就让你们明白。我这病历还没写完呢！”值班的大夫正写着病历，两句话就把他们打发出来了。

哥儿俩回到病房等了没多会儿，果然一名护士端着托盘进了屋。

“一会儿你们搞点流食，就从这头儿，用这针头推进去。”

“医院有流食吗？”

“有，主要是牛奶，要换点花样得你们自己准备。”

“花样？这流食能有什么花样？”

“比如鸡汤、蔬菜汁什么的……对了，你们今天早晨没订餐吧？要没订赶紧找配餐员去加一份。”护士不厌其烦地解释着。临走还嘱咐道：“每次鼻伺完，可一定得把管子和针头清洗干净啊！”

护士走了后，张成说道：“梁子我去弄点早点，顺便把大星子的配餐给订上。等我回来，你先走，回家办你的事，我等‘大个儿’他们。”说着晃着两条疲惫的腿走了出去。

梁欣看张成出了屋，倒来热水一点点细心地为刘星擦着脸。正忙着，衣兜里的手机“铃、铃”地响了起来。

“你还回来不回来？我这儿急死了！小宝懒得不起床，你是这时候还不到家，怎么就不知道着急！”电话那头传来田娣不满的声音。

“喂……这才几点呀？你先别急，我这忙完就回家，你先按昨天咱俩商量好的办！对……别急，一会儿我就回去！”

“嫂子的电话吧？梁子，这也没什么事了，大星子早晨的奶我订好了。你先回，我等等他们，就是不能用车送你了。”正好买了早点进屋的张成边说，边递给梁欣一个冒着热气的煎饼。

“行，那我先走，一宿没睡了，一会儿开车慢点。再有和大星子他媳妇商量一下，看能不能雇个护工，别让咱们老这么熬着。都这把岁数了，不论谁，真要再出点事就麻烦了！”

“行！一会儿让‘大个儿’和他媳妇说，我懒得理她！”

“那你看着办吧！”梁欣接过张成递过来的煎饼，边吃边嘱咐，边往外走。

4

梁欣看了看表，六点多钟，大街上早已是车水马龙人声鼎沸。熬了一宿，聊了一宿，现在才觉出脑袋似是比平常大了一倍，两条腿也像灌了铅一样沉重。来到汽车站，那里已经等了很多人，都大伸着脖子望着远处的汽车。两个拿旗的协理吹着哨指挥着拥向进站汽车的人群。

“那几个年轻人，让让老同志！”协理说着挤在梁欣前面的几个小年轻。

“不用，不用……谢……”

“这么大岁数，这么早不在家待着，非跟上班的凑热闹！”不等梁欣“谢”字说完，边上一个女子不满意地一边叨唠，一边使劲挤在了梁欣前面。

“后面的同志等等吧，后面的车马上到！”随着售票员的声音，车门“啪”的一声在梁欣面前重重地合了起来。

梁欣看了看周围等车的人群，估计就是再来一趟车自己也未必挤得上去，只能无奈地摇摇头，离开车站一步步地往家走。要说平时，凭他的身板走个十多里地不在话下，可今天他真觉得两条腿有点不听使唤。

“铃、铃”，裤兜里的手机响了起来。“喂，是‘大个儿’呀！怎么样？到医院了吗？什么，在……等刘星媳妇？她可真沉得住气！我今儿家里有事，昨儿不跟你说了吗！对，正往家走呢！你回头到医院和刘星媳妇商量一下，看能不能找个护工？这么熬着可够呛！行，家里有事和你们说一声！行，行，撂了啊，回头再聊！”

“铃……”，他刚装起的电话又响了起来。

“梁子，你大早晨的又和谁聊上了，怎么还占线？到哪儿了？怎么就不知道着急？这都什么时候了，还不到家？你一宿不着家，剩我一个人越想越着急！小宝到现在也不起，屋里乱七八糟，我这儿等着上早市买菜呢！求求你，快回来，快回来吧！你不在家，我这心里一点底都没有……再有，你买一盒好点的烟！别人家来了跟着你抽都宝，多寒碜呀……”梁欣一打开手机，那头立时传来田娣焦急的声音。

“哎哟，你着什么急！我正往家走呢，到超市我就去买烟买茶叶。你别等我，赶紧买菜去。慢点走，你去吧……去吧……别慌手慌脚的！对……对，唉，别忘了买水果！好……好……挂了吧。”

梁欣了解田娣，心里没事，干起活来挺麻利。可心里一有事，还真是慌手慌脚丢三落四的，今儿个她心里有火，梁欣这心里还真有点放不下。

梁欣到家已经八点多了，小宝的屋门还关得紧紧的，没有一点要起的意思。凭梁欣平时的脾气，立马就想砸门，把这懒蛋轰起来。可一想这小子从来就没干过活，起来也是添乱，还得占着卫生间瞎捯饬，不如眼不见心不烦！他心里想着，腿脚却不失闲地在几间屋里忙了起来，一会儿就忙出了一身汗。

“梁大爷，梁大爷！您在家吗？”不用问，梁欣知道是老唐的闺女在敲门。

“怎么了，闺女？”

“梁叔，您要有空上楼看看我爸吧，又闹上了！昨儿一宿他就不让我睡觉，说是脚疼！可平时一见酒他就没命，花钱吃那药还没到脚上哪，可喝那酒早到了脚上了。您说，他这不就是找病作死吗？怎么劝他少喝也不听，他可真膈应人！”

“姑娘别这么说，你要忙先上班去，我这就去看看。”

梁欣送走老唐的闺女，又赶紧从抽屉里找了把活扳子，把卫生间和厨房里一直嘀嗒水的水龙头紧了紧。直等把屋里地都墩完了，看看都收拾利索了，才抹了抹头上的汗，一口气爬到六楼敲开老唐家的门。

老唐拐拐地把梁欣迎进屋，忙着要给沏茶。梁欣赶紧拦住他，问道："是不是昨儿又喝多了？脚疼得好点？"

“哎哟，我的妈，整疼了半宿！跟蚂蚁啃肉似的疼！这臭脚真想剁了它！”

“把袜子脱了，我看看！你呀，就是不听话！这真是痛快了嗓子眼儿，遭罪的是脚后跟！”

“跟脚后跟没关系，你看看，这儿……你摸，就这儿……对就这儿……哎哟，你慢点！这骨头缝里又冒出一包来。”

梁欣不但摸出了老唐脚上新起的包，还看见这只脚跟没长顺溜的土豆一样，左一个疙瘩右一个包的，全是大大小小的肿块，几个脚趾关节又红又肿。不由又心疼又着急地问道：“那只脚怎么样，也这德行？走吧，赶紧去医院，走上医院！”

“那只脚也这样，去什么医院！去了也没用，吃点止疼药扛着吧！谁让它贪嘴来着，该！”随着话音，老唐顺手“啪”的一声扇了自己一个嘴巴。

梁欣心里有事，不敢久留，就不客气地说道：“你要今儿不去医院，我就不陪你了。我这儿也是火烧眉毛碰见难事了！你先歇着，我得走了。”

梁欣下了楼，进屋正想直直腰，就见田娣提着鱼拎着肉挎着菜篮子进了屋。“怎么了你？这脸色，怎么比我这一宿没睡觉的还难看！”梁欣看着田娣苍白浮肿的脸问道。

“嗨！这心里一有事睡不着觉，可能血压又上来了！没事，你快忙你的吧！”

“你想那么多有用吗，该怎么着怎么着！车到山前必有路！”

“你们男人心宽，可再心宽，事在这儿摆着呢！今儿要谈得拢还行，要是谈不拢……我这心里真没底！”

“怎么着，还吃人哪！小宝再浑再不要脸，也得他闺女愿意，做下这事也不能都怨一头！”

“你快住声吧！一会儿人家进了门，可不能这么说，说点软话让人家大人满意，自个儿受点委屈得了！”

“妈，您都准备好了吗？我可告诉您，人家她爸可是医院管药的科长呢，是见过世面的人，别一会儿丢人现眼的！”不等田娣放下东西把和梁欣要讲的话说完，小屋里的小宝先开了腔。

“科长怎么了？别说那不着调的，你要怕丢人现眼赶紧起来，把你那屋里拾掇利索了。”

“谁不着调了，当官就是比你们俩大头兵强！挣得多，吃得好，穿得好，路子野！让我拾掇屋子？人家是来看你们的，又不是来看我的！”

“你这浑……”

“得了，得了，都别吵了！小宝好孩子，你也该起了，自己捯饬捯饬给人家家长留个好印象。”

“起就起，有什么可捯饬的？咱追求的是自然美！”随着话音，小宝出了屋一头扎进卫生间。

“你说这孩子是怎么长的？这么大人了，怎么就四六不分！”

“得了，都这会儿了，说那么多干吗？凑合着把这出戏唱了，一家子踏踏实实过日子吧！”

“妈！您这是怎么说话呢？这可是我的终身大事，什么叫凑合着！”小宝在卫生间里表示着不满。

“一家子都为你忙活，你还不满意，能凑合就不错了！”梁欣气哼哼地顶了一句。

梁欣忙完了手里的活儿，一边帮田娣择菜一边打开社区发的小喇叭听着京剧。

“我告诉你，别老听这老掉牙的东西，一点品位都没有，让人家瞧着笑话！”从卫生间里出来的小宝，不但关上了梁欣的小随身听，还挺不满意地教训起来。

“这是国剧！怎么就没品位了？刚吃了几天饱饭就找不着北了！”

“哎呀，你们都该干啥干啥吧！为这么点事也争！”

一家子正吵吵着，就听窗户外头有个女人趾高气扬地说道：“燕子，是这儿吧？瞧这破楼，解放前盖的吧？这里边还不定寒碜成什么样呢！你说，你怎么就看上这穷小子了。”

“这可是我爸给我挑的！您要有气找我爸撒，跟我来什么劲！再说，您跟这儿耍什么狂！要我看，人家小宝就不错，哪次出去都抢着买单，比我爸都强！我可跟您说，一会儿进门客气点，别要高价吓着人家！”

“燕子，看你这话说的！爸什么单不给你结？今来这儿，还不是都为了你好。你妈，不会的。我们都听你的……”不等接话的男人把话讲完，就听“小宝……小宝，还不出来”，一个女高音的喊声。

一听见门外的声音，梁欣和田娣都沉默了，还是小宝反应快，喊了一声：“妈，人家来了！”随着话音，人早开门蹿了出去。

梁欣和田娣老两口看着跑出去的儿子，眼光对视了一下，都如临大敌一般站了起来，面色也显得十分紧张。

“别紧张，看脑门上汗都出来了。”梁欣到底是男人，马上反应过来，一边帮田娣擦掉头上的汗一边劝慰道。

两人出了楼门，看见小宝和个微胖的女孩早就抱在了一起，嘴里还不停地喊着：“燕子，我的亲亲，你来了！哎哟，你可想死我了！”

“小宝，你刚起吧？头发还没理顺呢！妈，爸，快过来，这就是我的小宝！”叫燕子的姑娘一边帮小宝理着头发，一边招呼着自己的父母。

梁欣和田娣看到眼前的架势，不由自主眼光又对视了一下，有些尴尬地往前迎了一步。那个叫燕子的姑娘，好像根本没看见梁欣老两口一样，只顾着在父母面前介绍着小宝。

“您看，第一次见面也不知道该怎么称呼，快进屋，进屋聊！他爸，快让贵客进屋啊！”还是田娣有些难为情地先开了口。

梁欣愣了愣！看老伴说完，客人还是站着没动，赶紧顺着田娣的话茬，招呼儿子道：“小宝，还愣着干吗？快让客人进屋啊！”

叫燕子的女孩听到梁欣的话，扭脸翻了一眼，这才拉着小宝簇拥着自己的父母进了屋。梁欣家不大的小厅，立时挤得满满的，有些转不开身。田娣把燕子父母让到唯一的沙发上，又搬来两把凳子让两个孩子坐下，自己和梁欣只能站在客人面前，又泡茶又让烟地瞎忙活。

梁欣趁田娣寒暄的空当，用眼睛的余光端详着客人。未来的亲家母显着比田娣年轻些，头发翻着大卷，显然是临出门时刻意处理过。中等身材略显臃肿，瓦刀脸，眼角有些上翘，五官还算端正。只是面色有些白中泛着灰暗，眉眼中隐现一种不很健康的青黑色。男人个子不高，坐在沙发上翘着高高的二郎腿，两臂自负地抱在胸前，凸显的腹部把坐着的身姿向后压去。国字脸型，皮肤已显松弛，气宇中显出一些官气。燕子姑娘继承了妈妈不算苗条的体形，但身材更显五短。眼睛上涂着重重的眼霜，但还是没有遮掉眼角上已显现的皱纹。贴上去的眼睫毛，像窗户上的卷帘，跟凸努的一对眼睛很不协调。嘴角上扬，但露出来的不是笑意，而是梁欣最头疼的骄横之气。姑娘可能是嫌坐在硬凳上不舒服，旁若无人地起身，一屁股坐在了他爹的腿上。看到她爸毫不造作顺势搂住闺女腰肢的动作，梁欣能猜出这种姿势肯定在家是常态。

梁欣正观察着，突然“嘎巴”一声，父女俩的身体一下陷在了沙发里。随着燕子“妈呀”的一声呼喊，人已蹿起老高。坐在沙发另一侧的燕子妈，身子也斜挤过来和老公拥在了一块儿。

突如其来的变故让梁欣和田娣一下乱了手脚，两人惶恐地使劲拉起客人，这才看清是老旧的沙发不堪重负，底板断成了两截。

“出师不利……出师不利！还谈什么谈！走……”燕子妈可能是受了惊吓，脸色煞白，暴怒地拉着老公就往外走。

田娣一下慌了神，伸手拦住女客人，用求救般的眼光看着梁欣，喊道："他爸……他爸，你倒是说话……说话呀！"

梁欣一时也不知该怎么好，条件反射地伸手拉住了燕子爸，自责地说道："嗨，嗨……这事闹的，怨我，怨我！"一时四个人拉扯着竟僵在了那儿。

"爸，妈，你们互相相面吧，我可不陪着你们。小宝，走，上你屋里玩去！他们爱怎么着怎么着！"燕子姑娘看了他父母一眼，甩了一句话后，拉起小宝进了小屋。

"老伴，这来都来了，成与不成怎么也得说几句呀！你看闺女那脸……"燕子爸的话总算是解了围。

"你儿子办的好事，肯定你们也知道了！我闺女这么个黄花闺女，让你儿子毁了！你们说怎么办？要不是看在我闺女的分上，咱们就派出所里讲理去！"燕子妈鼻子不是鼻子，脸不是脸地冲着田娣喊道。

"是我儿子不对……是我们没教育好孩子！昨天小宝回家，把事和我们讲了，事比较突然，我和宝儿他爸也不知道该怎么办好。按说，应该我们老两口上门去给您和孩子赔礼道歉。您看这事……这事您有什么要求……我们……我们都答应，都答应！"田娣结结巴巴，不好意思地对客人赔着不是。

"事都到这程度了，还是你上嘴唇一碰下嘴唇道个歉就能行的吗？这是强奸处女罪，你懂法吗？"气势上占足上风的燕子妈不依不饶地冲着田娣嚷嚷。

田娣紧张得身子一个劲很后退，嘴里木讷地哪还有一句话讲得出来。梁欣看到女客人把田娣凶得够呛，这心里的气一点点地往上拱，嗓门自然提高了几分地说道："这位大姐，事，是小宝这浑小子办的，要杀要剐他顶着！你大老远地来了，咱们进里屋坐下慢慢商量、慢慢说。我和小宝他妈，都是直性子人，不会拐弯抹角，您有什么条件摆桌面上说。要不，你干脆把这浑小子带走，爱怎么发落怎么发落！"

"这位大姐，您消消气！是，是，孩子年轻不懂事，昨儿我和他爸也骂了他一顿！我这儿给您赔不是了！"田娣看梁欣话有点硬，就哈下腰一个劲地给赔不是。

“他年轻不懂事？他都三十了多了！我闺女幼稚，上了你儿子的当！”就在燕子妈发威的时候，从小宝小屋里传出两个孩子嘻嘻哈哈的笑声。

梁欣听到笑声似乎有了灵感，他接过燕子妈的话茬说道：“谁上当，谁吃亏，我看也不是咱们现在能说清楚的。只要这两孩子处得来，孩子们愿意，那不就是生米熟饭了！咱们早晚就成了亲家！一家人不说两家话，咱们坐下来一块儿商量着把孩子的事办好，您看，这不也是咱做父母的心愿吗？”

“什么生米熟饭？我告你们去！我们燕子，多好的孩子，今后什么样的对象找不着，偏偏就让你儿子给……我和她爸这辈子，从小把燕儿当公主养着，没让孩子吃一点苦，犯一点难，把个闺女养得跟朵花似的，这眼瞧着就要便宜给你们……”女客人显然也听到了闺女和小宝的嬉笑声，先是不满地扫了田娣一眼，嘴上虽还是强势，音量明显低了几分。

田娣看准时机，赶紧连拉带拽把燕子妈让到里屋大床上坐下，又麻利地把水杯递在她手上。

梁欣借势从刚打开包的“芙蓉王”香烟盒里又抽出一颗，递给了男客人，边替他点上火，边让着一块儿进了大卧室。这才半软不硬地接茬说道：“当着您二位老哥哥老姐姐，我说点实理，现在这些孩子们，哪点是咱们当爹妈能做主的？一个比一个有主意，一个比一个有个性，我说句实话，孩子们的事，咱们都是使唤丫头拿钥匙——当家不做主！小宝这孩子虽然不懂事，办了错事，可根儿里，没见过世面，还是个老实孩子。您看这社会上花花公子多了，今儿个婚结了，明儿就能闹着离！到时候着急的还是咱这当父母的。说句过格的话，我还真盼着小宝上您家去当儿子，我还省心了！”梁欣边说边观察到未来的亲家爹，自接过他递的烟后，半天没吸！听梁欣把这段话说完，下意识地皱了皱眉毛，这才发狠地吸了一口手里的烟。

“哎哟，您少拿这话填我，我这辈子就没有得儿子的命！”女客人脸虽扭向了一边，可气色明显有了变化。

也许是大人们说话声音高了，也许是看着浑没心眼的小宝一直听着这屋的动静，就在这边话音一落，傻小子拉着燕子几步从小屋蹿出来，说道："妈！你别嫌弃我，以后……以后我和燕子一块儿孝敬您！"小宝脆脆生生地喊了妈，表了态。

"得、得、得！别的本事没长，嘴是变甜了！"梁欣见好就收地说道。

"得了，孩子也张口了，这事只要燕子高兴愿意，我们能有什么意见！倒是眼前的事怎么办，该有个说法才是！"一直没说话的男客人吐净了嘴里的烟，很有城府地说。

梁欣明白眼下的危机总算有了转机。刚一块石头落了地，扭脸一看，田娣背过身正悄悄擦着眼角流下来的泪水。梁欣当然明白老伴掉眼泪的原因。刚才小宝那一声"妈"叫的，肯定让老伴动了情。自个儿一把屎一把尿拉扯大的儿子，为了媳妇，瞬间就倒戈易帜，她能不伤心？更让她伤心的是，她这个母亲今后在儿子的心里贬值了！梁欣明白，此时不是安慰老伴的时候，只能轻轻拍拍田娣的背。

两个客人没有观察到主人情绪上的变化，燕子爸看着自己的闺女说道："燕子，你和小宝先进屋，我们大人先聊聊！"

"不吗，我们也想听听吗？"

"听话，先进屋，有你们的事再叫你们！"燕子在她爸的劝说下拉着小宝又进了小屋。

燕子爸看孩子们进了屋，一边用手捋了捋漆黑油亮的头发，一边清清嗓子盯着梁欣说道："我今儿叫您一声老哥，燕子和小宝的事，按说我和她妈是坚决不同意的！可如今现实已经摆在这儿，为了闺女的名誉我们只能认了！可……"

"事，我们认了！可我不能让我闺女进你们家这门受委屈！燕子长这么大，我们没动过她一手指头，没高声和她说过一句话。按说燕子她爸也是个干部，要不是嫌寒碜，我是死活不认这门亲……"

"行了，她妈，别说这些了！"

燕子爸打断了媳妇的话头儿后，把眼光又盯着梁欣两口子，接着说道："我和老伴也是昨天才知道，闺女已经有了月份，眼瞧着今后就要挂相儿了！这一气，老伴哭了一夜！虽说现在年代变了，可这未婚先孕总不是什么好名声！我这儿，大小在单位也负点责，总得顾点脸面！不像你们老两口，长脸一抹变方脸，什么也不在乎！眼下这事，我想先听听你们二位家长的意见！”燕子爸以静制动，不动声色地把皮球踢了过来。

“我们愿意！我们愿意！您放心，燕子到了我们这儿，我们拿她当亲闺女！”田娣唯恐事情再节外生枝出变故，赶紧表了态。

“老哥，你说呢？这事怎么办？”燕子爸两眼紧盯着梁欣追问道。

“您让我说？让我说……我得和小宝他妈商……”梁欣心里总有些没底，不由话说得有些犹豫，并扭脸看了看田娣。

“你们还拿上糖了！这事都火烧眉毛了，你们还要再商量商量！商量什么？是不是还有别的想法？我看你们是存心……”看到梁欣的犹豫，燕子妈的语调立时又高了三分。

“大姐，不是这意思，我们是想孩子的终身大事，怎么也不能马虎。宝儿他爸又没经验……”田娣赶紧打断了燕子妈的话。

“嗐！这要什么经验？把钱花到了，事自然就妥当了！按说我那儿的条件都具备，明天两孩子就能办事。可两孩子住我那儿，那也不叫个事啊，你们脸面上也不好看！”燕子爸眼睛仍然盯着梁欣，话慢慢地说了出来。

“不能……不能……哪能住您那儿呢！回头，我让他爸找人把屋子见见白，把大屋腾出来让孩子住……”田娣舍不得儿子，赶紧接过话茬。

可不等她讲完，燕子妈眼睛就瞪了起来，指着田娣的鼻子说：“什么？你们还想和我闺女住一块儿？我告诉你们，甭想！我这儿四个条件：一，房子重新装修，家具电器都得是新的，一样不能少；二，我闺女自个儿单过，你们另想辙；三，你儿子没工作，你们两口子一月补贴 2500 块；四，喜事国庆节就得办，婚庆公司得请，酒席得像样。另外，戒指、聘礼、改口费一个子儿也不能少！我告诉你们，要凑合你们两口子自个儿凑合去！我闺女的事一点也不能凑合！你不是问我们有什么条件吗？这就是条件！差一点也不行！你要商量，行啊，我们走了你们自己好好商量！你们要是不同意，咱们……”

“燕子妈！你这是干吗，有话好好说。这条件本来都是最基本的，让你这一嚷嚷，倒好像我们是欺负人！再者说，人家小宝妈妈不是说了什么条件都接受！你看看你这脾气，不想让闺女嫁人，也不能和亲家发火啊！”燕子爸不等老婆的话讲完，不温不火地接了腔。

梁欣听了燕子妈的话，心里一凉，立时有了一种被扫地出门的感觉。他下意识地看了一眼边上的田娣，眼光正和田娣递过来的眼光相遇。梁欣立时读通了老伴那眼神中的凄凉与无奈。

燕子爸敏感地观察到了梁欣老两口脸色的变化，立时说道：“怎么？你们不愿意？”随着话音，梁欣看见燕子父母都站了起来。

“同意，同意！都是为了孩子，我们同意！”田娣说话的语气，让梁欣听着已经变了调。

“谁不想自己的闺女能攀上高枝！我们燕子的条件，你们也看见了，不是没这个条件！谁承想让你儿子吃了天鹅肉！我们闺女是凤凰进了鸡窝，你们还这个那个的！不是要商量吗？行，我们走了你们好好想！要是你们不同意，好啊，那你们就等着派出所的传票！她爸！叫上燕子，咱们走！就这破屋，连空调也没有，我身体不好，我可不愿意生这个气！”燕子妈说着，先就迈步向屋外走。

“大姐您再待会儿，吃了饭走！我们都同意，您别生气！”田娣慌里慌张地劝留着。

“饭我们就不吃了，留着这笔开销给你儿子办婚事吧！条件你们都听见了，按说这么个如花似玉的闺女白给了你们，要你个十万二十万聘礼钱不算多吧？我今儿一看，就这家，归了包堆也不值这个数。你们算是碰见好人了！我这儿大小也是国家干部，聘礼就算了。就算你们该我们家一个大人情，你们慢慢地还吧！”

燕子爸说着，低头看了看手表埋怨道：“你看，跟你们这儿一耽搁，把我要开的会也误了。燕子走，快走！”说着迈着四方步出了门。

“小宝走，上我们家玩去！昨儿我买的西瓜还在冰箱里镇着哪，吹着空调多舒服！走，快走！”不等梁欣站起来相送，燕子拽上小宝，簇拥着自己的爹妈，嘻嘻哈哈地片刻走了个净。

“儿子……”田娣追着出了屋。

屋子里刚才还热闹得像战场，瞬间静得能让梁欣听见自己的心跳。他突然感到一阵强烈的口渴，就不管不顾地端起给客人沏的两碗茶，一气喝了个干净。仍觉得不过瘾，又跑到厨房灌了一肚子冷水，这才觉着焦热的心里有了一丝凉意。

梁欣看了看断了底板的沙发，将就着坐在沙发扶手上，想抽颗烟。可有点哆嗦的手，却怎么也不能从“芙蓉王”烟盒里抽出一颗。有些怒意的他，不耐烦地一把将烟盒扯成两半，烟卷四分五裂地滚了一地。他没心思捡，抓起一颗叼在了嘴上。

“啪”，不知是外面风大，还是田娣回屋关门的劲用大了，在重重的声响中，梁欣不由地一抖，嘴上的烟也掉到了地上。这才看见田娣头发蓬乱、满脸倦容地站在面前。两人对望了一眼，谁也没有开口。

梁欣默默地听着窗外不知何时落栖的两只乌鸦不停地“呀、呀”地叫，心里回想着刚刚结束的谈话。

“就这巴掌大的房子，你们还想和小两口一块儿住……每月拿 2500 块钱，补贴小两口的家用……‘十一’把婚事办了……十万二十万的聘礼我们就不要了……这破房连个空调都没有……你们就等着接传票吧！”

句句话都像是钉向自己心里的钉子，让他觉着胸口热辣辣地疼！“这哪像是商量儿女的婚事，简直就是阎王爷下的最后通牒！想要咱们的盒钱！”他气恼地嘟囔了一句。

“他爸，咱……咱就都应了吧！”田娣虚弱地讲道。

“不行！儿子结婚，咱们也不能发昏地连个家都没有啊！我就耗着他们，看最后谁着急？”梁欣气鼓鼓地说完这句话，抬眼一看田娣本就略显苍老的脸上一行泪水已经流了下来。

“别这样，梁子，我求你，千万别这样！只要有你在，咱俩住大街上，那也是家！只要咱俩在一块儿，那还不就是家……”田娣还在说，嘴唇不断哆嗦着。梁欣却听不清老伴在说些什么，眼看她身子一歪就要跌倒。

“田娣，田娣！你怎么了？你是不是哪儿不舒服？田娣，你快说，快说话，别让我着急！咱们……上医院，这就去医院！”

“梁子我没事，就是头晕，头晕！”田娣说着就要闭眼。

梁欣看见田娣的双眼像是闭但是又闭不严，一条口水也流了出来。“脑中风！”这三个字一在脑子里闪现，立刻让他浑身的虚汗冒了出来。他小心地将田娣扶到断了底的沙发上，随手抄起电话：“老唐，老唐，你快下楼！快！”电话一接通，梁欣就冲着话筒喊道。

田娣眼瞧着有些坐不住，等梁欣打完电话回到她身边时，人已歪歪地从沙发上滑了下来。

“田娣，田娣你顶住，我们马上去医院！马上……”

“梁子，你别急，你……别急……我……我没……哇……哇……”不等田娣口中的最后一个字说出，嘴里早就吐了出来。梁欣顾不得田娣喷到身上的污物，一边拿衣服擦着田娣的嘴，一边用劲想把田娣扶回到沙发上。

“嘭、嘭嘭……”“梁子……梁子！”门被拍得山响，并传来老唐的呼喊。梁欣这才知道慌乱中自己忘记把屋打开，只能把田娣放回原地，起身给老唐开门。

“梁哥，怎么了？”老唐一进屋，看见梁欣的狼狈相赶紧问道。

“老唐，快，快帮我把你嫂子抬到床上去！”

老唐上前看了看田娣的情况，又使劲掐了掐田娣的太阳穴，看她仍没有反应，回头冲着梁欣喊道：“你是让嫂子着急了吧？嫂子多好的人哪，跟上你，你就是屈了人家！梁子，别看平时我管你叫哥，你要敢跟嫂子犯浑，我从此不再搭理你！”

“哎哟老唐，你就别添乱了？我是犯浑不讲理的人吗？你嫂子是……是……嗐！我一时跟你说不清楚！你快帮我扶……扶一把。”

“你晕了！嫂子这症状要是脑血栓，或是脑溢血，那不能动！如果要是心梗，那更不能动！你快把嫂子身体放平，把脸侧一下，吐的时候别呛着。你快点听我的吧！我这就叫 120 急救车，快呀！愣着干吗？”

老唐一边指挥着梁欣，一边拨着电话，“喂！喂！是 120 吗？快，快来车，我家有急病号！什么，没车？半小时以后！你们是干什么吃的！要耽误了抢救，我和你们没完！”老唐气呼呼地按下电话，又拨起了“999”。

田娣脸上的汗出了一层又一层，还在不停地呕吐。稍微安静一会儿，嘴里就断断续续含糊不清地念叨着:“梁子……你……你……就应了……应了他……他们……”

梁欣明白田娣的意思，嘴对着田娣的耳朵大声喊着：“我应、我应，我什么都应！只要是你好好的，你能好好的，我都应。你可不能有个三长两短，田娣、田娣！那……我可就真连个家都没有了！”梁欣边喊，边觉着自己的心有点顶不住了，满脑门子的汗流到嘴里觉着咸咸的。

不知过了多久，老唐来到他身边，一边帮梁欣擦着头上的汗，一边说道：“梁子，别急，救护车马上就到！张成那儿我也打了电话，一会儿直接去医院。你看用和小宝……”

“别理他了，他在也帮不上忙！你快上楼口迎一下救护车的大夫们吧！”

“这我知道，我这就去，这就去！”说着，老唐拐着脚跌跌撞撞地出了屋。

救护车呼啸着行驶在赶往医院的路上。平时觉得不算远的路，这时梁欣觉得格外遥远。“能不能再快点、再快点！怎么又停了……”他不停地催促着。

“梁子别急，前面是红灯！哎，前面的车让一让……边上骑车那位，对，说你呢！车上有重病号，麻烦您让一下，我给您磕头了！谢谢！谢谢！”坐在副驾驶位置上的老唐一边劝着梁欣，一边把半个身子探出窗外，嘴里不停地招呼着救护车前面的车辆和行人。

5

田娣推进抢救室有一个钟点了，梁欣和老唐在门外急得像热锅上的蚂蚁，不停地在急诊室的门前瞎转悠。

“怎么样，嫂子怎么样了？”张成带着媳妇小高风风火火地闯了过来，见着他俩就着急地问道。

“谁知道啊！推进去一个多钟头了，一点信儿也没有！”

“梁子，别急，别急！嫂子吉人自有天相，不会有大事！”站在张成边上的小高，劝慰着满头大汗的梁欣。

正在这时，一个大夫从急诊室里探出头来，晃着几张单据喊道：“谁是里边病人的家属，先去交费！”

“在这儿哪，我是！大夫，我问一声，病人怎么样啊？”梁欣小跑着，边答应边着急地问道。

“病人平时血压怎么样？刚才我们测量时已到危险高度。目前检查的结果是脑梗伴心梗。算她命大，送来得还算及时。等着做介入手术吧，恐怕要放好几个支架，术后还得看效果。你先在这张手术单上签字，回头拿着单子去交费。快点，里边等着呢！”大夫回答道。

梁欣别的病不懂，可心梗、脑梗还听得明白。他知道那都是要命的病！这猛一听大夫讲田娣得的是这些病，顿时脸色就变了！他颤巍巍地签好字，不单脸上汗一个劲往下流，脚底下也有点拌蒜。

“梁哥，你别着急，别急！先在这儿坐会儿，先……老唐你把单子接过来，先把钱交了去！”张成扶着梁欣坐下，又招呼着老唐。

“交费？我根本就没拿钱！”老唐奓着手满脸无奈地说。

“嫂子的医保卡带了吗？”边上的小高问了一句。

“当时一着急，什么也没顾上，估计梁哥也没带！”

“你们这哪是办事的人？什么都不拿……”张成有点着急地说。

“得了，遇事则慌，埋怨也没用！把单子给我，我交去。”小高拿起单子就往收费处跑。

“你带的钱够吗？”张成嚷道。

“老太太临走时又塞了我几千，差不多吧。”小高没回头地答道。

“老唐你也是，这节骨眼，穿着大裤衩、大背心，趿拉着拖鞋就来了！梁子急晕了忘带钱，你呢？”张成又埋怨上了老唐。

“你又怨我！梁哥电话里喊得嗓子都变了声，谁知道怎么了，哪还想得起换衣服带东西！”老唐辩解着。

梁欣听了张成的话，这才看见老唐那两条腿瘦得像两根筷子，穿在身上的大裤衩空荡荡的。那一双肿胀的大脚强塞在一双大号拖鞋里，显得确有几分狼狈。见张成埋怨老唐，忙替他开脱道：“今儿可不怨老唐，要没他，我今儿可真惨了！”

“外边谁是病人田娣的家属？病人现在想见他！”一个护士喊道。

“我是，我是！”梁欣答应着进了急诊室，看见田娣已换了手术服，扭着脸，正巴巴地盯着那扇急诊室的门。眼见梁欣挤了进来，嘴唇嚅动着就要说什么。

梁欣见状赶紧抢上几步，趴在田娣床前说道：“老伴，别急！刚大夫说了，你的病没事！”

“梁子别说……这个，我怕……怕呀！宝儿虽……虽不……不懂……事！可……可……那也是咱……咱的儿！我帮……帮不了……你了，辛苦你……你……把应下人家……人家的事办了吧！梁子……我……我一辈子……一辈子没求过你，只这……这一件事，你……你要答……答应我！你把宝儿的事……办了，梁子……我就是走……走了，也闭……闭眼了！”

“老伴，你别说了！我应了，我应了，明天我就找人收拾房子！等都收拾好了，你病也好了，咱一块儿给小宝办婚事！老伴你放心……”

“行了，见见面行了！不至于的，就是放几个支架！有什么事，病好了再说。”一个大夫边说，边推着田娣躺着的手术车向门外走。梁欣清楚地看见田娣眼睛死死地盯着自己，一行泪水流了出来。

“别哭，老伴，别哭呀！我在这等着你，等着你！”梁欣追着手术车冲田娣喊着。

梁欣和老唐几个相跟着来到手术室门外。张成看梁欣眼圈红红的，这才问道："嫂子平时身体挺好的，怎么说病就病了？噢，昨晚上你跟我说家里有闹心的事，当时你嫌烦不愿意跟我说。是不是这闹心的事把嫂子急的！多大的事啊，至于的！你说说，说出来心里就轻快了，也让我们明白明白，帮你拿拿主意！"

梁欣吭哧着，两眼不知道该看哪儿，心里火上房似的惦记着田娣。任是张成问了半天，也没吐出一个字来。

张成看问不出个所以然，只能一把将老唐拽到边上，问道："梁子这是怎么了，死鱼不张嘴的！"

"我哪儿知道啊！我下楼，嫂子就晕了！这一路火急火急的也没工夫问……"老唐满脸无奈地回答道。

交费回来的小高看见梁欣两手抱着脑袋一声不吭，张成在边上正催着让他说出事情原委，就赶紧凑过来说道："成子，你急啥？梁哥不想说必是有难处……"

"嗐，有啥难处！还不都是小宝那熊孩子闹的事！我真是懒得说……一想起来，心里的火就往上蹿！你说……"

等梁欣说完事情的经过，几个人听了先是没言声，过了阵老唐憋不住说道："梁哥，我看你和嫂子就是太实在，要我早把他们轰出去了！说小宝糟蹋了她闺女，就现在这女孩，不定谁糟蹋谁呢？他们要告，让他们告去……"

"这亲事不能定！碰见这样的人家，又掐着小宝的短处，今后还不把你们作践死！你们今后的日子可怎么过？要我说，甭理丫的，听蝲蝲蛄叫唤，还不种地了！"张成看了看梁欣的脸色，也说了自己的看法。

"你们男人就知道拱火！让我猜，嫂子肯定不是这想法，刚才把梁哥叫进去，准是嘱咐您应下这件事！梁哥我没猜错吧？"边上的小高不紧不慢地否定了两个男人的意见。看见自己说完后梁欣默默点了头，就接着说道："梁哥，按理说我没资格说您，您是遇事则迷，今儿这事还真是怨您……"小高刚说到这儿，边上的张成重重地咳嗽了一声，显然是不愿意让她火上浇油再说下去。

小高看了一眼张成，没有住声，说道：“你甭拦着我，都是朋友，梁哥也是我哥！我就说你们这些大男人，平时喝五吆六能耐着呢！可你们不了解女人，儿子就是妈的命！那家人的话说得是不好听，小宝这孩子平时也是有点毛病。可梁哥！给儿子办事，你这当爸的哪点冤？哪点不是应该的！唐师傅说得对！这事闹到法院，小宝也不见得就担法律责任，可这名声好听吗？再者，人家女孩要是生下了孩子，你不认也得认！嫂子心疼儿子，肯定不愿意这种丑事沾在小宝身上。小宝今年三十出头了，也到了该成家的年龄。现在媳妇有了，又怀上了，本是件大喜事！怎么就这么想不开，非要钻牛犄角尖，想那些没用的，有劲吗？当然了，眼下您要一个人办这些事是有点难！可您不是还有这帮哥们儿吗！刚才唐师傅的电话一来，他奶奶一听说是您的事，立马把我们两口子叫过来，临了还塞了我几千块钱！他奶奶说得好，梁子是仁义人，家里有事不能让他一个人扛，你们都得帮！让我告诉您，家里要钱有钱，要人有人！老人就要你把嫂子病治好！老太太要是知道是这么回事，肯定高兴！回头，还得把您骂一顿！可你看看你们这帮爷们儿，遇上事不是发火就是较劲，干吗呢？是和谁过不去呀！儿子是您的，老伴也是您的，怎么您还不如个九十岁的老太太想得开！再说，都这把岁数了，谁也难免有个七灾八难的！咱们也别躲，没有过不去的火焰山！”

小高这席话，张成听了还真佩服媳妇，裉节儿上不掉链子。老唐听着也觉着给劲！梁欣听了更是觉得心里透亮了不少。大家琢磨着话里的分量，都想说可又不知说点什么好，一时冷了场。

“成子，你昨儿一夜没睡，先回去吧。刘星那儿，晚上没准还用人呢！”梁欣看着张成说道。

“你不也一宿没睡吗？好在上午到家我还打了个盹儿，再等等，等嫂子从手术室出来再走。”

“要我说，成哥，你不开着车呢吗？你和梁哥先去家里把医保卡拿来，嫂子这病没准一会儿又得交费。有那张卡，花多少钱又踏实又省事，省得急诊花销还得回单位报！”老唐看着张成和梁欣小声地说道。

“这是正经主意，你们去吧，这儿我盯着！我估计嫂子一时半会儿从手术室还出不来，别都耗在这儿。”小高说道。

“快走吧，我也和张嫂做伴，你们走吧！”老唐催着梁欣。

往家走的路上，张成接着“大个儿”从刘星病房里打来的电话，告诉他们那头儿已经找好护工，今晚上就不用去人了。听了这信儿，梁欣和张成心里都觉着踏实了点。

到了家门口，张成催着梁欣去取东西，自己找地方把车掉了头。等俩人再赶回医院，在手术室门外，找到了还在焦急等待的小高和老唐。梁欣开口问道:“还没信儿吗？这手术怎么这么慢，有好几个钟头了吧！”

“你们倒是回来挺快！做手术那是细活儿，进去连消毒带麻醉一大堆事哪。哪能这么快！梁哥，你是心里着急，觉得时间慢。这总共推进去才两个来钟头！我在这儿看着，这半天都是往里推，还没出来一个呢！您先坐下再等会儿，也许快了。”小高安慰着梁欣。

几个人闷头等了会儿，张成问道：“梁子，这下一步怎么着啊？”

“这还有什么怎么着的？当下要紧的是把嫂子的病治好！”老唐迸了一句。

“净说那废话！我是问家里的事，下步该干什么。”张成不客气地噎了老唐一句。

“我看哪，关键是得把嫂子惦记着的事办好！心病不除，明儿出院后还得再进来！其实也没什么大事，一是给梁哥在附近租上房，二是找个施工队赶紧把房子装修了。只要小宝的婚事一办完，那就都踏实了！”小高把眼前的事梳理了一遍。

“你说得容易，租房、找施工队都不是一天的事。”张成翻了媳妇一眼，话横着就出来了。

“你今儿吃枪药了？怎么见谁和谁来！”老唐借着机会回敬了张成一句。

“什么事不是先得想到才能做到！我看咱也别都在这儿扎着。一会儿等嫂子出来，如果稳定的话，张成你和老唐先回去。老唐晚上来接我，明天我和成子再来换梁哥和老唐。这休息时间，再打听着租房和施工队的事。”小高没搭理张成的话，就麻利地把事做了安排。

“我看这么安排行！回去我就先转悠租房的事去。”老唐又早早地抢先表了态。

“那梁哥今儿又得盯一宿，还不如……”

“还不如你来是吧？你心疼你哥也得分个时候，嫂子刚做完手术，你让他歇，他能歇吗？”小高一句话就把张成说得没了词。

几个人正说着，手术室的门打开了。“田娣的家属，田娣的家属……帮助把病人推回病房。”一个护士喊道。

几个人立马围了过来，看见田娣仍在昏睡，知道是麻药劲还没过去，就七手八脚地推车挪床将田娣安排好。

一会儿，主刀大夫手里托着个托盘来到田娣床前，指着托盘里几条黄油样的东西说：“病人的手术很成功！可她的高血脂要立即干预！否则今后类似的梗塞还会发生。你们看这些，都是在病人血管里清除的斑块。这些斑块在血管里一旦脱落，堵在任何位置都会出现梗塞。”大夫说完后，又指着梁欣接着叮嘱道：“你们家日子是不是富裕呀？又是高血压，又是高血脂，少吃点好的吧！”

等大夫讲完出了病房后，梁欣通红的脸还没褪色。他看着周围的朋友说：“吃好的？家里那点好吃的还不够喂儿子哪，她再让着点我，轮着她就是泔水桶的活儿！她呀，一点东西都舍不得糟蹋，连菜汤都得拌着饭吃了。唉……你说，吃剩菜愣是落个高血脂，真是冤死了！”

大伙看田娣目前的状况还算稳定，就按刚商量好的，小高留下帮着梁欣，张成、老唐则离开了医院。

张成从医院出来，开着车顺着胡同往家开。转着转着，前面一辆搬家的车不当不正地把路堵了个死。他按了几下喇叭，一个工人冲他喊道："别按了，还有几件，一会儿就完。”张成一看急也没用，索性下了车去看看热闹。

搬家车是停在了一个大杂院门口，张成闲着没事进了院子。看见搬家的是外地人，腾空的屋子十来平方米，拐角有个五六平方米的空地，大门外有个公共厕所。不由在心里合计：“这屋子估计租金贵不了，就是小了点！那小片空地，挺可心！凑点材料，就能搭个厨房。公厕虽不方便，但离着不远！行，看来梁子还真有点傻命！来得早不如赶得巧！”

张成没有犹豫，给正搬家的男主人递上一颗烟，问道：“住得挺好的干吗搬走啊？这房一个月八百租下来了吧？”张成留了个心眼儿把房价说得挺低。

“八百！这北京四九城里哪还有八百的价？不过比起别家，这儿的房租不算贵，一千二百块！我是孩子要上学没办法才搬的家。”

张成得着了实底，心里有了数，直接找着房东砍起了价。

“这屋不大，可地段好，怎么也得一千五！你要觉着贵，你出这院打听打听，看有没有比这儿再便宜的！”房主是个操着纯正京腔的大爷。

“大哥，您松松口！我是给朋友帮忙找房，您给……”

“北京人吧，你朋友也是北京人？怎么难到这份？这么一间小屋你们也看得上！你朋友人呢？”房东大爷让张成左一个哥右一个哥叫得心里挺受用，又抽了几颗张成递上来的烟，态度明显缓和了下来。张成借机把梁欣给儿子结婚腾房，老伴正在住院的事说了一遍。

“唉，一听就是你们这批‘老三届’的！一辈子没赶上好时候，老了还得给孩子腾窝儿！难哪！得，房子我给你这朋友留下了，房钱你看着给，行不？”大爷听了张成的介绍，动了同情心！最后和张成把房价定在了一千元。

张成也很感动，立马掏出三千块钱，说道：“今儿算是让我碰见好人了！大哥这是三千，我先给您交仨月的房钱！”

“着什么急？不是你朋友住吗，怎么能收你的钱？”

“得，您拿着吧！我们朋友之间谁交都一样！”

“嗨，门口谁的汽车？让让道儿哎！”院门外有人喊了起来。

张成把钱塞给老头，扭身就往外跑，就听见后面的大爷喊道：“你等等，我给你打个收条！你等……”

张成听见后，扭头答道：“免了吧，我信得着您。”

随耳又听大爷叨唠道：“这年头儿，给朋友办事还这么实在，这哥们儿难找了！”

张成到家后，马上给还在医院帮助料理的小高去了电话。把租房的过程说了一遍，又特别叮嘱道："梁子现在正吃劲，他要提钱的事，就说是老太太让办的！"

"这还用你嘱咐！梁哥就是给，我也不能要啊！看把你能的，不就办了这么点事吗？又嘚瑟！行，我告诉他，明儿你把哥儿几个都叫上，看房去！你赶紧放电话吧，我这儿忙着呢！梁哥没在，办手续去了！"小高说着放了电话。张成别看让媳妇抢白了几句，心里对小高的干练劲美得不得了。

晚上，老唐从家里拿了盒熬好的粥。到了医院，看到梁欣正用毛巾给已经清醒的田娣擦脸，就赶紧把粥盒递到梁欣手上，说道："正好，不凉不热，快让嫂子喝两口。这也一天了，还没吃点东西哪。"

梁欣接过粥盒，反问道："你吃了吗？"

"我得等你呀！"

"得，还是我喂嫂子粥，你俩一块儿吃饭去吧。等你们吃完，我再走。"刚从卫生间刷碗出来的小高说着就要接梁欣手里的粥盒。

"得了张嫂，我和梁哥的饭也带来了。你早点回去吧，别让张哥不放心！"

"别提你那张哥，只要酒杯一端，任谁他也不惦记！不过，你要真带了饭，我就不客气先回去了。我是不放心他奶奶！"

"得，您慢点走吧！"老唐把小高送出了病房。

田娣喝了几口梁欣喂的粥，强撑着冲老唐笑了笑，就又迷迷糊糊地睡着了。梁欣替她掖了掖被子后，轻手轻脚地和老唐出了病房。

俩人到院子里找了个石凳，梁欣先点了颗烟狠吸了一口，半天才把吸到肺里的烟慢慢从嘴里吐出来。看着边上的老唐，变戏法似的在石凳上摆好花生米、豆腐丝、酱牛肉和两个"扁二"。他心里刚想夸老唐两句，兜里的手机倒先响了起来。他接通电话，就听到小宝报怨道："爸！你是不是又喝酒去了？我妈呢？都这会儿了，家里连个人影都没有，你们让我吃什么呀？"

"吃什么？吃西北风！你妈住院了……"

"别逗了，上午还好好的，住哪门子医院呢？你甭又骗我！噢，我想起来了，你们准是让小燕她妈吓的吧？我丈娘就是有本事，屁大的工夫就帮我维权了！要不是人家提出来，你能舍得！”

老唐知道是小宝来的电话。看梁欣接电话的脸色越来越难看，怕爷儿俩电话里再吵起来，就一把抢过梁欣的手机说道：“小宝，我是你唐叔叔，你妈真住医院了！你爸忙了一天，正陪着你妈哪。这么晚了，你也就别过来了，自已糊弄着吃点东西早些休息，明儿来医院看看你妈。好，好……你的事你爸惦记着哪！好……好……”

老唐挂了电话，冲梁欣一努嘴说道：“喝两口吧，急了一天，又忙了一天了！”

“这浑小子又在电话里说什么了？这浑蛋！”

“别都怨小宝，你那态度也差劲，哪有当老爸的说话这么戗！小宝都是跟你学的！得了，不提他了，今朝有酒今朝醉喝吧！”老唐没把小宝电话里的牢骚告诉梁欣，拿起酒瓶用劲地和梁欣伸过来的瓶子碰了一下。

……

第二天，张成把小高支使到医院，自个儿约上“大个儿”接上梁欣，去了小平房。几个人围着屋子，里里外外看了看。

“大个儿”说道：“价钱合……合……合适，就是……就是屋……屋小……小了点！摆……摆一双……双人……人床就……就满……满了！”

“净那儿废话，前门楼子宽绰，你租得起吗？”张成觉着这事他办得没挑，听了“大个儿”的话自然不舒服，立马俏皮话就顶了上来。

“不错，不错！有张床就行，要那么多东西没用！得，这回算是有新家了！”梁欣昨夜里交替着和老唐都打了个盹。今早晨看小高带着“大个儿”媳妇王老师一块儿来接班，这才放心地离开医院。他先让张成用车送老唐回家，这才来到张成给租的平房这儿。他根本不在意这哥儿俩这瞎戗戗，在小屋里转了两圈说道。

“好是谈不上，也就是个凑合！要搁我妈的意思，租什么房，直接搬我那儿得了！”

“那可不行！又不是住一天两天。再说，都多大岁数了，还让老人着急！”梁欣打着退堂鼓。

“我就知道你不愿意，昨儿老太太说半天，让我给拦了！”

梁欣看着有了房子，心里踏实了不少，就想借车马上就搬！

张成拦阻道：“你再着急，也不在这一两天。这儿的活儿你甭管，只要你觉着屋子还能和嫂子凑合，你盯住医院的事就行！这儿，我和‘大个儿’看着给你鼓捣，两天……就两天，保证让你搬过来！”

梁欣知道张成的脾气，也知道哥们儿是想把屋子拾掇得好点，让老伴出院后看着高兴。就没有再坚持，顺口应道：“行，听你的，都听你的！”

“大个儿”把张成拉出屋，站在那小片空地上问道：“成……成子，你……你看，如果……如果在……在这儿建……建厨房？是……不是得……得接上下水呀？”

“那是必须的！我本来想在厨房安一暖气炉，把住人那屋通上暖气，可怎么看地方也不够！干脆不要了，那屋弄个电暖得了。”张成回答道。

“把这厨房……厨房的棚……棚子搭起来，弄……弄个上下水，我……我那儿煤气灶……罐瓶是……现成……成的，拿……拿来一……一摆，齐活儿！哎？那屋……屋是……不是得……得见……见白，再……再……再……”“大个儿”是想说“再安电暖气，怕两天完不了活儿。”可越想说越结巴，脸也憋了个通红。

张成看着他那劲难受，立时就打断了“大个儿”的话，说道：“再什么再！跟你说话真着急，你想说什么？是不是怕两天完不了活儿。”

“是……是怕……干……干不完！”“大个儿”点了头。

“你真缺心眼儿，真当咱俩干呢？当着梁子别说，省得他又操心花钱！明儿咱俩买料，活儿找几个小工干干得了。”

“对……对，我……我也是……是这……这意思。”“大个儿”当然赞同张成的意见，马上表示同意。

不等张成再说什么，兜里手机响了。“噢，苑哥！对不起……对不起！这一乱把打球的事忘了！该打……该打！什么事？噢，也没大事……”

电话是老苑打来的，问本应今天打球的日子，怎么一个也没来。张成把梁欣这儿的情况在电话里一说，老苑沉不住气了。先是埋怨为什么不告诉他，回头说了一句：“我马上就赶过来！”就撂了电话。

张成受了老苑的埋怨，冲“大个儿”又吐舌头又耸肩地出着怪样。正想把手机揣起来，电话又响了。张成打开电话就冲那头儿嚷嚷道：“你添什么乱？这儿正忙着呢！吃饭？活儿还没干就知道吃……行，中午！”

“大个儿”在边上一听这口气，就知道来电话的肯定是老唐！就点着张成道：“你……你呀，就……就会欺负……欺负老……老实人！”

不大一阵老苑出现在了小平房，先和梁欣问了问情况，然后里外转悠了两圈没说话。冷不丁地回身向梁欣说道：“梁子，按理我不该细打听，你给我个实底，弟妹手里有多少？”老苑这一问不但梁欣愣了，连边上的“大个儿”、张成全愣了。

“有多少……实数我也说不上来，总不会超过十万八万吧！”梁欣还真不知道田娣手里攒了多少钱，琢磨半天报了这个数。

“就算十万！装修、电器、家具，加上那家提的婚宴、戒指、改口费乱七八糟的，你这点水儿要和这些泥可是有点紧啊！”老苑掐着手指头算计着说。

“苑哥，没事，缺多少我和‘大个儿’补上……”

“你能补，我还能补呢！如果老唐、刘星在这儿也不会含糊！可你问问梁子，他会要吗？”平时从不讲重话的老苑今天一反常态地把张成的话给顶了回去。

“你们别这样，我的事我扛！朋友间，你们受累我领情，这钱可不行，该怎么着怎么着。再说田娣的脾气你们也清楚，真要花了别人的钱，她得急死！我有多少钱办多少钱的事，我就不信他们还把我吃了！”

“哈、哈！你们看，犟劲上来了吧！他要不犟，他就不是梁欣！”梁欣这几句话，反倒把老苑逗乐了。老苑这一笑，把张成和“大个儿”本来绷着的脸也逗笑了。

老苑从怀里掏出一盒“中华”烟在手里掂了掂，说：“本想今天拿盒好烟让你们乐乐，谁想大伙都挺严肃。梁子打开包，让哥儿几个都点上，咱们慢慢合计。既要让梁子心里过得去，也让咱们这些哥们儿感情上过得去。哥儿几个你们说好不好？”

“老哥，您考虑得肯定比我们周到！怎么说我们都随着，您定！”张成笑不唧儿地捧了老苑一下。

“真都听我的？好！那咱找个地方边喝边聊好不！”

“甭找地方了，老唐今儿没过来在家准备哪，刚才还来电话催哪。”

“你不是嫌人家老唐吗？这才两天，就哥儿俩好了！”老苑瞧着张成，边笑边逗。

“那有什么？打是打，放是放！我们哥儿俩的关系，还能都告诉你们？走吧！让您看看，我们哥儿俩今儿怎么喝！”张成嬉皮笑脸地把老苑的玩笑挡了回去。

“哎，医院那头儿安排好了吗？咱这一喝，别把事误了？”老苑又问道。

“苑哥你也够操心的，医院有我媳妇和‘大个儿’媳妇陪着哪，您就放心吧！”

饭桌上，没等主人老唐招呼，老苑先开了腔：“现在这个社会，是各人有各人的圈子。上层人士、有钱的是出入会所，那里是他们寻求帮助进行交易的地方。咱们老百姓，有了困难也不能憋着自己扛，咱们有咱们的圈子。你梁欣今儿碰见了事，你不说别人谁知道。碰巧了是我给成子通了电话，这才知道你这儿出了这么大的事！你们是不是拿我当外人，我不知道？我可没拿你们当外人！你们哥儿几个‘苑哥’长‘苑哥’短地叫了有几年了，怎么赶上事就把苑哥忘了。我说这些话不是挑理，我是想告诉你们，哥们儿间也是一种承诺，是种抱团取暖的承诺！我希望在座的哥们儿都尊重我们之间的这种承诺。”

“苑哥，我跟您说，北京人最大的毛病就是不抱团！都牛，成天装那副爷相！其实，平时哥们儿投缘，就应该相互有个照应。您这一说，是点到脉上了！这要在过去，咱哥儿几个就应该一块儿磕几个头……”老唐让张成和梁欣送回家后没闲着，整了一盆羊蝎子，又弄了几个凉菜。本想端杯让酒，听了老苑的话，立时感动地响应起来！

可不等话说完就让张成接了过去，“你是说拜把子吧？得了，你快拉倒吧！现在都什么年月了，您还要整这事，也忒俗了吧！再说那也就是个形式，只要哥儿几个心里都互相惦记着，那就是哥们儿！用不着，用不着……”

“扯远了，扯远了！我提的这种承诺，说白了就是互相帮助！不用想得那么复杂！都这把年龄了，谁都有一时掰不开的时候！最近网上连着有几篇文章，都是介绍咱们这年龄的人聚到一块儿集体养老的事例。当然，我们目前还不具备这种条件。可这种精神，我们可以学习呀！”

张成和“大个儿”听了都觉得老苑讲得好，只有梁欣没表态。他不是觉得老苑说得不对，他是太知道眼前这几个哥们儿都是血性人。说到根儿上，他是怕哥们儿给自己花钱，良心上承受不起。可眼见大伙都说了话，自己闷着也不是个事，只能站起来给大伙鞠了个躬，然后说道：“苑哥的话我服气，只是大伙要给我花……”

“这不是个简单的钱的事。你有了事能将就、能吃苦、能扛着！这我信，可小宝能跟你凑合吗？人家那头儿能跟你吃苦吗？田娣那么好的人现在又病成这样，你忍心让她再跟着你受委屈、遭白眼？你别犟了，你那几个钱要把这些事都办好，不可能！当芝麻盐儿撒，结果是哪儿都不到位，四处落埋怨！我给你算计了，你老伴手里有多少算多少，一个子儿也别动！就盯着婚庆喜宴，把儿媳妇迎进家门那些啰嗦事上。其他的事我来办，不，不对！是我和其他哥们儿一块儿给你办，而且一定给你办好！再者说，你老伴医院住着，你再分心两头儿收拾搬家这堆事，谁也不是铁打的，你要再闹出点病来，那可真就不好办了！”老苑截住了梁欣的话茬，把事情里外分析了一遍。这些话其实哥儿几个都明白，也都想说！可此时，让老苑讲出来，在座的几个人都体会出了话的分量！梁欣听了，也明白人家苑哥说得对。

“这事我看这么办！小平房的活儿张师傅、‘大个儿’操心办。老房装修，唐师傅楼上楼下住着，勤下来看着点就行。我原单位有个装修队，虽说我退休了，但估计还有点老面子。我让他们进料，再出几个师傅把技术活干了，小工的活儿我们有一个算一个一块儿干！这样，估计怎么也能省几个。料钱，我让他们出单据，老唐给记个账，钱统一由我垫上。

好朋友勤算账，花多少钱，梁子最后认可，算是借我的。梁子，你看行吗？婚庆的事还早，到时候咱们再找找人。平房的活儿梁子也别急，别一口咬定两天就搬家。收拾得好点，你们两口子住进去就稍微舒服点。真等住进去再想收拾，可就更麻烦了！你哪把主要精力放在医院……”

老苑的一通安排让梁欣不得不接受，再要推辞倒显得不厚道。“来日方长，慢慢还哥们儿的人情吧！”他心里念叨着这句话，手上把一杯酒轮番和大伙碰过后，和着心中的感激一饮而尽。

几天后，小平房这儿一切收拾妥当，梁欣搬了家。老苑指挥着施工队也进了场，在大家的帮衬下，梁欣总算过了这一关。

……

这天，梁欣搬完家没顾上细收拾，就赶紧往医院赶。他心里惦记着田娣，怕去晚了让她着急。

一进病房，田娣望眼欲穿地正等着他，不等他开口就先问道：“你把家搬了，小宝上哪儿住去了？”

“他不惦记你，你倒想着他！”

“你快跟我说清楚！儿子三十多了，从没离开过家门，我这儿不用他管，有你就行了，他一个孩子……”说着眼泪就要流下来。

“行了，行了，别又起急！大夫让你少着急，情绪稳定，你怎么老记不住？那么大的孩子还能丢了？净瞎操心！人家好着哪，早让燕子接她家住去了……”

“这你也答应，还没办事就搬一块儿住，算怎么回事？再说小宝住人家去能习惯吗？”

“她家大人都不管，你着哪门子急！再说，我倒想让他和我住新租的平房哪，他得去呀！我管，他听吗？”

“我是怕儿子在人家受气……你没看燕子妈厉害的？”

“你看你这人，我这一天忙得脚打后脑勺，连口热水都没顾上喝地赶过来，你可倒好，连句热乎话也不给，就想着你儿子！”梁欣笑着抱怨了几句。

“得，算我不对，您辛苦！”田娣自己也觉着有点不对，忙给梁欣道了辛苦。

“得了领导，我把情况给您汇报、汇报。”梁欣喝了一口田娣杯子里的水，这才把这几天的活儿从头到尾给田娣说了一遍。

田娣默默地听着，没有插一句话。梁欣以为老伴睡着了，低头一看，才知道田娣感动得眼泪已经打湿了两侧的枕巾。

“你说，你这叫什么事？你可别这样，您这一掉眼泪，我就没脉了！都按你说的办了，你应该高兴才是，怎么……”梁欣最怕的就是田娣落泪。他说这些本是想让老伴高兴，谁想反倒让病着的她又落了泪，就赶紧哄劝着说道。

“咱们自己的事，倒让这么多人跟着受累，我这心里不落意啊！梁子，你千万记着！让人家受累，咱就挺不好意思了，可千万别再让人家花线了！要不，今后这情义可怎么还呢？”

梁欣没告诉田娣施工的钱都是老苑给垫的，怕她听了着急，就打马虎眼说道：“我知道！可平房那儿的活儿根本不让我管，现在活儿完了，都谁花的钱没一个人说！我就是想还都找不着主！”

“唉！”田娣听到这儿没再言声，只是长长地叹了口气。

……

老唐从心里拿梁欣两口子当自己的亲人。这次田娣一得病，尽管梁欣心疼他的病脚，不让他去医院，可他每天不论白天、晚上，不去顶半天就觉着没尽到责任。今天，他早早地又让梁欣劝了回来。从医院到家，说是不远就四站地，可两头不就合，坐车也近不了多少。看着车上人也多，索性一步一步走了回来。到家赶紧钻进卫生间冲了个澡，洗掉一身臭汗，又把两脚泡在热水盆里，这才觉着浑身舒服了许多。身上一松，脑子就开始有点犯迷糊，正似睡似醒……

“铃……”兜里的手机响了起来。

“谁呀？什么事？说！”闹了自己的觉，老唐有点烦，口气自然有点生硬。

“哟，大哥，连我都忘了！我……”

“噢，哥想起来了，想起来了！你是大妹子！怎么样，你老公的病……"

"让您惦记着，那个没用的东西好多了！"

"那你今儿找我……"老唐问完这句话，心里又开始"怦、怦"地加快了节奏。

"我找您，您还不明白？钱虽然暂时还不上，妹妹想先给您交点利息。您不是爱吃香蕉吗？我这儿的特甜，包您满意……您看……"

听了对方明确的暗示，老唐有点按捺不住了，心里忽悠忽悠的，像是蹦极时往下看的劲头。瞬间，裤衩也开始又有点黏黏糊糊的。可不等他细体会，电话里又开了腔："哟！是不是正好和嫂子热乎着哪，不方便吧？那我可就挂了！"

"别！方便、方便！看你说的大妹子，我这就、这就……要不你上我这儿来？"

"您那儿我是不去，人多眼杂的！您就来我这儿，不算远，您记着……就往……那我等您！今儿个闲，办完事门口饭馆我陪大哥喝点！"

"行、行！哥听你的，这就走！大妹子你可等着我啊！"老唐放下电话，想着平时和老伴亲热时，不洗澡不让上床的规矩，赶紧又钻到卫生间上下洗了个遍。擦干身子，又按老习惯把重点位置搽上一层爽身粉。打开衣柜换了一身鲜亮衣服，对着镜子又照了照，觉着还算满意，这才抬脚就要出门。

"哎……不对！别是骗子吧？哪有这么好的事轮着我这个糟老头子？"

老唐一辈子，除了抽点烟、喝点酒，好交朋友，骨子里是个老实人。现在还能想起当年经人介绍和现在的老伴第一次见面的羞涩。后来，虽然结婚生子，了解了男女之事，可平时见着女人还是犯怵。这些日子老伴不在，和朋友聚得多了，酒一喝多，难免大家男的女的地吹吹牛。听得多了，也觉着自己有点孤陋寡闻，不懂得享受。这次艳福高照，老唐觉着幸福来得太突然！觉得平时想想那种事还行，可真要办事了，自个儿还真有点含糊，心里那种忐忑可真让他有点……

"嗐！一个女的能骗我啥？还不就是眼皮子浅图俩零花钱。真没出息，还什么都没办哪，就想打退堂鼓！怕他个怂？走！”

老唐理直气壮地就要出门。临关门，他又含糊了：“是不是有点对不住老伴？人家千里之外尽着孝，咱在家干这偷鸡摸狗的事！再说也一把年龄了，忍忍算了……”老唐想到这儿，犹如一盆凉水兜头浇了下来，心里也凉了些。他有点沮丧地回屋坐在了沙发上。

“铃……”电话又响了。“怎么着大哥，快到了吗？别让我……”

老唐一听电话里嗲嗲的声音，心里一股欲火又点了起来。“走！就这一次，就一次！也算大爷这辈子没白活！”老唐下了决心。

一条狭窄的胡同，边上一座六层的居民楼，几间接出来的违建屋，老唐按女人说的地址一点点地寻找着。对！这间屋的门外挂了几件衣服，窗台上有盆花，都对，就是这儿了！三层台阶，老唐挪着不给劲的脚迈了上去。小门的玻璃上挂着窗帘，他有点心虚地敲了敲门。里面没有回音，老唐慎重地又环顾了一下周围环境，脑海里和女人交代的地址做着对比。“没错！就是这儿！可能她正……”想到这儿他推了一下房门，门没有插，吱的一下打开了，老唐一闪身进了屋。

……

这天晚上，梁欣来到医院。躺在床上的田娣看见他就开口问道：“我让你拿来的东西拿来了吗？”

“拿什么？”梁欣脑子一时没反应过来，反问道。

“你看你！就是蓝皮的那小包！”

“嗐！我当什么好东西呢？就那破包，搬家时差点让我扔了！”

“你敢，那是我一辈子攒下的命！我指着它呢！”

“哎哟，我的天！逗你玩呢，别急、别急！给你拿来了！”梁欣说着将一个蓝皮小包递在了田娣手上。

“你过来，坐这儿，听我和你说！”田娣接过包，冲梁欣指了指近前的凳子。

“什么事？还至于神神秘秘的！”梁欣嘴上说着，人还是听话地坐在了田娣边上。

田娣看了看病房出来进去的人，打开小包，压低音量说：“这个折子里有五万，你手紧着点。装修房子的钱够了吧？”

“是苑哥帮着找的施工队，进料肯定便宜。这帮哥们儿又轮着当小工，工钱肯定也能省不少。可要再买电器、家具什么的，有点紧！”梁欣答道。

“你别着急！家具钱在这儿，我单留了两万！在这活期折里哪。”

“那可能差不多，我听苑哥说贵就贵在人工费上，现在一个日工就得四百！嗐，干都干了，也别净想着凑合，花多少算多少吧！”

“那你也得尽量省！宝儿办酒席的钱我也备下了！办上十桌，大大方方地咱们出三万。我告诉你，你们单位的同事、朋友都叫上！可千万别收他们的礼钱！他们都和咱家差不多，谁也不富裕。能来，就是给咱们面子！”

“行，听你的！可现在平平常常的喜宴都得四千朝上，你那三万未必够！再加上人家要的戒指、改口费什么的肯定是紧！”

“这个折里是五万，连买烟、酒、喜糖应该差不多吧？得，你先收好。”

“归了包堆不就这十多万块钱吗？你都收着，不定到时候还要出什么幺蛾子呢？”

“谁告诉你的，这儿还有！”田娣说着左一个信封右一个信封地往外翻。

梁欣看着田娣把一捆捆用皮筋绑着的现金打开认真地清点，不由感慨地说道：“就这破家，一月就那两子儿的退休费，你能攒这么多，也真是难为了你！”

“嗐，你怎么说话这么难听，什么叫破家？老人们都说‘破家抵万贯’，这理你不懂？过日子可不就得这样，谁能一天就堆出个金山来！你看这零打碎敲的又是一万四千……四千……八！差点就一万五。行了，我交权，你都收着。”

“收什么收！你这住院不得花钱！我跟你说了，你先收着，等花的时候我再跟你要！”梁欣推辞着不肯接。

“瞧你，让你拿着就拿着呗！场面上的事还不得你出面！”田娣嗔怪地看了梁欣一眼。

“那我今儿不成财主了！我脑子笨，我可管不了这个。手里一有钱回头都打酒喝了，你还不捶我，还是你管着吧。”梁欣不愿意拿这些钱，一是不知道田娣住院还要多少钱；二是已经和老苑商量好了装修的钱先不结；三是担心燕子家再有新说法。可他心里想的又不想和田娣说，所以又打起了马虎眼。

“你小点声，干什么呢！行，你要实在不接也算我告诉你个底，心里有个数。这包你再带回去仔细收着！”田娣说着把那装着一万多块现金的信封拿出来，压在枕头底下，几张存折放回原处就要重新把包拉好。

“慢着……慢着！我看里面还有东西哪！”

“别瞎抢，抢什么？里面是我存的宝贝，给儿媳妇留着的！”田娣说着把一个小盒打开，露出里面一对金耳环和一只金戒指。

田娣把东西掏出来，一面用手擦着一面说道：“这还是我结婚时我妈给的。”

“怎么没见你戴过？还有这好东西呢！”梁欣看到田娣提起儿媳妇脸上的幸福，本想说现在年轻人谁看得上这个，人家要的是钻戒！可话到嘴边又生生咽了回去，他怕伤田娣的感情，只能顺口应承了一句。

“咱一个柴火妞沾不得这个，还是留着给儿媳妇当见面礼吧。”

“你呀，就是想不开！有什么好东西都给别人攒着，谁都心疼，就是不知道心疼自己！你看看你这回病的，吓人不吓人，你呀！”

“我知道这回把你吓得够呛！那天……那天，我就是一想……一想今后咱俩连个窝儿都没了，一下心就悬起来了，结果闹得这一住院又得花不少冤枉钱。你看又提起钱来了，这样，我先拿出三千，你还给人家成子的租房钱。咱没孝敬人家老太太，反倒花老辈人的钱，这理说不过去！等我出了院，咱俩第一件事就得去看看人家奶奶，多好的老太太！”田娣随手从枕头底下又拿出一信封。

“嗬！这儿还有三千哪，你真够细的，都计划好了！我就不明白，你什么时候瞒着我存这么多钱！”

“嗐！抠牙缝呗，有什么可瞒你的！你看看你穿的这衣裳，总有七八年没给你添新的了。你不委屈？”田娣说着内疚地看了看老伴。

“我一糟老头子，穿什么也没样！干干净净就行，别冻着、别露肉就挺好，我知足！倒是你，真应该添几样鲜亮衣服了。”

“你又说错了！男人是一个家的门面，你要邋遢了，我的脸往哪儿放？”

“女人就得捯饬，你看人家……”

“我不和人家比，只要你不嫌我老上不得台面就行！”田娣知道梁欣要说什么，赶紧用话堵住了老伴的嘴。

田娣看梁欣笑了笑没言声，就接着说道：“这两天在医院也躺明白了，你说咱俩还有什么想不开的，只要小宝今后有了着落，我怎么着都行！你看，这回你租间房咱俩不又有了新家了！我不怕吃苦，现在这条件怎么也比在东北兵团强多了，我就是图个消停日子，盼着儿子有个好着落！”

“你呀，少操点心、多吃点好的，想开了比什么都强！”这回梁欣搭了茬。

“大夫都说让我少吃高脂肪，你还让我吃！再有，这两天我觉着好多了，不行咱早点出院，省得花这冤枉钱！”

“那可不行，这事得听大夫的！再说，你那高血脂是剩菜汤灌的，你看你身上的肉皮、头发，皱皱巴巴、干干苍苍一点油性都没有，肯定是营养不良！这以后每月得给儿子两千多，再交了房租，还能剩什么？你再要想吃一口，就更难了！”

“还是嫌我老了不是？甭发那愁！剩多少日子都得过，你那烟钱一分不会少给你！要说小宝单过，不用人家说，咱也得补贴！还能看着儿子结了婚吃人家的软饭！就是那家人说的话太难听，好像我儿子攀高枝当上驸马了一样，张嘴都是命令！其实，我原想着儿媳妇进了门，不能委屈人家孩子，大屋让给他们，一家人伙着过。既不用他们掏钱，还能吃吃喝喝、洗洗涮涮地照顾他们，可……”

“甭提那家人，想想我就来气！”

“当时我也气，后来想想也不冤，还不都是为了儿子！还是我那句话，只要儿子有了着落，吃多少苦我都乐意！”

“别提你那不争气的儿子！来，少说点话，吃点水果吧！”梁欣看老伴嘴唇干得直起皮，心疼地打开床头柜拿出一根香蕉，剥了皮递在她手上。

田娣看了看他熬得通红的两眼，把香蕉又递回到梁欣手里，说：“梁子你快吃，这几天真把你累坏了！白天盯着家里装修，晚上还得来陪我，你快吃，快吃啊！”

“你看，让你吃，你干吗管我？我吃我再拿！”

“我不吃，我吃不下，剩下的你明儿拿回去给小宝吃！你递给我点水喝就行了！”

梁欣知道田娣舍不得吃，是想留着给儿子，就故意说道：“你看你，香蕉都烂了，没等到家就得扔！你快吃，吃了再喝水，我得空先出去抽颗烟！”说着把香蕉重新递到田娣手上后就出了病房

等他抽完烟又转了一圈回到病房一看，一根香蕉田娣才吃了一小半，眼睛中满是享受，看他走到跟前才小声地说：“这香蕉又香又甜真好吃，怨不得宝儿爱吃！”

梁欣听了这话，心里一阵酸痛，可又不想让田娣伤心，赔了个笑脸说道：“好吃就多吃点，吃完早点睡，我也迷糊会儿。明儿个要做厨房和卫生间的防水，活儿挺多离不开人！”

田娣看了看梁欣，把剩下的香蕉放在嘴里，一抽身躺了下去。梁欣放好从医院租来的躺椅，一仰身把身子也放了平。也许是这几天太累，梁欣一会儿就有了睡意。

“装修房子的顶灯别要那花里胡哨的，咱家屋子矮显着乱！窗帘要那种藕荷色的，显着富贵大气！”隐隐约约他听见田娣小声地说着。

“这都得是孩子们看着喜欢，那才是好。你就别瞎操心了！”梁欣含糊着应了一句。

“你说得对，是不用咱们操心，得让孩子们喜欢！唉，你睡吧、睡吧！”

梁欣翻了个身，正觉着困，就听，“梁子，那入户门你可想着买一扇‘盼盼’牌的防盗门。那门人家都说好，使着安全！”又是田娣在嘱咐他。

"就你那家有什么怕偷的，贼都懒得去！"梁欣嘟囔了一句。

"你别瞎说，人家小宝和燕子不会随了咱们的穷命，不定什么时候就发达了！"田娣似乎没有觉察到梁欣的浓浓睡意，继续叨唠着。

"发达了好，省得敲骨吸髓老惦着咱那俩退休钱！"田娣显然对梁欣的这句话不满意，深深地叹了一口气，没有再言声。

这一宿，梁欣真觉着解乏。他睁开眼，脑子刚一清醒就看见田娣两只略带浮肿的眼睛正看着自己。

"哎，几点了？你这一宿也没叫我，厕所自己去的？"他略带歉意地看着老伴说道。

"没事，我这身子没那么金贵，倒是你打了一夜呼噜，我都担心你把别的病人吵醒！"

"是吗，我打呼噜了？"梁欣有点歉意地说着，并看了看周围的几个病人。

"今儿不是装修活儿多吗？你早点回去盯着，见着唐师傅让他也别来了，那双病脚看着就让人心疼。这些天把他也累得够呛，让他歇歇。你不用操心，我自己慢着点能行。"

"行，不让老唐来了，今下午不是'大个儿'就是张成肯定过来。我晚上再来，你想吃点什么？"

"就你租那间小屋，我虽然没看见，能睡觉就不错了，还做饭？"

"麻雀虽小五脏俱全，你放心，想吃什么说！"

"医院的饭挺好，就是太贵！你要能晚上给我熬口粥喝就挺好。"

梁欣明白田娣是心疼钱，可又不愿点破，赶紧说："熬点粥算什么，我给你熬点皮蛋瘦肉粥，我也露一手！"

"别那么麻烦，熬点大米粥就行，记着把那把香蕉给小宝！"提起香蕉，田娣的脸有点红。

"那我走了。"梁欣说着就要出门。

临出去，听见田娣像是对他，也像是自语道："也不知道小宝在燕子家住得惯吗？"梁欣没有接茬，出了医院门，看时间还早就推着自行车往家走去。脑子里回想着家里装修前一天和儿子的对话。

“爸，我妈好点了吗？”

“你小子还知道有妈？”

“我可是正经和您聊天，您可别来横的！我倒是真没见过像您这样的爹！看人家燕子的爹妈，什么时候和燕子说话都那么和气，谁像您是的！”

“看谁家好，就上谁家当儿子去，别在这儿气我！”

“我真就是想告诉您，燕子她妈说让我明天就搬他们家住去，给您腾房子好装修。她爸也说，趁着这段时间让我温温功课好找工作。”

梁欣本想把田娣住院的事和儿子好好说说，听了小宝的话后，觉得告诉他也帮不上忙，还不如让他一门心思念念书好找工作，就半调侃地说：“哎哟，我的天！总算有人管你了！”

“那您多少也得给我俩钱儿，我也不能白吃人家呀！”

当小宝拿上他给的钱扭头往外走时，听见他嘟囔了一句：“爸，我不在，您对我妈好点！”

听了儿子这句话，当时梁欣的心里一震，他真没想到儿子还能说出这么体贴他妈的话。现在想起来，这几年对小宝的态度是有点横、有点冷！

“自己也得改改喽！”梁欣心里想着。想到这儿，梁欣骑上了车，先到超市买了点瘦肉和几个皮蛋，又顺手拿了一瓶“二锅头”，这才又骑上车回家。

小屋向东的一个窗户迎着朝阳，一抹橘红色的光直接照在了床上。梁欣下意识地将床单扯了扯平，有点迷茫地看着这间九平方米的小屋。一张大床占去了屋子的三分之一，一张破桌子上摆着他那台 21 寸的老电视，一个从老房里搬来的旧衣柜，装着他和田娣铺的、穿的、用的等一堆破烂，一个折叠桌和四把折叠椅是哥们儿聚会喝小酒的专用。当时，几个哥们儿看了他这点家当，都觉着有点惨！可在梁欣眼里挺好，比起他小时候住的那个大杂院，一家人挤一个大炕强多了，他心里挺知足！他唯一担心的是，田娣出院后在这小屋里能不能住得惯。

梁欣犯了会儿愣，出了小屋抬脚迈进那间现接的厨房。别看就三四个平方米的棚子，让张成、“大个儿”、老唐一拾掇，还挺像那么回事。洗菜池子、上下水、煤气罐、灶台、放案板的小桌子，一应俱全。梁欣自己琢磨，田娣看见这小厨房能做饭，肯定特别满意。他心里想着，手脚不闲地点着火，坐好锅，油里煸煸肉馅。再兑上水放上淘好的米，大火熬上粥。回手剁点菜叶，把皮蛋剥开切碎，等着粥熬得差不多了再放进去。前后十来分钟，这点活儿搞定。这才把火拧小，让粥慢慢咕嘟着。又趁着煲粥的闲工夫，从“大个儿”拿来的半塑料袋生花生里抓了两把，放在平锅里，滴了点油炸起了花生米。一会儿，小棚子里粥香、炸花生米香就混合着飘了出来。

“忙……忙什么呢？还……还挺香！”说话间“大个儿”低着脑袋晃了进来。

“出去，出去！就这么点地，你一进来都转不过身！”梁欣把“大个儿”推出灶间，关了火，一块儿进了屋子。

“想喝酒了？今儿可没工夫！一会儿我得盯着那头装修做防水哪。”

“我……我知……知道你这儿忙，就……就……就先让媳妇……去……去医院看……看着嫂子。怕你这儿……这儿用人，过……过来看看！”说着从口袋里掏出两个红烧猪蹄、一塑料袋豆腐丝放在了折叠桌上。

“不喝酒你拿这酒菜干吗？”

“让……让你……你……你没事溜一……一口呗！走……走，咱……咱……过那……那头儿看……看。”

俩人说着一块儿骑上车奔了那头儿的家。

“有……有……工夫约……约上成子看……看刘……刘星吧，挺……挺惨……惨的！”

“是想过去看看，怎么了，不是雇上护工了吗？”

“嗐，有……有些事哪……哪……哪是护工办……办的！刘……刘星说……他……他媳妇、儿子，自……自打……有……有了护工……就、就没……露……露面，生……生死没……没……人问！”

“人，只有这会儿才能量出夫妻之间的感情，别人是说不清啊。按说，他儿子应该去看看，终究是父子情分呢！”

“他儿……儿子最……最近特……特忙！前……前两天……娘……娘儿俩打……打起来了……还……还报了警！”

“能有多大事，还至于闹得这么邪乎？”

“儿子……要……要结……婚，他……他妈不……不同……同意，不……不给……户……户口……本，两……两人上……上了火，就……就……报……报警……警了。”

“难得大海这孩子，还有点火气！这事刘星知道吗？”

“估……估计没……没……没人告诉他，要……要不……更……更得气死了！”

“‘大个儿’，有些事真不能细想！你和我现在是能动，身子骨还行，这要明天也瘫倒坏了，谁管咱们呢？有时候上张成家，看他妈，九十多岁了，孙男孙女、儿子媳妇一大堆人哄着伺候着，那才叫福气！到咱们这儿都是独子，就说儿孙们孝顺，可今后一个得伺候好几个，怎么个伺候法啊？”

“进……进养……养老……老院呗！”

“养老院？便宜你了！你现在去排队，等轮上你，你也早成灰了！你要有福气，老伴、朋友多陪你两年。你要是命硬，走在后面，孤苦伶仃的日子熬着去吧！”

“想……想那……那么多……多干吗？活一……一天……算……算一天，混……混吧！”

“谁不是？原来好歹有个单位，现在单位没了，国家顾不过来，家里又都有一堆负担，想着今后真是没个亮儿！”

“我……我不……想那……那么……么多，车到……到山前……前必……必有……有路，活……活不了……就……就死……死去！”

“死也不容易，连块墓地都买不着。”

“那……那就……就看孩……孩子的……孝……孝心……心了。”

“咱们这代人，哪家不是都为孩子活着！至于咱们的归宿，就目前这局面肯定好不了！你没听有人在网上讲：爸妈的钱肯定是孩子的，可孩子的钱肯定不是爸妈的！”

“到……到家了，住……住声吧，说得……我……我……堵……堵得慌！”“大个儿”打断了梁欣的话。

梁欣想起“大个儿”儿子走得早，提起孩子来心里肯定不好受，赶紧住了声。俩人进了屋，看见屋里两工人正在忙活。昨天还裸露着的厨房、卫生间地面已经抹好了防水涂料。梁欣没看见里面的活儿是怎么干的，有点不放心地问道：“不是说好等我到了再干吗，怎么都鼓捣完了？”

“大叔，您看，是想等您来着，可师傅家里有急事，没辙只能把活儿抢出来。您每天得往地上浇水，阴上三天，我们借工夫请三天假。您看……”一个年轻点的工人，边说边看着边上那位岁数大些的师傅。

“什么急事啊？这活儿干得半不拉的，你们就要走！”梁欣不乐意地拉下了脸。

“您就是前面干的活儿不算钱，我也得走！”师傅样的工人头也不抬，口气生硬地说。

“嗐，你还有理了，我不就是问问吗？”

“大叔，您别问了！他爸没了，他妈正抢救呢，您就松松口吧！”年轻工人指着边上的那位说道。

“什么病？怎么还老两口一块儿……”

“是喝下农药了，爹没了，妈还有一口气！”

“我的天，有多大的事至于喝农药，不想活了！”

“可不就是不想活了！大叔，您不知道，农村里的事苦啊！爹妈是心疼儿子才走了这一步！”

“这我就不明白了，心疼孩子更得好好活着，怎么倒寻了短见！”

“俺们那儿的姑娘，相亲不嫁独生子！这是趋势，怕嫁过来一家养老，养不起！我师傅，就为这，相了几次亲都吹了。最近，好容易又处了一个，女方到家一看就要吹！他爸妈这才一咬牙喝了农药，老的是不愿意再拖累儿子才……”

“那爹妈都多大岁数啊？”

“六十多岁吧！叔，你在城里不知道，这事不新鲜！我们乡每年像这样喝农药的老家儿，都得有几户……”

“是……是你……你们……那儿……那儿的……的事？今早……早晨，我……我在……手……手机……上……上看……看到的！”大个惊讶地看着这两个工人说道。

“那还等什么，赶紧走吧！我这儿没事，把家里的事料理好再回来。没事，没事！我等着，等着你们！”

眼看着那个工人抹着眼泪出了屋，梁欣朝“大个儿”一摊手说：“这人难道都是为下一辈活着？人老了就都该死？”

“嗐，你……你又钻……钻牛犄角尖！有……有滋味就……就活着，没……没了滋……滋味，多……多一天也……也别耽误！”

“得了，不扯了！本来说今儿活儿多，这工人一走，倒没事了！走，回家喝酒去，下午去看看刘星。”

两人回了小屋，梁欣忙活着把豆腐丝放点香菜拌了，又炒了个手撕圆白菜，焖了点饭。“大个儿”把买来的猪蹄用刀劈劈放在盘里，涮了两个酒杯，把花生米摆上。两人开瓶就喝了起来。

三杯酒下肚，梁欣说着田娣住院的事。“大个儿”听着却一声不吭。第四杯一斟好，梁欣捂着“大个儿”的酒杯说：“怎么了，心里又不痛快了？别喝闷酒！”

“嗐，我……我懒……懒得说！心……心里麻……麻烦多……多了就……就没麻烦了。饿……饿了把……把肚子填……填饱了，困……困了得……得哪儿睡一觉，能……能喝两口就……就是神仙。”大个说得洒脱，眼圈却有点红。

“王老师挺好的一个人，怎么就让你这么难！你看田娣这一病，人家忙前跑后的……”

“是，是，她……她……她是心里……里冷，我……我焐……焐不热！”

“你不就是嫌人家信佛吗？人家信佛是从善！你别老拦着人家，等她心里的扣儿解开了就好了。”

“我……我……我等！我……我……天……天生嘴……笨，又……结……结巴！我……我能讲……讲出……出什么来？”

“你这毛病我也知道，天生话少！话少，你就多办点暖人心的事，别把日子过得这么拧巴。王老师是有文化的人，不像刘星他媳妇就认钱。你得理解当妈的送走自个儿的儿子心里有多苦！再说，你们调回来，王老师跟你受了那么多委屈！她那心里是给环境逼的，才让你觉着有点冷！再说，她满北京就你一个亲人，跟你闹点脾气也正常！一个女同志能做到眼前这样，也不容易了！”

“儿……儿子……走……走了，我心里不……不难受？她……她过不去，我还……还过……过不去……去呢！不……不就是……是得……得自个儿……忍……忍着！”“大个儿”想起了儿子，眼泪流了下来。

“你看你，说说又来劲！人家是女同志，你一大老爷们儿可不就得多担待点！”

“我……我也……也不……不知道为……为什么，见着了你……你们哥……哥们儿就有……有话说,可一……一看见她,就……就没词儿！”

“孙女两岁多了吧？儿媳妇带着孩子还来吗？”梁欣不想让“大个儿”老叨唠老伴，就换了个话题。

“唉！该三周儿了吧！儿……儿子没……没了，媳……媳妇早……早晚是……是人家……家的。老伴就……就看……看不透这……这层关系,老……老想……想看……看孙……孙女,看……看不……不见就……就跟……跟我闹……闹气！”“大个儿”自个儿倒了半杯酒，仰脖干了，这才回答道。

“你分了房，和弟弟、妹妹的关系缓和了吧？”梁欣又换了话题。

“缓……缓什……什么缓！为……为这……这几……几间房，且……且打……打哪,斗……斗……鸡……鸡似的。得……得了,别……别老……老说……说这……这个，烦！来！喝！”“大个儿”不想说家里的事，挂了免战牌。

梁欣闷了会儿，刚想和他说点刘星的事，“大个儿”却愣愣地又提起家里的事。“这……这几……几个没……没良心的,当……当年我……

我下……下乡，是……是为……为了让……让他们留城！现在……在倒……倒说……说我……我没在家……家尽……尽过义……义务，说房……房子……没……没我……我份！”

“你还真想和他们闹？你这儿也有房了，让给他们得了！”

“原……原先是……是没……没地方住，不……不能让！现……现在是看……看着他……他们有气，更……更不能让！”“大个儿”气呼呼地说。

“瞎较这劲干吗？得了‘大个儿’，你今儿喝这几个得了！这心里有事拿不住酒。”

“梁……梁子，我……我现在是……是越……越来越……越觉得……得没……没劲！多……多喝……喝点，摔……摔一……一跟头，摔……摔回……回去得……得了，省……省心！”

“‘大个儿’，你得抑郁症了吧？多大点事，哪儿至于呀？你有什么难的，你看咱哥儿几个谁容易？不都硬挺着脖子扛着！别那么小心眼，就冲咱哥儿几个聚聚、乐乐，也得好好活着！得，别喝了，我给你盛点饭垫垫。吃完了，再喝点我那‘高末’。回头赶紧走，有话半路上再聊。”

又说了会儿闲话，俩人摇摇晃晃地奔了刘星住的医院。到了医院门口，“大个儿”又抢在梁欣前头买了点水果，这才往里边走。

“行啊，老刘！又还阳了，这不是挺精神的吗！”梁欣看见刘星已经能靠着坐起来，不由高兴地喊道。

“穷……穷得……就……就剩……就剩精神了。”刘星看见梁欣和“大个儿”进了屋，高兴地拍着手咧着不利索的嘴说道。

“怎么和‘大个儿’似的，还结巴了？大星子，你知足吧，能恢复过来就是福气。这叫大难不死必有后福！”

“福……福……”刘星重复着这个字，脸上挤出了一丝苦笑。

梁欣知道刘星心里的苦，不愿招他难受，忙安慰道：“久病床前无孝子，这事轮在谁身上也难说，扛着吧！咱这辈子什么苦没吃过，这点罪不算什么。自个儿多活动活动，要想活得好就得靠自己，别指望别人。儿子缺钱的时候是你的，他要不缺钱就是给别人养的，甭往心里去。赶紧养好了，哥儿几个等你喝酒呢！”

“老……老刘挺……挺有……有毅力的，这……这手……手都……都能捡……捡黄……黄豆……豆了。”“大个儿”接了一句。

“他这股劲我太知道了！这才几天，两手都能拍巴掌了，估计落不下大毛病。可他这不认命自个儿较劲的毛病，什么时候改了，那才是从根儿上去了病呢！”

“认命……认命了！连阎王爷……的鼻子……都摸了，不认命……能怎么着？这回……我活……活明白了，都是虚的，先得保住这条老命！”刘星看着这俩哥们儿，吃力地说道。

“这就算进步！大星子，别想那么多，活一天就算赚一天。都这把岁数了，还怕个蛋呢！”梁欣给刘星打着气。

“哎，你们是病人家属吗？病人情况目前稳定，我们医院您也知道不能压床，外头等着抢救的多了。你们要有路子就自个儿找家康复医院，要没有路子我们帮着联系。”一个护士打断了他们，直截了当地说道。

“转院……”梁欣和“大个儿”对望了一眼，又一齐将目光投向了刘星。

“甭……甭转了，这……这……这两天我办出院！”刘星结结巴巴但口气很硬地回答了一句。

“就你目前这样，你行吗？”梁欣着急地问道。

“自己扛……扛……扛着呗！”

“你……你自己有……有打算了？”大个问道。

“嗯！”刘星重重地回了一个字。

“要不，你自个儿而先合计着，我们俩找着你老伴和儿子，看看他们什么意思？”梁欣边说，边用劲将刘星不灵活的左侧肢体都捋了一遍。

“大个儿”坐在床边上削了个梨，递到刘星右手里，说道：“这……这人真……真邪性，一……一辈……辈子得经……经多少事？什么都……都能忘，可……可就插……插队那……那点事忘……忘不了！这都……都黄土埋……埋脖……脖子了，想……想起来，还跟昨儿……昨儿似的！”

“患难兄弟吗！酒场上有人总结出，人生四铁：同过窗的、下过乡的、扛过枪的……”

“铃……”，梁欣正说着，手机响了起来。“喂、喂”，梁欣接通了电话。

“梁子，梁子！你……你快过来……快过来！我……我妈不行了！呜……呜……”电话是张成来的，说了这几句，就在电话里哭了开来！

“什么！什么？成子别急……别急！好，好，你别急，别急！我这就过去！”

梁欣放下电话，看着刘星说：“祸不单行，老刘，我们也不多待了。成子家又有点事，我得过去看看！你这儿也别多想，让‘大个儿’今晚上就上你家找你老伴。放心，没有过不去的河！”梁欣说着，拉起“大个儿”就要起身。

“‘大……大……个儿’，你……你……帮我捎点……捎点东……东西！”刘星拦住“大个儿”，并把一个大信封交到“大个儿”手里。

……

却说老唐推开那扇屋门，里面是个五六平方米的门厅，通向里屋的门敞着，露出一张大床的一角。老唐心里惦记着的那个女人，对着门正梳着刚洗过澡后的长发，一件睡衣包裹着那发达的胸部，股股浴液的淡淡香味扑面而来。

老唐想迈步进屋，又觉着两腿软软的，有点迈不开步。正在这时，女人扭过身看见了他，嫣然笑道：“大哥，您可来了，怎么这么慢？让人等得心……快进来，进来！妹子又不是老虎，还能吃了大哥您！”

说着，女人起身快走几步，欠身就将老唐拉进了屋。老唐刹那间像是吃迷药一般，随女人摆布进了屋，坐在大床上，身子软软地就要往女人身上靠。

“哎哟！大哥您急什么，想吃的香蕉跑不了，你怎么也得落落汗不是！”说着女人往边上一躲，像有意又像是无意，上身的睡衣裂了个大缝，一对圆溜溜的奶子像是马上就要滚出来一样颤动着。老唐的脑子，从进屋就像被掏空了一样，不假思索伸手就向两个圆球摸去。

“屋里有人吗？查水表！”随着敲门声，有人大声地喊道。

“有……有人！”女人起身掩了掩衣服向外迎去。

老唐这一惊，好像刚开锅的饺子一下掉在了凉水盆里，刚才还有些雄赳赳的物件，在喊声中早就知趣地软作一团，只觉得内裤上又湿湿的不自在。

“家里有客人呢？”查水表的是个壮汉，看完水表，又伸头看了老唐一眼。女人和查表工逗了两句将他送出了屋。老唐清晰地听见女人用劲地把门插上，这才一块石头落了地。

女人重新回到屋里没有再犹豫，冲老唐微笑着解开睡衣，托起两个皮球样的东西在老唐眼前一摆。随后一松手，老唐紧盯着皮球在那儿耸动，刚才痴迷的醉意立时又附了身。他大胆地想搂抱，却觉着下体被女人一把抓住。

随后听到女人放浪的笑声和调侃：“我的哥，就你这香蕉，可真是熟透了！就这还想吃甜甜……”老唐一股雄壮的肾气在女人的撩拨中瞬间到了高点。他慌乱地解开裤腰带，向女人的身子压了上去！

“好你个老流氓，看你往哪儿跑！今天逮你个现形，打死你这老流氓，你这老流氓……”老唐趴在女人的身上，正不得要领，就听见几声吓人的暴喝！还没纳过闷，只觉着屁股、大腿一阵巨痛，他“啊”的一声从女人身上滑了下来。惊魂未定地抬眼一望，刚才查水表的男人赫然立在眼前，男人手里高举的木棍眼看又要落在自己的身上。

“别……别……大哥别打，别打……”老唐泥一样地瘫在了地上。

“你个老流氓！真是癞蛤蟆想吃天鹅肉，敢跟老娘来真的。”

老唐被女人一骂，心里明白了许多，知道自己老不长进，落入了别人设好的圈套。

“老公，把他裤腰带抽走，别让他提起裤子不认账，绑上这老流氓上派出所！”

老唐一听说要去派出所，魂早吓出了三域五界，不由自主地跪在地上求饶道：“大哥，大哥！咱别去……别去派出所，我认……我认！”

“你个老流氓……你敢不认！你说这事怎么了！说！”

“私了……私了，大哥您出个价……您出个价！”

“你个老王八蛋，掏八千滚蛋，掏！”女人恶狠狠地说。

“大姐……大姐，八千！八千，太多了……太多了！”老唐的脑袋挨了地，不由地磕了起来。

“嫌多，嫌多早干吗去了？”暴喝中，老唐屁股上又挨了一棍子。

“哎哟！疼啊！大姐……大姐……您……”老唐疼得又喊了起来。

“姑奶奶就是这个价！要不咱去派出所，那儿不要你的钱！走……走！”

“大哥、大姐，你们行行好，行行好！我认五千，认五千还不行吗？你们放了我这老头子……放了我这老头子吧！”老唐说完放声哭了起来。

老唐是怎么离开那间小屋的，自己后来也想不起来，只记着脚疼、腿疼、屁股疼，加心疼。

……

梁欣和“大个儿”离开刘星的病房，这才告诉了“大个儿”张成电话的内容。“大个儿”听了，眉头立时皱了起来，叨唠道：“梁……梁子，你……你说……说这些日……日子，怎么……怎么这……这么多……多事啊！这……这心……心就……就没……没踏实的时候！”

“嗐，让咱们摊上了呗！我看成子那儿你先别去，我先过去帮着料理着。给你媳妇去个电话，田娣自个儿慢慢能动了，甭陪她了。再辛苦你找找刘星媳妇，把那头儿事先办了。我看大星子情绪不高，别再闹出点别的故事！”

“那……那合……合适吗？成……成子别……别不高兴！”

“成子没那么多事，咱都甭讲那虚礼，正事别误了就是好活儿。行了，你先走……走吧！”

梁欣到了张成家，里面挤的都是人。张成瘫在沙发上“嘤嘤”地哭，家里全没了往日老太太坐镇的方寸。小高替张成揉着胸口，自己也不时擦着眼泪。看见梁欣进屋，忙推着张成说：“成子，你先……梁哥来了。”

张成听说梁欣到了，不但没住声，索性还放开了声音。梁欣看屋里乱糟糟的，知道此时不是陪着掉眼泪的时候。就拉过小高，去了个僻静角落，想问个究竟。小高看梁欣头上汗津津的，想先给倒碗水。却被梁欣一把拉坐在边上的椅子上，问道："老太太不是好好的吗，怎么说走就走了？"

"梁哥，你没见着，今儿这事特蹊跷，就跟演电视剧一样！今儿个是老太太九十三岁生日，一大家十几口子都来给老太太祝寿。老太太今儿穿上他小妹夫给买的红色唐装，是格外精神。坐在儿女之间像个领导似的，开口还就说了个开场白：'今儿你们大家伙都来了，来给妈过生日，妈谢谢你们！妈老了，这些年没少给你们添麻烦，妈这心里明白。往后啊，妈要自个儿走剩下的路，不再给你们当累赘。得，妈先端杯和你们喝一个！'说着，老太太真就仰脖喝了自己杯里的酒。

"张成觉着老太太今天怎么还客气上了，忙端着杯对老太太说：'妈，您说什么呢？有您老在，是我们的福气！妈，儿子祝您寿比南山！'说着和老太太碰了一个。大家开始祝酒时，老人也是来者不拒，不但喝了酒，还赏了每个祝酒人一个笑脸。大伙都敬完了，老太太一数人头，说了一句：'今儿个好，是个十三不靠！就差了梁子两口子，把这酒给他留着，让他单喝！'老太太说完，谁也没往心里去。琢磨着肯定是说，今儿一共来了十三个人，就差你们两口子。撤了饭桌，大伙知道老太太好玩儿牌，就赶紧张罗。先是三个闺女陪着玩儿，可今天就怪了，任仨闺女争着给老太太点炮儿，寿星就是一把不开。后来，换了仨女婿，老太太还是光笑不和牌。张成给我甩了个眼色，我立时明白了。就拉上闺女蓉蓉，我们三口子陪着玩儿，可老太太还是一个劲地笑。张成怕老人不和牌郁闷，就说再玩儿一把后让老太太歇会儿。那把是张成坐庄，他随手抓了第十四张牌，看都没看就扔了出去。老太太坐在张成下家，抓了牌也不看，自己摸了摸，然后看着张成笑着说：'儿子，妈和了！'当时张成纳闷，以为老妈累得有点糊涂，没看牌就说和了，忙提醒道：'妈您还没看牌呢？'老太太笑着对张成说：'妈不糊涂，儿子，你看，妈手里肯定是张花！'张成麻利地放平老妈的牌：东南西北风，中发白，幺鸡九条，一万九万，一筒九筒。张成看完愣了半天，看不明白，问道：'妈，您手里这是什么牌？'老太太一笑说：'十三不靠啊！妈不想让你们点炮儿，就等着自己抓这手牌，那才是圆满！’说完哈哈大笑。几个闺女、女婿都围过来给老太太凑兴，围着这副牌看。大伙正乐着，我闺女喊道：‘奶奶，奶奶，您怎么了！’大伙这才看见老太太像是睡着了，脸红扑扑靠在椅背上。成子上前摇着老人，也是一点动静没有。这时候，大伙可开始有点慌神，不知道老人家怎么了！还是我喊了一句：‘老太太是不是病了？’这大伙才七手八脚把老人抬到车上，就奔了医院。大夫听听心率，翻翻眼皮说：‘人走了。’当时成子就要和大夫拼命，说他不负责任。后来，到了好多大夫，都给老太太看了一遍，还是一个结论：人已经走了。张成想着老太太那副十三不靠的牌，突然瞎琢磨，说是老太太和这副十三不靠，是指十三个人都靠不住！特别是想起老人家一直抱怨没抱上孙子，这可就钻了牛犄角尖，一直就捶胸顿足地哭到现在！”

梁欣听完了经过，觉着老太太走得是挺玄的。可到底他的心里清醒点，他走到张成身边，抄起边上一杯凉茶就浇在了张成脸上，嘴里喊道：“成子，你这个浑蛋！老太太的魂儿还看着你呢！瞧着你这独生子怎么给她老人家办后事！这么多人都在这儿等着你拿主意，你……”梁欣说到这儿，想起平日老人心疼自己的往事，鼻子一酸，眼泪就要往上涌。

梁欣从张成家出来已经很晚了，他觉着浑身累得像没了魂儿。推着车走会儿再骑会儿，总算摇晃着来到田娣的病房。看见其他病人都睡了，陪床的也都东倒西歪，唯独不见了田娣。正在纳闷，看田娣从卫生间吃力地蹭了出来。猛然想起给老伴熬的粥还在锅里放着，忙问道：“吃了吗？一有事忙得饭也没带来！”

“吃了，吃了！要等着你还不饿死，准是又有事了吧！”田娣心疼地看了看梁欣，笑着说道。

“可不，刘星那儿医院催着他转院，我和‘大个儿’正为他着急，张成又来电话，说……说……”梁欣说不下去了，鼻子酸得就想流眼泪。他赶紧扭过脸，使劲拍自己的脸。

“成子家怎么了，你说完了再哭！唉……唉！是不是奶奶……”

“是……是老太太走了……”

田娣听了梁欣带着哭音的话，一下栽在床上，两手捂脸哭了起来。

梁欣看田娣落泪，赶紧擦干自己脸上的眼泪，反劝道：“你别哭了，再把自己哭坏了！”随后又小声地把老太太走的经过学说了一遍。

“梁子，别难受了！老太太这是积德，得了道了！心里跟明镜似的，把自己的一切都安排好了，再挑个好日子走！不但自个儿一点罪没受，也没拖累大伙！在儿女的孝敬中走，这真是上辈子修来的福啊！”田娣渐渐恢复了情绪说道。

“刚我也是这么劝成子来着，老人能这么舒心地走，可真是福气！”

两人说着说着，田娣的眼泪又流了下来。她唏嘘地说道：“梁子，我这病也就这样了。明后天我想出院，我想去送送老人！”

“你这儿住院呢，怎么能说走就走！你去了让大伙都担着心，那不添乱吗！”

“那我也想出院！外边大事小情那么多事，你还得牵挂着我，真要你再有个……再说本来就钱紧，住在这儿，钱花得跟无底洞一样！不行，我想出院！”

“我说不行就不行！这不是咱俩商量的事，得大夫定！再没钱也得看病，你甭瞎琢磨，我这身体好着哪，你省点心吧！”梁欣的嗓门高了起来。

听了梁欣的话，田娣知道老伴又上了牛劲，就没再言声，闷了会儿才说道：“成子娘是从心里疼你，老太太的后事你不能马虎了！这几天守灵，你应该和成子轮着盯一宿！回头把这拿上，咱们怎么也得花点香火钱，要不我这心里搁不下！”田娣说着从枕头底下拿出装钱的信封就往外掏钱。

“成子他们家的人，你还不知道，钱一个子儿也不让我花，灵也不让守。说是老太太活着的时候有话，先得把你的病治好！”

“梁子，不是我说你，你觉得这叫实在？人家不让你花，你就真一个子儿不花，要我说你是抠门！老太太这么疼你，咱们就是再穷也得尽尽心，你要办不了，明早晨我去办！”

“行、行！明早我去花店给老太太定个鲜花扎的花圈，就手买点纸钱给烧了！您就踏实地养病，行不！”梁欣觉得田娣话说得在理，赶紧把事应了下来。

“把钱拿着，没见过你这么缺心眼的！”田娣说着，把钱塞到了梁欣手上。

田娣看梁欣把钱装起来了，这才把这件事撂下。心里又想起了儿子，像是自言自语，又像是说给梁欣：“小宝这孩子你又见着了吗？跟着人家过，能适应吗？要是见着他，领他来看看，我这心……”

“就冲你这瞎操心劲，能养好病？他不来是你的福气，一来证明手里还有钱，二来是温书入了门！我才不招惹他呢！”

“那倒是，好好温书，以后能找个正事。你呀，也别跟他较劲！你看看，这病房里的病人，有一个是闺女、儿子陪床的吗？除了雇的护工，就是老伴来陪着。现在社会就这样，你也得慢慢适应。”

梁欣叹了一口气，又把今上午家里装修师傅家的事给田娣讲了一遍。田娣听了神色更是黯然，半晌才嘟囔道：“咱们这辈子就是这命，一辈子都是儿孙的奴，拼到老也是没个指望啊！”

“今儿和‘大个儿’也聊起了以后。他那话更绝！有滋味就活一天赚一天。真要没了滋味，一天也不耽误，死去！其实，说这些干吗？趁着现在还都硬朗，活一天乐和一天挺好！养老的事又不是咱一家的事，让国家操这心吧！你就更得想开点！冲着我，也得把身体养好，和你的好日子没准还在后头呢！”

第二天，梁欣早早地先去了老房子，按工人交代的把厨房、卫生间都阴上水。正要抽身往张成家去，老唐的闺女却堵在了门口。

“怎么了闺女，有事啊？”梁欣赶紧问道。

“叔，您上楼看看我爸吧！”老唐闺女看着梁欣，脸上的眼泪先流了下来。

“别，闺女别哭！说说你爸怎么了？”

“我爸昨晚上哼哼了一夜，我起来看他，他趴在床上疼得满脑袋都是汗！我以为他又是胃病犯了，就埋怨他准是酒又喝多了。谁想，我爸一边掉眼泪一边跟我说，是走路不小心摔了腰。我说替他看看，他抓着被子不让看。可我看我爸那劲，肯定是伤得不轻！您快上去看看吧！您说，我爸他病成这样，我这单位安排着要我出差，得一个多星期！梁叔，您说我可怎么办呢！”

“闺女，你该出差就放心走你的，别把工作耽误了。你爸这儿有我哪，你放心走吧！”说着从老唐闺女手里接过楼上的钥匙，看着老唐闺女抹着眼泪走了。

梁欣上了六楼，用钥匙刚把门开了个缝，里边就传来老唐的哼哼声，赶紧进屋问道：“怎么了老唐，摔哪儿了！”

“噢，梁哥来了。嗐，昨儿上街，脚底不利索摔了个跟头，把……把……屁股和腿摔了！你说我可真倒霉！”

“嗐，谁还没点事！来，我瞧瞧！”

“你甭瞧，那地方寒碜！”老唐的脸说着就红了。

“你怎么那么多事，都是老爷们儿，有什么可寒碜的！”梁子说着就揭开了老唐身上的被子。

“哎哟我的哥！”老唐痛苦地喊道。

梁欣低头一看，老唐穿着的短裤已被里面渗出的血粘住，腿上露出的地方，一片巴掌大的瘀血上一个窟窿还在冒着黑血。不由喊道：“怎么摔的，这么重！”

“嗐，别提了，倒霉呗！”老唐随便应了一句，想往起欠欠身。

“别动，别动，你先趴着！我得先找点热水，把你屁股上的血嘎巴化开。”

梁欣说着找了个小碗倒上热水，用毛巾蘸着水一点点往血痂上擦着，嘴里埋怨道：“摔得这么重怎么不去医院，这是能扛着的？”

“嗐，没想到这么重，这一宿把我疼的！”

十分钟过去了，梁欣觉着差不多了，就试着想把老唐的内裤褪下来。他刚一动，随着老唐“哎哟”一声呻吟，身子也颤抖起来。

“哥，疼啊！”老唐哆嗦着看了梁欣一眼。

“老唐你……你忍着点，忍着点！”梁欣看到老唐痛苦的表情，心里揪了起来，自个儿的手也有点哆嗦。

歇了会儿，他又尝试了几次，又都在老唐的战栗中停了手。犹豫中，梁欣找来剪子“刺啦”一声铰开了那条让他束手无策的内裤，又拿着牙签小心翼翼地总算将布剥离开那块粘连的伤口。梁欣看着老唐屁股上那乌青血肿的伤口，不由“呀”了一声。屁股的左侧肿胀的肉皮泛着亮，一个和大腿上相似的肉窟窿，显然已经化脓正流着血汤。梁欣看清老唐的伤情，心里不由犯起了嘀咕：“这……这么重的伤，真不知道他是怎么摔的！又伤在这地方，怨不得不让他闺女看！”

他心里想着，嘴里和老唐说：“兄弟，去医院，去医院吧！这……这别再得了破伤风！”

“梁子，我不去医院，我死也不去医院！你给我弄弄，我忍……我忍得住！”老唐带了哭腔。

“我怎么伺候你都行，可这伤太重！不行，咱得去医院！”

“哥！你打死我,我也不去！我不去医院！”老唐和梁欣真就犟上了。

梁欣看了看他那劲，背背不得，抱抱不得，又穿不上裤子。真要去医院，他一个人还真伺候不了。正琢磨着，老唐开了口：“梁子你用那‘二锅头’，用高度的往伤口上浇，酒能消毒！”

梁欣一想，这倒真是招儿！可又一想，药店买点酒精吧，那比“二锅头”强。说着小跑着下了楼，一气从药店买了酒精、纱布、棉签、外用和口服消炎药一大堆东西。冲着老唐说：“你忍着点，忍着点，哥动手了！”说着，小心地把酒精用棉签一滴滴地抹在老唐伤口上。随着酒精流到了伤口上，“啊”老唐一声大喝！梁欣觉着自个儿大腿被老唐掐得生痛。

伤口处理完，梁欣怕伤口又和盖着的被子粘上。想起电视里演过，蜂蜜能促进伤口愈合，就又下楼买了瓶蜂蜜，均匀地抹在纱布上，轻轻盖好伤口。这才小心地替老唐盖好被，又按说明伺候他吃了消炎药。这才觉着自个儿身上的汗比老唐出得还多。

“老唐，昨儿张成家，老太太走了！”梁欣坐在椅子上恢复着酸疼的腰，对老唐说。

“是吗？那咱们哥儿几个得过去帮帮忙啊！可……”

“您都这模样了，还给人家帮忙呢？快拉倒吧！”

“唉，我真掉链子！那你……那你怎么也得帮我拿点钱带过去呀！”

“唉，带钱那是小事，我走了你怎么办？别说吃喝，连厕所都去不了！”

“可不，我都憋了一夜了！来，你扶扶我……”

“刚上好药你别动了，有尿壶吗？”

“有……有，那年住院买了一个，在卫生间暖气上放着哪。”

梁欣找来尿壶用水洗了洗，帮着老唐撒尿。老唐不好意思地说：“嗐，你说这叫什么事？”

梁欣倒了尿，洗了手又进了厨房。饭菜做好，伺候着让唐吃完。又倒杯水放在他床前，把尿壶放在他够得着的地方，嘱咐道：“你别动，能睡会儿恢复得快。晚上，我再来给你做饭、洗伤口。”说完，这才出门骑上车去办自己的事。

成子家显着比昨天秩序了许多。小高看见梁欣自行车上挂着一个用黄白菊扎就的大花圈和一大口袋纸钱，赶紧帮他抬到老太太灵位前摆好。梁欣上前点了三炷香，磕了三个头，站起来把田娣给的钱塞在了香炉下面。这才和张成说话。

“你说你这是干吗？不花钱难受！准又是嫂子让你干的，她把自己养好了，比什么都强！你呀，你就不该告诉她！我们这儿过不去，你还……”张成先开了口。

“跟我商量着要出院哪，让我训了两句，不嚷嚷了！哎，明天是最后一天守灵吧？我来！你缓一天，遗体告别、出殡一大堆事都等着你张罗，别到时候没精神。”

“灵你就别守了，家里正合计出殡的事，想挑个好日子！”

“你甭管我，我不能让老太太白疼我们，怎么也得尽点义务！火化的事你都联系好了吗？出殡？我倒觉着早入土，老太太灵魂早为安。省得让这么多人耗着，真要再病倒俩，那绝不是老人家愿意看到的！倒是提醒你，把老太太那边的娘家人叫齐了，问问人家的意见。别节骨眼儿上让七姨八舅的挑出什么来！”

“你说的是，回头我和他们商量。亲戚们的礼，妹妹们都想着哪，也都去了人请。好在我妈娘家已经没老人了，问题不大！”张成说道。

“咱们哥儿几个也得招呼上吧？刘星的情况你清楚，老唐昨儿又摔了，挺重！下不了地，肯定来不了。‘大个儿’和苑哥肯定没问题。”

俩人正说着，“大个儿”慌手慌脚地闯进屋来。给老太太上香行礼后，就冲梁欣说：“梁……梁子，又……又有……有情……情况了！今儿……今儿我……我……找见刘……刘星媳妇，把情况一……一说，那……那女的还……还算痛快，就……就和我……我去了医院。谁……谁想，病病……房没……没人，他住……住那……那床也换了新……新人。一……一问护士，人家说……说今……今早出院了。这……这我才想……想起他……他昨儿塞给我了一……一个大信封。拆开一……一看，里……里边有……有俩小信……信封，一封……封是给他……他媳妇的，另一……一封写着你收。来……来，你……你拿……拿好！”“大个儿”可能是有些激动，两眼盯着梁欣，结巴着说完这段话，脸又憋得通红。直等梁欣接了信，才扭头向张成问起了老太太的事。

梁欣打开信封，里边有一封信和一张银行卡。他纳闷地打开信，纸上显出几行歪歪扭扭的字，显然是刘星费了挺大劲才写出来的。

信上写道：

梁子，虽然我岁数比你大，但此时，我真想叫你一声哥！如果说我刘星这辈子有愧对的人，那就只有你，梁欣！我这一生，只有你真心帮我，为这，让你受了不少罪。开始我觉着是你这人傻，任你去帮，心里并不领情。

这两年，我阅尽了人生的酸甜苦辣，才真正体会到你人格的善良。其实，我心里清楚，从性格上你并不喜欢我，嫌我做事过于算计。可正是这样，你还能真心去帮我、包容我，现在更是让我汗颜。

梁子，我走了，如果你尊重我就不要找！我想自己去面对生命的最后阶段。你了解我，这一生我总在挑战命运，那么就让我最后去赌一次吧！

从“大个儿”那儿知道你家里有点困难。我帮不了你什么，在那张卡里留了一万块钱。千万不要拒绝！如果你还拿我当哥们儿的话，求你，就让我心灵得到一点慰藉吧！

刘星泪别

信从梁欣的手里滑落到地上，他觉着脸颊上热热地流下两行泪水。他不想擦，呆呆地愣在了那里。“大个儿”正劝着张成，说老太太没了，今后他这当大哥的要尽到责任，别让这个家散了。突然看见梁欣表情的变化，都是一愣。“大个儿”捡起地上的信，看了一遍递给了张成。

张成看完信，眼圈也泛了红，说道：“头一次看大星子说这么实在的话，办这么实在的事！可……可他这不是和自个儿过不去吗？又整这么蛾子！”

“他……他要不这……这么干，那才……才真……真就不是刘……刘星了！”大个结巴着接了一句。

连着两三天，梁欣是医院、成子家、老唐家连轴转。这天早晨，他又赶到老房子，看见施工队工人正贴瓷砖，扯了两句就上了六楼。从塑料袋里取出刚炸的油条和滚烫的豆浆，伺候着自己能侧身躺着的老唐吃早点。老唐嚼了两口油条喝了几口豆浆就停了口。

“怎么了，吃这么点就饱了？又闹什么情绪！”

“唉，都好几天了，就没解一次大手，这肚子胀得跟鼓似的，油条在嘴里打旋儿，咽不下去。”说着老唐敲了敲自己的肚子，果然发出“咚、咚”的声音。

“我还当是多大的事呢！你等着，我给你弄盒‘开塞露’，塞上一会儿准出来！”

说着，梁欣出门，一袋烟的工夫，就把药买了回来。他晃着手里的药对老唐说：“这是开塞露，这是甘油锭，我也不知道哪个管用！你先看看说明，等我先给你换了药，回头再给你把药塞上，快点，赶紧趴过来！”

“好多了，好多了，有点消肿了！再有几天，那俩肉窟窿一结痂就快能下地喽！”梁欣边说，边用棉签蘸上酒精一点点地擦涂着老唐的伤处。收拾完，拿出“开塞露”帮他用上。又赶忙洗手进厨房，张罗着做饭。

老唐趁梁欣没在身边，吃力地挪着身子，从药盒里又拿出两粒甘油锭，一发狠都塞进了肛门。

梁欣想着老唐大便干燥，琢磨着包点饺子多放点菜，利大便。就洗菜、剁馅儿、和面、擀皮，一通忙活。眼看着一屉饺子包好了，正想出厨房，就听老唐躺着的地方，传来几声“噗、噗”的屁响！梁欣刚想问老唐，是不是药起了作用？可还没张口，就听见老唐地喊叫：“梁子……快……快，这回麻烦了……这可……”

梁欣跑过来一看，老唐拉出来的粪汤子流了一床一身，屋里立时弥散着一股臭气。“怎么了哥们儿，说拉就拉了？哎哟，我的天，还真不少！”

老唐羞得满脸通红，嘴里念叨着：“哎呀，这可怎么办，怎么办！”

“有什么可怎么办的？拉出来，火就出来了，你别动，别动！别把伤口碰着！”梁欣说着一使劲把老唐抱在沙发上趴下，回手揭下床上污了的被子、床单扔进卫生间。找来新的换上弄平整，才找来水盆倒上热水，一点点洗着老唐的下身。

老唐看着梁欣不言声地忙活，想着自己长这么大也就是小时候自个儿的妈这么伺候过，心里的感情再也控制不住。几次想张嘴说出这次受伤的真相，可到底不是什么光彩的事，话到嘴边又咽了回去，可不能控制的眼泪却成串地流了下来。

“别价兄弟，是伤口又疼了？别哭，忍着点，一会儿就好！”

老唐听了梁欣的话，哭得更加伤心，最后情感终于战胜了羞愧，抽抽搭搭地说道：“哥，梁哥！我……我没和你说实话呀！我这伤……这伤……”

“嗐，你不说，我也能看出那不是摔的！你不说，必是有你的难处，哥知道不知道没关系！”

“哥……我说！我都告诉你……”哭泣中，老唐讲出了那天的经过。其中梁欣只打断他一次，向他问清了事发的地址。

老唐敏感地觉出当他讲完经过后，梁欣给他擦洗的手不动了。忙惊恐地抬头望向梁欣，他看见梁欣脸憋得通红，太阳穴和脑门上的青筋突努着，眼睛瞪大得像要喷出火。老唐自和梁欣认识，从来没见过他这种表情。他害怕了，语无伦次地喊道："梁哥，都怨我……怨我干了这见不得人的事！别生气……别……别……你原谅……原谅我这次吧！"梁欣一句话不说，把老唐抬回床上，用热毛巾替他擦了把脸。看着他吃完饭，一扭身下了楼。

梁欣一辈子从未如此暴怒过。他生老唐的气，怎么能办出这种丢人的事。但他更为那对狗男女恶毒的行为而血脉偾张！

"太黑了，你们太黑了！又要钱，又打人，都成你们的了！"他心里的怒火翻腾着，没有搭理老唐。下楼从装修的房子中捡了一根废水管，用破布缠了缠，直接按老唐叙述的地址找了过去。

也许是老唐没说清地址，也许是暴怒让梁欣思绪不清。绕了几个圈子，他才认定眼前的小屋正是他要找的地方。梁欣上了台阶，毫不犹豫冲着小屋的门，抡起水管。"哗啦"，门上的玻璃立时爆碎。他一脚踹开门就冲了进去！

"你哪儿的，是有病还是喝多了？你凭啥砸我们家门！老头子！老头子快……快报警！"屋里冲出一个女人喊着。

梁欣用喷血的眼睛瞪了女人一眼，朝着探出头来的男人暴喝道："我让你报警！"随后向男人抡起了水管！

……

老唐在家哪还躺得住！他琢磨了一会儿，猛然醒悟道："梁子，一定是去了……去了，坏了，要出事！"

想到这儿，不由他细想，穿上衣服赶紧出了门。连跑带颠就奔那个让他痛心的地方赶了过去。老唐眼瞧着梁欣冲进小屋的背影，他哪敢犹豫，连滚带爬跟着进了屋。当他看到梁欣抡起铁管就要打下时，才看清屋里的男人女人并不是害他的人。他用出吃奶的劲朝梁欣喊道："梁哥，别打……别打！错了、错了！"

暴怒中没有理智的梁欣，听到老唐变了声的呼喊一下愣住了。待他扭头察看之时，只觉一股风已到了脑后！他转过脸想避开对面男人的拳头，可不等再躲，"嘭"的一声，拳头已打在脸上。他的身子不由向后倒去，不偏不斜正撞上往前冲的老唐，手里的铁管也“咣当”一声掉在了地上。

“你们是干什么的！凭什么……走，咱们上派出所！”屋里占了上风的男人女人一齐喊着。

“你们办了黑心缺德的事，你们不会有好报应！”挨了一拳的梁欣，想挣脱抱着自己的老唐继续往前冲，嘴里也不干不净地骂着！

老唐死命地抱住梁欣，对着屋里人问道：“你们是……是……”

“我们是这房子的房主！你们哪儿的？想干什么！真要想打架……”

“不……不打架！我们想找原来的……原来的住户！”

“找他们？早不知道跑哪儿去了！这俩缺德玩意儿，还欠我一个月房钱没给就跑了！”屋里的女人发泄地说道。

事情闹清了，老唐说了一汽车的好话，让房主消了气，又拿出五百块钱赔了人家的损失，拉着梁欣讪讪地往回走。从家赶到这儿，老唐凭着肚子里的惊恐，愣是没觉出伤口一丝的疼。此时心里的火没了，才觉出伤处正钻心地疼。

梁欣挨了一拳，一边抹着嘴边的血，一边闷头走在前面，一会儿就把老唐甩了一大截。走了一阵，像是想起了什么，他放缓了脚步，慢慢地蹲下身去。老唐想赶上梁欣，赔个笑脸，可梁欣闷着头走在前头。他是越想追心里越急，可伤口加上不利索的脚却让两人的距离越拉越大。渐渐他有点坚持不住了，扶着墙停了下来。歇下的一刻，他望着走远的梁欣心里一阵失落。“哥们儿走了，他走了！不理我了！”他想着梁欣对自己的种种好处，心里酸得像是刚被醋泡了，眼泪也朦胧着涌了上来。

愣了一会儿，他擦了擦眼泪，突然看见前面的梁欣并没有走远，正背对着他慢慢蹲下身去。老唐心醉了，他觉着身上的伤不疼了，拐着腿紧跑了几步，凑到跟前趴在了梁欣的背上……

6

田娣出院了，张成、老苑、“大个儿”、老唐，都陪着梁欣早早赶到医院。接上田娣后，大伙说说笑笑地一块儿回到了梁欣租住的小屋，立时屋里就挤得有点转不开身。

“走吧，别挤着了，去‘老北京食府’，哥儿几个喝点也算是给弟妹接风。”老苑提议道。

“走……走……热闹热闹去！”老唐也喊道。

“别……别，来了家里哪能再出去？梁子你张罗张罗，咱在家吃！”田娣说着看了梁欣一眼。

张成听了田娣的话，看着梁欣有点为难的劲开口道：“梁子，嫂子说得对！在家吃吧，你把煤气罐搬屋来，烧上锅开水。我和哥儿几个去去就来，咱们涮羊肉！连汤带菜都有了，省事！”

“成……成子，你……你尽出馊……馊主意，这……这大热天，围……围着火……火炉子涮……涮肉？亏……亏你……你想得出……出来！”“大个儿”说。

“那怎么了，汗出透了，去火！我告诉你，还得喝‘二锅头’呢？哥儿几个出火，去晦气，图个吉利！”

“行，只要你能扛得住，我们奉陪！”几个人看着张成起着哄。

几个人哄着出了屋，田娣站起来屋里厨房地转了个遍，小声对梁欣说：“挺好、挺好！梁子你拾掇得不错，还能做饭。离老房子也还近，就是……就是……这厕所远了。”

“就是厕所有点远是吧！给你想着哪，窗户根儿那个痰桶就是给你准备的。”梁欣看着田娣说道。

田娣憨厚地看了梁欣一眼，心里一阵感动。她心疼老伴，知道这阵子老伴不但得照顾自己，还得装修、租房，里外地忙活。这样还连痰桶的事都惦着，一个大男人能想得这么细，也真是怪难为他的！

“喝呀，老唐，又耍滑！你杯里酒没喝完，就知道给人家倒！”张成看老唐又要给梁欣杯里满酒不忿地说。

“让他倒吧！刚他陪了我半杯了！”梁欣护着老唐说。

“我说，你们几个爷们儿都把背心脱了，脱了凉快！”田娣看着几个哥们儿都喝得汗流浃背，却没人脱背心，知道是碍着自己不好意思，就善解人意地说。

“噢……嫂子发令了！脱……脱！”几个人喊着，片刻之间赤了膊，只有老苑还矜持地没有脱。

“苑哥，你那背心都塌身上了，也脱下来吧！”

“不热，不热！没事！”老苑看了田娣一眼，说道。

“‘大个儿’，你今儿要把胡琴带来多好！”张成瞧着话不多的“大个儿”说道。

“带……带它干吗？我……我高兴的……的时……时候想……想不起来玩……玩它！”“大个儿”喝了杯里的酒后才搭了茬。

“小田，你坐那儿，我说件让你高兴的事！小宝的婚事我给联系了一家婚庆公司！那公司老板找我办过事，人家答应除正常成本外，人工只收一半，那可就便宜多了！”老苑看着田娣说。

“净麻烦您了！我和梁子都不懂这个，听人家说现在办喜事都是找公司，花样多，还热闹！”田娣一提小宝的事就来了情绪。

“苑哥，还大办吗？劳民伤财有什么用！亲戚朋友聚聚，弄个十桌八桌得了！”梁欣说着心里想的。

“他爸，还是给孩子办办吧……”田娣就怕梁欣拦着，赶紧接了话茬。

“办……一定办，而且一定要办好！梁哥，你要不办，甭说对不起嫂子，更对不起哥儿几个这些日子帮你操的心！”老唐愤愤地先嚷了起来。

“老唐，你别又瞎咋呼，先办点正事！你和梁子一单位，那边的同事朋友你得给张罗起来！”

“那没问题！稍微一吆喝，就得来个三桌五桌的！”老唐大包大揽地应承着。

“打球的朋友我通知，也得占一桌！”老苑自告奋勇地说道。

“这帮老同学、发小、一块儿插队的，一张罗也得几桌！”张成掐着手指头边算边说道。

“行啊，行！都叫上，叫上！朋友多了气派、热闹！可有一样，千万不要收人家的礼钱，一分钱的份子咱们也别收！能来就是帮我们的人场，我和宝儿他爸就得好好谢谢人家！尤其是老唐兄弟那头儿，厂里的同事家里都不宽裕。”田娣千叮咛万嘱咐地说道。

“行，要这么办，我们老太太嘱托的事就又落实了一件！梁子你不知道老太太……老太太几次嘱咐，让我帮着你把小宝的婚事给办好了！说，不让你委屈了孩子！当时，还说一定……一定来给你……”张成一提起老太太眼圈泛了红，话也哽咽起来。

“办……办就……就办好，咱……咱哥们儿不……不争（蒸）馒……馒头——争……争口气，别……别让人……人家小……小瞧了咱们！”

“哥儿几个，你们放心，我认识的这家公司在北京很有名气。一般人的活儿，还真得排队。也不知道他们有什么道儿？现在热的名角儿，他们一请准到！梁子、小田，你们瞧好吧，绝对给你们两口子提气！”老苑胸有成竹地说。

田娣怕梁欣又推辞，端起梁欣的酒杯对大伙说：“真不知道该说什么，也不知道该怎么谢你们，这些日子家里乱七八糟的事，多亏了你们！我先干……”说着眼圈红红的就要干掉杯里的酒。

“嫂子，你说说就都有了，刚出院，这酒可不能喝！我们哥儿几个除了苑哥都是你兄弟！上你这儿来，从来稀的干的伺候我们，拿我们当亲的热的，这点事我们要不帮忙，你让我们这心往哪儿放？”老唐不但抢下了田娣手里的酒，也眼圈泛红地嚷嚷起来。

“老唐，你也悠着点吧！本身就应该不让你吃涮羊肉，你再喝高了，明儿又该起不来了！来，我替老伴敬哥儿几个一杯！”梁欣从老唐手里要过酒杯，真诚地看着大伙，一仰脖把酒灌了下去。

“来，来别……别喝哑……哑巴酒！今儿……今儿我放……放开了，不嫌寒……寒碜，我……我给嫂……嫂子唱首歌。”大个说着晃晃悠悠地站了起来。

“这闷葫芦今儿是怎么了，喝高了吧？”张成看着平时木讷寡言的“大个儿”说道。

“成子，你别搭茬！唱歌出酒！”梁欣止住了张成的调侃。

“大个儿”挺着比别人高一头的身躯，端起酒杯冲田娣说道：“嫂……嫂子，这……这酒我祝你……你永远……远快乐！表……表达我……我们几……几个哥们儿的……的心意！”

说完后，大个先喝了手里端着的酒，接着放开了喉咙：“嫂子，你黑黑的脸，粗壮的手……”大个声音低沉浑厚，虽没有原唱李娜的高亢，却用胸中的共鸣唱出了全曲的深沉厚重，歌声一停立时招来哥儿几个的喝彩。

“嘿……嘿，你……你今儿怎么不……不结……结巴了？”老唐学着“大个儿”的结巴调侃起来。

“傻蛋！再结巴唱歌也没事！”张成反戗了老唐一句。

“别……别学我，我……我就……就是小……小时候学……学的，现……现在改……改不过来……来了！”“大个儿”认真地说着老唐。

田娣没心思听他们斗嘴，心里被“大个儿”的歌感动得没了方寸，趴在梁欣肩上揉起了眼睛。

“我也来一个，别净唱那让嫂子难受的。我唱一个……”

老唐不甘落后，眯着一对小笑眼，放开了嗓子：“五……花马，青锋……剑，河山社……”

梁欣从来没听老唐唱过歌，今日一听，歌不但唱得字正腔圆，而且拖腔拿捏得恰到好处，高音唱来更是游刃有余，不由称赞道：“老唐有两下子呀！”老唐正唱到妙处，听到梁欣的夸奖，不由眼中放电，将目光在每个人脸上都停留了一刻。

“唱得好！老唐喝！哥们儿没想到，你还真是矬老婆声高，有两下子！”张成端着酒杯绕到老唐跟前说道。

“来吧成哥，只要你高兴，喝几个都行！”老唐应承着。

老苑看着大家唱着、笑着、喝着，也来了兴致，接手就唱了一首《一帘幽梦》。歌声虽没有“大个儿”的低沉浑厚，也没有老唐唱得诙谐幽默、高亢风趣，却唱出了丝丝幽怨之情。

“老哥今儿这是怎么了？这歌里怎么透着大青杏味？想起和嫂子花前月下搞对象的事了吧？”张成酸溜溜地开起了老苑的玩笑。

老苑听了张成的话，没言声，抬手喝了自己杯里的酒。

“该……该梁子和……和张……张成了！”“大个儿”今儿一反常态地兴奋。

“我哪会唱歌呀，我一张嘴五音不全，再把动物园的饲养员整来！”梁欣推辞着。

“梁子，你就唱一个，要不咱合唱一个！”

“唱什么呀？”梁欣反问了一句。

“唱……唱……《咱的妈》！”张成肯定是想起了刚去世的老太太，动了感情地看着梁欣。

“行……行……这歌我唱！”张成和梁欣对看了一眼。

“你上学的新书包有人给你缝，你爱……你爱吃的那三鲜馅儿，有人给你包……”梁欣眼圈红了，张成更是哽咽着！

“不管你走多远，不管你在干啥……不能忘咱的妈！”先是老唐跟着唱，随后屋里所有的人都不断重复着歌里的最后一句“不能忘咱的妈，咱的妈！”

歌声一停，小屋里沉寂片刻，不知谁说了一句：“该嫂子唱了”！

“对！该嫂子，该嫂子唱……”“乌烟瘴气……”

“哎哟，这是怎么了？屋里怎么乌烟瘴气的，怎么还都光着膀子？还懂点‘五讲四美’吗？”一股酸酸的女人腔，随着屋门被打开，慢悠悠地传了进来。

哥儿几个正在兴头上，就见一个姑娘进了屋。田娣看见进屋的姑娘，心里一沉！赶紧从床边上站起来往外迎，嘴里甜甜地说：“是燕子姑娘来了，你看这屋里小……”

“都在这儿哪，这是我苑大大、这是张叔、‘大个儿’叔、唐叔……”这时小宝也进了屋，给燕子介绍着客人。

“嗐，我就听说《红灯记》李铁梅表叔多！怎么你也这么多叔叔、大爷……”燕子不买小宝的账，歪着脸不冷不热地说。

“燕子，咱外边聊，外边聊！小宝听话，咱外边聊！”田娣怕屋里客人尴尬，赶紧把两人往外领。

“小宝，你妈这也不像有病啊？瞧你那邪乎诈尸，说得那个悬！”燕子边说边瞪了小宝一眼。

“姑娘，我今儿个是刚出院……朋友帮了不少忙，在这儿聚聚。我去倒杯水，你等着。”田娣想返身，却又让小宝叫住了。

“妈你也真是！燕子今儿和我特意来看你，你看，连屋都进不去！再说你这有病还能这么闹，我爸也太不懂事了！水你甭倒了，你把我爸叫出来，燕子还有事呢！”

“跟我说一样，燕子姑娘，你和我说一样！”田娣怕梁欣出来发火，赶紧说道。

“我爸昨儿去看了看那屋子装修，那瓷砖颜色也太没情调了！得了，我说了你也不懂，我凑合着吧！我爸说大屋和厅的墙上得掏个窗户，显着亮！再有，那顶线，我爸说必须换！另外，让我告诉你们，挑地板时颜色得深点，透着富贵！都记住了吗？”燕子小嘴喷着唾沫星，传达着她爸的要求。

“对了，我妈还说地板、室内门、家具得是实木的，涂料得要德国出的环保型。说这么多，你记得住吗？”小宝也随着燕子的腔调传达了老丈母娘的指示。

“记住了，记住了！回头就让老头子弄！”田娣赶紧应承。

“走吧，还傻愣着干吗？没人请咱入席！走，快走，我这儿汗都晒出来了，这破地方连口水也喝不上！”燕子瞧都没正眼瞧田娣一眼，拉着小宝款款地走了。

屋里的梁欣听了这酸味十足的话，哪还按捺得住，几次站起来就要往外冲！老苑紧紧按住梁欣，劝道：“梁子，这会儿不是管孩子的时候！她浑，咱当老家儿的不能浑！”

老苑按住梁欣，回首对愣着的几个人说：“没事、没事了！咱也闹了半天了，客走主人安！该让弟妹歇会儿了，走，快穿衣服走！”

“这是来看未来公婆的儿媳妇？呸，这整个儿一祖宗！老家儿有病，一次没露面，今儿空着手来了，派一堆活儿，甩几句片儿汤话！这叫什么事！我真恨不得大嘴巴扇她！”老唐不忿地说。

“小宝那会儿不这样啊，怎么现在……”

“娶了媳妇扔了爹娘，这有什么新鲜的！”

“这还没结婚哪就这样！这以后你们两口子可怎么办？”哥儿几个七嘴八舌地发着脾气。

“都别拱火了，有老的这么说小辈的吗？走！让人家也静静心！”老苑说话的调门明显比过去高了许多。

梁欣不好意思地把几个哥们儿送到门口。“大个儿”、张成没说话叹了一口气，老唐气得脸都白了。老苑拉过梁欣讲道：“哥儿几个说点闲话，你别往心里去，都是酒闹的。只是看这架势以后苦了弟妹，兄弟你得多劝着点。”老苑讲完拍了拍梁欣的肩膀，苦笑着和那几个哥们儿渐渐走远了。

梁欣送走客人，回屋一看，田娣正一边收拾着家伙，一边抹着眼泪。知道她这心里不痛快，自己反倒不好发火。就抢着把活儿干了，让田娣快点上床歇会儿。

……

这天小宝回家要钱，一进门就对梁欣说：“爸，燕子她妈让我告诉您，空调要安冷暖的！说也贵不了多少。床怎么也得是一米八宽的，电视……”

“你让她妈拉条子，一次说齐了！别三天一改、五天一变的！”

“这不是跟您沟通吗？又跟我急，又不是我要变！”小宝不高兴了。

“宝儿，没事！你爸说话难听，为你们这事上心着哪，这次给你挑的都是好的、贵的。妈就是砸锅卖铁，也把你们这事办好！回头你告诉燕子妈，让她放心！”田娣拍着儿子的肩膀哄着。

……

忙了一个多月，新房子总算全面竣工。这天，梁欣把田娣叫到新房，两人里里外外这通看。

“他爸，这天下真没有花钱的不是，你看这么一拾掇，真漂亮！”

“你看看过几天结了账，你那钱包里还剩几个子儿？这么一折腾，咱俩半辈子的辛苦钱没了！”

“嗐，你就是想不开！咱俩留着钱有什么用，还不就是为儿子？”

“你不这辈子还想旅游一趟吗？”

“不去了……不去了！省了吧，儿子花钱还在后头呢！”

“这些日子，我就没吃过新鲜菜，都是你从菜市场买的没人要的，蔫了吧唧的东西……”

“就这俩钱儿，你说怎么花？可不就得能省点是点！再说，菜蔫了不就差点水？回家水盆一泡，跟刚下市的一样！你说咱们俩可不就得凑合着点吗！”

“你就抠牙缝吧！看看你那脸还有点油水吗？”

“还省得减肥呢！梁子，我这心里有数，这些日子是委屈你了！咬咬牙，过了这阵，我给你补！”

“我有什么可补的，身子棒着呢！我是心疼你！你看人家那些女同志，那个……”

“又来了不是，我还是那句话，不和人家比！倒是宝儿来了，让他问问亲家，好日子定在几儿！”

“你问吧，我懒得理他，尤其是他和燕子凑一块儿，没人样！”

“我说……我说，行了吧！”

……

没两天，小宝回家说：“燕子她爸说好日子再往后拖拖，好像是燕子她妈身体不舒服！”

“那更好，新房放放味儿，省得你们住进去落病！燕子她妈不舒服，病了？”梁欣搭了一句。

“听燕子说，是年轻时候吃她爸拿回来的好药吃多了，伤了肾！最近好像得做透析了！”小宝似是而非地答道。

“好药也是药，是药三分毒！那玩意儿也是瞎吃的？”田娣接了一句。

“我说哪，第一次见面就看她妈那脸色不正。都要透析了，那可病得不轻了！”

“要不咱抽个空儿过去看看亲家吧，别失了礼！”田娣看着小宝的脸，冲梁欣问道。

“你们甭去，人家喜欢安静。”小宝瞧了爸妈一眼说道。

“是怕你爸你妈给你丢脸吧！”梁欣不高兴地说。

“你这孩子不懂事！不让去，你可得把话捎过去。”田娣嘱咐道。小宝“嗯”了一声就要推门走。

“宝儿，你等等！”田娣叫住了儿子。

“怎么，还有事啊？”小宝不满地翻了他妈一眼。

“妈还给燕子姑娘留着好东西呢！一直也见不着燕子姑娘的面，你给捎过去吧，让闺女婚礼那天戴上！”田娣说话间从破柜里翻出蓝花小包，小心地取出小盒递到儿子手里。

“我当是什么好东西！不就两金耳环一金戒指吗！既不包玉又不带钻，太土气了！现在，也就农村人还戴这个！”小宝不屑地说道。

“儿子，你可别瞎说，这可是你姥姥给妈留下的老物件！值不值钱，妈不好说，可总是我和你爸的心意！”

“嫌土气别要！有本事自己挣包玉带钻的去！”梁欣看着小宝那劲头来了气，立马回了儿子一句。

“凭什么不要，白给还不要，你当我傻呀？早就该给我拿出来！”小宝瞧都没瞧梁欣一眼，揣起东西甩门就走。

小宝一出门，梁欣就冲田娣喊道：“你看看你，存了一辈子的东西，到人家手里什么都不是，连个‘谢’字都不值！早知道这样，给他？还不如扔河里，听响！”

“你呀，怎么老跟孩子生气！他就是这么一说，心里不定多高兴呢！”

“我早看透了，就这俩东西，你把心掏给他们也不得好！”

田娣没有接他的话茬，凑到老伴身前说道：“他爸，我倒是操心这婚事要拖……燕子就该够月份了，到时候挺个大肚子上台多难看！”

“你可真是爱操这闲心，燕子不嫌寒碜，他们家看得下去，咱怕什么！”

“你不嫌丢人？”

“我怕，我怕管什么用？除了花钱人家告诉咱们，剩下的哪件事咱能做主！”梁欣接着发牢骚。

……

估计是燕子爸妈也看到了闺女的肚子日渐隆起，喜事没有拖太久，最后定在了十月十六日。那天正好是星期六，是个三双的好日子！

眼看小宝的结婚典礼就在眼前了，可张成心里一直惦记着一件事。说来事不大，他是操心这两口子婚礼那天没身像样的衣裳。这些天，他眼瞧着哥们儿跑前跑后地张罗，可就不见他和田娣拾掇自个儿的事！

“这是给你儿子壮脸的大场面！怎么也得做做头发，刷刷门面，弄身像样的行头啊！这是小事？呸！这是你老梁家现在最大的事！老说我办事不盘算，你呢？屎到屁股门儿了，还没找着坑！”张成在心里发着牢骚！

“要在前几个月，这点事我就给办了！就算哥们儿不愿意，只要把责任往老太太身上一推，没人敢执拗！可现在老太太走了，我再办？这丫的又得说我乱花线，那个当嫂子的更得追着还线！什么事啊？”张成又发了句牢骚。

“可要不给他办，这小子敢就这么登场！那可就现大眼了！寒碜不说，他也丢人呢！咱当哥们儿的脸上都无光！管丫的哪，先买了再说！”张成下了决心，拉开自家装钱的抽屉，敛巴了三千多块钱，没和小高打招呼就去了王府井。

商场里衣裳是不少，可给中老年准备的实在有限。“弄身西服？这孙子短粗，又黑，穿上像煤老板！没劲！运动服？这他穿着倒像那么回事，可婚礼上的主宾穿它……也不搭！得了，弄件夹克吧！能打领带配西裤，也还算正装！”张成心里想着，就奔了夹克专柜。

“这件成！尖领、散腰、黑红色！”张成选中了一件。

“老先生，您喜欢这件？您是自己穿，还是送朋友？”一个年轻女营业员热情地问道。

“是给朋友参加婚礼穿，您帮助选选。”

“哟，老先生，您可真有眼光！您看的这件，就特别适合像您这样有品位的老先生穿！您看这面料、衬里、做工、款式都是来自正宗法国服装理念，是突出个性化设计，引领世界服装潮流的顶尖儿货！您要送人，这肯定是首选！”女营业员口吐莲花般地介绍，让张成听了很是受用。他没再犹豫，拎着衣服进了试衣间。

镜中的张成，显得年轻了不少。他捋捋头发很自信地从试衣间走了出来。“您看……您看！这款衣服的优点，在您身上都有了最大程度的体现！领口、肩衬、收腰、下摆，都这么合适！”在女营业员的称赞中，张成周围立刻聚集了一些中老年的顾客。

“这件真是不难看，你也试试！”

“这位老先生和你体型差不多，咱也看看！”

“哎，这件衣服多少钱？”

周围的顾客纷纷问着。眼看来了这么多顾客，女营业员眼中开始放光，麻利地回答道：“目前商场和厂家都在搞活动，这件原价 8800 元的服装打两个八折！再抹掉尾款，现价 5600 元！”

“什么？ 5600 ！”信心满满的张成一听这个价，不由地摸摸自己口袋里的钱，虚汗开始从心里往外渗！他没敢耽搁，小心地将试穿的衣服挂回衣架，滋溜一下挤出人群。眼看到了清静的地方，才用手抹掉脸上滴滴答答的汗，张成没敢再转，揣着原封未动的钱回了家。

“哪儿逛去了？满世界找不着你！”正往桌子上端菜的小高看了一眼进来的老公，问道。

“嗐，想给梁哥和嫂子买件小宝婚礼穿的衣裳！”张成嘴里吭哧着说道。

“噢，能耐了，办大事去了！东西呢？”小高说着，没正眼看张成。

“没买，太……太贵！”

“瞧你那样，你身上的衣裳，哪件是你自己买的！你还给哥嫂买，你是那操心的人吗？得了，您洗把脸，菜炒好了，先喝口吧，我的爷！”

小高用手戳了一下张成脑门，笑了。

张成本想把事办了，回家能和媳妇嘚瑟两句。这两手空空瞎耽误工夫转半天，心里自个儿也觉着有点臊眉耷眼，只能不言声地喝闷酒。

“怎么了，伤自尊了？至于吗，还不言声了！”小高早早吃完饭，看着张成边笑边问。

张成脑袋一耷拉，假装没听见小高的话，端瓶又满了一杯。

“行！知道喝，就没傻！”小高接着用话挑逗着老伴。

“你才傻呢！”

“好……好，我傻……我傻！可咱把事办了！不信吧？你里屋看看去！”张成听说小高把事办了，撂下酒杯就进了里屋。

可不，双人床上整齐地摆着两身衣服：一身是浅驼色哆罗呢大圆领套头衫，配上小领淡蓝纯棉衬衣和一条藏青色毛料西裤。不用说这身是给梁欣准备的；另一身是，藕荷色带朱红绲边大疙瘩襻立领中式唐装和一条深米黄色的毛料裤。床头上还另摆着一条蓝色带橙色斜纹的领带和一条白色大牡丹图案的纱巾。

“哎哟，媳妇！我服……我真服了！你可真是我媳妇，要不咱妈老夸你！”张成看见床上的东西，真是从心里服了自己的媳妇！他嘴上说着，就要用手……

“瞧你那大油手，别瞎摸！”

……

婚礼在老苑的策划下，办得体面热闹，连爱挑理的燕子妈也是无刺可挑。说来那一天最委屈的是燕子，新装外面又套了件大红裙子，遮掩着已经显形的半大肚子。各桌敬酒时，也是尽量掩在小宝身后，犹抱琵琶半遮面地应酬。好在还没人看出来，也算是给梁欣保留点颜面。

粗心的梁欣没有在意燕子给他们敬酒时，手上戴着的真是个钻戒！细心的田娣却看了个真切！当梁欣看见老伴背身擦抹着眼泪时，不由纳闷地问道：“怎么了，舍不得儿子还至于掉眼泪？”

“没有，没有！是高兴，高兴啊！”田娣掩饰着。

酒席办完，晚上梁欣、田娣又把哥儿几个留下，痛痛快快地喝了一顿。梁欣把小宝的婚事一办完，总算心里一块石头落了地。酒喝得没了节制，人醉得一塌糊涂，最后让张成和“大个儿”给抬回了小屋。

第二天，梁欣一睁眼，觉得眼皮发沉，嘴里苦得像喝了黄连水。他费了点劲才翻身坐起来，正想喊老伴，张成、“大个儿”就闯进了屋。

“都几点了，你怎么刚起？”张成进屋就叫。

“老了！拿不住酒喽！昨儿，怎么回的家都想不起来了。”梁欣看着两人苦笑着说道。

“还有脸说呢，跟死猪似的，让我们给抬回来，按说昨晚上你没喝多少啊？”张成说着梁欣。

“酒……酒不……不醉人，人……人自……自……自醉！你……你也该……该醉……醉一……一次！”

“‘大个儿’，你是老实人，跟成子也学坏了！怎么，你也笑话我？”

“没……没笑话你，我……我说……说的是个……个理儿！”“大个儿”一脸认真地辩白着。

“得了，别瞎扯蛋了！这是我那头儿收的礼钱，你收好，回头儿给嫂子交账！”

“不是不收礼钱吗？”梁欣反问一句道。

“瞎扯什么蛋，你以为大伙是冲你？这都是冲着嫂子的面子，你不收，不怕这帮哥们儿撕扯了你！”张成说着把兜里揣着的红包扔在了床上。

“我……我这儿……这儿还有……有十来……来份！”“大个儿”也随手把一沓红包扔了过来。

“你嫂子大早起也不干吗去了？‘大个儿’，你去厨房烧点水，我给你们沏茶。”梁欣挪动着身子要下地。

“给我也来一碗，渴死我了！”几个人没留神，老唐提着一个大编织袋进了屋。

“嘿！你倒来的是时候，怎么还提着东西，想背着我们送礼啊？”成子看见老唐就来精神，小话又递了过去。

“是送礼，可不是我送的，梁哥，你收着吧！”老唐把提着的编织袋一兜底，“哗”一下一堆红包把大床占了个严。

“怎么这么多！”张成有点发愣。

“你……你这是……是上哪儿……哪儿化……化的缘吧！”“大个儿”结结巴巴地说道。

“化缘，还用化缘！我都纳闷，其实我就通知那么十来家，也不怎么厂里的老职工就都知道了！拦也拦不住，这两天都往我们家跑！有的干脆是从门缝里塞进来的，红包上连名字也没留，想退都退不回去，你让我怎么办！”老唐两手一摊，显得也是一头雾水。

“别……别退！别……别伤了人……人家的……的心！”“大个儿”感动地说。

“还有呢！这三份，一个是咱的老副厂长，一个是老爱骂人的车间王主任，还一个是你师傅，都是八十朝上的岁数，你不接着行吗？”

“也没见这几个老人来呀？”张成纳闷地说道。

“几个老爷子都那么大岁数了，都怕给梁子添麻烦呗！”老唐眼睛看着梁欣说道。

“梁……梁子，你……你这……这辈子真没……没白活！”

“看着都是熟人、朋友，见面都客客气气的，其实这人心里都有杆秤！不赶上事，都一样，真有了事，才能量出人的长短呢！说来，实在人在这个社会还是不吃亏！梁子你真行！”张成眼睛看着梁欣有点泛红的脸，愣愣地说道。

梁欣慢慢地仰起了脑袋，黑眼珠也随着翻了上去，只留下了眼白。他的脑袋一片空白．他不知道该想点什么，也不知道该说点什么，心里就是一个劲地翻腾。

梁欣把喜钱和田娣手里还剩的钱一块儿打包还了老苑垫付的工程款，心里一阵轻松。他看着田娣用喜袋叠的一艘上下通红的大船，对田娣说：“老伴，你这手真巧，这船叠得真好看，谁见谁夸！”

“我是想着，什么时候也别忘了人家的情分！要不是大伙的帮衬，咱们准得该一屁股的债！”

“剩下点儿没？得空我得去看看那些老人。”

“你让我缓缓，我这手里总共还有不到一千块线，你去哪家也不能空手啊？”

“你对这俩小王八蛋手太松了！买衣服、照相就给了三万多！你呀！”

“我是怕小宝在媳妇面前抬不起头，嗐，就这一次，花就花了吧！”

“我倒不是心疼钱，只要把该还的账还清，我就知足！我是怕这俩小东西觉着你手里有钱，天天算计你！不定什么时候狮子大张口，你给不出，可怎么办！”

“嗐，过一关是一关吧！也许俩孩子明白事了，能明白咱做父母的难处。”

“难哪，难！”梁欣重重地叹了一口气。

……

眼看着过了元旦，就要连上阴历年，梁欣和田娣怕费电，早早地关了电暖气，开开电褥子，委在床上。田娣披了件棉袄，边聊天边织着手里的毛活儿。

“梁子，我看燕子那肚子可真够大的，比我当年怀小宝时候大多了，不会是双胞胎吧？”

“一个养活着都费劲，你还盼着生两个，你不嫌累呀！”

“不是咱们也能帮把手吗？真要是一胎俩，那可真够喜庆的！燕子她爸妈加咱俩，一边带一个。你甭发愁，到时候累不着你！”

“咱什么时候怕过累！我是怕人家看不起，抬不起头来！”

“嗐！关门过日子，各过各的，想那些干吗？”

“我倒是不愿意想，就燕子、燕子她爸妈那眼神……”

“得了，又提人家，我看你是闲的！得，你抬头帮我试试这帽子大小！”

“不是给没见面的孩子织的吗？怎么又……”

“孩子的活儿都准备好了！我是琢磨，每年你那帮哥们儿来看你，都是大包小包提着，咱也没还过礼。想年前给他们都织个毛线帽，总是个心意吗！”

“得了，快别织了，看你这手凉的！放我被窝里，我给你焐焐！”梁欣听了田娣的话心里一热，抓过田娣的手放在自己胸口上。

“铃……”梁欣的手机响了起来。梁欣下床从衣服里掏出手机，刚一打开，里边就传出小宝的埋怨声：

“我说你可是真老了，接个电话也这么费劲！我妈呢？”

梁欣不爱搭理他，没言声，回手就把电话塞给了直愣眼盯着他看的田娣。

“宝儿，有事啊？班上累不累，燕子没事吧？”

“烦不烦哪，老是这几句，没的说了吧！”

电话虽然在田娣手里，可电话那头儿小宝耍横的话还是让梁欣听了个清楚！不由气恼地说：“把电话撂了，别听这浑……”

“行，行，妈不烦你们了，你们上班都累！什么？噢！行、行，妈明儿一早就过去！好儿子，快歇着！让燕子也歇……”不等田娣说完，那边早挂了电话。

“不会说人话的东西，你理他干什么？又是让你干活吧？要不那小子能给咱来电话？”

“宝儿让我明儿过去帮他把衣服洗洗，没什么活儿，待着不也是待着，你就甭管了！”

“我就说不是，你就是贱得慌……”

“哎哟，我贱得慌行了吧！你就甭说了，睡吧！”

梁欣还想叨唠两句，让田娣顶了回去，回手拉灭了灯。

第二天，田娣早早去了小宝那儿。梁欣在家炸了点酱，备好菜码，等着老伴回来吃饭。可锅里等着下面的水开了几回，也不见田娣的影。不由心里有点起急，叨唠道：“这是给俩浑蛋干多少活儿，半天还忙不完！”等到他闷着又抽了一颗“都宝”，才见田娣美不唧儿地进了屋。

“喝笑婆婆尿了，干半天活儿也不知道累，还美呢！”梁欣没好气地说。

“今儿碰见燕子了，说预产期可能就这几天！你说这跟做梦似的，咱们也总算熬着要当爷爷、奶奶了！”

“当爷爷？当孙子吧！就冲这俩孩子能教育好下一代？”

“看看，又来了吧？你呀，该操心的地方不操心！这孩子眼看就要生了，你这个当爷爷的怎么也得给孩子想个名儿吧！别等孩子落了地，上户口时再着急！”田娣一边拿着碗筷，一边冲梁欣说道。

“这事你不说，我也上着心呢！当年咱们小宝的名儿就是他爷爷起的。昨天，我问了问我那帮哥们儿，想来个集思广益。结果，还是人家老苑！学问就是比我们高，当时就给起了两名儿！”

“苑哥给出的什么主意，快告诉我，我也听听！”

“苑哥说，你们家姓梁，可以借这个音起名。男孩就叫‘梁栋’，取‘栋梁，有用之才’的意思！”

“那要是女孩呢？”

“苑哥说，女孩就叫‘梁恬’寓‘良田’的意思。里边又是你我两人姓的音的组合，叫着也上口，好听！”

田娣听了高兴地说：“他爸你真行！这两名儿都好，多好啊！”

“你夸我干吗？这都是人家苑哥给起的。”

“苑哥起的名儿也得夸你，还不都是你的哥们儿！回头我就跟小宝说，这是咱们给孩子起的名儿。”田娣喜不唧儿地对梁欣说。

“行……行……你告诉他们吧！省得他俩没头苍蝇似的抓瞎。”梁欣答应着

……

小宝听了家里给孩子起名字的事，挺高兴！等媳妇一到家，就兴致勃勃说道：“燕子，我爸给咱们要出生的宝宝起了名儿！”

“你爸给起名儿了？我爸说了，要是生个男孩，就让他姓陆，姓我们家的姓！要是生个闺女，就给你家留点面子，随了你们家的姓。但名字必须叫梁周，这是我爸说的！”

“凭什么呀！这孩子不都是随男人的姓吗？我的名儿就是我爷爷起的！”小宝被扫了兴，有点不满地说。

“凭什么？凭随了我们家起的名儿能有个好命！能有个好出身！省得随你将来还是穷命！”

“那我跟我爸怎么交代呀！”

“你爱怎么交代就怎么交代！想要和我们家争冠名权，先让你爸拿十万来，你们家有吗？再说，别忘了结婚前你的保证！”

“我保证什么了？”

“你保证，结婚后一切听我的！怎么着，想反悔？再说，现在男女平等，过去孩子随男人姓的规矩在咱们家就得改改！我还告诉你，我爸说了，你们家还该着我们家一个大人情哪，不信回去问你爸妈去！”

小宝听了燕子的话气馁了许多，闷头不再说话。

……

小宝一回家，原封不动把燕子的话端给了梁欣和田娣。梁欣气得当时骑上车就要找燕子去理论。倒是田娣一把拉住梁欣说：“他爸，你昏了头了！你不能去，孩子还没生，万一你和燕子吵起来，一是两家撕破了脸！二是燕子要是动了胎气，有个三长两短，你担得起责任吗？再说孩子生出来，他（她）爱叫啥就叫啥，不就是个符号吗？根儿上还不是你们老梁家的种，能误了你当爷爷！”

“老伴呀，你说的这些道理我能不懂吗！可要真是这样，你让我今后……今后到了地底下怎么去见他爷爷？再说，燕子这丫头说话也太横了！自他们结婚，没叫过咱们一声爸、一声妈，没给过咱俩一个好脸色！这我不争，我忍着，谁让咱没给人家闺女什么值钱的东西。可这下一代的姓也得随他们，他们也太不讲理了吧？”

“阳间的事都做不了主，还管阴间的事呢！”小宝小声嘟囔着。

梁欣听了小宝的话，如同火上浇油，立时拍着桌子冲小宝喊道：“你个窝囊废！那点本事就会窝儿里反，见着你媳妇，你的本事呢！”

“我窝囊废？我能不窝囊吗？你要是有钱，你要是当官，我能这么窝囊吗？你要是能，燕子她们家拍你还怕来不及哪，谁敢跟你横！”

“你浑蛋……”小宝的顶撞让梁欣再也忍受不了，边骂着小宝边举起了拳头。

“梁子，你不能打，不能打儿子！他也难哪，我们忍……忍了吧！”田娣哭着一把托住梁欣抡下来的拳头，死死把他抱住。

梁欣看着田娣花白的头发和哭泣中不断抽搐的瘦弱双肩，哪还下得了手，只能瘫坐在床上自个儿喘粗气。

……

这天夜里，梁欣和田娣在小屋开着电热毯睡得正香，桌上的手机“铃、铃……”地响个没完。他扫了一眼来电显示，知道又是小宝的电话，就有点不耐烦。

边上的田娣早就睁大眼睛盯着问：“是儿子的电话吧？是不是燕子要生了！”

不等梁欣回答，电话那头儿传来小宝的呼喊：“爸……爸！燕子肚子疼，她肚子疼！您快……快过来……”

“燕子说肚子疼，让我过去！你别动，我去看看！”

“那怎么成！女人的事你懂什么？还是我去吧！”

两口子吵吵着一块儿到了儿子家。

“要车呀，你愣着干吗？”梁欣看着小宝急得就是围着燕子瞎转悠，燕子在床上哼哼唧唧喊疼，不由地冲小宝喊道。

“他爸，让楼上唐师傅闺女开车送送吧！再要车？别把孩子耽误了！”

梁欣心里急，也顾不了那么多，直接拨了楼上的电话。一会儿，老唐趿拉着鞋带着闺女唐婉下了楼。听说是这事，唐婉二话没说，拉上人就奔了医院。到了诊室，田娣陪着燕子检查，梁欣陪老唐闺女聊起了天。

“闺女，你这喜事什么时候办呀？大叔等着吃糖喝酒呢！”

唐婉听了，脸一红说道：“叔，这也不是着急的事，看缘分吧！就怕到时候父母不同意，还得请您出马劝劝哪。”

“哪有那么复杂，你父母到时候乐还来不及哪，哪会不同意！”

“情况不是有点特殊吗！”

“怎么了，对象条件不好，外地的？”

“您就别问了，到时候您只要能帮我，我就谢谢您了。”

“跟叔还用客气，就我和你爸的关系，叔要张嘴肯定管用！你就放心吧……”爷儿俩正聊着，田娣扶着燕子出了诊室。

“燕子，燕子……怎么样？”小宝先迎了上去。

“大夫说燕子是吃坏了，目前还没有产相。给开了点胃药，让先回家等着。”田娣说着大夫的意见。

眼见是虚惊一场，等田娣和梁欣回到家，天已麻麻亮了。“再睡会儿吧，瞎闹腾一宿。”梁欣打个哈欠说道。

“都这会儿了，要睡你睡，我翻翻找两床旧被里，洗洗给孩子当尿片儿。”

“你就是瞎忙，现在这孩子谁用这个！”

“你知道个屁，旧被里柔软又吸水，比什么都好用！”

梁欣不想再说什么，盖上被一会儿就睡着了。

……

又过了十来天，燕子真要临盆了。这回小宝有了经验，早早就要了车。等梁欣和田娣赶到时，车子已经到了门口。

“燕子她爸妈不去？”梁欣问了一句。

“她妈刚做完透析，她爸在家陪着。说不来了，在家等信儿。”小宝边扶着燕子上车，边回答着。

医院里挺有秩序，看了看燕子的预产期和临盆症状，立马推进了产房。没有一顿饭工夫，小宝就跑了过来。

“又没生？是不是还得等！”田娣着急地问。

“生了……生了，是个女孩！”小宝脸涨得通红，不等到跟前就边笑边说。

“怎么这么快？母子都好吧！”

“好……好着呢，就是个小了点！妈，都说女人生孩子难，燕子怎么那么容易！上了产床，羊水一破，‘吧嗒’闺女就给冲出来了，产床还没焐热哪！我看比老母鸡下蛋都容易！您还说小燕肚子大得像是双胞胎，哪有啊！一个，才四斤多！一肚子全是水，我瞧着我这媳妇就是个‘水货’！”小宝一口气没遮拦地说着。

“宝儿，别瞎说！不管大小，都是十月怀胎，当妈的就不容易！你今后要当爹了，得知道心疼媳妇、心疼孩子！”田娣嘱咐着小宝。

边上的梁欣没有插话，心里想着："老天有眼，谢天谢地是个闺女，总归该梁了！"回眼一看，平时看着就有气的小宝，好像也顺眼了些。

……

燕子月子期搬到了娘家，田娣干急着上不了前。总算盼到年三十前一天，小宝才回了家。见着儿子，田娣开口就问："宝儿，媳妇好吗？孩子好吗？你看我和你爸也不能去人家帮助伺候，让亲家受累了！这是妈给孙女准备的小衣服、小鞋和铺的盖的。这儿还有用旧被里撕的尿片儿，我都洗过了，你快给带去！"

"妈，你这都是什么呀，乱七八糟的！这都消毒了吗？我不拿，回头又让人家寒碜我！"

"儿子，这有什么可寒碜的？那衣裳都是妈和你爸超市买的，都是新的！这毛线活儿都是妈熬夜一针针织的，怎么就寒碜了！"

"超市……超市，你就知道超市！人家他姥姥给'周周'都是在品牌店买，一桶奶粉就好几百！你以后别瞎买了，多准备点钱比什么都好使。"说着小宝气哼哼地摔门走了。

"这孩子真不懂事……真不懂事！"田娣含着眼泪看着儿子的背影叨唠着。

"你才知道他不懂事！我就说嘛，你是瞎忙活！人家有钱，人家看不起咱们！"

"有钱……有钱……有钱就能作践人？"

"唉，想开吧！有钱能使鬼推磨！这话你没听说过？甭生气！我看燕子她爸也就那么回事，你看给孙女起的那名儿，叫'梁周'！粥要凉了，还有好？他还觉着挺美，非要有个'周'字！我看……"

"他爸，你别胡说，那孙女可是亲生的，也有你们老梁家的血脉！"

两口子你一句我一句戗戗着，心里却又酸又疼。

……

小宝赌着气回到老丈人家，立刻被丈母娘叫住："小宝，回头告诉你爹妈，这孩子生了，她可姓梁，大撒手甩给我们可不行！再说，这雇保姆也得花钱呢！你告诉你爸，燕子雇这月嫂一月就得一万多，他这当爷爷的也不能光看着。那会儿你们家装修，你在我这儿又吃又喝又住的，这笔账还没跟你们家算呢！你们家再穷也不能不要面子呀！”

小宝听了丈母娘的话，觉着又伤自尊又很无奈。忙拿了个橘子，边给丈母娘剥着皮，边说道：“妈，您别生气，回头我就跟他们说！他们这样也太不像话了！”

晚上，小宝回到燕子房间也是没得着好气。刚一进屋，燕子问道：“这大过年的，从家什么也没拿回来？跟了你这穷鬼算我倒霉！人家谁家媳妇给婆婆生了孙女，不是大包小包地供着！你们家可倒好，一毛不拔！”

“没有，没有……我妈在超市买了一大堆，我嫌超市的东西没品位，怕你不高兴，没敢拿回来！”

“是得给他们甩点脸子！我说你明天三十再去一趟，你得跟他们闹！我告诉你，你们家的钱就像天天讲的一样，是海绵里的水，你不挤，哪来的钱！我告诉你，‘周周’过了满月我可得做美容了！你看，你看……我这脸上都有褶子了！嘿！对了，去的时候给你爸拿几盒烟！”

“嗨！哪儿来的烟，还是‘中华’！”

“我爸扔过来的，让你带给你爸。你就拿着去呗，也算咱们孝敬老人、懂事，没准你爸一高兴就给你钱了！”

……

第二天一早，小宝带着气回了家，进门就问：“我爸呢？”说着使劲把拿来的烟放在了桌上。

“你爸……你爸去买点年货，一会儿就回来。宝儿，今儿在家吃吧！妈给你包饺子。”

“你们可倒好，放着儿子、儿媳、孙女不管，自己买好东西过年！妈！人家燕子妈昨儿说了，咱们家再穷，也不能不要面子！你说人家说出这个，你让我怎么在她们家待！你们不要面子，总也要给我留点面子吧！”

“儿子，咱们又怎么不要面子了？”听到小宝开口就是抱怨，田娣慌忙问道。

“那咱们就该出点钱！人家又受累又花线，能不挑理吗？”小宝不依不饶地抱怨。

“宝儿，你不是不知道，我和你爸退休一共就五千来块，每月给你们二千多……”

“那不还有二千多呢吗？”

“儿啊！租房子就得一千，这煤水电不得花，你每次来还得跟妈这儿零打碎敲！你总得留点，让你爸抽口闲烟，让我们把饭吃饱吧！妈要真有钱，还会舍不得给你？”

“抽烟！喝酒！他就知道自个儿又抽又喝的！咱们家就是让他给倒腾穷的！噢，合着，他干什么都有钱，就养孙女没钱！这理上哪儿说去呀！我告诉你们，还认我这儿子，就得给我钱！‘周周’雇月嫂的一万块就该你们掏！当着我爸的面，我也这么说！”小宝蛮不讲理地和田娣嚷嚷着。

“宝儿，你可不能冤枉你爸！他这么大岁数，就抽口最次的烟，你还挑！你让我们做父母的寒心呀！”

“你跟我说这个有用吗？不给我钱，什么都是虚的！你出去打听打听，有儿媳妇坐月子，公婆一分不掏的吗？”

“儿啊！妈知道这理！可家里实在……要不，你拿这钱去给燕子买点营养品。”田娣说着从兜里掏出一把零钱。

“打发要饭的呢！没钱，你让我爸借去！”

听到小宝这句话，田娣心里一凛！她颤颤巍巍地站起来，看了看眼前有些生疏的儿子，咬牙打开破衣柜的门。拿出一个信封，取出里边的一张卡，交到小宝的手里说：“宝儿，你拿上，拿上！你拿去吧，这里有一万块钱！”说完眼里已含满泪水。

……

小宝拿上卡，一溜烟回到家，推开燕子的房门就喊：“燕子，燕子……我有钱了！一万块呀！”

“我就说你们家有钱吧！还是本姑娘有智慧！你放那儿吧，先去给‘周周’冲点奶粉去。”

“我妈可能真没钱了，我看我妈直掉眼泪……”

“她没钱，我还没钱呢！还掉眼泪！这年头儿眼泪能当银子花吗？

她是掏这一万，心疼！”

“不会吧？”小宝听了燕子的话后有点迟疑地说道。

“你这没良心的，是心疼你妈，还是心疼本姑娘？你拿准了！”燕子听了小宝的话，脾气一下就上来了，立马和小宝翻了脸。

……

梁欣兜里装了一百块钱，菜市场转了两圈也没选好要买的东西！心里拧巴得难受，嘴里抱怨道：“这过年的东西真好，可怎么都这么贵！”最后他决定买二斤五花肉炖着吃，解解馋得了。再买一斤肉馅，晚上包点饺子。

走到烟摊，看着五光十色包装精美的高档香烟，腿就有点迈不动，直着眼睛看。他真想买一盒“玉溪”，过年时和哥儿几个显摆显摆！可直到售货小姐过来服务，他也没舍得把钱掏出来！自个儿慢慢咽了口唾沫，臊么耷地离开柜台。临出超市，他狠了狠心，买了一把田娣爱吃的香蕉，这才回了家。

一进小屋，看见田娣愣愣地坐在床边，脸上还有泪痕，忙问道：“怎么了这是，大过年的，想妈了？嗨！这是谁拿来的烟？还‘中华’的！幸亏刚才我没买，这回省了！”

“刚小宝拿来的。你钱烧的，买什么香蕉？”田娣埋怨着，随手接过梁欣手里提的东西。

“这可是‘大姑娘坐轿——头一回’，还知道孝敬爹了！”

梁欣琢磨了会儿，觉着不对劲，又问道：“这浑小子干吗来了，就是为送烟？不对吧，是不是又想跟你蹭点钱花！”

“嗐，你别老抱怨孩子！他手里没钱，那一家子看不起他，他也难！”

“他难，咱们容易？每月就剩这俩钱，我……我想……”

梁欣想说买盒好烟都舍不得，可话到嘴边又咽了回去。心里想：“大过年的，别让老伴难受。”可又一想：“为这老伴也不至于掉眼泪呀！肯定还有事。”

心里想着，嘴上问道：“你又给他了！又给了多少？”

“燕子妈让他捎话，说雇月嫂的钱该咱们拿。我把……把……刘星给你那张卡……”

梁欣一听，火一下蹿了上来。他不是怨田娣花了他的钱，他是觉着那钱不能动，要找机会再还给刘星！心里的火一上来，说话声音自然高了起来：“你……你……怎么，怎么敢动那张卡！那是人家的钱！”

田娣被梁欣突然的大声呵斥一下吓得慌了神，六神无主地不停搓着双手，嘴里叨唠着：“是人家的线……人家的钱呀！”然后成串的泪水顺着两颊流了下来，两眼看着梁欣，像个办了错事的孩子。

梁欣怒气未消，生气地扭过身去，一把将桌上小宝拿来的烟甩在了地上。突然他身后传来田娣先是小声而后暴发的喊声，“我还你……我还你……我就是卖血也还你！”梁欣吃惊地回过身，看见田娣抓起外衣冲出门去！

“你的头巾……头巾！”梁欣喊着田娣。

中午，梁欣没有做饭，田娣也没有回来。“这么冷的天，没吃饭，她能去哪儿呢？唉，我这是……这是干吗呀！今儿可是大年三十！”梁欣悔得肠子都有点发青。又愣了会儿，他站起身拾起甩在地上的“中华”烟，拿来扫帚，扫净满地烟屁，穿上大衣出了屋。

梁欣在大街上毫无目的地走着。他想找田娣说上几句道歉的话，但他知道在这茫茫人海里要想找个人太难了。一想到这儿，他就抱怨自己这辈子太没本事，怎么就不能给田娣弄个手机，也就用不着这么瞎转！他气恼地蹲在马路边又一颗颗地抽起了烟。

“回去吧，别瞎耗着了！回去弄点菜馅儿给老伴包点饺子吧，唉！”他叹了口气往家走。

梁欣一进院，就听见小厨房里叮叮当当的剁馅儿声，知道田娣已经回来。赶紧挤进厨房，歉意地说：“中午饭也没吃，没事吧？”

“你不是也没吃吗？还能怎么着！跟你离？”

“哪至于呀，老夫老妻的！嗐，我也是一时起急！来，咱认个错，你歇着，我来！”梁欣说着就要接田娣手里的刀。

“你别沾手了，去屋里看看电暖气那儿烘着的面发了吗？回头你炖肉，我蒸馒头，晚上再包俩饺子！”

天黑了，外头的风呼呼地刮了起来。相邻的几户外地租客早都锁门回家过年去了，显得院里十分冷清。梁欣把厨房门用根棍子顶紧，缩着脖子进屋对田娣说：“姐们儿，就咱这儿还亮着灯，院里黑得瞧着怪瘆的！”

“平时小宝在，好也罢、坏也罢，总还有点人气。这儿子也不在，就咱俩，可不这心里空落落的！”

“得，咱别提他，我这就给您调电视。今儿有春节晚会，咱俩踏实着看节目照样过年！”

可能是外面风大，任梁欣使出浑身解数，电视里除了“嗡嗡”声就剩下刺眼的雪花。田娣看着梁欣忙活，扫兴地说：“得，得……您歇手上床吧！咱不看，不看，行吧！”

两口子拉了灯，把浑身裹得严严的，听着窗外的风一阵紧似一阵，沙子拍在窗户上沙沙乱响，心里都有些寂落。

“这三十过的，连爆竹声都听不见！”梁欣开了腔。

“不是禁放吗？你要有钱弄个汽车，咱上五环外头看看景，也放两挂鞭，那多棒！”田娣说着。

“你别寒碜我行不？睡吧，睡着了，就不想了！”梁欣无聊地说。

“砰、砰”“嫂子！在家吗？”风声中传来似有似无的声响。

“老伴，有人……有人吧？”

“刮风声，这会儿谁来！睡……睡吧！”

“砰、砰、砰……”

“嫂子……”

“真有人！哎……谁呀？”田娣一激灵坐了起来。

“嫂子，我是成子……成子！快开门，冻死了！”门外传来张成的声音。

“来了……来了！”田娣、梁欣开开灯，忙乱地穿着衣服。还是梁欣快了一步，抢先打开了屋门。

“这怂天，真冷！哎哟，你这家里也不暖和。梁欣你也太抠了，这冷屋子不怕把嫂子冻着！”张成裹着门外的风进门就抱怨。

“这就好，这就暖和！”田娣慌手慌脚地打开屋里的电暖气。

“这么晚了还往这儿跑，有事啊？”梁欣看着张成问道。

“你是不是都来了一觉了？我的哥，这才九点多！今是大年三十，睡蒙了吧！我的亲哥！就是想和嫂子热络，也不能这么早上床啊！”张成边咧咧边看着田娣笑。

“你这没大没小的，瞎咧咧什么！看嫂子撕你的嘴！你这是又拿什么来了？大包小包的！”田娣拍打了一下张成，看着他提进来的东西问道。

“没值钱的东西，都是年货，先备下。我们哥儿几个，这个年怎么也得喝几次呀！”

“看见你拿这东西，我就想起老太太，每年都是老人家亲自做好让你送来……唉！今儿这……”

“我那几个妹妹给小高打打下手做的，不知道味道怎么样？小高还怕做得没老人做的好吃，让你多将就点。”

“大三十的，你往这儿跑，回头弟妹该挑理了！唉……你让我……让我说什么好！要不，咱哥儿俩加你嫂子热热菜喝点？”

“你这不是废话吗，找你来不就是想喝点，这还用问！小高和我妹妹们玩牌哪，她知道你这儿孤单，还一个劲催我早来哪。”

听了这话，梁欣、田娣都心里一热，赶紧忙活着把该热的、新炒的往桌上端。不等落座，就听门响，又有客人推开了屋门。

“嘿，没你们这样的，大过年的，吃独食！”话音未落，老唐拐着脚进门，先冲田娣一欠身，嘴甜甜地说：“嫂子，兄弟给您拜早年了！”

“唐兄弟，也给您拜年了！快坐，快坐，嫂子这菜刚拾掇好！”

“瞎忙活什么！我这刚在‘老北京’那儿买的外卖，都是热乎的！要不是等菜，我早来了，能让他先‘烧第一炷香’！”老唐说完亲热地扭头朝张成挤了挤眼。

“也是，今年你也是单身，早就该叫上你！不对！你闺女呢？”

“人家说有聚会，根本不跟咱玩！更好，自个儿找乐来了！”老唐还是一副笑脸地答道。

“嘿，你们这些先到的怎么就这么干站着，干吗呢？”说话间，老苑和“大个儿”同时进了屋。大家提来的东西，立刻把小屋占得没了下脚的地方。梁欣绕过东西，挤过来帮老苑脱外衣，嘴里说道：“你们这都是事先商量好的吧，上我这儿‘扶贫’来了！”

“嘿！还没过年哪，梁哥就幽默上了！‘扶贫’？那可是头儿干的事！我们哪沾得上边！大伙是上你这儿抱团取暖来了，怎么着，不欢迎？”又是老唐接了话茬。

老苑笑了笑没说话，把一个书包直接塞到梁欣手里。梁欣刚想问，看老苑把一个手指放到嘴上，就没再吱声。心里明白，老哥哥这包里肯定和往年一样又有超市的购物卡。他难为情地朝老苑皱起了眉。老苑假装没看见，只是轻轻地拍了拍梁欣的手。

“谁……谁要商……商量了，谁……谁是孙子！就……就这点……点事还……还用商量，家……家里一……一摆平就……就往这儿赶，有……有点晚！嫂……嫂子不……不嫌吧？”实在的“大个儿”认真地问道。

“谁都能来，就你不应该来！你来了，王老师一个人不是更孤单了！”田娣心疼地看着“大个儿”说道。

“人……人家吃……吃了晚……晚饭就……就走了！上庙……庙里帮……帮忙服……服务呢！”“大个儿”脸一红，结巴着回答道。

“我们觉着，嫂子这一年年地伺候我们不容易，来报恩来了！老唐你说对不对！”

“没错，成哥，说我心坎里了！”张成和老唐唱起了双簧。

“行了，你们快坐……坐！我这就给你们张罗。”田娣看见一下进来这么多人高兴地应酬着。

“别老拿你嫂子说事，我看你们是馋酒了！那还废什么话，都坐下，开瓶吧！苑哥，你坐那床边稍微暖和点。”梁欣止住大家的说笑，安排着落了座。

片刻之间，一场不用动员的大年夜饭就进入了高潮。屋里立时显得暖了起来，外面的风知趣地小了许多，就听连成片的爆竹声此起彼伏地响成一团。大年夜的年味，把小屋里的人陶醉得都有了几分醉意。

梁欣轮着和在座的哥们儿碰了个杯，酒劲一下涌了上来，就站起身，挨个儿给大伙夹菜。正当他举着一个鸡腿要放在“大个儿”碗里时，张成看着他这瞎忙活劲调侃道：“梁子，你这臭毛病又来了！都睡了半宿觉了，起来没刷牙，就弄那双嘞了半天的筷子，得谁给谁夹，也太不讲卫生了吧！这你是跟我们,没人嫌你脏,这要赶上女同胞,还不恶心死！”

“嘿，你还嫌我脏了！那会儿你们老太太把啃了半天的排骨放我碗里，你说那是福根儿！急赤白脸地跟我争，这你忘了！”

张成一听梁欣提到老太太，立时神色暗淡了下来。缺了他的逗趣调侃，一时酒桌上沉默了许多。

老唐嘴里正和一块排骨较劲，眼看着桌上的情绪出了问题，刚想开口，一块肉渣进了气管，一时呛得喘不上气，咳得唾沫星乱飞，脸也憋得通红。

“你这浇花呢，嘴跟喷壶似的！慢点吃，又没人抢你的，饿死鬼托生啊？”张成看见老唐呛得难受，早忘了一时的失态，边帮老唐拍着后背，边数说着老唐。

这时知趣的“大个儿”站起来提议道：“苑……苑哥，您……您不是想……想听我拉……拉胡琴吗，今儿我……”

“那还等什么！来……来一段！”老苑不等“大个儿”说完就急不可耐地说道。

“大个儿”拿出琴，调了调弦，望了望屋里的人。只见头一埋，手臂一抖，手腕松缓地一推弓，曲子就像一股清泉流淌开来！

“什么曲子？”老唐问道。

“《二泉映月》都不知道，真没文化！”张成歪了老唐一眼说道。

“有点悲！刚才你们没来时候，和着门外的风，听着合适。”梁欣听着曲子，回味着刚刚和田娣冷屋凉炕的孤独感觉，脱口说道。田娣似乎也在曲子中找到了那种感觉，不由往梁欣身边靠了靠。坐在梁欣边上的老苑一直没说话，正闭着双眼用手在桌上敲着拍子。

“大个儿”没有理会大家的表情和议论，忘我地随着曲子的节奏不断起伏着身子。如泣如诉的曲调继续在他的琴中延伸着，不大的小屋，被这放大的情感，包裹着、挤压着，大家都有点透不过气来。直到曲子结束了，几个人互相看了看，才有了动静。

“真好！拉得真好！‘大个儿’，就你这水平，要说是业余的，得把那些吃这碗饭的急死！找名人学过艺吧？就是这曲子有点悲！你干脆来段‘天上布满星，月牙亮晶晶，生产队里开大会……’”老唐边说边比画道。

“你这是夸呢，还是贬呢？要换那曲子，那得撤桌，给你们换成喂驴的料，那才能忆得出苦来！”梁欣推了一把老唐，打趣地说。

“‘大个儿’，往常你没喝酒拉不出今儿这味来！看来瞎子阿炳当年拉这曲子的时候，肯定也喝酒了！这男人只有烧酒进肚，感情才会如此缠绵、细腻、热烈！苑哥，你说对不？”张成歪着身子向老苑问道。

“这情感的诱发因素，我可说不清楚！如不身临其境，很难分析阿炳当年是因生活潦倒，还是伤情？不过今天‘大个儿’的演奏水平确是超出了我的想象，只是曲子选的是有点凄婉！换一个，换一个！”

“大个儿”听了大伙的议论没有言声，随着胳膊的抖动，一曲人欢马嘶的曲子立时把大伙的情绪调动了起来！

“赛马！梁子你听！咱们回内蒙古了！”随着张成的话音，“大个儿”一抖腕，琴中立时发出马匹的嘶鸣声……

“好！”老唐、梁欣、老苑同时喝彩！

“哎，‘大个儿’兄弟！这才像是过年，这才是今儿该听的曲子！来歇歇……嫂子敬你一个！”田娣不等“大个儿”收弓，早就端着酒杯凑了上去。

“喝，喝！敬‘大个儿’一个！”老唐也举起了杯。

“今儿个三十，明天又是一年，我这儿……我这儿……”田娣说着绕到破柜前，拿出给哥儿几个织的毛线帽。

大伙试着谢着，互相调侃着。

“嫂子您可真行，这比店里的漂亮多了！”

“夸不到正点！这是纯手工，店里哪有！”

“老唐，这帽子戴你脑袋上是瞎了！你看看……对……把眼睁大点！”

“嫂……嫂子，您坐……坐这儿，和兄弟碰……碰一个，就……就碰一……一个！我得谢……谢谢您……”“大个儿”说完，哥儿几个高兴地轮流和田娣吵闹起来。

“老唐兄弟，弟妹过了年该回来了吧？”田娣一边和老唐碰杯一边问道。

“回不来！说让我过了年也过去。她爸她妈都九十多了，就她这一个闺女，不让她回来。”

“那倒也挺好，那边聚起来也是一大家子。走的时候告诉嫂子，咱给老人买点稻香村的糕点，让老人吃个新鲜。”

“行，行！”老唐答应着。

“梁子，你还不把小宝拿来的‘中华烟’给大伙分分！”田娣和老唐聊完，又提醒着梁欣拿烟。

“哎哟，忘了，忘了！看我这记性！”梁欣抱怨着，自己起身拿出烟分给大伙。

“真牛，‘中华’的！”大伙点着了烟。

“哎？这……不应该这味吧！呸……呸！梁哥，这烟不对……”老唐瞧着梁欣喊道。

老苑看见哥儿几个的表情，知道事情有异，忙拿过一盒掰开一看，小声说：“这烟霉了！都别抽……别抽了！”

几个人一齐把目光投向梁欣。

“这不可能……不可能！”梁欣说着发狠地将桌上的烟都撕开。看着散落的泛着霉味的烟，嘴里不住重复着：“怎么会这样……怎么会这样！”

屋里静了下来，谁也不想说什么，也不能说什么，更不知道该说什么。只听见小屋的门被风吹得“哐……哐……”地响。

7

转眼又是一年。

过去老人们常讲“有苗不愁长”！这小梁周可真是一天一个样，气吹似的长得白白胖胖，浑身那小胳膊小腿跟藕节似的水灵！小屁股翻来甩去，把个田娣喜欢得没魂儿一样，没事就往儿子那儿凑合。

这天星期六，田娣知道儿子家的保姆休班。大早起来，装好昨天刚给炖好的羊肉，早早就催着梁欣赶紧走。

饭桌上，小宝和燕子看见红焖羊肉都有些按捺不住。田娣趁着这个机会从燕子手里接过来孙女。

小梁周说来和田娣真是有缘！别看田娣平常和孙女亲密接触的机会不多，可孙女只要见着奶奶，总是咧着小嘴乐个不停。就这点，很是让燕子她妈，这个当姥姥的心里不痛快。

今天，小周周让田娣搂在怀里，早知趣地又把小胖脸凑过来贴在了田娣脸上。

“哎哟，奶奶的好孙女！小亲亲，你可真是奶奶的好孙女！”田娣美得边在手里颠着孩子，边使劲地亲了亲孙女。

“咿……咿……”还不会说话的周周，嘴里发着单音，小手指着正在撕啃着羊肉的小宝和燕子。

“噢，你要吃啊，你也要吃香香！”田娣顺手用筷子沾了点肉汤放在了孩子嘴里。周周立刻香得手舞足蹈起来，并斜着身子用劲拽着田娣往羊肉那儿凑。

“还想吃啊，小馋猫！来……”

田娣拣了一小块肉，看见孙女着急地张开了小嘴，就哄说道：“别着急，宝贝，别着急！太硬了，太硬了，你等等……”田娣说着把那小块肉放在嘴里嚼了嚼，这才用手抿着放在了孙女的嘴里。

“她奶奶！你干吗呢？”随着一声暴喝，燕子一把从田娣手里抱过孩子，扭身拍着孩子的后背说：“周周，快吐，脏脏！吐，脏脏！”孩子挣扎着大哭起来。

田娣瞬间脸色苍白得没有了一点血色，傻愣愣地站在那儿，尴尬得不知所措。

“她奶奶，有你这么喂孩子的吗？脏不脏啊！我告诉你，回头孩子要是有个好歹的，我和你没完……”

“妈,您也真是的,哪有您这样的……”小宝也顺着媳妇指责着田娣。

“当年，妈不也是这么喂你的吗？”田娣小声地分辩着。

“哎哟，妈你快别说了，我现在想着都恶心！”小宝边数落着田娣，人早跑到了燕子身边。

梁欣气得满脸通红，但他心里真担心的是老伴血压上来，再有个好歹！情急之下，他拉过愣在那儿的田娣，抱着衣服甩门就走。

梁欣带着田娣饿着肚子回到了小屋。田娣一进屋，趴在床上“嘤嘤”地哭起来。梁欣知道老伴心里委屈，眼下劝也没用，就不失闲地跑里跑外，忙着做了两碗冒着热气的汤面。他还特意在田娣的碗里卧了个水亮的鸡蛋。

“快别哭了！你不是最爱吃我做的汤面吗？吃，快趁热吃！”他细声细语地哄劝着受了气的老伴。

“梁子，我这心里堵得慌，你就是汤面做得再好，我也咽不下去！”

“有什么可委屈的？那就是俩浑蛋！跟他们生气，不值！没听人家说，要想长寿，先得没心没肺！他们嫌咱们，以后咱不去不就得了！”

“梁子，你们男人心硬，我这个当妈的做不到！那小宝是我身上的肉，孙女就是奶奶的心！不去，我这心里想啊……”

梁欣听了田娣的话半天没有言声。他当然明白田娣的心，那是为孩子连命都能舍去的娘！他心疼老伴，可眼下一时又不知道该怎么劝田娣，只能推开自己面前的碗，一颗颗地抽着“都宝”。

……

小宝看爸妈一出屋，心里也有点不自在，不由埋怨道：“燕子，你刚才的声也太大了，连我都吓一跳！你至于吗！”

“怎么不至于？哪有你妈这样喂孩子的，瞧着都恶心，也就是欺负闺女不会说话！这回要闹出灾病来，我还是那句话，没完！”

“哪有那么严重，我小的时候就是让我妈这么喂大的，也没闹出个灾病的。”

“还提你，你就是小时吃你妈嚼过的软饭吃多了，所以现在这么没出息！我还告诉你，让你爸你妈今后少来，别让我瞧着烦！”

“那是闺女的爷爷奶奶，能不让来吗？再说，你爸你妈不是也老来吗？”

“我爸妈当然得来！你还别没良心，你爸妈能和我爸妈比吗！”

“那不都一样的双方父母吗？”小宝不服气地说。

“你放屁！我看你是翅膀硬了，你爸你妈给你几个钱？你跟个臭要饭的一样，找上我，你一步登天！没有我爸妈，你能有今天的工作？风吹不着，雨淋不着的。”

“哎哟！姑奶奶，您别生气，别生气，我这不是逗你玩和你聊天吗！”

“你少这么和我聊天，没钱、没本事就得听话，少出幺蛾子！我告诉你，你要不服气就滚蛋，和你妈过日子去！”

“是……是……我服气！我听话还不成吗？”小宝让燕子说得没了威风，只能一个劲儿求饶！

……

到了傍晚，田娣的情绪才渐渐平静。梁欣没做饭，把中午没吃的汤面回锅热了热，两口子总算午饭加晚饭囫囵着往肚子里填了点东西。看看天色还早，梁欣提议去就近的超市逛逛。田娣答应着，回手又把电暖气关上，这才出了屋。

星期六的超市里显得人格外多，田娣没心思转，一脑袋扎到婴幼儿专柜这儿才有了精神。“梁子你看这个小便盆，跟小孩玩的木马似的，多好！周周再长两个月就能用了。你看，你快看这个婴儿围嘴，下面还有个接饭粒的小盒。周周要有这个以后就能自己抓着吃饭了。哟！这儿童车可真贵，一辆就得一千多块！”田娣看着、说着，给梁欣介绍着。

梁欣心思不在这些。他是想着眼看就是过年了，怎么也得给田娣添一件看得过去的衣裳。

“他爸，你看，你快看！这身罩衣要是周周穿上得美得像个小仙女！”田娣这回不是看，而是拿起衣服前后左右地比量起来。

“梁子，咱给孙女买了吧！你看这面料做工、这式样花边，多好啊！这马上要过年了，咱当爷爷奶奶的怎么着也得给孙女买点东西呀！”

“这几个月抠牙缝，又有活钱了？你也真舍得，这一件就三四百，你就不想着给自个儿买一件。孙女过年，你不也得过年吗！”梁欣拦着田娣说道。

“手头再紧，给孙女花钱我也舍得！我一老婆子买什么新衣裳？就身上这件，过节时洗洗熨熨，和新的一样！还是给周周……给周周买吧！”

梁欣知道拦不住田娣，更不愿意扫老伴的兴，只好说道：“好……你买，只要你心里高兴！”

从超市回来，田娣打开了床上电褥子的开关，催着梁欣道：“他爸，上床吧，床上暖和。”

梁欣抽了一颗烟，打开桌上没有闭路天线的电视，在荧屏一片雪花和嗡嗡声中搜寻着节目。“就看这个，就这个台还清楚点！”田娣坐在被窝儿里指挥着。

梁欣仔细一看，电视里演着连续剧《母亲》。冷风顺着门扇嗖嗖地吹腿，梁欣觉着有点冷，就也想脱鞋上床。

“铃……”，手机响了起来。梁欣打开手机，里面传出老苑的声音。

“梁子，今天晚上得闲吗？出来坐坐？”

“苑哥，有事了吧？”

“没事，没事！就是心里闷，想找你聊聊。要是不方便……不方便，咱……就……改日。”

“方便，方便！苑哥喝酒了吧？怎么一个人也喝上了？您说上哪儿呢？还用再叫几个哥们儿吗？”

“不用，我就想和你聊聊！就在你们家门口的‘老北京食府’，我都到了！”

“行，我这就过去！”

梁欣放下电话，穿好刚脱了一半的鞋，心里不由地琢磨：“老苑是个有知识、想得开的人，今儿这是怎么了？”想到此，又回头看了看缩在被窝里的田娣，说道：“你先看着，苑哥找我有点事！”

“早点回来，住在这儿我一个人心里老不踏实！”田娣用一种有些孤单的眼神看着梁欣说。

“有什么不踏实的，不等电视剧演完，我就回来了。别害怕！一会儿，我从外边锁上门，省得你再给我开门。”

“别，我要上厕所哪！你把门锁……”

“不是给你准备盆了吗？大晚上，天又黑，别出去！”

“不用，我用不惯！你走吧，再耗着苑哥该着急了。别管我，早点回来就行了！”田娣说完又使劲地冲梁欣点了点头。

梁欣出了门，从门玻璃上回望了老伴一眼，突然觉着把老伴一个人扔在家里，心里有点歉意。

……

“梁子，真不好意思，这么晚了还叫你出来！弟妹肯定不高兴了吧？”当梁欣赶到“老北京食府”，在一个包间里和老苑见面后，老苑有些难为情地说道。

“两个人要单间干吗？喝多少了？”梁欣冲着偌大的包间中孤单的老苑说道。

“本来想找个单间自己喝点闷酒，可酒一下肚就想找个人唠唠。可真到找观众的时候才明白，世界虽然大，路人虽然多，可真愿意给自己当观众的却寥寥无几。思来想去，只能麻烦你了！”老苑眼睛盯着桌上斟满酒的杯子，有几分无奈地笑了笑。

“老哥，什么事至于这么为难自个儿？都什么岁数了，还能让您这么看不开？”

“你先坐下，坐下咱们慢慢聊。”老苑招呼着让梁欣坐在了身边，几次想说可又不知如何开口。

梁欣看着老苑这劲头有点着急！就满了自己的酒杯，一仰脖干了后说道：“老哥，要说平时我不劝您喝酒！可今儿，我看您还真得喝完了才知道说什么！来，您喝一个吧！”

“可能是这么回事吧！”

老苑边回答着边慢慢喝了一杯，眼睛虚眯看着前方，说道：“你没来之前，我心里的话堵得好像张嘴就能跑出来。可你真到了跟前，又觉得就这么点事有啥好说的，你说这人可真怪！”

“嗐，这人老了都这样！不说就不说，哥，来！我陪您再喝一个！”老哥儿俩把杯碰得山响，通快地又喝了一个。

“快吃口菜，吃……吃口菜！”连着两杯下肚，老苑的话有点不利索了。

“是和夫人有事了？”梁欣试探着问道。

“嗯！”老苑闷声应了一下。

“家家有本难念的经！您哪，别往心里去！老夫老妻有什么大不了的！能让着就让着点，谁让咱们是男人！再说！这两年我也悟出点道理，这家，根本就不是说理的地方！有些事就得忍！好在咱们老爷们儿心路宽，忍忍也就过去了！”梁欣按着自个儿的思路信口开河地说了起来。

“梁子，你看看这个！”老苑没有回答梁欣，却从口袋里拿出一封信递了过来。

梁欣接过信封一看，说道：“苑哥，这都什么年代了，还写信？嘿，还是 US，美国寄来的！有洋朋友了？”梁欣调侃着打开了信，一笔流利的钢笔行书立现眼前：

苑：

又是很长时间没有得到你的音信了！本想在电话里和你好好谈谈，又怕话不投机半句多！还是用这种鸿雁传书的传统形式好，起码可以不用看你的怒容。

苑，可能我是老了，但凡只要静下来，时常回想起我们共同的过去。让我不得不承认你在我心中的位置。

人有时候很怪，往往一边在嘴上否认这种脆弱，一边又把这种脆弱深埋心底，不时用它搅乱自己的心境。两小无猜的童趣或哭或笑，风风雨雨中的奔波，初尝你莽撞冒失的吻，和由爱到怨的分手，在历经了几十年的沉淀后，留在心里仍是那样沉甸甸的情感。

谁对谁错？这个让我纠缠了二十年的问题，如今正像风一样在脑海中消退。你的固执，你那看似毫无意义的坚持，现在回想起来都是一种享受！苑，我是不是老了？

这些年，你一个人留在国内，孤独地打理自己的生活，让我也深感内疚！也许……也许……我真的不应该离开你！

陶陶的婚礼你没能出现，儿媳珍尼一直吵着要见你这个黄皮肤的公公。如今，他们又送给了我们一个礼物，你的孙儿小陶尼！

回来吧，苑！家里需要你，没有你我常感到孤单！

回家来吧，苑！我需要你的帮助！

当然，你可能会问他去了哪儿？斯蒂芬走了，他已经去了天堂！在他临终的一刻，他也曾郑重地向我提起了你。

人生有时就像一道没解的数学题，在你苦苦寻求答案的过程中，往往又回到了原点。不要嘲笑我！

你的方

"这是怎么回事？"看完信的梁欣茫然地在老苑的脸上寻找着答案。

"别急，先别急！听我给你讲个真实的故事！"

老苑重新装好梁欣手里的信，语速极慢地开始了叙述。

……

我从小出生在积水潭附近的一个胡同里，是家中最小的孩子。由于从小性格就有些懦弱，在上小学的六年中，常常在班里被欺负。记不清是从哪个学期开始，班里的"大班长"渐渐地成了我的保护神。每每到了我尴尬的时候，她都会像一个大姐姐一样给我解围。久而久之，我也养成了对她的一种依赖！像个跟屁虫一样，和她一块儿做功课，一块儿游戏。甚至常常混在女同学中间，跳皮筋、玩丢包。

"大班长"的名字叫"方淑媛"！但我却很少叫她的名字，而是一直管她叫"大班长"。那时候，她在我的心中是仙女、是才女、更是一个搞不懂的谜！说她是仙女，不单是因为她长得太漂亮了，而且在她身上总有股让你想亲近又不敢亲近，说不清的味道。班里再调皮的同学，在她面前也会不自觉地安静了许多。由于她的出现，有一个阶段我经常嘲笑姐姐珍爱的布娃娃太丑！并不假思索地把它扔到门外。说她是才女，是因为她的成绩永远是班里的第一名！而且据我观察，她并不比我用功！好像知识就是在她梳小辫、剪指甲的过程就被装进了脑袋里！说她是个搞不懂的谜，是因为她从来不告诉我她的爸爸、妈妈在哪里。有时被我问急了，她会把手指立在嘴上小声地对我说："那是个秘密！"

"大班长"是和在N大学当教授的爷爷一块儿生活的。家就在我家胡同后面的N大学宿舍里。她家里除了他们爷孙，就只有一个胖胖的老阿姨照料着他们的生活。那几年，我自然成了她家的小客人，可以在她的卧室里随便翻她的糖盒，看她的相册。碰到她家大人不在，还能放肆地在客厅的钢琴上乱弹一气。"大班长"的爷爷很喜欢我，每次在她家碰面，老人都会亲切地摸摸我的头，叫着："小超超来了！"现在想起来，我确实是在她的影子中读完了小学的六年。

考中学，由于她功课比我好，轻松地去了师大女初中。而我则去了一所当时不怎么样的男女生混编校。不在一个学校，我俩的来往渐渐断了。长大后，虽也偶然相遇，也再没了过去的亲昵，只是相互浅浅一笑。孩提时的友谊在时间流逝中，不知被尘封在了脑海中的哪个角落。

我们重新进入各自的视野是在一九六六年的一个夏天。那年我十八了，唇上已经长出黑黑的髭毛，个子也到了一米七五，俨然已是一个相貌不错的男子汉。

提到六六年夏天，梁子你不会陌生，当时学校都停课了！我这个懒得掺和事的人，却养成了一个游晨泳的习惯。这天早晨，我照例提着泳裤往后海走去。在经过N大学宿舍大门时，一个老头正佝偻着腰拿着一把大竹扫帚吃力地扫着街道。从老人后背衣服上的汗迹判断，可能他已经扫了很长时间。那个年月，像这样扫马路的老头、老太太实在太多了，不是"地富反坏右"就是"黑帮走资派"！所以我见怪不怪地继续往前走。快到老头跟前时，我怔住了！我认出扫街的老头，正是我们"大班长"

在N大任教的爷爷！这时，我才看见宿舍院墙上贴着很多标语，被打“X”的名字正是“大班长”爷爷的名字。当时我有些窘！不知道在这个时刻，自己该不该和老人打招呼。正在这时，老头身边突然出现了一个身材纤细苗条的女学生，她走到老头面前说道：“爷爷，早饭准备好了，您快去吃点东西！等会儿学生们一到，就什么也干不成了！中午吃的药，我已经放在了您外衣兜里，快去……快去休息一会！”当她说完话，才看见了已经走到她跟前的我。

四目相对！

“你是苑超？”

“班长！‘大班长’！”

我们互相热烈地呼喊着对方。

“是小超超吧？长这么高了，爷爷都不敢认了！”老头也认出了我，立时热情地说道。

“爷爷好！您快去休息，我来帮……”我被刚才的犹豫一下羞红了脸，慌忙地想接过老头的扫把。

“这可不行，我是被监督改造！让你扫，我又要多个罪名了！”

“哎呀，爷爷！您快回去……快回去吧！我来扫，爷债孙还天经地义，您不要怕！”

老头朝我笑了笑，把扫把递给了孙女，拍了拍身上的土有些吃力地朝院里一步步走去。

“怎么会这样！一会儿学生们来干什么？”我向“大班长”问道。

“揪斗‘老右派、反动权威，旧教育制度的孝子贤孙’！最近又多了一条‘里通外国’。嗐，欲加其罪罢了！”“大班长”眼神迷茫地看着地面，一只脚使劲踢着一块裸露在外面的石头低声地说。

“阿姨……阿姨她身体好……”我问。

“阿姨回乡下了，‘红卫兵’说我们是‘剥削’！”

“你呢？”

“对！现在是我在照顾爷爷！”

我直愣在“大班长”的身边，有点手足无措！这才发现，过去的“大班长”如今已是亭亭玉立，花一般的姑娘。一件有些宽大的蓝色制服难掩她那婀娜的身姿，白皙的皮肤、清秀的面容，两只大眼睛清澈纯净，黑黑的头发在耳后简单地梳着当时女学生常见的两个“小刷子”。

“林道静！不，比林道静要高、要瘦些！”我正在心里评判着，“大班长”已埋下身子用力地扫起大街。

“让我来！我来！”愕然中，我跟上她的脚步抢过了她手中的扫把。

我卖力地扫着大街，“大班长”默默地跟在身边一直没有说话。街道扫完了，我依然抱着手里的扫把不愿松手，心里在企盼着她能开口说点什么。俩人静静地相峙着。直到街上的行人多了起来，才听见她小声地对我说道：“怎么还这么傻！你该回去了！”

“不！我想……”

“别这样，我还要马上赶到学校去！”“大班长”打断我的话说道。

“你们学校还上课？”我好奇地反问道。

“上什么课！我们这些出身不好的都得准时到校点名。”

“学校有人找你麻烦了？”

“我受些委屈倒还好，只是担心爷爷！”

听她讲到这儿，我立时想到我们学校里围攻揪斗老师的情况，不由担心地问道：“爷爷的学校里都是大学生，受的教育多，总会好些吧！”

“唉……”她长长地叹了口气，没有回答我。

我不敢再耽误她的时间，看着她拿走扫把快步往回走。就在她的身影将要消失时，我才如梦初醒地喊道：“‘大班长’，明天我还来！”

那天，我没有去游泳，而是先跑到日杂店买了把竹扫把做好了准备。晚上，我还真有些失眠，脑子里不断跳跃着“大班长”清秀高挑的身姿与老爷爷弯腰扫街的画面。直到后来昏昏睡去也几次惊醒，紧盯着床头的时钟恐怕误了时间。

清晨，当我抱着扫把来到N大宿舍的那条街道时，周围仍是万籁俱寂般的沉静。远远望去，只有爷爷瘦小的身影隐现在巷子的那头儿。

“真早！”我在心里默念了一下后，就挥起手中的扫帚从街道的这头儿干了起来。

……

“梁子，你可能想不到！当时我一边扫着大街，脑子里却一直纠缠着一个问题。我不明白，原来让学生们仰视的老师、教授们，为什么会在瞬间变得一钱不值！”

他们的满腹经纶，他们的知识真的在这时就束手无策？是知识本就无用？还是暴力，人类动物性的一面才是真谛！痴迷中不知不觉我已经扫到了N大宿舍门前。

“谢谢你，这么早就来帮忙！”

我抬眼一看，“大班长”正站在大门外望着我，也许她已经在那儿站了很久，只是我没有留意！

我停住手里的动作，朝她笑了笑。想回答她一句，又觉得对她的致谢很难找到一句贴切的话回答。

“我来吧，你歇会儿！”看着我只会傻笑，她上前一步接过了我手中的扫把。

我擦了擦脸上的汗，发现巷子那侧的爷爷今天扫街的动作比昨天迟缓了许多，并不时停下来揉肩直腰，很是吃力！

“爷爷怎么了，身体不舒服？”我小声地向“大班长”问道。

“昨天让学生们揪斗，扭伤了腰和胳膊，晚上疼了一夜。我说替他扫街，他不答应，怕我早晨一个人不安全！”“大班长”没有回身看我，小声地回答道。

“我会天天来的，你不要怕！”说完这句，我自己都奇怪，男人的勇气会来得这么快。

“大班长”听了我的话没有回答，只是挥动扫把的动作显得有力了些。

那天，临分手时，她仍用那迷茫的眼神盯着地面，一只脚踢着什么，嘴里小声地说：“晚上我们一起去游泳吧？”

“那么多人，水都搅成了泥汤了，多脏啊！”

“那就再晚点！”

“你不怕？”

听到这句话，她看了我一眼，抱着扫把往宿舍大院走去。

……

“苑哥,您可以呀！十八岁就知道搞对象,扫两天街就有了女朋友！您可真行！那‘大班长’就是信里的‘方’……方什么来着？来，说累了，缓缓劲喝一个！”梁欣听到这儿，觉着故事快到了尾声，就边笑边说道。

老苑被梁欣打断了话头儿，神经一时很难从那种痴迷的亢奋中回到现实。他没有回答梁欣的调侃,而是仰脖喝了杯中的酒,继续缓缓往下说。

……

那天晚上，夜色格外地美，一轮明月挂在银锭桥上空。游野泳的孩子们早已离去，平静的湖面在月光的映照下反射出银子般的光芒。

推让中，“大班长”脱掉外面的衣服露出一件红色的连体泳衣。未等我的目光窥视一下她匀称的身材，“嗖”的一下人已钻入墨绿色的水中。水面似乎裂开般等着她的融入，一小片波纹霎时平复如初。只看见那红色泳衣和白皙的身姿在水中钻来戏去，却无些许水声。

“鱼，美人鱼！”我发自心底地赞叹道。

那一晚，我没有下水，唯恐我粗鲁的泳姿打破水面的平静。就像个给游泳的家长看衣服的孩子，两眼紧盯着水面。此时湖面似乎升腾起一层雾般的水气，并有阵阵和煦的凉风。那种享受，让我心里惬意极了！脑海中，早就退去了城市中正弥散着的腥风血雨，忘却了压在“大班长”一家精神上的煎熬，独享着这美景、美人的快乐。

“我们回去吧！”已经换掉泳衣，身着一袭长裙的“大班长”推了推我的肩膀小声地说道。

“再待会儿……再待会儿，多美呀！”我央求着。

“别让爷爷再为我担心，他已经够难的了！”“大班长”的脸上又重现了那一片阴云。

接下来的一段日子，我不断重复着这种快乐。

……

说到这儿，老苑缓了一口气，看着梁欣说：“梁子，你不要往歪里想！那个年代，虽然我们都到了十七八的年龄，但从心理上讲，并不懂得什么叫男女的恋情！特别是我，呆得像个傻子！只是觉得愿意和她待在一起。”

……

有一天晚上，大班长没来游泳。而我被突然而至的电闪雷鸣大雨瓢泼淋了个透心凉。

第二天早晨，我拿着扫把看到昨晚的暴雨已经把街道冲洗得一干二净，心中还在庆幸：“今天的大街好扫了！”可到了N大宿舍的大门口，仍然没看见爷爷那瘦小的身影，“大班长”也像影子一样消失了。当时我突兀地站在街上，心里懊恼得像个丢失了眼前五彩肥皂泡的孩子，傻呆呆地立在街心，期盼着那诱人的泡泡再次出现。

心焦的等待使我预感到一定是发生了什么！心思一想到这儿，学校内打人批斗的种种血腥场面立时让我不寒而栗！似乎耳边传来了爷爷痛苦的呻吟和“大班长”泪流满面的哀求。“难道是爷爷或是‘大班长’……”我不敢想下去！我在那条街上徘徊了一会儿，看看天色已经不早，就随着出入大院的人们小心翼翼地走进N大宿舍大院。按儿时的记忆，摸索到“大班长”家的小楼。不高的几层台阶，却让我每迈一步都心怀忐忑。

我把手里的扫把立在门边，轻轻地敲了几下门，就耐心地等着屋里主人的回应。久久没有回音，我又试着敲了几下，并稍微加了些力量。

“出去看看，谁这么早就来敲门？”

话音传出，我立时判断出这语声绝不是屋子的主人应该有的腔调。知道情况有变，但再想抽身已经晚了！

“你小子干什么的？搞‘反革命串联’的吧！走！进去！”走出门来的两个胖子不由分说就把我扯进了屋。

放眼一看，屋里一片狼藉，打碎的镜框、东倒西歪的家具、一堆堆零乱的书籍，摊满了屋子的各个角落。原本让我十分羡慕的那架钢琴虽然还摆在老地方，但上面已裂开几条利器砍砸的口子，露出白森森的原色。

“看什么看！‘革命不是请客吃饭，不是作文章，革命是暴力……’这些‘封资修’的东西就该砸烂！”坐在沙发上一个戴着“红卫兵”袖标的学生打着哈欠，摇晃着放在前面茶几上的两只脚，手里把玩着一个烟斗，似笑非笑审慎地盯着我，嘴里念念有词地说道。

“你是哪个学校的，什么出身？干吗来了？”我身边的一个胖子推了我一把问道。

“‘安德路中学’的，工人出身！借书来了！怎么了？”我在胖子的推搡下晃了晃身子，自恃家里是工人家庭出身，就口气强硬地答道。

“口气还挺硬！借书！借什么书？”晃脚的“红卫兵”阴阳怪气地问道。

“当然是‘红宝书’、《资本论》！怎么，看它们有罪？”我看着书柜里仍然雄立的几本《资本论》信口开河地答道。

“李卫东，看看书柜里有没有，让他拿走，别在这儿费话！‘安德路中学’……那破学校，连块像样的操场都没有！”沙发上的学生叫着刚推我的胖子说道。

“拿走！别在这瞎晃悠，小心惹事！”胖子找到书扔到我手上，没好气地说道。我接过书，临出门没忘狠狠瞪了他们一眼。

出了屋门我才知道，片刻工夫竟让自己紧张得后背汗津津得难受。晚上，我实在放心不下，就又打算去小楼看看。我担心又碰见那几个浑蛋，就夹着上午拿来的书上了路。看着小楼里一片漆黑，我犹豫着围着楼转了一圈。没有亮灯的屋子，我失望地想转身离去。就在我转身的一刹那，一束昏黄的光似有似无地在我的心里闪了一下！我赶紧扭过身，再一次将目光锁定那几扇黑黑的窗子。在呢！对，是呢，我终于看清了那束微弱的光！

“是‘大班长’屋里的光吧！为什么不点灯？有……有……小偷？”我一边问着自己，一边觉出身体已经紧张起来。

我小心地回到门前，轻轻地敲了几下！听不见有人回应，我又试着敲了几下，并认真地把耳朵贴在门上辨别着屋子里的动静。

“有人下楼了！”尽管对方脚步很轻，但还是没有逃过我的耳朵。接着，我听见屋里的人走到门前停住了。隔着那扇木门我几乎能听见他的呼吸，并能判断出对方似乎也在听着外面的动静。

“坏人……一定是坏人！”我的心里立时猜想到。

这时，天空原本明亮的月光突然暗了下来，一种恐惧、紧张、好奇的复杂情绪让我不由地攥紧了拳头。

“谁？”一个冷得掉地下就会结冰的单音突然透过门板传了出来。

“苑超！”话一出口，我立刻意识到自己的幼稚，怎么能说出名字！

但不容我多想，房门突然张开，像一张吞噬黑暗的大嘴，一只看不见的手已经把我扯进屋来！我惊恐地喊：“你……”仅仅刚吐出一个字，不但房门重被关死，嘴也被一只冰冷的手紧紧捂住。我没有再动，静静地立在黑暗之中，因为……

“什么时候了，你还敢来！”我心中企盼的声音终于出现了。

“我上午来过了，碰见了几个浑蛋！家里到底发生了什么？爷爷呢？为什么这么……”我一边叙说，一边想把心中的疑问找到准确的答案。

“爷爷！爷……爷爷……”

在听到这几个干涩的单音时，虽然黑暗让我们看不清彼此，但我仍敏感地觉出“大班长”的身子正软软地向一边倒去。我慌忙伸手把她扶住，只觉得她的身子不停地在我的臂弯中发抖！当时我很紧张，真不知道该干什么，摸索着想打开门厅里的灯。

“不要开灯！上楼……上楼去！”

按着“大班长”的吩咐，我扶着她吃力地上了楼。一支白色的蜡烛立在桌子上，摇曳的烛光映着一个黑色相框。相框中竟然是爷爷微笑着的面容，一朵白花静静地躺在相框的下方。再看“大班长”，一袭黑衣，哭红的双眼更衬着她脸色白得像鬓上插着的那朵白花。卧室内零乱得几乎找不到站立的空间！眼前的一切把我震惊得目瞪口呆，两眼死死地看着“大班长”却不知道该问些什么。

不知沉默了多久，我看见“大班长”战栗着，双手掩面埋下头去。接着是压抑在心底的“嘤嘤”哭声！我不知怎么突然有了一股勇气，一步抢上前，伸开双臂抱住了她！并在嘴里不断说着：“别怕……别怕！有我，有我！”其实那一刻，我的心里是和她同样紧张。两个人偎依在一张椅子里，没有一个多余的动作。“大班长”靠在我的怀里，似乎有了些力量，情绪也慢慢平复下来，终于开始诉说让我们都倍感沉重的一幕。

“昨天我没去游泳，是因为爷爷那时还没有回来，为他做好的饭菜冷冷地摆在桌上。开始我还能静下心读书，随着时间的流逝，我坐不住了！开始在屋里转来转去，几乎每隔十分钟就抬头看一次表。人在等人的时候往往会往坏处想，越想越觉得要大祸临头！后来，我心里躁得索性搬了把椅子坐到院子里！也不知又过了多久，大院传达室的大爷喊我，说是爷爷的电话，我的心才稍稍放松了些。我长出一口气，嘴里自言自语道：‘我的天，总算有信了！’到了传达室，电话里是个陌生的语音，生硬地告诉我立即赶到X医院！我本能地问道：‘发生了什么事？’对方粗暴地回答道：‘你爷爷病了，赶紧去！’听说爷爷病了！我焦急地跑到汽车站，等了一辆不是，又等了一辆还不是！我心焦得再也等不下去，就朝着医院的方向跑去。跑了半站地，一辆公共汽车擦身而过，正是我焦急等待的 13 路。可任我招手呼喊，车都没有停，是扬尘而去。我死了心，一气跑到医院，两条腿已重得像两截木头。医院的护士把我领到一间病房前，看了我一眼，转身走了。我推开了病房的门……”

“啊……啊！”“大班长”那突发的喊声充满了恐惧！当时真把我吓了一跳，随之我感到她的身体抖得更加剧烈！看到她这个样子，我一边用力把她抱得更紧，一边安慰着说：“别怕……别怕！我在这里！”

“大班长”用惊恐的眼睛瞪着我，哆哆嗦嗦地说：“我看见……看见一张孤零零的病床摆在屋子中央，床的四周杂乱地摆着几台叫不上名的医疗器械。一个瘦小的身躯躺在床上，身上已罩着一张印着红十字的白单子，白单子上部露出了几缕我熟悉的白发！‘爷爷……爷爷！’我不顾一切地喊着向病床扑去，并毫不犹豫地揭开了单子。恰在此时窗外一道闪电，强烈的光束正映在爷爷的脸上……

“我突然愣住了，嘴里呓语般地喊道：‘爷爷！您不要吓我……您不要吓我！爷爷，您……您别笑……别笑了！您吓着我了！’”

此时，我觉得怀里的“大班长”身体猛地一震！赶紧问道：“‘大班长’你别急……别急！你看到了什么？爷爷没有……爷爷在开玩笑？”

“大班长”的眼睛直勾勾地盯着我，脸上的肌肉扭曲着、抽搐着，张着嘴却说不出一句话。当时我被“大班长”的紧张感染得浑身都僵硬起来！一种想发泄的冲动下，竟鬼使神差般低下头，先是吻着“大班长”耳后那片洁白如玉的肌肤，而后将她小巧的耳朵含在嘴里使劲地吸吮！我觉得自己那一刻像要疯了。

“大班长”在我的冲动中先是停止了颤抖，而后竟反身更用力地抱着我！我像是得到了鼓励，盲从地在她的脸上热吻起来。不知这样持续了多久，我才听见“大班长”在我耳边一字字地说道：“我……我看见，看见爷爷正睁着眼睛在笑！”

“爷爷在笑？他在笑！”听了“大班长”这句话，我立时觉得浑身起了一层鸡皮疙瘩，瞬间立起的头发唰唰地摩擦着衣领，我愣愣地反问道。

“对，爷爷是在笑！但很快我就发现那是一种僵硬的、没有生命的笑！爷爷走了，他已经走了！我搂着爷爷的尸体伴着窗外的大雨、雷声，撕心裂肺般地哭了起来。这时几个N大的‘红卫兵’闯了进来，不由分说把我带到一间屋子里训斥道：‘不许哭！你爷爷是带着敌对的态度，不接受群众改造，才犯了心脏病！是自绝于人民，死得轻如鸿毛！你是‘可教育子女’，要与旧的家庭划清界限，站稳立场。回去后不准搞任何悼念活动，随时揭发你爷爷的罪行！说出你父母为什么去了美国，是不是投敌叛国！’

“在他们的训斥中，我继续用哭声表示着心里的抗议！同时也想用哭声为刚上路的爷爷送上一程。不知这样相持了多久，我听见一个‘红卫兵’恶狠狠地说：‘告诉你，你周围的革命群众，眼睛是雪亮的！你要胆敢和‘无产阶级专政’对抗，绝无好下场！’这些人说完，摔门走了！

“看到他们走了，我静了静心，冒着大雨回到家里，准备好爷爷要用的东西又赶回医院。收拾好爷爷的一切后，我亲手点燃立在爷爷脚下的蜡烛，在医院太平间和爷爷度过了最后一个凄惨的夜晚！今天一大早，可能是校方早就有了安排，一辆汽车拉着我和爷爷去了火葬场。”

“小超……小超！你知道那时候我多么希望有个人能陪着我，能够陪着我……”

“那你为什么不去找我？”

“我想到了要去找你，也想到你找不到我心里一定很急！可我不能……也不敢！我怕灾难也会降临到你身上！”

听“大班长”讲到这儿，我动情地用嘴吻干了她脸上的泪痕，听着她继续说道：“今天晚上我回到家，看到家里……才知道家也遭到了洗劫！我担心再遭到那些人的纠缠，只能关掉所有的灯，一支蜡、一朵花在黑暗中完成对爷爷的祭奠。”

“爷爷为什么会在那个时候笑？”看到“大班长”话音一停，我赶紧提出心中的疑惑。

“刚才在你敲门之前，我也一直在想，爷爷走时为什么会笑？我想他一定是为解脱屈辱苦难而笑，也可能是用笑来慰藉我今后的孤苦，当然更可能是嘲笑这人间的可笑之事！”说到这儿，大班长不再说话，目不转睛地盯着桌上安放的照片，似乎想在那张仍在微笑的照片中得到答案。

我听着这些似是而非的推测，心里一片茫然！本想再问问她爸爸妈妈是不是真的在美国，又担心这可能是她心中的隐私，话到嘴边又咽了回去。

“大班长”后边的叙述流畅了许多，几次在她的眼神中我看出了她心底的坚定和勇气。我不自觉地放开了抱着她的双手，想听她讲出今后的打算。

“小超，你回去吧！”

“不！我要陪你！”我没想到她沉默了一会儿，会说出这句话，马上回答道。

“回去吧，你在这儿待久了，对你、对我都不好！再说，这么晚不回去，你家里会担心的！”“大班长”边说边推着我。

“那我明天晚上再来！”我看着她认真的态度就嘴里嘟囔着往门边退去。

“明天……明天不要来！我……”

“不！我要来！我不能看着你一个人……”看到她的拒绝，我的态度也激动起来！

“好……好！明天……明天！”大班长不由分说把我送到门边，听了听外边的动静，才把门打开了一条缝把我推了出去。

我一个人走在清冷的大街上，望着朗朗夜空，心里祈祷道：“愿烦恼和灾难远离‘大班长’！愿她的爷爷安息！”

第二天，我在焦急中度过一个白天。等到天色彻底黑了下来，才左顾右盼地来到大班长家门前。轻轻地敲门后，我等着里面的回应。等了一会儿没有动静，我稍用了点力又敲了几声，还是没有动静！恰在此时，天上的月亮挤开云朵将一束冷光照了下来。

“锁！”一把大锁赫然出现在眼前！我愣住了，随后瘫软地坐在台阶上，想着……想着……

……

梁欣的情感完全被老苑的故事打动了。听到“大班长”家锁了门、人没了去向，不由担心地问道：“苑哥，后来你找到‘大班长’了吗？她家是不是又出事了？”

老苑看了看梁欣，情绪黯然地喝了一口酒，又用湿巾擦了擦赤红的脸颊才低声地接着说道：“没有，我没有找到她！她从我的视线中消失了！也就是从那天起，我养成了一个习惯，不论什么时间去干什么，都绕道她家门前！我不死心……不死心和她的缘分就只有这短短的一小段！而且坚信总有一天，我会看到她家的窗子重新射出灯光！”

……

当时，我自己也搞不清这种情绪是不是爱情！只是觉得她的身影和那莽撞的初吻已刻在了心里。六八年，我当了兵。在部队一干就是六年，并凭着我的努力入了党。等我重新回到这座城市时，宣传的口号变了，斗争的对象也变了，当年的‘红卫兵’正在黄土地里刨食混生活，我则被安排到一个单位管起了保卫。在我卸下行装的第一天，就匆匆赶到N大学宿舍。当我看到那把锈迹斑斑的大锁时，才惊醒地意识到“大班长”

的一切还没有结束！但我坚信这把锁总有被打开的那天，“大班长”肯定在等待着属于她的春天。

又在苦苦寻找中过了几年，在经历了那个惊天动地的冬天后，人们终于等来了艳阳高照的春天。可我并没等来“大班长”的出现！看着周围的朋友、同事一个个都有了家，我甚至有些灰心了！也曾想过，也许她不想再回到这个让她伤心的城市，也许她已经有了家！也许我就是无谓的痴等，放开吧！放开那短暂的记忆，重新开始，重新开始吧！可每到要付诸行动之时，那份执拗的感情总会在心中作祟，直至到了八零年仍然是孑然一身，毫无着落。

那天是个星期六的下午，已经在单位当了党委组织委员的我正在整理着“文革”时留下的档案。办公室的门响了，我没有在意，头也没抬，随口说道：“谁呀？别这么客气，进来！”

……

“梁子，你猜进来的是谁？”老苑用一种半认真半戏谑的口吻问着梁欣。

“那还用猜，肯定是‘大班长’进来了呗！”梁欣想都没想立刻回答道。

“没错！进来的真是她！看到她笑盈盈地站在自己面前，当时我真傻了！两个人互相端详着，谁也不说一句话。眼睛死盯着对方的脸，互相搜寻着彼此眼神的变化，同时也都毫无保留地将心中的感慨表现在了脸上。

“端详中，两人的距离在缩短，再缩短，直至双方拥抱在一起！那一刻，我知道自己没有白等，因为我从她的眼神中已经知道她也在等我！”

“有情人终成眷属！苑哥，这是您人生的一大喜剧！行，老哥的命不错！来，为了您当年的团聚干一个！”梁欣听到两人的拥抱立时高兴地喊了起来，端起酒杯就要和老苑干一个！

“梁子，先别干……别干！故事到这儿才讲了一半，人这辈子有时候真说不清啊？”老苑没有和梁欣碰杯，脸上带着几分苦笑说道。

“怎么，后边还有故事？这不是都挺好的吗？你们苦尽甘来，以后结婚成家生孩子，怎么又整出故事来了？你们这些文化人就是说不清楚！”梁欣看着老苑，不能理解地感慨道。

“有，你慢慢听！”这回老苑没等梁欣劝，自己就喝了一杯。可能是感到酒有些辣，脸上痛苦地收缩了一下，而后才又慢声细语地说了起来。

……

那天，我们见面后，她讲了这几年自己的经历。

自那天晚上我们分手后，她明白我第二天还会去。因怕牵连到我，第二天就去了乡下，投靠了那位从小照顾她长大的胖阿姨。一年后，就随着上山下乡的浪潮去了东北兵团。全国恢复高考后，凭着她的能力考上了清华大学数学系。等一切都稳定后，才四处打听到我的下落。

毕业后，她尽管学习成绩优秀，可在北京找个对口的工作并不容易。最后在一个研究所落了脚，可工作属性“大班长”并不满意。而后的发展正像你刚才说的，也就在那年我们就结了婚，第二年有了可爱的孩子，就是信中提到的“小陶陶”。我自己也由组织委员被提拔成单位的副书记。小家庭的日子过得有声有色！

时至今日，我还能记得新婚的那天晚上，我和“大班长”送走一拨拨儿的客人后，她笑着对我说：“小超，你今后当着客人别再‘大班长、大班长’地叫了！都把客人叫晕了！我要当一辈子班长，你当什么？”

“我就当副班长呗！以后要再有了儿子，我就当战士！”

“别又开玩笑，我是认真的！我姓方，你姓苑！正好天圆地方，多好！以后你就叫我‘方’，一个单音；我叫你‘苑’，又简单又明了！”

“行，叫什么都行！我的‘方’！可，这么叫，是不是有点太文化了？”

“成天没正经的，又瞎逗！”“大班长”笑着推了我一下。那情景现在想起来都觉得醉人。

甜蜜的生活过得格外快，转眼就是十来年！一天，方带着陶陶下班后，安顿好儿子就来到厨房。看到我正忙着做饭，就把一封信重重地拍在了台子上。当时我正和厨房中的烟熏火烤做着斗争，对她的举动并未在意。到了开饭时，她一边给儿子盛饭，一边问道："苑，刚才给你的信看了吗！"

"什么信？"我脑子没转过来，反问道。

"不是给你放在台子上了吗？"

"台子……噢，想起来了！没看……还没看！我这就看！"我回答着就想去厨房。

"不用取了，是我的爸爸妈妈寄来的！"

这是我和她结婚十几年了，第一次听她提到自己的父母，觉得十分吃惊，立即问道："啊，从美国来的信？中国和美国通邮了？"

"正式建交后当然会通邮，这有什么可奇怪的！"

"是要让你去美国继承财产吧？"我半真半假地问道。

"对！你猜对了！他们一是对爷爷的去世自己没能尽到责任感到内疚；二是对没能尽到当父母的责任向我道歉；三是劝我到美国继续深造，说美国有最好的理论数学研究所。我要是有兴趣，他们可以帮忙。信里提到他们身体不好，在异国他乡感到孤单！"

"他们怎么知道你是学数学的？"听了方的叙述我不解地问道。

"一年前，他们通过关系和爷爷的单位联系过，并和我通了一次电话！"

"没听你提起过呀！"我听了有些吃惊地说。

"因为我拒绝了他们，所以回来没和你提起。"

"妈妈，美国在哪儿？那儿好玩吗？你的爸爸妈妈喜欢我吗？"十来岁的陶陶听到我们的谈话，仰着脸向方问道。

"好儿子，美国在地球的另一面！你的外公外婆就生活在那儿。他们要是见到陶陶，一定会喜欢的！"方亲昵地哄着儿子。

"那你这次准备去美国？"我怀着一种复杂的感情问了一句。

"不！爸爸妈妈在我心里只是个概念，我不会因为他们的一句道歉就原谅他们！我就是今后去美国，也不会以这种关系去！"

听到她的回答，我心里安定了一些。又觉得方对自己父母的怨恨有些偏激，就劝说道：“嗐，那也不能全怪他们，是国内、国际大形势造成的！你不要怨恨他们，他们当时肯定有自己的难处！”

方听了我的话，没有回答。我也觉得这不是个大问题就没再说什么。晚上临睡前，我正要灭灯，方眼睛看着我说：“苑，我想接着读书，然后到国外去接着搞我的数学专业！”

“读书我支持！以后家里的事你不要管，我来做，你就安心读书！可干吗非要去国外，在北京就不行？”

“我也想留在北京，可理论数学这个学科在国内发展潜力不大，可我偏偏喜欢这个专业，不想放弃！”

“专业就那么重要？目前咱们不是挺好的吗？总得考虑这个家吧，特别是陶陶！”

“苑，我们目前还算年轻，总不能就这么混一辈子？”

“这怎么是混？你看看周围，不都是这么活着……”我对她说的话十分不满，说话的语气也生硬了起来。

“我不会和别人比，我要过自己的生活！”方态度十分坚决地说道。

“好……好……你过自己的生活！我们不争，走一步看一步总行吧？”我了解方的脾气，知道多劝无益，就适时地挂了免战牌。

日子又平稳地过了下去，我只是觉着方学习的强度加大了。平时两个人交流的时间越来越少，所有的业余时间，方都在忙着她的功课。当时，看着她没黑没白地学，心里真心疼她，怕她累出病来。现在回想起那段过程，当时我这心里特别矛盾！一方面希望她早些学有所成，可又希望她有学烦的那一天，早点撒手一块儿过日子。当然最担心的是，她一旦学成远走他乡！可不管自己多担心，那一天还是来了！而且日子提前得大出我的意料。

……

听到这儿，梁欣看老苑收住话头儿，神色也阴暗下来，忙追问道：“怎么着，嫂子的学习成功了？是不是要走？”

“那还用问！一点商量的余地都没有！摊牌的那天，我俩开始都有点尴尬，绕着弯地说，谁也不想伤害对方。可聊着聊着，我的火气就有点顶脑门！梁子，那会儿当着方的面我不承认，今儿我和你讲真话。要说就是拉扯儿子、做做家务，我不在乎！可没了她，我就觉着生活没了目标！我是太爱她了，舍不得离开她！当时她话赶话地讲了一句：‘苑，如果你对生活的追求只能停留在老婆孩子热炕头的层面，那我们的缘分将会走到尽头！’听了这句话，我感到她伤害了我男子汉的自尊，立即火辣辣回答道：‘你有追求，就走你的阳关道！有本事，别要这个家！’方听到我这句话沉默了，瞪着两只大眼睛死死地看着我。儿子听到我们像是吵架，就跑到我跟前央求着说：‘爸爸，你不要和妈妈吵！妈妈出国既是为我，也是为了您！妈妈能有这个机会做了多少努力，您不清楚吗？’

“方就这么走了！先是在哈佛大学获得了博士学位，后来真的去了她父母提到的那所研究院。十几年前，她把儿子接到美国继续深造，毕业后就在当地就了业，现在已经娶妻生子了。算来，我们分开已经二十多年了！”

“哎哟，我的天，这么多年您是单身！”梁欣怎么也没想到老苑是个‘老单身’，不由惊讶地说。

“怎么，你没看出来？”

“还真没看出来！再说……再说嫂子这一走，就没再回来过？”

“回来过，儿子走的那年，是她回来接的。而且她是打算连我一起接到美国的，可我没有答应！”

“为什么？能有这个机会多难得呀，干吗不跟着走！”

“梁子，怎么你也这样说？我怎么能跟她走！那年，我已是单位的党委书记。我当然明白，跟着她去了美国，我将失去再工作的机会，只能当一个吃软饭的‘宅男’。再有，从我当时的政治情感上讲，对美国也是排斥的。”

“您排斥美国我能理解，可您不能排斥嫂子呀！”

“我怎么能排斥她！只是……只是当时双方都急于要说服对方，证明自己才是对的，话不投机！”

“那个斯蒂……芬是谁？是不是‘小三’？”梁欣追问道。

“不能这么讲，‘大班长’把儿子接到美国后的第三个年头，我们离了婚。斯蒂芬是方在美国读博时的导师，在学业上曾给过她很大的帮助。方准备和他走到一起时，曾和我通过一次电话。那次她在电话中哭了很久，我能体会到她当时的心情。尽管那时我的心情也十分纠结，但还是很礼貌地表达了我的祝福。”

“你们这些喝墨水的呀，真是让我们这些老粗看不懂！这么好的姻缘怎么说离就离了！”梁欣遗憾地看着老苑说道。

“为了表示对她婚姻的尊重，也为了保留点自己的尊严，而后的一段时间里，我没有主动再和方联系过。仅在和儿子的沟通中粗略得知，斯蒂芬的年龄比方要大很多，他的原配夫人早年去世，是个十分风趣很不错的老头。陶陶结婚那年，方曾通过儿子邀请我去美国参加婚礼。但我不愿意让自己尴尬地出现在方的面前，就假借签证未被获准没有去。现在觉得当时没去确实欠妥，既显得有点小家子气，也让方觉得我是在负气！”

“现在后悔了吧，苑哥？”

“后悔谈不上，但我确实丧失了一次去了解美国的机会。”

“苑哥，您跟兄弟讲句心里话，您这心里是不是仍放不下您的‘大班长’？”

“斯蒂芬的出现确实让我有个阶段很难接受。但这些年，可能是年龄又大了些，对问题的思考也更加成熟，逐步认识到方的离去，既有我们双方家庭背景的差异，也有知识层面不同和事物认知的差异。怨气少了，心里渐渐平静了许多，那段感情也似乎淡了。但如今接到这封信的那一刹那，我才明白，所谓淡去只不过是自欺欺人！人老了，本身就爱怀旧，这几天我满脑子都是方！回忆着和方的那些往事，几次冲动得甚至想立时就走，马上见到她！”

“那就别耽误工夫，赶紧走吧！”

“嗐，终究分手二十多年了，谁知道双方……我担心……”

“苑哥，在情感上您比我懂得多，可我得劝您一句：别犹豫了！说句让您见笑的话，年轻时媳妇不显得那么重要，有哥们儿、有酒喝，美着呢！可人一老了，真离不开这个家！如今我们都要奔七了，不是玩潇洒的年月了！苑哥，您听兄弟一句劝！去吧，甭管是美国还是哪儿，那里都是有人心疼您的家！”

老苑听了梁欣的话，好像晚上喝的酒一下涌了上来。不等梁欣有所举动，“哇、哇”地将胃里东西全吐了出来。看着两手紧抱着头，满脸虚汗的老苑。梁欣也不知道再劝点什么，只能慢慢地给老苑拍着背。

……

小宝这些日子过得挺消停。梁欣也觉着松快了点。

这天，他起得晚，端着夜里用的痰桶开门往外走，没想老唐的闺女已站在了门口。他刚想开口。

“梁叔，我和我爸得走几天，您看，这家里如果有事，还得您帮着照应点。”老唐闺女先开了口。

“你爸不是刚从南方回来吗，怎么又走？是不是你姥姥、姥爷身体有变化了？”梁欣接过老唐闺女递过来的钥匙问道。

“外公、外婆可能倒没什么事。我舅来电话说，是我妈病了，让我们俩赶紧过去！”

“这是怎么话说的，看来挺急！告诉你爸，放心走，到那儿有什么事来个电话！”梁欣眼瞧着老唐闺女急急忙忙出了院儿，这才出去倒了痰桶。

“苑哥哪天走啊？”可没等他走回屋，张成的电话就打了过来。

“还没定呢，怎么着，你也想跟着一块儿出去遛遛？”梁欣开着玩笑说道。

“咱跟着干吗去，拉倒吧！就是觉着心里挺没劲的！”

“没劲？我告诉你，老唐还要走呢！”

“是吗？这丫的不是刚回来吗？”

“没见着老唐，刚他闺女来送家里钥匙时说她妈病了。”

“没劲，真没劲！行了，不聊了，我叫上‘大个儿’这就过去。跟嫂子说，来碗炸酱面就齐活儿。你把面条擀了，菜码我带过去。”张成说完撂了电话。

“大个儿”接到张成的电话，没犹豫，推车就奔小区门口走。刚走到楼门口，就看见一群人围着绿地里的那几棵柿子树吵吵着，像是有事。

要说这几棵柿子树，那真是小区里的一景。每年初冬，树上硕大的果实红得透亮！如果再要赶上一场雪，银装素裹中更映得高悬在树上的柿子个个都像挂上去的小灯笼。那美景不但会招来院里的街坊们在树下品头论足，更会引来几只寒雀撒着欢地啄食那肥大的果实。

“大个儿”和张成也特别喜欢这景！去年，哥儿俩还特意以树为背景照了些相片，发到微信朋友圈里，招来了一片喝彩！连老苑都夸奖道:“这景，既有老北京的古韵，又衬出时代变迁的新意！”

“大个儿”本想再过些日子等柿子红透了，再把朋友们都聚来，一块儿赏景。如今看树下围了人，就赶紧挤了过去。

“大个儿”挤进去一看，顿时心里那个气呀！就看柿子树下，一男一女，都四十多岁，一边用棍子敲打着树上的果实，一边和围观的小区居民斗着嘴。随着“嘭、嘭”的响声，树上的柿子七零八落地往下掉！

“唉，问你们半天了，你们俩是哪儿的呀？谁让你们摘柿子的？”一个七十多岁的老头指着这两个人问道。

“你管我是哪儿的呢！我还没问你是哪儿的呢！柿子就是人吃的，你不摘凭啥不让我摘！”那个用棍子正在敲打柿子的男人蛮不讲理地答道。

“这树是我们小区的，你凭什么跑这儿犯横！”

“树是小区的，地可是国家的！我是国家的人，收点柿子算什么？犯横？你个‘老棺材瓤子’，活腻了吧？要不是看你岁数大，爷早抽你了！”

“你敢！还没王法了？你动我一下试试？”

“嘿，什么王法？这贪官整天泡妞要钱，吃香的喝辣的，有王法吗？这一个黑村长都能贪个上亿，有王法吗？现在是空气污染了，水污染了，土地也污染了！今儿老子摘几个烂柿子，你老东西倒要跟我讲王法？我告诉你，这年头就是撑死胆大的，饿死胆小的！你瞧着我眼儿气，早干吗去了？”

摘柿子的男人根本不正眼瞧这些围观的居民，“嘭、嘭、嘭”发着狠地用棍子敲打着柿子树的枝条。树上的柿子翻滚着砸到地上，大部分已经摔得没了模样。

“报警，报警！这不是明抢吗？”几个围观的人吵吵着。

“当家的，行了，这几袋子够了！理他们干吗？这要在咱家，成片的柿子树，谁摘呀？这儿可倒好，打俩柿子还得听闲话！走，咱走吧！”满地捡柿子的那个女人扯着一脸的横肉冲着男人说道。

“够了？没够,老子得不着,谁也别想要！你们报去,看有人管吗？”男人边说，边使劲挥舞着手里的棍子。

“嘿，我就没见过这么不讲理的！你跑这儿偷柿子，还有理了？”老头说着，上前一把拉住了男人手里的棍子。

男人看老头动了手，眉毛一立，吼道：“嗨，真要看马王爷长几只眼啊！你敢跟老子动手！”

男人说着随手一推，举起手里的棍子打了下来。老头一个趔趄，人就向后倒，脑袋眼看就要磕到绿地的围栏上，头上的棍子也带着风声打了下来！

“哎……小心！”周围的人一齐喊道。

张成推着车在小区门口等“大个儿”，等得心里直起急，也不见人影，心里不由地叨唠道：“这人还没老哪，怎么就这么磨叽，干吗呢这是！”

“打架了,那边打起来了！”几个慌不择路的老头,老太太边喊边跑。

“嗨！谁和谁打起来了？”张成想拦住一个从楼里地下室往出跑的外地租房户问个明白。可那小子翻了他一眼，不搭茬，只顾往那边跑去。张成有点纳闷地骑上车，跟着骑了过去。到柿子树下，他把车往边上一支，挤进了人群，正看见“大个儿”冲上去，扶住一个往后倒的老头，另一只胳膊迎着打下来的棍子挡了过去。

“危险！”随着他的喊声，棍子“嘭”的一声已经打在了“大个儿”的胳膊上。棍子应声也断成了两截，断根的上半段弹起后，正砸在“大个儿”的头上。可不容张成细想，那根握在一个男人手里已是半截的棍子又举了起来。

“你敢打人！”张成不等棍子再落下，早就一个箭步蹿上去，从身后抱住了那个打急了眼的男人。

“你们合伙欺负俺爷们儿！”在一边扶着柿子口袋的女人，此时发疯了一样，拾起地上的一块石头，奔着张成的后脑冲了过来。

“大个儿”怀里抱着还没站起来的老头，用手一胡噜脸，才知道血已经流了下来。那只挨了打的胳膊也闷疼闷疼的。他想用点劲先把老头扶起来，猛的，听到女人的喊声！抬眼正看见张成抱着那个男人，两个人在较着劲，而女人手里握着的石头离张成的脑袋只差分毫！

“脑……脑袋！”“大个儿”不敢看了，闭着眼大喊一声。

就听“咥咚”一声，一个人倒了下来！

“这都十二点多了，怎么还不见人影？你打个电话，问问怎么了！”田娣把吃的喝的都准备好了，仍见不着张成和“大个儿”的人，就边抖着手上的薄面，边问着正剥蒜的梁欣。

“再等会儿呗，打什么电话！你呀，把酒瓶子打开，酒味一出来，准到！”梁新边笑边回答着老伴。

俩人继续说着，果然没一袋烟的工夫，张成和“大个儿”就进了屋。

“干吗去了？让你嫂子这个劲地念叨！嘿，怎么走着来的，车呢！”梁欣看着进屋端起凉水壶就一个劲灌的俩哥们儿，问道。

“别提了，打架来着，差点把喝酒的家伙打漏喽！”张成说着晃了晃脑袋。

“吹呗，就你们俩，哪个是打架的主儿？”梁欣斜着眼睛看着张成说道。

“哥……哥，今儿……今儿是挺……挺悬……悬的！吓……吓得我……我都闭……闭眼了！成……成子，你……你还真行！开始，我……我以为你……你让人给……给砸趴……趴下了，等睁……睁眼一……一看，那……那孙子趴……趴下了！那……那血流……流的，吓……吓人！”

“你们俩怎么回事？还真打架去了！我的天，都这岁数了，怎么还……还打架！和谁呀？”梁欣听“大个儿”一说，知道肯定是有事了，慌忙问道。

“梁子，你看‘大个儿’那胳膊、鼻子！今儿要不是我，他非让人打残了不可！”张成连说带比画地把经过给学了一遍。

当说到捡柿子的女人用石头砸他脑袋的时候，张成两眼满是兴奋地说道：“当时，我两手使劲地抱着那孙子，听见那满脸横肉的女人喊，就知道没好事！再一看‘大个儿’吓得闭了眼，喊的那声‘脑袋’都变了音，没敢犹豫，立马缩脖蹲身，就觉着头上一股凉风过去。哈哈！结果，那石头连我一根头发都没沾着，正砸到我抱着的那小子头上。这孙子跟面口袋似的就摔那儿了，脑袋上的血咕嘟咕嘟地往外冒！当时我真害怕出了人命！”张成越说越兴奋，可着劲又喝了一大杯凉水。

“那……那会儿，小……小区里的外……外地人有……有几十个，把……把我……我和成子围……围在中间就……就要动……动手！”

“‘大个儿’胳膊、鼻子没事吧？你们小区的街坊呢？也不能看着这些外地人打人，没人管吗？”梁欣着急地问道。

“街坊们都是老人，谁敢靠前！让‘大个儿’救下来的老爷子，脸都吓白了！好在，居委会和小区治安站的人来得及时，要不我们俩非惨了不可！”张成放下凉水杯，边胡噜嘴上滴下来的水，边说道。

“我听明白了，实际上，‘大个儿’是为了救老头，你是为了‘大个儿’！你们俩没偷牛，就是拔橛子的！合着是自个儿的娘们儿砸了自个儿的爷们儿！该！砸得好！”

“可……可不！根本没……没我们俩……俩事！白……白惹一……一身骚！我这……这胳……胳膊倒没事，鼻子流……流了点……点血！可，就……就那……那么会儿工……工夫，成子自……自行车还……还丢……丢了！”

“谁说你这胳膊没事，你看肿的！梁子，你快带‘大个儿’上医院！别傻问了！”田娣撸起“大个儿”的衣服袖子，一看胳膊的伤，心疼地叫着梁欣。

“嫂子，刚公安来领着上医院看了。照了片子，大夫说骨头没事，又给开了点药，要不怎么到得这么晚！”

“你说，就为几个柿子，值吗？这要真出了人命，可怎么好！”田娣心惊肉跳地说道。

“最后怎么解决的？也得有个说法吧？”

“还要什么说法？糨子一桶！一桶糨子，两把稀泥完事！治安站那小民警还没我闺女大，让一百多人一围，擦汗都来不及！倒是那老头有经验，早早写了个经过，让周围的街坊都签了名，交给了小民警。我和‘大个儿’走的时候，小民警正查那些外地租户的暂住证哪。”

“这两年，城里的外地人也是忒多！现在哪个小区里外地人都不少，大街上、汽车、地铁里，哪儿哪儿都是！也就是早晨遛弯能碰见点本地人。”田娣边说边拿着几个碟子去了厨房。

“城里的钱好挣！偷车、割电缆、撬井盖子、摆地摊卖假货，还不都是他们干的！”

“谁……谁说的，城……城里的高……高档社……社区，得有一半是外地人买的！倒……倒是城……城里‘危改’把……把本地人都……都迁五……五环外了！以……以后，连咱……咱们都悬，都……都得给……迁出去！”

“嗨，爱迁哪儿迁哪儿吧！风水轮流转，凭啥人家就不能当北京人？早几辈子，咱们还不都是外地人！再说这些外地人，在家哪知道北京这些大款整天花天酒地地造！看着眼馋，还管什么公啊、私啊！得着什么，是什么！捞一把，是一把！得，得，别扯这犊子了，搭把手，摆摊吃饭！吃饭！给你们俩压压惊！”

……

老苑走的那天，张成开着车，哥儿几个一块儿去的机场。也许是夜间航班的关系，候机大厅里人不算多。几个人先是扯了点闲篇儿，眼瞧着厅里的大钟到了登机的时间，大家脸上的表情立时凝重起来。

安检门前要分手了，梁欣将手里提着的东西递到老苑手上，嗓子有点变声地说：“苑哥，有机会常回来看看，哥儿几个候着您！”

“一定……一定，我会……也许……”老苑说完这句话，又挨个儿和每个人都拥抱了很久。

轮到梁欣时，老苑把头放在梁欣肩上，小声地说：“真舍不得你们，这一走何时是归期呀！一定照顾好田娣，那是个心地善良的人，也是你一生的最后积蓄！临走没见着老唐，等他从南方回来，替我问好！”

梁欣本是个性格刚强的人，此时听了老苑的话也觉得鼻子有些酸。他拍着老苑的后背回答道：“苑哥，我们不说这伤心的话。落叶归根，我们哥儿几个等着你和嫂子一块儿回来！”

“对，落叶归根！我们一定会回来！”老苑说完这句话后，又深沉地看了看周围的朋友扭身向登机口走去。

“苑……苑哥，别……别忘……忘了北京这……这个家！”眼看着老苑就要消失的身影，刚才分手时一直没讲话的“大个儿”突然喊了出来。随着喊声，梁欣看见“大个儿”正用那双大手不断揩着脸上的眼泪。

8

老苑在飞机上盯着眼前视频中的 GPS 导航，看着飞机像一片羽毛一样飘在太平洋上空。突然，他感到一阵冷风从心中刮起，离群单雁的孤独感让他觉出一丝寒意。脑子里竟然不断地跳跃着几个问题！“你从哪里来？你要上哪里去？是寻亲？是重聚？是回归？”

古怪的念头让他好像有些找不到北，甚至对即将面临的家庭聚合有点不自信。他站起来，看见周围的旅客戴着眼罩，盖着机上配发的薄毯，都已进入梦乡，就轻轻活动了一下僵直的身体，走向机上的洗手间。

洗手间门侧的立镜前，他停下脚步端详着自己的侧影，头发稀疏灰白了，两腮难掩的皱纹，加上眼镜后略显下垂的眼袋……

“还是那个当年的苑超吗？”老苑自问道。

他站了一会儿，感到自己的举动有此唐突，就踉跄着向自己的座位走去。迷茫中，《涛声依旧》的曲子顽固地占据了他的脑海，让他几次闹心地反问：“自己这张旧船票是否还能登上她的客船？”

十多个小时的飞行后，老苑到了美国。本以为在飞机上过了一个夜晚，迎接他的应是美国朝霞万里！但走下飞机才知道，这里仍是漫漫长夜的开始。他带着长途跋涉的倦意取好行李往外走，隔着栏杆就看见方披着一件白色的风衣，正站在接机口等待的身影。当两个人目光相遇时，尽管还隔着一段距离，老苑还是敏感地发现方的眼神一亮。恰在此时，一股晚风卷起了她的头发。飞扬的缕缕白发，让老苑不由心里感叹道："老了，我们都老了！"迎着炽热的目光，他快走几步，拉住了对方伸出的手。手有点凉还有些颤抖，老苑迅速判断出对方的一丝紧张。他有些心动，就用了些力将对方揽入怀中。当方将头贴近他的胸膛时，他听见方悄声说道："苑，你终于来了，你终于来了！"。

儿子和老苑未曾谋面的儿媳的适时出现，缓解了老苑和方十几年分离再相逢的尴尬。

"啊，来自北京的土豪爸爸你好！"身材比儿子还要高的儿媳不等别人介绍，见到老苑就是个拥抱，并用老苑凑合能听懂的汉语讲道。老苑不习惯西方的这种礼节，脸唰地红了起来。

"珍尼，小陶尼的妈妈。"方解嘲地为老苑做着介绍。

"哟……哟，爸爸你好！"多年不见的儿子梁淘也亲热地和老苑来了一个抱肩礼。

"哎！陶陶，刚才你媳妇为什么叫我土豪？"几个人打完招呼后，老苑问着身边的儿子。

儿子听了老苑的问话没有回答，只是笑了笑就扭头和珍尼说起了英文。交谈结束后，才对老苑说道："爸爸，珍尼说这几年从中国，特别是中国大陆，来的人到美国，已经不是过去的来淘金，而是大量的来消费！中国大批的企业家、商人几乎要将美国买空！今天的美国人普遍认为现在的中国人都是暴发户，很有钱！所以，管来美国的中国人都叫'土豪'！"

"不……不是！那只是中国社会阶层的一小部分，大部分中国人仍处于温饱水平。我，我只是一个拿退休费的老人。"老苑听了儿子的话后，对着珍尼一本正经地解释着。

“爸爸，你怎么了？”珍尼看老苑一脸严肃，又听不懂在对自己说什么，就用蹩脚的中文问道。

陶陶先是看着笑，此时才插话道：“爸爸，这几年确实有大批的留学生在美国开着豪车，出入高档消费场所，而且出手阔绰。近期，美国的房地产已针对中国人在美国购房，政策上有所调整。加上国内游客的大量涌入，带动了当地的旅游市场，因此对中国国情不太了解的美国人就都认为中国人很有钱。”

陶陶和老苑讲完后，又亲昵地拍了拍珍尼的肩膀，说了一通老苑一句也听不懂的英文。

“累了吧？我们上车，让陶陶开车带你看看纽约的夜景。”方趁陶陶正在和珍尼说话的当口，语音和缓地做着安排。

老苑本想拒绝，但看到围在身边的家人的热情，只能摆出一个笑脸，糊里糊涂地做了个耸肩的动作表示赞同。

汽车开在纽约市的高架桥上，地上的各色灯光和天空中的繁星交相辉映，汇成一种天地合一的美丽。在这种视觉冲击中，老苑的旅途疲劳一扫而光，有些亢奋地对身边的方感慨道：“北京城现在已经很难再现这种美丽了！”

“在美国，我们也了解一些关于北京雾霾的报道。”方缓缓地回答着老苑。

坐在车子前排的儿媳和陶陶用英文聊天时，像是碰到了问题，陶陶扭头对妈妈同样用英文讲了几句。方听完儿子的话后，看着老苑说：“珍尼问你纽约和北京相比哪里更美丽！”

老苑没有正面回答，用一种狡黠的目光回望着妻子，说道：“这个问题你和陶陶都可以回答，在你们的印象中哪里更美丽！”

面对老苑的反问，方和前排的陶陶都笑了。陶陶看着边上一脸茫然的珍尼，立即用英文说了几句。方为老苑翻译道：“儿子说，爸爸变狡猾了，明明是该自己回答的问题却把皮球踢给了我们。”

老苑听了妻子的话后，也笑了。他拍了拍坐在自己前面的儿子的头说：“陶陶，你长大了！今天开着汽车拉你老爸逛夜景，可不能忘了当年我用自行车送你上学的景！”

“不……不会的！昨天我还和珍尼讲，小时候过年您带我逛厂甸的事。不过，您要让我说哪个城市更美……”

陶陶思考了一会儿，接着说道：“如果单纯去评价哪个城市更美，可谓是各有千秋。北京在我的心里，是被重重似烟似雾包裹下的厚重灰色。很难看清这个城市的全貌与内涵，似乎城中的每个角落都蕴藏着外人不能读懂的秘密。人在其中，有种云里雾里的感觉。所以我觉得，北京城美就美在是在现实与历史的朦胧之间。纽约就不一样了，它的历史、它的美，一切都在大街上摆着。高楼大厦灯火辉煌，生活在这里觉得一切都很简单。举个例子说，在北京找个对象，一要看是否门当户对，二要查经济能力、社会关系，三要看本地有无户口，等等。而两人的感情却成了无足轻重的陪衬。尽管在民间也有很多类似牛郎织女的段子和‘有缘千里来相会’‘千里姻缘一线牵’的古话，但现实更多的是条件的比较。在纽约就简单多了！两个人相遇有了感觉，对视一笑，互邀喝点咖啡或小酒，情绪一上来就上床了！明天也可能谈婚论嫁，也可能相互一笑，各奔东西。他们更讲的是情感的互悦，却很少受百年好合、白头偕老等观念的束缚。”

儿子和梁欣讲完这段话后，又叽里呱啦地讲给珍尼听。珍尼的表情先是困惑而后变成向往，对着陶陶激动得又是一串洋文。方坐在老苑身边，静静地听着几个人的对话。当听完珍尼最后一段话后，扭头对老苑翻译道：“苑，珍尼说：北京真的是那个样子吗？那太让人向往了！”

方为老苑讲完后，用英文又和陶陶、珍尼讲了许多，随后对老苑说：“苑，我刚才给他们介绍了东方淑女骨子里那种慢、柔、静的美……”

老苑听方讲到这儿，立时明白了方印在自己心里的那种韵味，似乎被她解释得一清二楚。心里一热，不由地往她的身边靠了靠。方先是一愣，随后就势将头靠在了老苑的肩上。陶陶和珍尼坐在前排，通过后视镜看到后排两个老人相拥而坐，先是边乐边开着玩笑，而后珍尼支起上身在陶陶脸上就是一个热吻。陶陶没有准备，身子一躲，随之车子摇晃起来，立时招来周围车辆的一片笛声。

“他们是不是在笑话我们？”老苑觉察出前排两个孩子的嬉笑好像与自己有关，就悄声地向方问着。

“不！他们在祝福我们的重逢！”妻子用同样的音量回答道。

车子像一只疯狂的老鼠在市内的大街上转了几个圈后，驶入了一条安静的小路。“苑，我们的家就在前面的小镇里，再有四十分钟车程就到了，你可以先休息一会儿。”方说着将外衣盖在了老苑身上。

前排的珍尼不甘寂寞地扭身又对方讲着什么。方边听着珍尼的话，把眼睛望向了老苑，而后满眼期待地说道：“珍尼问你是来度假，还是长住？”

老苑不自觉地躲开了妻子审视的目光，沉默了一会儿回答道：“落叶归根，人老了总是要回家的！”

方听了老苑的话脸色先是一喜，而后又有些黯然，似是在话中又读出了别的含意。

一缕阳光暖暖地照在脸上，老苑翻了个身，伸手去抓床头柜上的闹钟，却摸了个空。无奈之中只能睁开眼，这才想起此地非彼地，已是斗转星移，换了人间。

“床太软了，这种枕头也不舒服！”这是他睡后的第一个感觉。

卧室有独立卫生间，近三十平方米。除了必要的衣柜桌椅外，自己正睡在一张圆形的大床上。脱下的衣服明明昨晚放在了床凳上，此时却没了踪影。朝南的窗子被一幕落地的厚质窗帘遮住了大半，阳光透过窗外的树木将摆在窗下的一把做工考究的藤椅辉映出一种奶油般的光泽，让他看了心里很受用。

老苑一边打量着屋子，一边回忆昨晚是如何被塞进这间屋子的。昨晚……噢！他想起自己跟着方进了一间卧房，一张方披着婚纱的照片首先映入视野。可不等他细看，就被方推了出来。领他到了现在的这间屋子，简单介绍了室内设施后，说道：“晚安，苑！好好休息，明天我再陪你……”

“苑，可以进来吗？”

老苑正想着，敲门声伴着方柔美的声音传了进来。

“进，请进！”老苑大声地回答道。

“哎，早安！打开的窗帘没有影响你吧，苑？”

“不！我睡得很好，只是衣服……”老苑不等方的话说完，就冲床凳上努努嘴问道。

方没有说话，打开床边的几个柜子。老苑立时看见柜子里面摆放着的内衣和挂着的外套。显然方对自己的到来，已经做足了功课，而他自己却有了一种幼儿园新入托的感觉。

“好，你慢慢收拾，我等你用早餐。”方说着退了出去。

“哎哟，我的天！能不能别这么客气，怪难受的！”老苑望着她退出房间的身影嘀咕了一句。

“斯蒂芬去世后，我有一段时间仍活在他的影子里。当然，今天这么讲，对你是不公平的！但我希望让你了解分开后我的生活。”用完早餐后，方望着餐桌对面的老苑神情有些黯然地说着这些年的经历。

“我尊重你的选择，否则……”老苑避开方的眼睛回答道。

“苑，我明白，你能来美国就是对我过去的原谅。纽约市中心有所父母留下的遗产，我和斯蒂芬结合后，嫌那里过于喧闹，就换到这里来了。怎么样，是不是很安静？”方意识到老苑在回避斯蒂芬的话题，马上岔开了谈话的内容。

“比我北京的三居室考究多了，做梦都没想过能住这样的房子！”老苑显然觉得这个问题好回答得多，立马热烈地回答道。

“苑，你知道我不是个追求享受的人，但我现在老了，总期盼着有一个自己的安度晚年的爱巢。在这里虽然陶陶、珍尼和我上班远了些，但我有条件在这儿重新构筑你和我的新生活。当然，诚实地讲，我也希望用这种形式来平复我心里对你的愧疚……”

“不，方！不要再说这些了，我们今后有的是时间重新相互了解。现在还是领我一块儿来欣赏你的杰作吧。”老苑打断了方的话，笑着站起来向对面的方做出邀请的动作。

“一楼你已经熟悉了。除了你和我的两间卧室外，就是这间大起居室和这个厨房、餐厅。二楼这里是一个小的起居室，这间是陶陶和珍尼的卧室，里面还有一个套间，是小陶尼的育儿房。珍尼想让你第一天能安静地休息，特意把孩子带了出去。你看，这里是书房，这里还空着一间放些杂物。三楼有个不错的卧房和起居室，外面是个很大的阳台。当得知你要来后，我曾想过把你的卧室安排在这儿。但考虑上下楼不太方便，最后选择了我过去的卧室。地下室都是储物间……”方走在前面给老苑介绍着。

“刚才我透过窗子看见外面有个不错的花园？”老苑问道。

“是的，在你卧室窗前，我和陶陶一起特意为你栽了几竿竹子，我知道你喜欢这些。”方依旧用她特有的缓慢语气说道。

“我卧室里那把藤椅也一定是……”

“你不喜欢吗？”

“不，我很喜欢，而且从心里感谢你为我做了这么多！”老苑由衷地致着谢。

“本来还想在阁楼间里为你准备一间书房，可……可担心你……就没有动手。”

“时间会让我自己安排的，这……就很让我受之有愧了！”老苑拉住方的手有些动容地说。

“夫人，家里来客人了！”一个黑皮肤的年轻女人插入了老苑和方的画面，用生硬的中文向方说道。

方看着老苑，用英语向对方做着介绍。老苑明显地感到方在讲话时脸有些红。她的话一停，年轻女人立刻把目光转向老苑，依然用中文说道：

“你好，先生！您有什么要做的，可以随时吩咐。”

“会的，今后我们就是一家人。”老苑赶紧客气地回答道。

等老苑说完后，方用英文和她又讲了几句，直到她离开后才对他说：“按国内的习惯，应该叫她小时工，是个不错的姑娘！你就叫她琼好了。目前主要是做饭、打扫卫生，做些杂活，以后珍尼一上班，带陶尼的工作该有她忙的了。”

“佣金在美国会很贵吧！”老苑问道。

“听说国内的月嫂要一万多，不是更夸张吗？”

“方，你不简单，国内的事这么清楚！可我们为什么要雇人？这些事以后我都可以做好，我来这里不就是来帮……”老苑对方讲着自己的想法。

“不……不，苑！你到这里来不是来做这些的！你能来对我和陶陶都是精神支柱，能帮助照看一下就足够了！”方说这句话语速明显比平时快了些。

老苑看到方的态度，没有再坚持，只是下意识地耸了一下肩。动作做完后，又觉着到美国才一天，就多了个耸肩的毛病，有点可笑。但不等他自嘲的笑脸做充分，就感到方正用一种不解的目光盯着自己刚要咧开的嘴。他赶紧收回笑容，把脸扭向了一边。

刚到美国的几天，老苑老觉得头有点晕，等渐渐倒过时差，适应了这里节奏，才明白了自己的处境。有车不能开，自己只能是个短腿的“跛子”；语言差别，有口不能讲，自己又成了“哑巴”。看着周围的邻居，他也只能望洋兴叹，不能造访沟通。因为陶陶曾给他介绍了，当地人注重个人隐私保护，客人造访必须征得主人的邀请，贸然造访很可能造成举枪示警的严重后果。

这天晚上，他洗完澡，没有再穿好睡衣去起居室和方聊天，一个人躺在床上胡思乱想地回忆着北京的生活。

“苑，苑你睡了吗？”门外传来方的问询。

“不，我……没有……睡！”老苑边回答，边在床上坐了起来。

“不舒服吗？”方走进屋，坐在他旁边关切地问道。

“不，我很好，就是有点……”

“你是不是觉得这里不好，不习惯？”方睁着两只依然美丽的大眼睛，打断了老苑的话。

“不、不，很好！这么好的条件要说不好，那不成了傻瓜！我刚才在想着，现在北京可能正是艳阳高照的时候，我的朋友们一定在打羽毛球……”

“不，苑！我问过大夫，你如今的年龄并不适合这项运动。”方再次打断了老苑的话。

“嗨，除了打球，我们还有很多活动，你听我慢慢给你说……”

提起北京的生活，老苑的情绪热烈起来。他没有注意方的表情，就一桩桩一件件地讲了起来。就在他滔滔不绝叙述时，坐在他旁边的方缓缓地站了起来，望着他笑着说：“苑，这些你已经给我讲过一次了。你的那些朋友真的那么吸引你？难道我们在一起的日子，你已经没有了回忆的兴趣？”

老苑听到方的话，又看到她的笑容并不自然，自己的脸一下红了。他有点口吃地说道：“方……不是的，我……只是一时……一时又想起了这些。方……不，你不要误会。”

“不，我没有误会，我只是觉得你……好了苑，你……你休息吧，晚安！”方没有讲出心中的想法，扭身走出屋子。

老苑意识到了，刚才的对话显然让方有些不高兴！他有些扫兴地拉过被子，放平身体，无聊地叨唠道：“唉，明天的日子可怎么打发哟！”

第二天，老苑睁开眼就继续了昨天晚上的思考。“今天干点什么呢？”他百无聊赖地侧过身来，立时看见地板上留有他昨天浴后踩在地板上的脚印，又想起黑皮肤佣人每天的匆忙。一个念头让他兴奋起来。看看窗外，时间还早，就蹑手蹑脚地穿好衣服，赤着脚来到洁具间，拿起两把拖布热火朝天地干了起来。随着运动，他周身热了起来，浑身的骨关节像抹了润滑剂一样，感到无比舒服。兴奋的情绪让他真想大喊几声出出火。

“一楼马上就完活，剩下的等他们起床……”他正想着，房子的门锁“咔嗒”一声响，一个人影已经站在了他的面前。没等老苑反应过来，手里的拖布早被抢了过去。一个口气严肃的声音传到了老苑的耳中，“No、No！不，不！先生，你，No，No……”

老苑看清了，站在自己面前的是琼。他读不懂琼有些生硬的语气，就客气地对她说：“你先休息，我来，我来，我能行！”琼不理睬他的话，将他推回了自己的房间。

“这老外真客气！谁干不一样！”老苑有些悻悻地叨唠道。

第二天早晨，老苑躺不住，就又想重复昨天的事。可不等他穿好衣服，敏锐的听力告诉他，琼比平时早到了家里，已经开始工作了。老苑有些扫兴，心里想：“这个琼真是个好同志，就是太客气！”

他本想重新回到床上，可浑身的筋肉已经酸胀得有些蠢蠢欲动，无奈中只好像在羽毛球场一样，做起各种热身动作。完了，又趴在地板上来了二十多个俯卧撑，直到头上汗津津的，这才洗澡后又回到床上来了个“回笼觉”。

第三天早晨，老苑怕又被琼抢了先，就早早爬起来轻车熟路地干了起来。

“先生，No！你……不能……不能……No，No，No！”可能是干得太投入，老苑不知道琼已经站在那里，正叉着腰对自己喊着。

“怎么了，嫌我干得不好？”老苑在琼的喊叫中茫然地回头看了看自己墩过的地。

“No，先生！No……”琼的喊声没有停止，音量反而更提高了！

老苑看出对方眼中的怒火，慌乱中诧异地摊开双手愣在了那里，嘴里下意识地说道：“我……我做错了什么吗？”

“苑！请你回到自己的房间去！”被争执声吵醒的方看见老苑穿着睡衣赤着脚站在那儿，立刻向他说道。

“不，方！我没有做错什么，你听我解释！”老苑刚想分辩！

“不，苑！我请你回到房间去，我来向琼解释。”方不容老苑再讲下去，就打断了他的话。

老苑在方的语气中听出了她的不愉快，只能像个被家长训斥的孩子，灰溜溜地往自己的房间走去。在他关闭房间门的一刹那，他听到了琼的哭声和方和缓的劝慰声。

“这都是怎么了？哭什么，又没欺负她，神经病！”老苑发泄着叨唠了一句，重重地关上门，一屁股坐在了地板上！

这天早晨，他没有去吃早饭。

“苑，你怎么了，生我的气了？别这样……”方没有敲门，直接走进房间朝着仍坐在地板上的老苑问道。老苑还在气头儿上，没有回答方的问话，却把脸扭向了另一侧。

“我的天，你真像个受气的孩子！快，快起来，起来去吃早饭。”

方一边说，一边往起拉老苑。

“我不生谁的气，我只是不知道自己做错了什么？我想听你解释，否则我不会去吃早饭！”老苑说完这句话，心里就开始嘲笑自己：“做了半辈子的领导，快七十的人了，怎么真又要起小孩子脾气！”

想到这儿，他想站起来，可没等他动，方已经俯身坐在了他的身边，温柔地抄起他的手放在自己的腿上，身体软软地靠在他的身上，小声地说道：“苑，你不要生气！你这个样子，我会心痛，你听我来给你解释！我知道你是在替琼工作，你的举动甚至让我想起爷爷，想起你为老人扫街的情景。那个冰冷的年代只有你，给了我温暖……”

听到方的话已经有些哽咽，老苑难免有些自责，不由地打断了方的话说道：“好，好！我不生气……不生气！我们起来……”老苑挣着就想往起站，方却就势靠在了他的怀里。老苑心动地抱着方，朝着她耳后依然洁白如玉的地方深情地吻了下去。

热吻后，两人相拥着又坐了一会儿，方才接着说道：“苑，你应该知道这里是在美国，你的举动伤害了琼！”

“那为什么，我没有……”

“在琼看来，拿了报酬就必须完成工作，这是当地典型的契约文化！你的善举在她的理解是，主人不满意她的工作！而主人的不满意，必然会辞退她。在她们这个职业中，一旦被辞退将是极大的污点。因此，琼觉得是你侮辱了她，刚才已经向我提出辞职。”

“不，我没有这个意思！我只是想……”

“我知道你没有这个意思，刚才已替你做了解释。还明确地告诉她，是你以后要请她带陶尼，并给她加薪，琼这才破涕为笑要来向你表示感谢！”

“这个美国鬼子，还挺难缠！”老苑解气地骂了一句。

老苑在这个“新家”已经生活了一段时间，和方的重逢唤起了他心底已沉睡多年的爱。一到闲暇，他常常静静地看着方的每一个动作。他说不清为什么，方的举手投足间总蕴藏着一种深深吸引他的美！

每天晚上一家人用过晚餐，方都会拿起一本书静静地阅读。沙发边的一盏立灯光线柔和地照在方的身上，每次都让坐在对面的老苑看得有些醉。但在这种平静安逸的生活中，老苑也渐渐感到了一种隐忧。让他感到不安的是，自己的存在似乎是家里的另类。每当看到陶陶、珍尼和方互相亲密地用英文谈话时，自己都会产生被排斥在外傻瓜一样的感受。这种感受像是提醒他："这里不是家，自己只是个客人。"时间长了，他逐渐不再关心他们的谈话，索性避到一旁去干自己的事。

这天，方和儿子、儿媳又在热烈地谈着什么。方看见他被冷落在一边，有意无意间坐到他的身边，说道："苑，入乡随俗，有兴趣学点英文，掌握点新知识吗？这样可以预防衰老，你的生活也会方便许多。"

"岁数大了，脑子记不住了，你让我省点心吧！"老苑笑了笑有些无奈地说。

……

刘星下落不明，老苑去了美国，老唐又回了南方，剩下梁欣、"大个儿"和张成三个人，连打羽毛球的兴趣也没了。

这天，张成和"大个儿"两人到了梁欣的小平房，看梁欣正在收拾田娣不知从哪儿捡的纸盒子、塑料瓶等一堆破烂。张成一看，立马开了口："梁子，嫂子是不是又搞'副业'了？你呀，是真不知道心疼嫂子！揭不开锅了是吧？真要难到那步，你大老爷们儿干吗不去？"

"你们哥儿俩别笑话你嫂子，捡点破烂那是逗着玩！昨儿在河边小公园，不到一下午，她就卖了好几双自个儿织的毛线虎头月子鞋。回来跟我显摆半天，说挣了三十多块！说实话，我就怕你们今天来，想把这堆拾掇了，找个车给卖了。省得让你们看见，又挤对我！"梁欣让张成说得有点不好意思，脸有点发红。

"别……别听……听他瞎……瞎掰，劳……劳动创……创造财……财富，嫂子的心……心思我明……明白。干……干点得……得点……""大个儿"结结巴巴地一边给梁子圆场，一边挽起袖子帮着拾掇。

"你才瞎掰呢！咱少喝两顿酒就全有了，干吗……"张成嘴上说着，在地上捡根绳子帮梁欣将垛好的破纸板打着捆。

"他爸……他爸……快来……快来帮把手！"

三个人边干边戗戗着，就听田娣在门外喊起了梁欣。到底是张成反应快，喊了一声“来喽”，人已经蹿了出去。梁欣拍拍手上的土和“大个儿”也要往外走，就看张成抱着一堆纸箱子已经进了院。田娣在后头左手提着一大兜塑料瓶，右手提着一个大捆报纸杂志倚了歪斜地往院里蹭。

“嘿呦，我的姑奶奶！今儿是在哪儿发了财了？”梁欣边接过田娣手里的东西边说道。

“我……我知道……道了，嫂子是……是在药铺收……收来的。”“大个儿”帮着张成抱纸箱，看见箱子上的字后说道。

“梁子，这脏活儿怎么也让人家干！得了，都歇吧，嫂子洗手给你们做饭！”田娣手里轻省了，看见几个人都一身土，就埋怨上了梁欣。

“干活儿吃饭，吃饭干活儿，天经地义！我又没委屈他们！”梁欣说完冲“大个儿”咧咧嘴。

“对，对，干活儿吃……吃饭！嫂……嫂子，咱吃……吃炸酱……酱……面吧。”

“吃炸酱面，拿什么下酒啊？我出去一趟……”张成就要往外走。

“成子，你回来！嫂子就知道你们得来，昨儿就给你们炖好了肥肠等着哪。花生米现成的，再拌一凉菜，行了吧？”田娣洗着手招呼着。

“酒呢？”张成装疯卖傻地瞎嚷嚷着。

“又装傻，你提那一大桶够喝一个月的，瞎咋呼什么？”

三人喝酒不用让，张成是小口勤端杯，梁欣和“大个儿”是两口杯子干！喝着喝着，梁欣眉头一皱说道：“你说这老唐走二十多天了，也不来个信儿，家里怎么着啊？”梁欣两杯下肚想起了老唐。

“咸吃萝卜淡操心！人家守着老伴傍着老丈母娘，正乐不思蜀哪，你操什么心？嫂子，您炖这肥肠真香！还有吗？我给小高带回去点！”张成数落完梁欣，夹块肥肠放嘴里，边嚼边大声朝厨房里的田娣喊道。

梁欣看田娣没回声，就替她说道：“还有半碗你拿走，来咱俩碰一个！”

“吃……吃着，还……还要带……带着，没……没羞没……没臊！”“大个儿”说完，斜了张成一眼。

"我寻思不太对，就算老唐恋南方的家，闺女也得回来上班啊！"田娣又给桌上加了盘拌萝卜皮，听三人议论起老唐，就接了一句。

"没大事，他媳妇又不是七老八十，就算赶上了有点病，能怎么着？"

"那……那倒是，不……不会有……有大事！没……没准也正……正念叨咱……咱们哪。等他……他回来，罚他……他请客！没组……组织……没纪……纪律的！""大个儿"一本正经地叨唠着老唐。

张成看"大个儿"又接了话直纳闷，就调侃道："我说你平时是吃冰拉冰——没话（化）！今儿，你这话到跟得挺快！"

"高……高兴，老……老伴涨……涨工资了！一次涨……涨四百多！"

"这事业定编的就是牛，咱们三年也长不了这么多！"张成有了点情绪。

"体制上的事咱不操心，每年给长点我就知足！来，别扫兴，走一个！"梁欣边说边让着酒。

"哎，说到钱了，宝儿现在在哪儿上班哪？他上班你们俩手头还不松快点，还至于……"张成本想说还至于让嫂子这么忙活。可话到嘴边，看田娣正端着给"大个儿"捞的一碗面条进屋，就生生地把话咽了回去。

田娣进屋正听见张成的话，笑着回答道："宝儿现在踏实了，在一个药房卖药哪。说来，还真得谢谢人家燕子她爸，给宝儿找的工作多好啊！累不着，冻不着的！小宝一上班，过日子的钱不和我们要了，可不，我俩松快多了！"

梁欣听老伴美得跟喝了香油似的，张了张嘴想说话，可还是没言声。直到田娣去了厨房，才小声说："别听你嫂子嘴硬！过日子钱是不要了，换成保姆费了，更多！还得给一个月贴七八百奶粉钱！小宝说是上班，平时一个子儿见不着，都是媳妇把着。这小子隔三岔五上他妈这儿扫荡要零花钱，要不是政府给长了俩钱儿，加上你嫂子干点副业，这家早就关张了！"

"那你就看着让嫂子受罪？"张成说着瞪了梁欣一眼。

"嗐，我也劝，没用！你嫂子舍不得让儿子受委屈，可不就得委屈自己！”梁欣回答得很是无奈。

“嫂……嫂子何……何止是……是心疼儿……儿子？谁……谁有……有事，她……她不惦……惦记着！不心疼！”

“唉，真是个操心的命！这两年，嫂子可真显老喽！”

张成和“大个儿”平时就是梁欣身边的哼哈二将。自打退了休，在梁欣这儿待的时间比在家都长。两人心里对这个嫂子的敬重甚至超过梁欣。按张成的性格，恨不得家里有什么往这儿搬什么。可他明白眼前的这个嫂子，是得一尺敬一丈的人。你送得多了，她这心里搁不下，反倒不受用。刚才听梁欣这一报账，心里立时明镜一般，立时感到酸酸的。他埋怨自己真是心太糙，在家整天听小高抱怨现在什么都贵，养个孩子就像回到旧社会！本想小宝有了工作，哥们儿的日子松快了，怎么也没想到是眼前的光景！特别是上礼拜，刚从这儿拿走田娣给自个儿要上学的孙女买的“耐克”书包，他的脸一下红了！他不由地将手伸进衣兜，可他不敢往外掏，犹豫中将他把目光投向“大个儿”。

“大个儿”嘴虽然笨，心里的情感此时却来得比张成更加猛烈！他不但想起自己儿子要钱保命时，梁欣两口子把家里买菜的零钱都掏给了自个儿。更想到这几年心里苦，眼前的这个嫂子给了他多少安慰。他心里清楚，这个嫂子是个缺钱却又从不看重钱的人，是心里永远装着别人的人！到动情处,他把兜里的几百块钱往桌上一放,结巴着说道:“这……这个月孩……孩子的奶……奶粉钱我……我掏了！下……下月轮成……成子！明儿……明儿嫂子织……织的毛……毛活儿，我……我上河……河边卖……卖去！我就想……想让嫂……嫂子歇……歇！”说完，仰脖一杯酒下了肚。

张成一看“大个儿”掏出了钱，来了胆子，马上把都捏出了汗的钱也放到桌上！嘴里说道：“行，下月的奶粉线也放这儿！”

梁欣看到这哥儿俩的举动，立时后悔自己酒后话有点多，脸唰一下红到耳朵后面。他站起来刚要喊，田娣进了屋。田娣一进屋，看见梁欣脸红脖子粗的要发火，就说道:“你们这三个冤家，喝酒还能打起来……”

她说到这儿，一眼看到桌上的钱，心里像是明白了些，就打趣地说道："你们是又听梁子瞎咧咧了吧？还是嫌嫂子干点副业，你们都跟着心疼？我跟你们梁哥，大米、白面地吃着，不活动活动，落病！这不和你们打球一样吗？你们要是心里看得起我们，就把钱都收起来，嫂子看重的是你们哥们儿之间的情分！你们互相帮衬着，这日子过得才舒心！钱多一个少一个都是闲话，你们可别让嫂子甜了嘴苦了心！梁子你坐下，别急赤白脸的！我把肥肠再热热，你们接着喝，可不许再闹故事了！"田娣说完端着剩菜去了厨房。

屋里的三个男人目送着田娣进了厨房，不约而同地都叹了口气。"大个儿"和张成知趣地把钱都装回兜里。三人碰了一下杯，各自喝干自己的酒，心里却品味出这酒里不同的丝丝苦味。

梁欣闷了会儿，岔开话题说道："你说这大星子可真是泥牛入海，是死是活也得有个信儿吧！眼前这架势是真想跟咱们断了！"

"想着伤心，咱这帮人如今东一个西一个的，就剩咱仨了！别说打球，酒都快喝不起来了，真没劲！"

"苑……苑哥一……一个人在……在美国，不……不知道怎……怎么样？""大个儿"又想起了老苑。

"苑哥和他老伴的恋情比我们生动曲折，可他在那儿没有能融入的圈子。甘蔗没有两头儿甜的，顾一头儿吧！"梁欣心里确实惦记着老苑，自他走了后总觉得少了个主心骨！可这种感觉，他不想今儿当着这俩兄弟讲。这会儿，听到"大个儿"提起来，心情自然有些消沉。

"你们这些老爷们儿是怎么了？喝得不舒心是吧？又都不是吃奶的孩子，还得别人哄着玩！谁家没点事，不可能整天扎一堆儿！有散就有聚，别发愁，有你们再聚的时候！"田娣热菜回来，看几个人酒都不动，嘴里都喊没劲，就跟哄孩子似的劝了一句。

酒是喝不下去了，几个人又扯了会儿别的，张成起身说道："你们两口子也该歇会儿了。嫂子肯定从睁眼到现在还没住过脚！梁子你别借推车了，明儿我和'大个儿'开车来帮你一块儿把破烂卖了！走吧，'大个儿'，这会儿怎么不言声了！"张成喊着"大个儿"。

"你别开车！坐着小轿车卖破烂，亏你想得出来！别让人看见笑话！”梁欣拒绝道。

“谁爱笑不笑，我还管那么多！得了，嫂子明儿见！”张成甩完这句话人已出了门。

梁欣看他俩走了，关上门就想上床忍会儿，桌上的手机又响了起来。

“你歇着，我接！”田娣就近拿起了电话。

“噢，宝儿啊！没事没事，你说！噢……水电，还有煤气该交费了……什么……噢，单子放桌上了。行、行，妈这就去！行，好……”

“又来任务了？你歇着我去吧！他们留钱了吗？”边上一直听着的梁欣翻身下了床，对田娣说道。

“宝儿电话里没提留钱的事，你还是带上吧！”田娣说着就数手里的钱。

“瞎点什么，你倒给我呀，还怕我瞎花！”梁欣看田娣数了半天就是不肯把钱给他，就催促道。

“他爸，我这儿……可能……不够！”田娣有点没底气地说道。

“有多少？全在这儿了？”梁欣有点急。

“可不都……都在这儿！不到一百五，要不……要不咱把破烂卖了再去！”田娣边抹着头上的汗，边和梁欣商量道。

“得了，那还来得及！怎么又着急了，没事、没事咱这儿有！”梁欣眼看老伴又要着急，赶紧从自个儿枕头底下翻出一张百元钞递到田娣手里。

“好你个死老头子，有私房钱了，快说钱哪儿来的！”

“你能抠牙缝，我就不能抠？省的呗！”梁欣边说边哄着老伴，随手把烟盒递给田娣。

田娣打开烟盒一看，里边的烟好端端地都被从中掐断。她的心里一凛，马上明白了梁欣的苦心，一股内疚的情感立时把眼泪逼了出来。

……

老苑第一次在美国度过圣诞节。那天，从加拿大吹过来的冷空气弥漫了整个美国东北部。漫天大雪不期而遇地在圣诞节的晚上下个不停。

老苑是在北京长大的，一生中曾无数次领略过北京的大雪。铅灰色的城市在洁白的雪花中，更显京城古都的厚重。而此时，身处异国他乡，老苑面对同样的大雪，心境却大相径庭。突兀在漫天飞雪中的别墅像茫茫大海中的一叶扁舟，让他有种心灵被蹂躏的感觉。

他站在窗前，看着大片的雪花落在窗棂上，叠加成很有质感的美丽装饰，心里竟有了一丝嫉妒："我说这两年北京冬天见不着雪，原来是都倒在这儿了！"

"苑，你在看什么？这里的雪和北京有什么不同吗？"背后传来方轻柔的问询。

"不……不……这里的雪也很美，很美！"老苑不愿说出心中的隐秘，有些词不达意地搪塞了一句。

晚餐很丰盛，儿子、儿媳举着装满红酒的高脚杯轮番地祝老苑圣诞快乐，边上的老伴也破例饮了酒。老苑来到美国后几乎改掉了饮酒的习惯，今天他连喝了两杯有些酸涩的葡萄酒，脸开始红了起来。他心不在焉地吃了几口烤鹅和烤火鸡，又随便夹了几块蔬菜和沙拉就不再动手。心里却感叹，眼前华丽而丰富的食物，远不如喝着"二锅头"、嚼着花米、大块撕扯着羊蝎子来得过瘾。

"苑，你不吃了？口味不好吗？"一直默默观察着他的老伴又送来了关切的问话。

"不，味道很好……很好……"老苑再一次掩饰着心境，敷衍着回答道。

"爸爸，北京……不过……圣诞节吗？"儿媳珍尼可能是觉着有些冷场，操着生硬的中文向老苑问道。

"不，北京的年轻人也喜欢过圣诞节。但我们老一些的人更喜欢过我们自己的春节！"

"中国的春节有圣诞老人吗？"儿媳好奇地问道。

"有……有，我们中国有自己的圣诞老人！但不是你们这儿留胡子、穿红袍子、坐鹿拉雪橇的圣诞老人。"

"那是什么样子？"

"我们中国的圣诞老人叫布袋佛，是个大肚能容容天下难容之事，笑口常开笑天下可笑之人，拖着布施大口袋的胖和尚。”

“啊，上帝，怎么会是个和尚！”

“爸爸，你说错了！中国的佛教是由印度传入的，如果这个和尚就是圣诞老人，也是个带有印度血统的圣诞老人！”

“不，陶陶，不是爸爸错了，是你错了！佛教确实是由印度传入的，但大肚弥勒佛却是中国人在印传佛教的基础上发展出来的未来佛，是有中国正宗血统的和尚。”

“陶陶，你爸爸说的是对的！”老伴适时地支持了老苑的话。

“啊……爸爸你真棒！”珍尼用夸张的语气赞美了一句老苑。

“不，真棒的是你妈妈，她可是爸爸心目中的才女！”老苑向方投去了欣赏的目光。

“不……不……妈妈只懂得数学，她从不和我们谈及别的。在她的心目中，阿拉伯数字就是她的全部！”珍尼直率地说着，并下意识地耸了耸肩。

“有什么不对吗？数学是解开科学的最重要工具，是……”

不等母亲说完，陶陶就开了腔：“妈妈，谈论那几个阿拉伯数字？那太枯燥、太单调了！”

“哇……呜……哇……伊……”，坐在餐桌旁那高高的童椅上，快到一岁的陶尼也用不规则的发音参加了这场讨论。

老苑看着小孙孙一手玩耍着手中的奶瓶，另一只手抓着桌上的各种汤汁、食物，面孔已被涂成了花脸，正好奇地瞪着一双大大的蓝眼睛望着大家。他刚想起身帮小孙子整理一下，立刻遭到了珍尼的阻拦。

“不，爸爸，不要管他！他需要这种锻炼！”

就抚育第二代的问题上，老苑十分赞赏美国父母不替孩子包打天下的方式。他确实觉得相比于中国孩子离开父母就不会生活的现状，美国的教育方式更能培养孩子动手自立和创新能力。

饭后，儿子、儿媳带着孩子上了楼。老苑给方泡了杯咖啡，坐在了她对面的沙发里。可能是喝了酒的缘故，他显得有些兴奋，手里摆弄着一个崭新的羽毛球，嘴里喋喋不休地又和老伴谈论起在北京和梁欣、张成、“大个儿”喝酒打球的往事。方静静地看着一份资料，听老苑讲得津津乐道，不由几次把目光离开资料诧异地看着老苑。老苑没有注意方的表情，仍眉飞色舞地说着。

“苑，你太兴奋了！我真搞不明白，你的那些没有读过书、没有知识的小人物朋友，怎么会给你留下这么深的印象！他们在美国就是白痴！说得好一点，是几个对社会发展不可能有贡献的社会附庸！”

平缓而又轻蔑的语言让老苑一下愣住了，脸色由酒后的潮红迅速变得异常苍白，有些口吃地说：“方，你怎么能这么讲！他们都是我的朋友！当然他们没你有知识，没你有教养，但他们不缺少真诚与善良！正是他们这些小人物才构成了中国社会的肥沃土壤，让我们这个民族自尊、自强地屹立于世界民族之林！”

“不，苑，你太兴奋了！你需要冷静一下！”

“我没有兴奋，我很冷静，你要对我和我的朋友道歉！”

“苑，你太兴奋、太情绪化了！我只不过是……”

“情绪化？可能我是有点情绪化，因为那是尊严！顺便向你提一个请求！方，如果今后我在脚踩的这片土地上不能再履行一个丈夫、父亲、爷爷的责任时，请带我回到大洋彼岸的那片土地上去。我的心、我的血，离不开养育了我的那片土地！”

在方吃惊的目光中，老苑道了晚安，回到了自己的房间。

第二天，可能是一夜噩梦的缘故，老苑有些头疼。他没有准时地出现在餐厅，而是懒懒地靠在床上回忆着昨晚的不快。在他的印象中，即便是当年方离他而去，他的态度也从未这么激烈过。

“苑，身体不舒服了吗？我给你端来了牛奶、面包和一个煎蛋！我要向你和你的朋友真诚道歉！我相信能让你如此动心，那一定是天下最好的人！你的要求我也答应你，一旦出现你说的情况，我……我会陪伴你回到那片土地上去！让你和你的朋友重逢！”

老苑静静地听着老伴的话，他发现在讲到最后时，老伴的眼睛湿润了。

过了圣诞，眼看就到了春节。老苑心里惦记着北京的哥们儿，想给买点礼品。又不愿意把自己的想法告诉方，怕她又讲出不能接受的话，就悄悄地从琼那里打听到去纽约市区的交通路线。

吃过中饭后，他悄悄地上了路。公车很方便，不到一小时，他已经站在了帝国大厦的门前。老苑从小有个习惯，从来不爱逛商店，单身这么多年购物也仅限离家很近的几家超市。这次乍一走进充斥着浓郁异国情调的商场，还真被五光十色的商品吸引了眼球。他楼上楼下一个柜台一个柜台地挑着选着，可大部分让他看中的东西，产地都是一个地方——“China”！

“这怎么能行？总不能把家乡产的东西再寄给家乡的人吧！”老苑叹着气只能接着转，出了一身汗总算把“大个儿”、张成、老唐和其他朋友的礼品都选好了。眼看就差梁欣这一份了，他也累得腰酸腿疼头晕眼花！老苑在热饮柜台上点了杯咖啡，找了个不显眼的地方很绅士地坐了下来，边喝边打量着漫步在他四周的每位顾客的服饰气质。最后他有了个结论，西方人种着装打扮确实比较入眼！一件看着质地、样式、做工很一般的衣服，他们穿着就很是样。“这是为什么呢？”

端详了好一阵，他找到了答案：“噢，亚洲人身高不够，腿也短，腰有点长！还有……还有脸型扁平，还有……还有脸盘太大，显着肩很窄！”老苑觉得自己独到的见解很是到位，心里自信满满，充斥着成就感。

“啊哈，就是它！”一个从他身边经过身材矮粗的顾客，脚上的那双雪地靴让他赞叹不已，“这次可以给梁欣那双臭脚找个窝儿了！”

老苑对自己的选择很满意。他大包小包地提着东西有些懵懂地往大门走。出了商店门，他才知道天色已经暗了下来。耀眼的路灯争相斗艳，霓虹灯晃得他有些睁不开眼。他按来时的路线拐了几个弯，本以为抬眼就是公车站，可眼前哪有一点车站的影子。

“怎么搞的，不应该走错啊，就是这么几个弯嘛！”老苑认真地回忆着来时的路线，“错在哪儿了呢？是不是进出商场走的不是一个门？哎哟，我的天，南辕北辙了……”

他又按刚才的路线一步步回到商场。转了几圈，可傻眼了，这七八个门哪个是进来时的门？老苑像一只甲虫一样，在几条商场附近的街道里转来转去，最后他终于明白自己迷路了。摸摸身上的东西，“哈，哈，手机！”他边按着家里的号码，边担心能不能和琼用中文讲清自己的处境。然而，手机屏只闪了一下就再无反应，他明白后面的担心是多余的，久被遗忘的手机已经没电了。还好护照和钞票都在，他稍稍定了定心。“休息会儿再找吧，车到山前必有路！”他安慰着自己，找了个台阶坐了下来。

不知坐了多久，头顶建筑物上一块被寒风吹落的雪块，不偏不斜地正好砸在了他的头上。老苑一激灵，这才觉出刚才还汗津津的身上已被寒风撕扯得没了热气。抬腕看了看表，指针告诉他现在已经是晚上八点多了。

“怎么会迷路？手机还没电！现代人怎么会这么糟糕，这简直就是笑话！家里一定乱成了一锅粥，又要挨方的埋怨了！”老苑一生走南闯北，他不信奉神灵，但天生对大山、大海、沙漠、峡谷等自然景观深怀敬畏！今天，他突然对这座陌生的城市也产生了一种莫明其妙的敬畏！

他有点沮丧地掏出口袋里一枚压兜的硬币，在手里摇了摇，随手抛过了头顶。“正面！”他在心里赌着。硬币在地上滚了几下停住了，他立刻蹿上去一看，“嘿，真是正面！”

“打辆出租回家，活人还能让尿憋死！”老苑边想边站了起来，尝试着拦住了一辆出租．看司机摇下车窗玻璃，就赶紧晃着手里的护照，语速极慢地报着要去的地方。司机看看他的护照，却对他的话一窍不通，只说了一句：“China，No!”就摆摆手把车开走了。又拦了一辆，情况更糟，他一张口，对方就不再理睬，只给他留下一股冒着白烟的尾气。

“这群笨蛋，就没一个懂中文的！”老苑对着出租车的背影骂了一句。随后有点赌气地朝他自认为是家的方向走。这时他的脑子一片空白，只是在心里埋怨自己为什么不听方的话学一点英语。

前面的路越来越暗，周围的行人也少了许多。“是不是该找个警察？”老苑对自己的处境开始有点担忧。路前方突然出现的一个电话亭给了他希望。“能用吗？门都快掉了！”他心里嘀咕着，但还是毫不犹豫地拿起了上面一层土的听筒。

“嘀……嘀……”“我的天，有戏！”老苑听到这个声音后乐了，掏出那枚硬币塞进了投币孔，随手拨通家里的电话。

“嘀、嘀、嘀……”

“占线！别……别，我就那一枚硬币！”老苑慌得一屁股就要坐在地下。还好那枚硬币迟疑着又从投币口滚了出来。“妈呀，吓死我了！”失态的老苑定了定神，哆嗦着捡起硬币又投了进去。再拨还是占线！反复了不知几次，电话里终于有了声音。当老苑确信接电话的是方后，紧张的心一下松弛下来，浑身再也没有一丝力气，心中一种委屈让他险些落下泪来……

“方，你放下吧，我自己能行！”，老苑挣扎着要下床，去接正端着早餐进屋的方。

“快躺回去，躺回去，我的圣诞老人！东西我已替你寄回了国内。苑，那天夜里，陶陶看见你抱着东西倒在雪地里，当时就认定你就是中国版的圣诞老人！”方看着老苑神情已经大好，就半开玩笑地说道。

“丢人哪，我已经成了就会吃饭的老人。”老苑戏弄着自己，穿鞋就要下地。

“躺回去，苑，别忘了上学时我就是你的‘大班长’，何况你还在发热！”

“咱可不那么娇气！没事了，在北京头疼脑热的，不也是一个人扛着！”

“你呀，什么时候认过输！那天夜里，陶陶把你抱上车，怎么当着儿子面就落泪了？”

“又揭我的短，那是冻的！”

“苑，你要明白，你现在是在美国，不是你过去所熟悉的环境。七十岁的人怎么还这么鲁莽，你太自以为是了！那天，你知道大家都在为你担心，珍尼那么晚了都不肯睡，陶陶险些就报了警……”

“下次你把地址和我的姓名、联系方式用英文写在一个牌子上，挂到我外衣上，就再也不会发生这种情况了！”老苑知道方要开始给自己上课，想用个玩笑结束话题。

“别开玩笑！”方的态度很认真地说。

“我没有开玩笑，北京很多智障老人都挂这种牌子。我这个年龄挂牌儿一点不新鲜！”老苑仍旧开着玩笑。

“苑，我知道你不愿意谈这些，那好我和你商量一下珍尼上班后家里的安排好吗？”

“好的，好的，你说。”看方换了话题，老苑长出了一口气。

“琼要照顾陶尼，我找了附近的家政，他们推荐了一个叫‘李’的菲律宾人，但陶陶不满意……”

“方，我和你讲了几次，不要再找了！琼过去的工作我来完成，我一定能干好……”

“不,这个想法我不会接受！你是陶陶的父亲,这不是你应该做的！我们有能力……”

“方，我明白你有这个能力！但你要知道，国内带孙子就是老人的责任！我当然也有这个责任帮你照顾好这个家。如果你不愿意，我只能理解这不是我的家，这里并不需要我，我回国去！”

“你怎么这么想，我再说一遍，这是美国！这里没有北京啃老、靠老的习惯……”

“不吃了！我不愿意在这里当宅男！”老苑发了脾气。

面对老苑的执拗，方束手无策！

一天，陶陶凑到妈妈的跟前说：“让爸爸试试吧，我理解他！妈妈，您早就过了退休年龄，为什么还要工作？因为您自己觉得还具备继续工作的能力。爸爸也一样需要工作，他需要这个机会。”

“陶陶，你爸爸不年轻了！当年我们离开他，他一个人肯定吃了不少苦，今天我们难道不应该补偿这一切！”

“应该，怎么不应该？我只是觉得，适当地参与可能比让他闷着没有一点归属感，更有好处。”

方听了陶陶的话没有再反对，事情也就有了结果。

珍尼上班的前一天晚上，陶陶一到家就抱着给爸爸准备的围裙、手套、套袖、洁具等一堆东西进了屋。老苑兴奋得像个刚被复岗的待业者，边接东西边笑着对全家人说：“哇，主人发劳保了！”

“不单是劳保，还有……还有……”陶陶跑到他的汽车旁，开门又取出了一副羽毛球拍递在了老苑手上。

“还是儿子心疼老爸，这是让咱劳逸结合呀！”老苑举着羽毛球拍，像见到了故人，兴奋地在儿子的脸上亲了一下，

方站在一旁没有搭茬，默默地看着眼前的这对父子。

有了活儿干，老苑的精神面貌发生了很大变化，人也显得年轻了许多！连方都惊讶地发现老伴胖了，也漂亮了！

老苑觉得每天清晨是一天中最愉快的时间。每当他打开窗子，迎着第一缕晨光伸一个舒服的懒腰时，他真是觉得惬意极了！随后他迈进厨屋，在炊具碰撞的“叮咚”声响中，几个嫩黄的煎蛋、一盘焦脆的面包片、几杯乳白色的鲜奶、一小筐杂色的菜蔬果品被他依次摆到餐桌上时，他的心中会充满成就感。

今天也不例外，当他摆好早餐放妥餐具后，先是方懒懒地坐到餐桌旁说：“苑，你煎蛋的火候真是妙极了！蛋黄总是七分熟，在国内也这么吃吗？”

“No，在北京，爸爸总是煮鸡蛋！他才懒得给我煎……”说话间陶陶也走进餐厅替老苑做了回答。

“怎么是懒？煮才是鸡蛋的最好吃法。”老苑白了儿子一眼。

“真是难为你，这么快就适应了我们的口味！连珍尼都在夸你这个中国‘土豪’！烙的牛肉饼比这里的比萨饼好吃多了！”方夸奖道。

“千万不要再做炸酱面，珍尼说那个味道糟透了！”陶陶边说边做了个很夸张的动作。

“北京人的媳妇吃不惯老北京的炸酱面？那怎么行！以后回去我还要让她喝豆汁、吃臭豆腐呢！”老苑一本正经地说着陶陶。

“哎，珍尼怎么不下来吃早餐？”方没有在意老苑的话，转头问着陶陶。

“妈妈，今天是周末，她要收拾陶尼和她自己的事。早餐我吃好后给她送去。”

等大家用完早餐，老苑收拾好厨房，到洁具间拿起墩布开始了一天

的第二项工作——清扫房间。很快一楼就打扫完了，他提着桶来到二楼陶陶的房门前，敲了两下门，没人回答！又敲了两下，还是没人回答。

“这俩孩子干什么去了？”老苑想着，随手推开了门。卧室没人，他三下五除二几下墩干净地板，随手擦擦窗台。心里想着小两口一定在逗陶尼玩！就又抬脚向孙子的育儿室走去。路过室内的浴室前，他似乎听见里面“哗哗”的水声，可并没在意。

“陶，把睡衣……”是珍尼的声音。

“是珍尼在洗澡？”老苑心里立刻想到回避。可就在考虑是应该退回去，还是赶紧到孙子的房间的片刻犹豫中，浴室门大开，珍尼只裹了一条浴巾走了出来！来不及做任何反应，四目现对！接着是珍尼一声“啊”的惊叫，然后手足失措地往浴室躲！由于动作过大，裹着的浴巾也滑落下来！

“爸爸，您怎么不敲门！”陶陶从育儿室跑出来，脸涨得通红地向他喊道。

老苑仓皇中回到自己的房间，满耳响着陶陶“爸爸您怎么不敲门！”的重音，一颗狂跳的心脏似乎要跃出口来……

9

这天，田娣按惯例上儿子那儿洗衣服、做饭，忙了一上午。看看时间差不多了，就和抱着周周的保姆打了个招呼回家吃饭。一开门，看见老唐闺女要上楼，赶紧招呼道:“闺女什么时候回来的？也不打个招呼！你梁叔昨儿还念叨你们哪，怎么样，家里都挺好的吧？”

老唐闺女见了田娣，唰，眼圈一下红了！带着哭腔说:“婶，我妈……我妈没了！我妈走了！”

“什么？好好的，怎么就……就……”田娣问着，这才看见老唐闺女胳膊上的黑纱。

闺女哭着讲了她妈在南方家里出了车祸，她舅来电话时她妈已经没了气的经过。说到后来，哽咽着趴在田娣肩上号啕起来！“婶……婶啊！今后我……我就没娘了！”

闺女哭得撕心裂肺，田娣陪着掉眼泪。后来昏昏沉沉不知道怎么进的家门。

“怎么了你？累了就歇会儿，为那两小王八蛋还不要命了！”梁欣看着田娣脸色煞白进屋就瘫在床上，劝说着。

“你别劝我了，快去看看你兄弟吧！”

“什么兄弟，哪个兄弟？”

“老唐的媳妇没了，家里不定乱成什么样！他是你兄弟，你不去，谁去？”田娣不知哪儿来的火朝梁欣一个劲喊。

“我说老唐走了这一阵子也不来个信儿，给他打电话也关机呢？我的天，他老伴走了！唉，那可真够他呛！我去，我去，这就去！”

梁欣到了老唐家。进门一看，老唐闷坐在沙发里，人比走时瘦了一圈，胡子拉碴没了往日的整洁。看见梁欣进屋没吱声，仅是象征性地努了努嘴。

“怎么也不来个信儿？”梁欣闷坐了会儿说道。

“说了不也就是都跟着着急吗！有啥用？梁哥甭劝我了，道理我都懂，我就这命！我想开了，本来活着也没啥劲，老伴走了，我就应该跟着去！嗐，说这有什么用！怎么着，来了就陪我弄两口？”老唐眼皮动了一下，看看梁欣说道。

“今儿不行……今儿不行！你这心里有事，喝酒伤身子！”梁欣劝着。

“伤身子，伤谁的身子！这身子留着还有用吗？闹不好倒成了人家的累赘！”

梁欣听老唐这话好像还有别的事，可当着在厨房做饭的闺女，又不好细问，就装糊涂说：“什么累赘？活到咱们这岁数都是累赘！得，你今儿不痛快，道理又都明白，我也劝不了你，我先回去，待会儿再来！”

“走，都躲我远远的，走！”梁欣从没听老唐这么讲过话。眼见他眼圈红红的眼泪就要流下来，自己觉着有点尴尬，走也不是留也不是。

“梁叔，您别听我爸瞎说。他就盼着您来呢，他心里这点火是冲我来的！”老唐闺女看梁欣要走，赶紧从厨房跑出来，说着就把他拉进了自己的房间。闺女关上门转过身，眼泪先流了下来。梁欣本就不习惯进姑娘的屋子，又看她这一哭，先就慌了神。

“梁叔您坐，我从小就没拿您当外人！”老唐闺女边擦眼泪边给梁欣让座。

“梁叔，您说我怎么这么苦啊，心里一肚子的委屈不知道找谁说！前年，我读研毕业后分到了现在这个设计院。当时想，读了小半辈子的书，总算有了个落脚的地方。进了这个单位才知道内部的岗位竞争相当激烈，为了一个项目，别看都是受过高等教育的知识分子，照样翻脸不认人！我知道当前社会上说的‘毕业就是失业’的形势，为了保住这个岗位，梁叔您知道，我不敢迟到、不敢早退，一天假不敢请。家里有事都是让您帮忙！我就想好好干，能在单位立住脚，今后条件好了能孝敬父母。可谁想我没赶上好时候，全国经济呈下行趋势，设计院的活儿一天比一天少。单位为了控制成本，已开始推行竞争上岗末位淘汰制。我的压力一下就加大了！要淘汰，还不就是淘汰我们这些在单位没靠山，业务上羽翼又不够丰满的小青年！梁叔，您这一辈老觉得经过‘文革’，下过乡，吃过苦，这辈子不容易！可您理解我们吗？一个草根要想在社会上混个出身有多难！这些心里话，梁叔。您别怪我和您叨唠！我倒想和我爸说，他听得进去吗？他老抱怨我不关心他，不陪他上医院、不陪他聊天，我是真没时间呢！”说到这儿，姑娘的哭声又大了些。

梁欣听了心里也挺难受，可单位上的事又真是插不上一句嘴，只能安慰说：“姑娘，心里有委屈就说出来，叔听着！”

老唐闺女用感激的目光望着梁欣，擦了擦眼泪接着说道：“鉴于单位的现状，我知道离开这个设计院也就是个早晚的事。好在和我同室的一个俄罗斯小伙子，自我进院就一直真心帮我，我们明确恋爱关系也有两年了。他劝我和他一起回俄罗斯，到莫斯科的一家设计院。我觉得机会挺好的，也就答应了。谁想和我爸一说就跟我急了！别人家的闺女要是能找个外国人，家里都能理解，怎么到了我们家就不行？叔，当下都说‘父母养闺女老了得济’。我不是不心疼我爸，特别是我妈这一离世，扔下他一个老人我也不放心，可我也难。为了我的工作，为了我们的关系，我也是没办法！朋友家在俄罗斯，家里也有老人等着照顾，他要回国。我不能说就为家里的事和他吹，终究他爱我，我也爱他！现如今您让我怎么办？那次，送燕子去医院，我和您聊了几句，说有事让您劝劝我爸，您可不能不管！”

要是平常，梁欣听了老唐闺女的话，会毫不犹豫地答应。可现在老唐刚刚失去老伴，又要远离相依为命的闺女，他能接受吗？他能过了这个坎儿吗？梁欣心里想着，可看见眼前姑娘满怀希望的目光，又不能拒绝，只能支吾道："闺女，你的事能不能先缓缓，让你爸……"

"躲得了初一，躲不过十五，俄罗斯那儿的设计院也不是咱家开的，想什么时去就什么时候去！等我真下了岗，我爸能养活我？"

梁欣听姑娘说到这儿，一下想起小宝啃老自己这几年受的罪，立时说道："别，千万别！你让我再想想怎么劝你爸。"

梁欣回到家把老唐这儿的情况说给了田娣，两人干着急，一时还真想不出有什么好办法。

……

老唐赶到南方，面对的是老伴冰冷的尸体。他接受不了这突如其来的横祸，这一段时间心里是万念俱灰。想着老伴在时，虽说日常对自己手紧点，但终究是事事有人心疼的好日子。这老伴走得突然，闺女又提出远嫁俄罗斯，他这心一下像被掏空了一样。本想梁欣来陪自己诉诉苦，劝闺女回心转意，却看他酒没喝、话没聊，和闺女扯了两句就下了楼。一时，他心里苦得真是觉得这世上就没有靠得住的人！这活着也再没什么想头了！

老唐赌气不吃闺女做的饭，拿着一瓶酒进了自个儿屋，反手关了门。

"爸……您……您这是干吗？您就……真……真这么……烦我！您就不能……不能听闺女和……和您说说！妈，妈，您为什么……为什么走这么早！今后谁疼……谁疼我爸……谁疼我呀！"老唐闺女边说边哭了起来。

听着门外闺女断断续续的抽泣和无奈的诉说，老唐心里到了冰点，拿起酒瓶往嘴里灌了一口倒在了床上。

……

梁欣心里装着事，什么事也干不下去。田娣看着他一颗颗地抽烟，一圈圈在地上走，知道他是为老唐着急，就劝说道：“老唐心里这扣儿还得解开，他这老头子再难也不能让闺女受屈！人家孩子出国工作、成家都是正事，他心里再苦，也应该理解闺女的难处。终究孩子年轻有追求自己幸福的权利，心里能惦着有个老父亲就算不错，总不能捆在父亲身上一辈子。”

“你这理儿我也明白，可事就这么寸，刚没了老伴，这闺女又嚷嚷要走，都赶一块儿了！眼看挺周正的一个家，说话就散了，这一时半会儿你让他怎么绕这弯儿！”

“唉，也是！”田娣不再言声。

两人闷头吃完饭，梁欣靠在床上，田娣手里又织起了毛活儿。

“你又瞎忙活什么？织了，燕子也不喜欢，倒是出个主意呀！”

“你就是心糙！没看张成上次家来，看我给周周织的小衣服喜欢得了不得！回头就埋怨他们家小高手笨什么也不会！我这是给张成闺女织的。你看，这颜色怎么样？成子的小外孙女穿着合适吗？唉，老唐这事……你让我出主意？你一大男人都没辙……”

“你们老娘们儿就这样，不让你们说吧，你们闲话多了！真要让你们出点主意又都这样。”

“不行……劝老唐跟闺女一块儿去俄罗斯，行吗？人家苑哥不就走了。”

“哪有闺女还没过门就带着爹的，就是去也得过几年！”

“也是，其实老唐人还年轻，等过了这阵儿，有合适的可以再走一步。他的路还是挺宽的！”

“那也是远水不解近渴！得，别瞎念叨了！一会儿，我再去劝劝他，也许能松口。”

“中午你就不该回来！平常你们一见面喝得欢着呢，今儿人家心里有事你倒打了退堂鼓！什么人呢？”

“你又怨我！他那烦得一肚子火，得谁和谁来！这会儿劝他，不是火上浇油吗？”

“得，算我多嘴！你躺会儿就先过去吧！我这儿收收针，得去趟菜市场。他们临撤摊前准有点贱卖的菜。”

“又捡菜帮子去？”

“别说得那么难听！你们男人的面子贵，又不让你去。穷日子穷过，咱不能和那哥儿几个比，紧紧手这月没准就能剩几个！”

“剩多少也不够你儿子捞的！真是‘养肥了媳妇累死娘’！”

“给宝儿多少我也不心疼！挺你的尸吧，一会儿我就回来！”

田娣什么时候出的门梁欣还真不知道，迷迷糊糊就睡着了。

“哐、哐”两声门响，把梁欣吵醒了。他以为是田娣从菜站回来了，就不乐意地说：“你手轻点，没看正睡着！”

“叔！叔！是我！您快醒醒，我爸出事了！”

“出什么事？你爸又喝多了？”梁欣激灵一下坐了起来，一看是老唐闺女站在屋里，忙问道。

“不……不是！我爸吃了药，又把手腕割了！地上都是血！叔，我害怕……您快跟我看看去！”老唐闺女浑身发抖，哭着把情况告诉了梁欣。

“什么！多大点事就要……这浑蛋活腻了！走，走，快走！”

老唐闺女开着车进了医院，满世界找不到停车位。梁欣使劲掐着老唐割破的手腕，那血还是滴滴答答流个不停。他着急地说：“停这儿！先停这儿！”不等车停稳，他就先下了车，抱起老唐就冲进急诊室。

……

“您是病人家属？”一个护士问着刚进来的老唐闺女。

“我是……我是！”

“病人失血很多，需要立即输血！可近期医院血源紧张，这位病人的情况需要自己解决血源。”

“自己解决血源！这临时上哪儿找去啊？”

“如果病人持有献血证，还可以照顾照顾！”护士补充了一句。

“献血证可没有！要不抽我的血，我是O型的！”老唐闺女着急地说。

“抽我的吧，闺女！我和你爸是同血型，都是A型。”

“大叔，您这么大岁数，抽您的血？”护士诧异地问。

“没问题，抽个三百四百的没事！”梁欣抬起结实的胳膊给护士看着。

“恐怕一次就得六百，您行吗？”

“走吧，验血去，别耗着了！”

“梁叔，您……您这身体行吗？”老唐闺女心虚地看着梁欣。

“闺女，这节骨眼儿还有什么行不行？别耗着了，咱先救你爸的命吧！”

抽完600cc血，梁欣后背冒起了虚汗，从椅子上往起一站，立时有点天旋地转的感觉。他定了定神，心里默语道：“到底是老喽！”可他不敢耽搁，催着抽血的护士往老唐的病房走，直到看着自己的血一滴滴流进老唐的血管，这心里才踏实了几分。

“梁叔，您出去歇会儿，我看着！”老唐闺女看着刚抽完血疲乏的梁欣说。

梁欣出了病房，抽空给田娣打了个电话，嘱咐老伴弄点红糖水、煮几个荷包蛋。他觉着自己肚子有点空，也担心老唐醒了要吃东西。

两个多钟头后，梁欣喝了两杯田娣拿来的红糖水，一气吃了四个鸡蛋，出了一身透汗，这才觉着有了点底气。

“梁子，这事用和张成、‘大个儿’打个招呼吗？”田娣看梁欣咽下最后一口鸡蛋后，问道。

“我看，先别找了！这事知道的人少点好！，省得人多嘴杂，让老唐心里留下东西！”

“是……是！我也这么琢磨，别看老唐整天乐呵呵的，他这辈子其实挺苦的。有一次，他跟我聊起小时候的事，说着说着就掉眼泪！”两口子正说着，听见抢救室里传来老唐闺女的哭声。

俩人不知道又出了什么事，着急忙慌地进了抢救室，就听老唐闺女边哭边说："爸……爸……我……我不走了，我一辈子陪着您！您喝……喝点水吧！我求求您，喝点……喝点水！"

老唐面对闺女的哭诉，脸木讷得像块木头，两眼死死地闭着，身体挺得直直的。

"爸，你倒说话呀！"

"闺女，去和你梁叔上外边聊会儿，婶帮着照看着你爸。去吧，别哭了！"田娣说着冲梁欣使了个眼色，顺手接过老唐闺女手里端着的红糖水，坐在了病床边。

"老唐兄弟，嫂子不是说你，你说你这是和谁赌气呀？闺女的娘走了，你心里难受，这嫂子心里明白。可万事都得两头儿想，闺女没了娘，心里就不难受吗？要是她娘还在，能轮着你在这儿耍性子？兄弟，孩子是什么？你们老爷们儿想得少，那是妈身上的肉！她娘要在，就是心里再不愿意这门亲事，也得顺从孩子的选择。咱们做父母的有什么图头儿？他们过得好，就是咱最大的希望！真要孩子为了你毁了这门亲事，她一辈子不开心，这心里的结你得背一辈子！你背得动吗？兄弟，咱可不能办这种糊涂事！再说闺女就是出了国，她心里的根儿还在你这儿……"

田娣说到这儿，看见老唐紧闭的眼睛里慢慢流出两行泪水。她举起手中的水杯，用勺子把红糖水喂进老唐的嘴里，然后接着说道："兄弟，今后千难万难都不能办傻事！人这辈子没有过不去的火焰山！你寻思老伴走了，闺女要出国，心里没指望了！孤单单的，没人心疼了！兄弟你错了，你到哪天，嫂子都心疼你。在嫂子眼里，你和梁子除了不是一个姓，哪一点比亲兄弟差！兄弟，你不孤单……"

听了田娣的话，老唐心里渐渐升腾起阵阵暖意，想着那一时的冲动，他开始后悔了。

……

老唐中午和闺女赌气，一个人进了自己的屋，仰脖灌了几口酒，心里的郁气憋得心口生疼。回想自己这辈子，三岁父亲去世。五岁时娘拖着自己这个“小油瓶儿”改嫁去了密云。从小就是在别人白眼中长大，十岁前没穿过一双囫囵鞋，两个窝头、半块咸菜，就是十几里外上学一天的吃食。看着隔着山的弟弟妹妹在父母面前撒娇，自个儿只能躲在边上苦自己的心。熬到三十老几，赶上机会有了工作。可不自信的性格，始终让自己在单位上是有了不多、没了不少的尴尬。总算后来讨了媳妇，也是低声下气的“妻管严”。为这，他不怨！觉着能有这么个家得知足。可哪承想偏偏自己的老伴先他而去，视若心肝的闺女又要远嫁俄罗斯。想起这些，他觉着自己就是世上一个多余的人，一个苦命的人！想到这儿，他反问自己：“你活着还有什么乐趣？你就真想成了别人的累赘？”酒精在空腹中被迅速吸收，一种冲动在血管中奔腾，兴奋的大脑让他能想象出，今后老无所依、凄苦孤独的样子。

“死”这个字瞬间在脑海一闪，立时全身有些紧张。可随后一想：“死了……死了……死就是了……了就是死！”老唐在这一刹那想明白了，他找出水果刀向手腕割去。也许是用力过猛，血一下就喷了出来。看见自己的血，他的心又紧张起来，忙用另一只手按住伤处。但另一种兴奋的情绪让他有了一种快感，“原来死并不复杂，并不可怕！走吧，就这么去找老伴吧……”

兴奋中，他松开手又吃了几片床头上的“安定”，摆正身体闭上了眼睛。开始，他还能感到手腕伤口血在滴滴答答地落，渐渐地没了感觉。在睡意朦胧意识游丝般即将溜走之时，他有点后悔就这么离开闺女，这样离开……有点……

他试着想再按住流血的伤口，可身体却不再听他使唤，而后他觉得身体慢慢瘪了下来。最后，薄得像一张纸……在一阵风中，身体离开了床，一点点轻轻地飘向天空，他睡着了！

睡梦中，他看见老伴正站在一片橘黄色的光影下，边向他招手，边向光亮的深处走去。老唐被那诱人的颜色迷住了，他拼命地喊，拼命地跑，想追上前面的亲人。他觉得跑过了一盏灯，又跑过了一盏灯，浑身乏得没了一点力气，心里空空得难受，脑子也迷糊起来。突然，他感到一股温热的液体流向心里，心脏的搏跳让他有了些力气。一束白炽的光让他眼前有了光感。他听见了闺女的哭声……

“爸，你醒醒，喝点水。爸，我不走了，我一辈子陪着你！”

老唐在听到闺女的哭诉声时有点怨也有点悔。他怨没能如愿地随那温暖光影而去；他悔一时的冲动可怎么收场。他紧闭着眼睛，不理睬闺女的呼唤。接着，他听见是田娣坐在他床边苦口婆心地劝说。他想睁开眼，看看眼前的一切。但心里也有些留恋那橘黄色光影中的一丝暖意。

“外头那位输血的老头，是您老伴吧？可能是一次性抽的血有点多，加上他年龄大了，目前有点失血后遗症，您是不是先过去照应一下？”一位护士进屋对田娣说。

“没事，没事大夫！抽那点血他没事，麻烦您，让您操心了！”

老唐听了护士和田娣的对话，一时百感交集。他明白了，是梁欣的血把他拉回了这个世界。瞬间想起了梁欣两口子对自己的百般好处，想起自己最难时的一幕，想起趴在梁欣背上像个孩子一样……他后悔了，他从心里后悔了！不由地睁开眼，边喊边要从床上爬起来。可虚弱的身体把他撑起的上身又无情地甩回到床上。

“嫂子……嫂子！”他连喊了两声田娣后，“哇、哇”地哭了起来。

门外的梁欣听见哭声赶紧闯进屋。老唐看着梁欣输完血胳膊上贴的胶布，哭得越发伤心。田娣看着老唐的样子，悄声说：“兄弟哭吧，哭出来，心里就透亮了！”

片刻后，老唐睁着泪眼，看着梁欣两口子道：“哥，梁哥！你不该为我这多余的人耗费自己的血！不值啊……不值！兄弟……兄弟今后拿什么还……拿什么还你的血啊！”老唐哭了说，说了哭，直到田娣心疼地蘸上热毛巾一遍遍地给老唐擦着脸。

“老唐兄弟，哥不冤……不冤！几百 cc 的血，留下一个好兄弟给哥哥做伴，这事值……值啊！”屋里一时哭成一片。

“爸，这就是我……的……”

老唐闺女不知啥时领着一个黄头发、蓝眼睛的高个儿男青年进了病房。老唐的眼睛亮了，梁欣、田娣的眼睛也亮了。

“走吧，老头子，接班的来了！别在这儿当灯泡儿了！”田娣笑着拉上梁欣出了老唐的病房。

……

今儿一大早，梁欣就接到了老苑的电话。当时他以为老苑又是在美国熬着夜给自己打电话，聊了几句才知道他人已到了北京。

“啊哈，老哥！回来也不事先来个信儿，和哥儿几个生分了吧……想啊，怎么能不想！哥儿几个见面就念叨您！可不，都想让您回来见个面！都这把岁数了，见一面少一面了……不，不行！您回来得我们给接风！哪能……什么？饭店都定了？哎，您真能寒碜我们！好……好，按您的安排，晚上见，晚上……”

梁欣放下老苑的电话，立刻拨通了张成的手机：“成子，你麻溜地给‘大个儿’去个电话，告诉他苑哥回来了！对，是苑哥……苑哥回来了！”

“什么？苑哥回来了！这一晃老哥走了几年了吧？”电话那头的张成也兴奋地问道。

“可不好几年了吗？你照照镜子，这几年咱们哥儿几个也老了不少！”梁欣笑着和张成逗着乐。

“没说再一块儿打两盘羽毛球？”张成又问道。

“咱们都打不动了，苑哥得七十了，我估摸他也打不动了。老哥就说晚上他坐庄，找了个好点的饭店大伙撮一顿，好好聊聊天！”

“哎，老唐是你叫，还是我叫？”张成提醒道。

“你叫……你叫！你成天挤对人家，这会儿又想起人家了？”梁欣一边说一边笑。

“梁子，不带老这么揭短的！我跟你说实话，前几年是有他我不愿去！现在是没他我不愿意来！处长了，我还真离不开他了！再说，酒桌上不说不笑不热闹，要真没了我们俩，你们还喝什么劲？”

“你今儿说的是实话？”

“没错，是实话！”

“这么说，你平常是没有实话！你小子呀！”

“哎哟，我的哥！你这是绕我呢？行，看今晚上我和老唐联手怎么灌你！”

“别瞎扯了，记着把小高、王老师都叫来！肯定……你嫂子肯定去！你放心，都去，都去！”

梁欣放下电话心里还是兴奋得很，打开破衣柜找那年老苑送给他的那身球衣。

“你又瞎翻什么？翻什么？”田娣进屋看见床上一片狼藉，都是衣柜里的破烂，不由冲梁欣喊道。

“你把苑哥给我的球衣放哪儿了？”

“你多少日子不打球了，找它干吗？”

“苑哥回来了！我刚接了他的电话，晚上请咱们吃饭！我穿上他送的衣服不是尊重老哥哥吗！”

“我看你是脑袋让驴踢了吧，有去饭店穿裤衩背心的吗？你就身上这件吧！脱下来，我帮你涮一把，去去汗味就挺好。”

“干得了吗？”梁欣边脱衣服边问道。

“你放心！外边大太阳底下，一会儿准能干，误不了事！”

“行！你也准备准备，人家小高也来，别穿得让我一点面子都没有！”

“都是自家兄弟，讲那面子有什么用？我就这样，你要嫌我丢人，我还不去了！”

“得……得……算我没说，您只要去就是给面子！”

俩人听说老苑回了家，高兴得有说有笑地逗着贫。

眼看天色暗了下来，梁欣两口子按老苑说的地址找到了“皇城饭店”。气派的门脸让田娣明显有些气馁，一个劲地往后躲，最后几层台阶几乎是让梁欣硬拽了上来。梁欣的心里也挺虚，可在媳妇面前总不能露怯，憋着一口气到了门前。

他试探着刚要推门，“哐”的一声，足有三人高的大门从里面打开了。一个穿着制服的门童向他和田娣低头致意后，客气地说道：“感谢光临，您请！”梁欣、田娣边道着谢边把脚迈了进去，立时一种松软而富有弹性的感觉由脚下传递到大脑。“真舒服！”梁欣看着田娣想喊一句，可眼前宽阔的大厅里种种未曾见识的装饰迅速夺走了他的眼球。“美……真美，简直是金碧辉煌！”梁欣脑子里反复在自己有限的词汇中斟酌着，终于选了一个自认为最准确的词下了定义。

“苑哥！苑哥在……”

“别喊！”

身边的田娣不识时务地刚要喊，立刻在梁欣的制止下住了声。

梁欣顺着田娣的目光，看见四组摆成回字形的真皮沙发位于大厅的中央，周围几棵高大的绿植在地灯的辉映中显得凝翠欲滴。老苑正形单影只地坐在沙发中，不知在想着什么。可能是大厅过于空旷，绿植过于挺拔高大，老苑的身影显得格外渺小。梁欣刚想对身边的田娣说：“苑哥这两年也显老了！”就听田娣有些吃惊地说道：“苑哥怎么头发都白了？显着不那么精神了！”

坐着的老苑突然扭过头，立时看见了迎面走来的梁欣两口子。

“梁子，田娣！”

“苑哥！”

“老样子，梁子你真是一点也没变，还这么壮实！弟妹，你怎么样？瞧着气色比我走时也好多了！真想你们呀！球还打吗？那几位呢？”老苑拉住梁欣就是一串的询问。

“苑哥，您放心！有人请客吃饭，谁也误不了！”老苑提问的话音刚落，张成、“大个儿”、老唐三个人笑着已经到了跟前。张成的话正好接住了老苑的询问。

“两年多了，苑哥在美国养得发福了吧！”

“哎哟，可不一晃都两年多了！想着送您去机场，还像是昨儿的事一样呢！”

“苑哥，您在那边还想得起我们哥儿几个吗？”

“没发福，比在国内还瘦了。想……怎么不想！在那边，我成了外国人，成天没个伴！闲下来就想起咱们过去在一块儿时的高兴事。”老苑一张嘴忙不过来，连说带比画地回答着大伙的询问。

几个人到了包房，看着酒菜都已上齐，突然都变得斯文起来，互相看着谁也不落座。田娣进包间前先问了张成和“大个儿”，为什么两人的媳妇都没来？张成说小高正看着孙女离不开，“大个儿”说王老师又上庙里进香去了。看着这一桌就自己一个女同胞，又插不上男人们的话题，田娣只能小心地掩在梁欣身后听着他们聊。

“坐呀，都入座！弟妹你过来，坐梁子边上！”老苑叫着田娣。

“对，嫂子你坐里边！这门边是我的座！”老唐看了张成一眼，主动和田娣换了位置。

“这里就你岁数小，那座就是你的！看我干吗，心里冤啊？”张成不买老唐的账，话又横着冒了出来。

“坐这儿，离你远点心里踏实！”老唐这嘴里也不闲着。

“怎么着，两年没见面，都变斯文了？有进步啊！”老苑看着大伙都愣愣地看着桌上的菜，调侃了一句。

“苑哥，这地方档次太高，把哥儿几个都震住了！还不如在‘老北京’呢！”老唐有点扭捏地说。

“嗐，花线消费，甭想那么多！来，咱们干仨就都放开了！”老苑听了一笑，举起酒杯说道。

果然，大家一端酒杯立时来了气势！

“老唐，你那第二杯没斟满！喝酒老耍滑，一点不实在，真没劲！”张成盯着老唐报怨道。

“你瞎说！谁耍滑了？不信咱俩单喝一个！”老唐不服气地也叫起了号。

“得，你们俩又掐上了！先一块儿敬苑哥一个吧！”

“一块儿起……一块儿起！两年多了，头一次人这么齐，痛快地喝一顿吧！”

“吃菜……吃菜！别空着肚子愣喝！”田娣劝着大伙。

包间里推杯换盏的气氛立时把大家又拉回到了过去的岁月。眼看着两瓶酒见了底，桌上的菜也风卷残云地下去了七八分，大伙的疯劲才渐渐消退，都懒散地把身子靠在椅背上聊起了天。

老苑想站起来，可身子一晃又倒在了椅子上。

“是去洗手间？来，我陪您去！”张成扶住老苑问道。

“那得梁哥扶着才行呢！”老唐斜着眼说。

“你……你又……又废……废话，不挤……挤对你难……难受吧！”“大个儿”制止着老唐的挑衅。

“谁扶我也不去！梁子把那包递给我，给你们带点小礼物！一人一包，回家再看，留点噱头。”老苑接过梁欣递过来的包，边往外拿东西边说道。

“不好意思……吃着还拿着！”老唐知道刚才玩笑开得有点低级，正在懊恼！一听说苑哥又要给礼物，脸越发红了起来。

“又整这假客气，你这人真没劲！”张成不失时机地又攻击了老唐一句。

“瞎……瞎贫什……什么！苑……苑哥给……给讲点……点新鲜的！”“大个儿”提议道。

老苑喝了一口杯里的茶，沉默了一会开口道：“这次临回国我在离家很近的中餐馆用餐，等菜的当口翻了一本杂志，其中一篇文章给我的印象很深，标题是……是《我们究竟活在哪里？》”

“活在哪里？活在家里，现在是活在饭馆里呗！”老唐嘻嘻地笑着说。

老苑不理睬老唐的玩笑，接着说道：“文章的原话我记不得了，意思是今天我们主观意识所感知的这一切真的是真实的？还是我们的意识实际上是被另一种高智商的生命所强加、所设置的？是不是另一种生命给了我们一个虚幻的意识？如果是这样，那么我们今天的人类世界，你所看到的听到的，就都是类似于电影的虚幻世界！”

“那可热闹了，人家高智商的生命哪天开玩笑把电门关上了，我们……”张成仰着酒喝高了的一张红脸喊道！

“没错！如果我们认识的世界要被人家关上电门，不正是回到中国道文化中讲的人类轮回，天体原是一片浑噩与漆黑吗！说实话，当时看完这篇文章觉着挺荒诞！可回去认真一琢磨，为什么人类社会不论是东方还是西方，不论是黄种人还是白种人或是其他什么颜色的人，只要是人，就都活在一种神的传说中！外国有上帝、有真主，中国有佛祖、有天尊。不管大家怎么称谓，其实都是在我们的潜意识中承认或是接受有一种更高级的智者在左右我们。如果我们今天承认这个现实，就等于承认了这篇文章的合理性。那么我们今天的意识就有可能是被赋予、被强加的！今天，我们意识中的世界就有可能是虚幻的！”

“苑哥，你是在国外待得魔怔了吧？您说的这也太深了！”张成喝了一口杯里的茶，接了老苑的话茬。

梁欣半天没言声，听着他们瞎吵吵，后来实在憋不住开口道：“苑哥你说的这道理我明白了。如果真按你讲的，真有那个高智商的神灵，他就不但能关掉整个世界的电门，还能关掉其中某一个人的电门。您说是吧？”

“那不就是阎王爷要销你户口吗？”

“那要谁让人家关了电门，是消失了呢？还是死了？”

“我想那一定是傻了！”老苑看了梁欣一眼后说道。

“哎哟，那咱哥儿几个可得小心点，别让人家关了电门！要是傻了，可不是闹着玩的！”

“没错，是得加点小心！”

“我怎么现在看你就有点傻呀！别是……”

“你才傻呢！”

大伙说笑着，像是一群开心的孩子。

“铃、铃……”张成和“大个儿”的手机几乎同时响了起来。

两人接完电话脸色都变得有点白。

“谁的电话,怎么了？”梁欣看着两个面色有异的哥们儿,问了一句。

“媳妇来的电话，告诉我刘星没了！”

“是说……说刘……刘星死……死了！” 张成和“大个儿”先后答道。

“怎么可能？前些日子你说碰见他儿子,不是还说他爸挺好的吗？”梁欣追问道。

“谁说得清，刘星本人又联系不上，他儿子的话哪有谱！”

“是不是老病根儿又犯了，那也不至于……”老唐问道。

“大个儿”张了张嘴想说，可嘴里“死……死……死”地说不出下句，眼泪倒先痛快地流了下来。

接完电话一直沉默的张成揉了揉眼睛，抢过“大个儿”的话头儿说道：“死在顺义了，人走了得有两月没人知道。是他儿子今天上他那儿问一个银行密码才发现的。尸体都干巴了，床下流了一摊黄水！”

“太惨了，太惨了！怎么是这么个死法！”老唐捂着脸说。

“一个球友走了！一个球友就这么走了！”老苑眼看着脚下，手里拨弄着一个羽毛球，伤感地说。

梁欣鼻子酸得眼泪往上涌。他望着窗外夏日灯火辉煌的夜色，心里却飘洒着雪花。想起和刘星反穿皮袄在大雪纷飞的内蒙古旷野上相依行走的画面。

“梁……梁子先……先别……别这样，商……商量……商量星……星子的后……后事……后事吧！”“大个儿”提醒道。

“对……对……得去送，怎么也得去送送！”梁欣努力控制着情绪说道。

“其实，我们每个人一出生就是在路上。走着走着，上学、工作、娶妻生子了，再走着走着，父母没了，自己变老了。哥们儿就是人生路上的伴，有了哥们儿，走在路上会不觉得孤单，碰到沟坎哥们儿可相扶而过。但再走着走着，会发现伴在身边的人越来越少。假以时日，哥们儿，咱们谁还顾得了谁？再往前走，大家都明白，你会在孤单中倒下，无人喝彩！无人送行！所以，先走的是福啊！”老苑开始还劝着别人，不知是想起了什么，不但话说很凄惨，眼泪也顺着脸上的皱纹滴落了下来。

“苑哥别太伤感！咱们……咱们还早……还早着呢！”

梁欣没有听清是谁在劝着老苑。

……

张成和“大个儿”从饭店出来情绪都很低沉。俩人闷着头，深一脚浅一脚地走着。

“本来挺高兴的事让刘星死讯给搅了。这小子什么都特殊，死法和人家都不一样！”张成低着头说道。

“我倒……倒觉……觉着刘……刘星这死……死法不错，省得让……让别……别人难受！”

“你说得不对！咱们虽然没陪着他，今儿听了信儿，心里还不是一样难受！”

“嗐，终……终究是……是哥们儿一场！今儿……今儿苑哥够……够冤的，大……大老远从美国赶……赶回来，就……就想和哥……哥儿几个乐……乐一下！结果……结果……唉！你……你没听他……他说，再……再过几年咱……咱们也就谁……谁也顾不上谁了！听……听着这话，心里真……真堵得慌！”

“想开吧！苑哥说得没错！真都动不了，你倒想顾呢？心有余力不足了！”

俩人聊着聊着到了家。

“大个儿”推开家门，里面漆黑一片。他心里埋怨着媳妇这么晚还不着家，脱下外衣重重地摔在沙发上。

“回来了！知道刘星的死信儿心里不痛快吧？”

“哎……哎哟，你……你吓……吓死我了！我当……当这屋里没……没人呢。干……干吗不开灯？黑灯瞎火怪……怪瘆人的！”“大个儿”猛然听到媳妇说话吓了一跳，埋怨道。

“那是你觉着黑，我这心里有佛点灯，心里亮着呢！”

“又……又是那……那套，烦……烦人！”大个心里叨唠着就想开门进自己睡觉的房间。

“等等！你能不能和儿媳妇商量着让孙女来家看看！儿子走了，孙女总还是亲的吧！”

“我也想……想，可……可咱说了不……不算！”

“这不是让你和她商量吗？说点好听的呗！”

“我这……这嘴……嘴笨，你……你比谁……谁都清楚！你……你们都……都是老娘们儿，说不……不好还……还能‘一……一哭二闹三……三上吊’。我一……一个当公……公的，重……重话也不……不能说，你别……别难为我了，行……行吗？”

“老肖,你能不能尊重点女同志,别一口一个老娘们儿！我不爱听！再说，上次孙女来就是我开的口。当时，能说的好话我都说到了，就差给她跪下了！我求求你，你们男人面子大，让她高抬贵手把孙女送来让咱看看，半天也行！”

“我可不……不想热脸贴……贴冷屁股，自找没……没趣！你……你怎么就……就整不明白，儿子没……没了，媳……媳妇就是人……人家的！孙女大……大了，想起她爸……爸了，没准能……能来看……看咱！要……要是想……想不起……起来，你再惦……惦记也……也是白……白搭！算了吧！咱死……死了这条……条心，闷……闷着头过……过吧！”

“我也想舍,我也想忘,可我做不到啊！”老伴“嘤嘤”地哭了起来。

“大个儿”听着老伴的哭声，心里苦得像嚼了黄连。他心疼老伴更心疼早逝的儿子。夜里他真的又梦见了儿子，小伙子搂着他们老两口朗朗说道：“爸、妈，我这儿好着呢，别老惦记我！早晚还会和你们见面，人这辈子就那么回事，你们活好当下比啥都强！什么媳妇、孙女，您和我妈都不用惦记，那都是眼前花儿……”

第二天一早，“大个儿”醒来摸着被泪水打湿的枕巾，心里祈祷着夜里儿子还能来看他。

……

梁欣和田娣从饭店回到家，心里想着刘星的死讯，也是七上八下地不踏实。

“梁子，你说星子怎会是这么个死法，让人听了心里惨得不行！”

“人各有命，谁能说得清！刚才得着信儿，要不是碍着那么多人，真想躲个没人的地方哭一鼻子，送送大星子！”

“我看连苑哥都掉眼泪了。老哥哥说那句‘再有几年谁也顾不了谁了’！听了心里更觉得凉得慌！”

“老哥说的是实话，谁心里都明白那是早晚的事！得，咱不聊了，喝了几口酒拿不住了，洗洗睡吧！”梁欣打着哈欠说道。

“你等等，我把这儿收拾了！”田娣边说边收拾着床上的东西。

梁欣看田娣拾掇着床上一捆捆用皮筋绑好的零钱，不由问道：“你这又是整什么景呢？干吗使啊！”

“嗐，大星子给你那一万块钱我一直凑不上让你还人家。这些日子省下点，加上手工挣点，卖破烂得点，觉着攒得差不多了，想点点！”

“甭点了，人都没了，还谁去呀！”

“你不是说这两天约上这帮人送送大星子吗？这点钱我给还了，也算还了兄弟的人情！”俩人这一叨唠又是半宿，直到都熬得头晕眼花这才拉灯睡觉。

……

燕子妈双侧肾坏死住院了，小宝家一下乱了套！

“妈！燕子都哭了好几天了，她自个儿不吃不喝，孩子也不管，可怎么办呢？”小宝一进屋就委屈地说道。

“怎么说病就这么厉害！前些日子不是挺好的吗？”田娣着急地问着小宝。

“我妈……不是……燕子她妈是双侧肾坏死，这些年就是靠透析维持着。可这透析不但让人没了生活质量，它……它也伤身子！最近这病又厉害了，好多项重要的化验指标都不正常！大夫说如果近期找不着肾源，就……就要没命了！您说她妈病成这样，燕子她能不着急吗？再说周周也不能没姥姥啊？妈！你说这可怎么办呀！”小宝边说边摇晃着他妈的肩膀！那个急劲就像是当妈的有什么灵丹妙药舍不得给他拿出来！

“你小点劲，别把你妈摇晃散了！你岳母有病，找医院去，跟你妈较什么劲？我们又不懂！再说，她爸不是挺有办法的吗？”梁欣看不惯小宝说话的那个劲头，就生冷硬邦地说了几句。

“有你这么说话的吗？这亲戚有病你们就无动于衷！”

“你跟我们耍什么威风？你丈母娘有病，我和你妈有什么办法？除了这两条老命，我们还有什么！”

“我可没说要你们的命，能跟着验验配型就行！那万一配上了，不就……”

“你！你还想让我们这两把老骨头架子给你丈母娘捐肾！你看看你妈，这两年瘦的！你也张得开嘴！”

“他爸，燕子也挺可怜的，知道心疼娘！你就只当是心疼孙女，也得在裉节儿上帮一把！小宝别着急！去……妈去！”田娣说着落了泪。

“别人不心疼你，我管不了！你不能去，不能去！六十老几的人了，甭说捐肾，就抽几管血你也受不了！小宝，你也别喊了，你回去告诉燕子，让她放心，我去！”

梁欣喊了这句，自己觉着心里一个劲地流血。他不是不想帮着亲家，而是儿子一点不知道心疼父母的态度让他寒心。

听说梁欣要去给亲家捐肾做配型，张成、老唐和“大个儿”想拦可又张不开嘴，只能陪着一块儿去了医院。

“都这么大岁数了，还想为别人捐肾，您可想清楚了！”护士看了看梁欣的年龄，不由地问道。

“想清楚了，您就来吧，扛得住！”梁欣抡着自己短粗的胳膊。

抽完血，大夫嘱咐他，近期别喝酒、少抽烟减少肾脏负担，回家等结果。梁欣听了，回头看着哥儿几个笑着说：“这回完了，就这么点爱好也得戒了。告诉你们啊，当我面儿别提烟酒！”

等待配型结果的这些日子，倒是田娣显得比梁欣还积极。不但每天催着让他多活动，自己更是早出晚归地锻炼。这天，梁欣还没起，田娣已经晨练完进了屋。借着窗外射进屋的阳光，梁欣看田娣脸上冒着汗，两颊也透出一些红润，不禁夸奖道：“老田你还真行，这练和不练就是不一样，显着年轻了！”

“别夸我了，你看看这个！”田娣手里捏着两张单子，先递给了梁欣一张。

“不就是配型不成功吗？配型难着哪，真能碰上一个合适的不容易！”梁欣说着撇了撇嘴。

“你再看看这张！”田娣把手里的另一张单子也递给了梁欣。

梁欣看后，太阳穴的青筋立时蹦得老高，脸上显出一种暴怒的红色。

“你胡闹！你要不弄出点事，心里就不踏实！就你这身子骨还想捐肾！”

“人家大夫说了，只要我体检合格就成，再说你不是也配型去了吗！”

“我去配型？我身体比你棒！我就是捐俩肾，你……你也不能去！”梁欣看了田娣递过来的单子后急了。

“梁子你是讲理的人，你听我说……听我说！”

“我不听……不听！那捐肾不是闹着玩的，就你这八十来斤的身子，扛不住，你扛不住！”

“他爸，为这事，我这些日子想了不少！一是燕子妈虽说平时有点傲气，但终究是周周的姥姥。自家的事，咱不能见死不救！二是燕子她爸嫌咱们穷，欠了他们家的聘礼，我要争口气还给他们，不欠这个情！梁子，你就让我办一次长咱们志气的事！三是你们男人心硬，我不怪！我这个当妈的，见不得小宝掉眼泪。只要是为儿子，要我的命都成，更别说就是一个肾了！儿子在他们家也不易，成天看脸子活着。要光是咱们受点白眼，没关系，我不愿意小宝在他们家受气！”

“老伴啊，你糊涂！你再要强也不能拿命换！”

“没你说得那么邪乎！我问了大夫，人家说十万人里才能有一例配型成功！我可巧就成功了，说明我和燕子妈有缘。人家大夫还讲，人体正常情况保留一个肾足以维持正常功能。你不用太担心。”

“那也不行！回头我去找医院！”

“你找医院干什么？人家只管分检配型，你捐不捐人家才不管呢！再说，没见过你这么犟的人！这事已经办到这程度了，你让我打退堂鼓，今后怎么做人？”

梁欣没词了，他了解田娣的性格，看着温柔，可真是她要办的事，谁也拦不住。

得着信儿的小宝，大晚上回了家。看见他妈像是看见了救星：“妈，我的妈哟！您可真行，您可真行！这回，燕子妈算是有救了！妈，回头我和燕子都请假，请假去医院伺候您。”

“宝儿，不用，千万别为妈请假，有你爸照顾就行！儿子，回头你快去看看你老丈母娘，让她做好准备，她等我一住院就要手术了！”

“妈，行！我这就去。您看，燕子他爸听说您要捐肾，心里特感动！让我给您这张卡，里边有五万……五万块呢！您这回可有钱了！”

田娣的脸色暗淡下来，像是说给小宝又像是说给自己，嗫嗫着说道：“宝儿，把卡还给人家，还给人家！妈不是卖肾，是捐！妈再穷也不缺这钱！”说着把头转向了一边。

“妈……妈您说什么……干吗还回去！”小宝不解地问道。

“让你还，你就还！”边上的梁欣早就摸透了老伴的心，有些不耐烦地对小宝说。

儿子纳闷地出了门，梁欣在田娣脑门上响亮地给了一个吻！田娣瞧着他笑了，笑得那么甜。

……

老苑要回美国了，临走的前一天晚上，他照例单独把梁欣叫到了“老北京食府”。

“梁子，我们认识有七八年了吧？”老苑等梁欣一坐定就直视着他问道。

“有了！”梁欣闷头喝了一口酒，躲开了老苑直视的目光回答道。

“你是老北京人！你懂得什么叫‘搭脚’吗？”老苑依旧直视着梁欣问道。

“不就是搭伙一块儿赶路的意思吗！”

“对，就是这意思！那年我从岗位上下来，脱离了原本熟悉的环境，有段时间总觉得找不到自我，甚至不知道如何走完人生剩余的路。后来，我把那段时间总结为是迷失阶段。你们总说咱们哥们儿的相识是缘分，后来我也相信，我们之间这种相识确实有缘分的巧成。说白了，就是上天把你们甩给了我，我又融化于你们中间。你不觉得咱们这些年的交往，就是在人生路上搭脚的过程？”

梁欣觉得老苑今儿的眼神有点怪！目光盯在脸上，有点不自在。对老哥讲的这些话也有点懵懂。他想回答又不知如何回答才到位，就站起来端起酒杯。他想的是，谢谢老苑这些年的帮助，敬老哥一杯！可对面的老苑冲他压压手，示意他坐下，接着讲道："梁子，人这一生，其实每个阶段都有搭脚的伙伴，只是世事纷杂你未曾留意。但当你脱离了那些纷杂，被社会边缘化后，一种冷清会让你从心里不寒而栗。你这才会发现，跟你同行的路人寥寥无几。所以认真地讲，能融入你们这个圈子是我的福气！"

梁欣总算听明白老苑这拐了几个弯的话，赶紧说："苑哥，您说的道理，对我们这些粗人有点深！我们没您说的那么复杂。说白了，就是聊得到一块儿就聊，喝得到一块儿就喝！你敬我，肯定我也敬你！要说福气，是我们碰见了您这位老哥，才是真正的福气！"

老苑似乎没有听进梁欣的客套，但把目光投向了包间内那盏光线十分刺眼的灯，又慢慢讲道："本以为和你们哥儿几个相伴终老，活着也不寂寞。哪想，一个人生的十字路口，还是让我们渐行渐远。后来，我想通了，人生的路，总有一段是注定要独行的。你那个叫刘星的哥们儿，似乎比我更早地悟出了这一步。死得虽说惨了些，但他人生的睿智却比我们快了一拍！"

"苑哥，嫂子对您……"梁欣意识到了老苑情感中的一丝孤独，马上想到这老两口是不是有点什么。他想问，可又觉得不该问，所以说了半句话，剩下的又咽了回去。

"梁子，我知道你想说什么。不，方对我很好，她仍深爱着我！但人的一生，光有亲情和爱情是不完整的，亲情和爱情的产生和维系有它们的框框！只有友情，恰如野鹤闲云，来得潇洒又毫无羁绊。在真心交往中，举手投足中的一种默契，一种人类真情真意的共鸣，会让人如醉如痴！特别是老年人,友情在他们的情感世界中,所占的比重会更大些！"

梁欣听老苑说了半天，怎么也搭不上茬，就端起被冷落了半天的酒杯说："是……是！苑哥咱聊半天了，怎么也得喝一个吧！"

老苑没有拒绝，仰脖干了杯里的酒，两眼还是直视着梁欣，说："美国没有北京的'二锅头'，更没有你们这帮哥们儿，这真是点了我人生的死穴！人家说的是英文，吃的是西餐，咱们想的、说的、干的和人家合不拢！那种孤单和苦闷你能理解吗？"

“哥儿几个聚的时候常说到您，但从没从这个角度聊过！您这次回来，大伙都觉得您有点变，变得沉闷更不爱讲话了。哥儿几个也猜到，是不是您在那边过得并不如意！今儿听您这么一说，我似乎明白了，那是……是什么不能兼得！”梁欣想搞个文化词，可到了也没说上来。

“是‘鱼和熊掌不能兼得’！梁子，我在美国这几年闹了些误会，甚至还走失过。发生这些事，我不能埋怨任何人，只能是自责！这次临回国前，我竟碰上了一生最囧的事！来，梁子！我和你喝了这杯酒，壮壮胆，说说那些丢人的事……”

老苑那天和梁欣聊得很晚。这也是他回国后说话最多的一次！当梁欣听到他和黑人女佣的冲突时，想笑！听到他在风雪之夜为了给朋友一份惊喜而走失时，想哭！听到他为了捍卫哥们儿的尊严，和老伴闹气时，感到敬佩！而当他叙述和外国儿媳的囧事时，唰的一下先红了脸。

老苑在叙述的整个过程中自始至终显得十分兴奋！几次一口闷掉杯子里的酒。当他结束叙述时，梁欣看见老哥眼睛中已饱含泪水。

梁欣默默地看着老哥哥的泪终于流了出来，设身处地地理解了老苑在异国他乡的孤独！他没有开口劝面前的老哥哥，因为他明白老苑此时的发泄是必需的。沉默中，老苑不好意思地擦了擦眼角，拍拍梁欣的手臂，有些摇晃地从椅子上站起来说道：“痛快，真痛快！梁子真得谢谢你，让我把憋了几年的话终于说了出来。”

随后，梁欣看老苑掸了掸衣服，颤颤巍巍地往门外走。

梁欣赶紧起身扶往老苑说：“苑哥，您走了，哥儿几个的心里也空落落的！真不知道啥时还能见到你！”

“梁子，别说那些让人伤心的话。我只想告诉你，有哥们儿的感觉真好！再回来？是得再回来，终究根在这儿啊！”

梁欣还想再说点什么，老苑却推掉了他搀扶的手，说道：“梁子，就在这儿分手吧！别……别送我！让我一个人慢慢走吧！”

看着老苑没有回头，一步步消失在视野中，梁欣突然觉得老苑老了，不但头发几乎全白了，而且身姿也不再挺拔，腰背佝偻着与街上的老人们已别无二致。他在心中再一次理解了老哥的苦，嘴里喃喃地叨唠道：

“也是，能不老么？整天心里憋着这么多话，又找不着个能往外倒的地方，难呀！”

……

田娣和燕子妈马上都要被推进手术室了。梁欣用手指梳理着老伴的头发，想说两句让田娣宽心的话，可偏是鼻子发酸什么也说不出，就是要流眼泪！

“梁子,干吗呢？那么大的老爷们儿别这样！你放心吧,我扛得住！又不是上战场，还至于掉眼泪！快擦了，回头让你哥们儿看见笑话！”田娣数说着梁欣，并高高地抬起手要替梁欣擦去脸上的眼泪。梁欣一把握住田娣的手，放在嘴边闻着、亲着。

“嫂子，我们没人笑话！这么大的手术，术后还不定怎么着，本身就是玩命的事！别说梁子担心，我们哥儿几个的心也都提到嗓子眼了！您看老唐，也快掉眼泪了！”张成看着田娣，指了指边上的老唐说道。

“要……要是……是我，嘿！玩……玩蛋去吧！”“大个儿”一脸阴沉地骂了一句。

“‘大个儿’，这会儿了，别说那没用的！你不是家里还有事吗？现在你嫂子这儿暂时也消停，你先去忙你的。对，还有成子，都先忙去。下午等你嫂子这儿有事，我再叫你们。”梁欣说道。

“又……又嫌我……我说……说话难……难听了？轰……轰我走！”

“你那话一点也不难听！这不是要钱，这是要命！要老命！”张成接了“大个儿”一句。

“行了，行了！事都办到这程度了，再说什么也没用了！梁哥不是说你们有事吗？你们先办事去，我在这儿陪着梁哥。”老唐抹了抹发红的眼角，边说边推那哥儿俩。

这哥儿俩正磨叽着，就听：“妈，我来看看您！您看这事巧的，这事没轮上我这当闺女的出力，倒让您受罪！我这心里可真不落忍！您哪，可真是积德，过些日子您出了院，我带周周去伺候您！您可不知道，您那大孙女有多亲您这个奶奶……”不知道什么时候燕子钻到了田娣的床前，嘴甜甜地说着。

“大个儿”和张成一看她来了，二话没说扭头就往外走。

田娣的脸被燕子一声“妈”叫得立时红了起来。她颤动了几下嘴，绽出了一个让梁欣看了都感到十分亲切的笑脸。梁欣知道老伴醉了，她终于等来了儿媳的一声“妈”！

“哎，谢谢！耽误您们一点时间。我们是北京电视台生活频道的记者，从院方了解了你们的故事，很感人！今天特意赶来采访当事人和亲属。听院方介绍，您是瞒着老伴，自己来做的配型。您为什么要瞒着老伴，是怕老伴不同意吗？”

“我……”梁欣看见记者的话筒，脸先红了起来。

“老伴怎么会不同意，他是在我前面做的化验，只是我比他更幸运！”看着老伴面子有些难堪，田娣抢先回答了记者的问话。

“请问，您是出于什么考虑做出了这个决定？特别是您已进入老龄，您没考虑过自己的身体吗？”记者对着田娣又发了问。

“还能有什么考虑，为了孩子、为了大人，能帮就帮一把呗！”

“各位电视机前的观众，我们是在现场做报道。刚才画面中的老阿姨，就是我们今天报道的主角。一个老人，当知道自己的亲家母需要肾源时，义无反顾地站出来，承担了一切！刚才我们都听到了当事人朴素的语言，老人的话让我们感到由衷的钦佩！她是对我们今天的社会风尚和精神的一种提炼。在他人遇到困难时，只要我们都……就能……”

“妈，妈！你听见了吗？您上电视了，这回您成……成名人了！”正好赶上电视台采访的小宝像喝了酒一样，满脸兴奋地向躺在手术车上的田娣喊道。

……

田娣进了手术室，梁欣在手术室外瞎转悠。眼看着两个钟头过去了，还是一点信儿没有。他拿出“都宝”烟，想抽一颗缓缓劲。刚要点，边上一个护士冲他嚷道：“这儿可不许抽烟！您要抽外边抽去，有事我们用扩音器通知您。”

梁欣臊么耷地和老唐走到院外，找了个僻静地方舒服地连抽了两颗。

正想往回走，兜里电话响了。

电话是张成来的，他刚一接通，里面传来一阵乱七八糟的杂音。

“怎么了……怎么了，嘿！怎么这么乱？”

“‘大个儿’……‘大个儿’……他和王老师离婚了！”

“怎么可能……都这么大岁数了，怎么还说离婚就离婚！也不怕孩子们听了笑话！”

“嗐，今早晨出来时，我就看他气色不好！我问了两句，他说，今儿他有点事要去办！刚才我俩一块儿从医院出来，我看他还是气不顺，又问他有什么事，用不用帮忙。他小子笑了一下说：‘没大事！’我一听这个就回了家。快中午了，我看媳妇没在，就张罗着做饭。谁想刚忙了一袋烟的工夫，小高进了门。一看我在家，一愣，先是问了问嫂子手术的事，随后就埋怨我说：‘你们这几个，成天哥们儿长哥们儿短的，怎么等真赶上事，就没人说说劝劝！’我一听直犯傻，就冲小高说：‘我们哥儿几个惹着谁了，用你这么鼻子不是鼻子，脸不是脸地数落！梁子说嫂子那儿没事，我们才……’

“‘谁和你说嫂子手术的事了？我是说大个儿的事！’小高这一噎我，我更晕了！就忙着问她：‘嘿，你把事说清楚了，大个儿怎么了？’

“‘你不知道？装傻哪吧！大个儿今儿和王老师办离婚了！’

“‘离婚！你瞎逗哪吧？他们两口子干吗离婚？’

“‘你问我，我问谁去！人家两口子的事连你都不知道，人家能告诉我！’

“我一听媳妇说到这儿，知道她不是开玩笑，回手就把活儿撂下，直接去了‘大个儿’家……”

“哎哟，我这儿没工夫听你们俩逗贫磨牙的事！你直接告诉我，他们是不是真离了？因为什么？”梁欣听张成说了半天也没说到根儿上，就打断他的话问道。

“可能是真离了！因为……因为什么，这我哪知道？我在他这儿问半天了，这小子死鱼不张嘴，埋着脑袋拉他那破胡琴！梁子，我是真拿他没辙了！要不，我能在嫂子做手术的节骨眼儿上给你添乱……”

张成的话让梁欣从心里起急，没等他说完，就大着嗓门喊道：“你把他那破胡琴砸了！就说我让砸的！”

“他肯定正在气头上！你借我俩胆，我也不敢砸呀！他服你，回头你问吧！”张成的话说得有点没底气。

“得了成子，别说这没用的了！你现在在哪儿……在哪儿呢？”

“我不跟你说了，在他们家呢嘛！你是不是也有点晕？梁子，你那离不开人，你告诉我该怎么办……该怎么办就行！”

“我……我……这就过去！”

“别……你别来！嫂子正做着手术哪，你可别离开，给出个主意就行……”

梁欣没听张成把话说完，跟边上的老唐交代了两句，出了医院大门破天荒地叫了辆出租就奔了“大个儿”家。

梁欣到了“大个儿”家。进门一看，张成正在屋里转悠，“大个儿”窝在双人沙发里，谁都不吭声。“大个儿”看见梁欣，晃悠着从沙发上站起来，说道：“多……多大点事，至于你……你们这……这样！嫂……嫂子那儿……那儿不……不正……”

“你还知道你嫂子有事啊！你……你们这闹的是那一出啊！”梁欣着急得冲“大个儿”喊道。

“大个儿”挨了梁欣的呵斥，索性又拿起边上的二胡开弓按弦地拉了起来。

“我大老远地跑来，不是听你拉胡琴！你说，你们到底为什么？”梁欣这些日子本就因为田娣手术的事闹得五火焚心！这又眼瞧着自己的哥们儿家中窝里反！心里那股急火哪还压得住！他喊了一句，看没人应，就一个箭步跨到“大个儿”面前，不由分说，抢过二胡随手重重地砸在了地上。

二胡在地上弹了一下知趣地滚到了一边。张成看梁欣眼睛都红了，怕他再干出更出格的事，急忙一把抱住梁欣，把他按在了椅子上。

“大个儿”看了一眼梁欣，又看了看那把倒霉的胡琴，凉凉地说：“砸……砸吧！砸……砸了也……也好！都说婚……婚姻是……是琴……琴瑟之好，这今……今后，再无和鸣，还要你何用！”说完把身子一仰躺在了沙发里，眼睛一闭，两粒黄豆大的泪珠滚了出来。

梁欣一时冲动摔了“大个儿”的二胡，看见哥们儿一落泪心里立刻软了下来。想着哥们儿这几年丧父、丧子，兄弟不和，心里本就孤独，这和老伴又离了婚，今后可……想到这儿，他慢慢地起身来到“大个儿”身边，朝“大个儿”伸出手去。

梁欣伸过去的手立刻被“大个儿”死死攥住，饶是梁欣身上有把子力气也还是觉得生疼。他刚想说几句安慰对方的话，却被“大个儿”抢了先。“梁……梁哥，你……你那里有……有那么多……多事，还……还得……得顾……顾着……着我！我……我真……真有点不……不知好……好歹！你……你们问……问我是……是为什么？那……那还用……用问，她是……是嫌……嫌我笨！嫌我……我窝……窝囊！这……这不……不怨她，我……我就是笨！哥你……你什么也……也别说！这就是命……兄弟就……就是个孤……孤单受苦没……没人疼的命！”“大个儿”本就结巴，这几句话说得让梁欣和张成听了更感吃力。

“哎哟，我的天，您总算言声了！”张成长长地喘了一口气。

“‘大个儿’……兄弟！你别说了！要就为了这个，王老师做得有点过了！你可不许往心里去！都在气头上，慢慢再缓吧！哥刚才冲你发火不对！今后有什么事，说出来！哥儿几个跟你一块儿落泪，跟你一块儿扛着！”梁欣说到这儿和“大个儿”脸挨着脸抱在了一起。而后张成也加了进来，三人互相揩着脸上的泪，拍打着彼此的背，拥在了一起。

好一阵，“大个儿”才渐渐平静下来，像是说给那哥儿俩听，又像是自言自语道：“我和……和老伴走……走到今天，我不……不怨她！我知道她……她……她心里比……比我还苦！儿……儿子走了，她的心死……死了一半，我又不……不会疼人！她孤身一个和……和我来到北京，无……无亲无故，连个倒苦水的地方都……都没有！她心里有……有火不冲我发又……又能冲谁发？她……她嫌我窝……窝囊，这不……不怨她！咱本来就……就有点窝囊！她嫌……嫌咱没……没用，这……这也不怨她！谁让咱就……就没……没给过她个消……消停日……日子，最后连……连个儿……儿媳也摆不……平！是……是我这个男人没……没当好啊！刚梁哥摔……摔我的琴，把……把我摔明白了！虽说我……我们离了婚，可还……还在一个屋……檐下！做……做不了夫妻，当……当……当个邻居总成吧！我们两……两口子虽……虽然爱情淡了，可……可这一辈子的亲……亲情一点没变。她今后要有个头……头疼脑热，我……我仍然会豁……豁出命去管，我要真……真挨饿受冻……我猜……猜着她也会省出一……一口先尽……尽着我。唉……离就离吧，该……该怎么过，还得……得怎么过！”

正说着，屋门打开，王老师从外面走进来。低着头没有看梁欣和张成，把手里提着的一份盒饭放到“大个儿”面前后，进了自己的房间。张成看到这一切，冲梁欣使了个眼色，两人悄悄地溜出了屋。

……

梁欣懵懵懂懂赶回医院，脑子一下像被抽空了一样，有点麻木不仁。

“嗨，我说你干吗去了？嫂子从手术室都出来半天了！”老唐闷雷般地冲他一吼，他人才清醒了许多。

“哟……人出来……出来了！怎么样啊？”梁欣问着老唐。

“麻药劲还没过，你快看看去吧！”

梁欣和老唐慌乱地赶到病房，看见田娣安静地躺在床上睡着，一个护士正忙着给扎针输液。

“手术怎么样，顺利吗？”梁欣对着护士问道。

“摘除手术很成功，那台植入手术还没结束。您是家属吧？刚才找您半天！现在病人正处在危险期，您可得盯住了，有什么情况赶紧叫我们！”护士干完活儿出了屋。

梁欣坐在田娣床边，一五一十地把“大个儿”那儿的事讲给了老唐。老唐听了半天没说话，眼睛死死地盯着躺在病床上的田娣。直到梁欣纳闷地推了推他，才听他喃喃地说道：“唉，我命苦，得嫂子疼！‘大个儿’今后更得让嫂子心疼！哥，这以后可怎么好啊？”

“兄弟怎么说起这话了？你嫂子有事时，哪件不是你们哥儿几个帮助摆平的！处到咱们这份上，再要说别的还有劲吗？只要你嫂子能闯过这一关，她疼你们都是应该的！”

“是啊！我们可不都盼着嫂子能……唉……哥！嫂子……嫂子！醒了……醒了！”

老唐正和梁欣说着，看见田娣的眼睛开始眨动。果然一会儿就睁开了眼，冲床边的梁欣和老唐就是甜甜的一笑。

“疼吗？”梁欣赶紧问道。

“不疼！比当年生小宝时候好多了！我说我能扛住吧！”

“别逞能了，摘去这么大一东西，缝了那么多针，能不疼？”梁欣连说带比画的。

“真不疼！大夫让数数，没数到十就睡着了。要不是后来他们在手术室喊我，我还且睡呢！他们把我抬到这床上，我跟翻了个身一样，又睡着了！梁子，你说我还做了个梦。梦见和燕子妈一块儿在公园跑步，我老追不上她，她扭过脸边笑边冲我说：‘小宝妈，你真行，给我捐这宝贝真给劲！你追不上我了吧！’”

梁欣看田娣说得挺来劲，怕她累着，就劝说道：“你歇歇，刚做完手术缓缓劲！有话咱慢慢说！”

“小宝呢？”

“陪着燕子还在手术室那儿等着哪，你喝口水吗？”

“你也去看看亲家吧！她那手术比我这个难！”

“哎哟，你就别替人家操心了！闭上眼歇会儿，歇会儿！”

“我怎么有点饿，有点饿！”

“饿好，知道饿好！你想吃点什么？”

“特想吃两口烧饼夹肘子肉！”

“那可不行，那东西不好消化，过几天再吃！老唐给熬了小米粥了，还热着！”

“小米粥也行，给我弄点咸菜！我这嘴里没味儿。嗐，又让老唐跑一趟，他那脚又不行！”

“咸菜带着哪，我可没事！多活动活动出点汗，没准脚还好了呢！”老唐说着还跺了跺脚。

“你又瞎操心，都是自己的哥们儿，甭讲这个了！”随着梁欣的话音，田娣舒服地打了个哈欠又睡着了。

“梁子，我过来时候这车挤的，踩我脚了好几次！你说这北京怎么这么多人呢？”老唐抱怨着。

“车上人多？你上门诊大厅看看，人多得挤不动！”

“嫂子说饿了喝粥，怎么又睡了？”

“那么大手术，光缝针就得几十针，得出多少血？这得且慢慢缓着了！刚才还能聊几句，精神头不错，我这才踏实了！”

“让嫂子睡吧，从张罗这件事开始，她这心里就没踏实过。今儿手术做完了，算心里敞亮了，肯定累呀！这粥凉不了，什么时候醒，什么时候喝吧！”

“要不你先回去，别都在这儿熬着。”

“刚到就轰我，陪你聊会儿不行啊？等嫂子睡醒了，看看嫂子笑脸再走！”老唐不满地翻了梁欣一眼。

“行……行……求之不得！我不是心疼你吗？”

“梁子，说句你不爱听的话，嫂子人性比你好！那心里老揣着别人，知道心疼人。就咱们这帮哥们儿，包括苑哥！聊起来都说嫂子待人接物亲切。说句心里话，哥们儿上你那儿聚，一半是看你，另一半就看嫂子！你就说这次给燕子妈捐肾的事，冲那一家人，值吗！进手术室前，‘大个儿’和成子说那两句话，可能难听，可真要我说出来，肯定比他俩那话还难听！那家人怎么对你们老两口的，我比谁都清楚！可嫂子还能这么办，那真是以德报怨！这么大岁数捐肾！那是玩命啊！”

“嗨，你嫂子这人实性！经不住人家几句好话！她呀，她也是想让小宝在家里活得有个人样，少挨点挤对！”

“哥，你不说，这点事谁还看不出来！这当妈的为了孩子……唉！那天我和闺女致气犯浑，办了傻事！嫂子劝我时说：‘要是闺女妈还在能轮着你犯浑？’这一句就让我明白了！这次王老师和‘大个儿’离！说到根儿上，还不是先为儿子走得早，后怨孙女来不了！怎么好啊？这天下当娘的呀，都是一个样！”

“那可不，要不人家歌里怎么说是没妈的孩子像一棵草呢！”

“梁子，我……要解手……快，解手！”田娣突然醒来，喊着要解手。

“手术前清胃洗肠的，你又没吃什么，有什么可解的？”梁欣替田娣放好便盆，纳闷地问着田娣。等了会儿，听田娣说解完了，梁欣不在意地取出便盆却不禁惊呆了！“血！怎么会都是血！”

大夫、护士们手脚麻利地把田娣推进抢救室。梁欣和老唐哆嗦着被请进了医生办公室。

“这位是我院主抓外系的王院长，这位是我们外系李主任。”一个大夫给梁欣介绍着。

“时间比较紧，我们就不客套了！目前病人的出血，我们考虑是应激性消化道出血，出血量可能比较大！一时我们还没有找到准确的出血点。病人能否康复的关键也恰恰是什么时候能够找到出血点，迅速止血。如果在一个时间段内，我们仍不能找到出血点，仅凭输血和止血剂的治疗……病人的情况会很危险！”

“大夫……不……李主任！您说的我也听不大明白！您告诉我……告诉我比较危险是……是什么意思！”梁欣打断了李主任的话头儿，着急地问。

“危险的程度……是我们都要做好病人出不了抢救室的准备！当然我们……我们也了解这个病人是个特殊的病人！我们会尽一切可能来……”

“不，大夫，我给她输血……我给她输血！我们不特殊，我只要我的老伴！刚才她还好好的……刚才她还好好的呀！”梁欣听了李主任的话，像是心脏被大锤重重地砸扁了。他从椅子上一点点滑下来，双手捂脸无力地蹲在了地上。

“梁哥，梁哥！你先别急！听李主任讲……”站在边上的老唐，一边往起拉梁欣，一边说道。

“大叔您别急！别急！”周围的几个年轻大夫和老唐劝慰着梁欣，又用力将他扶回到椅子上。

“这位老同志，您先别急，我们说病人是个特殊的病人，其中有些情况我们还得和您沟通一下！”边上的王院长看到梁欣着急的样子，接过了话头儿。

“大夫，我嫂子是个好人，她可是个大好人哪！我哥是急昏了头，您别在意……”老唐看着王院长说。

“这位大哥讲的对，病人在和我们的接触中，确实让我们十分感动。否则单凭病人的年龄，仅从风险角度衡量，院方都不会同意做这台手术。在病人的配型成功后，院方一度也曾拒绝这次手术，当时就考虑了病人的年龄、体质不在最佳状态。也曾告诫过病人肾脏摘除后可能出现的意外，其中就包括了今天出现的应激性出血。但病人坚持要捐赠脏器，其中讲到了她的儿子、孙女和亲家，当然也提到了您。是她的爱心最终感动了院方！同意和病人共担风险，这才完成了这台手术。其中，北京电视台的记者也是在院方介绍宣传后得到的信息。对待这位奉献爱心的病人，我们说她特殊，您还觉得奇怪吗？这次病人病情的变化，医院会全力以赴，并承担所有费用。我们和您讲的是，或者要求的是，暂时克制悲伤和不安，用我们共同的力量给病人坚持下去的勇气！我相信对我们的要求……您应该能够理解。因为病人即便消化道的血能止住，但由于感染、高热、用药，都会加重肾脏负担，而一旦病人唯一的肾脏出现衰竭……那才是更令亲属、医院担心的！”

“您是告诉我，她……她还有活下去的希望……”梁欣听了院长的话，还是发出了近乎绝望的呻吟。

“不，不全对！告知是我们的责任，您在担心中也要相信现代医学的进步。”李主任接了一句。

“太谢谢医院了……谢谢！”倒是老唐比梁欣理智一些，抢先道着谢！

田娣在抢救室一躺又是好几天。梁欣哥儿几个，眼看着出来进去的大夫一拨儿又一拨儿地忙着，自己是干着急使不上劲！

“梁哥，这是第几天了？你说输了那么多血，嫂子怎么还不醒？这脸色还这么白，再问问大夫吧！”

“人家比咱都急！说这叫失血性休克。消化道的出血点已经控制住了，可能快醒了！”老唐挺内行地解释道。

“阿弥陀佛！可别再出什么岔子？嫂子经不住折腾了！”

“你盼点好吧，小心成了乌鸦嘴！”

“别瞎叽咕，大夫要是说快醒了，就肯定快了！用不用把粥找个地热热？别嫂子醒了喊饿！”

“再等等……再等等，别着急！”

病床上的田娣，能听见床前几个人叽叽咕咕地聊，心里想睁眼看看，可眼皮一点劲也没有，迷迷糊糊又睡了过去。等她又一次清醒睁开眼睛后，看见几个大人头正俯视盯着自己。她定下心神，一个个地辨认着。

“梁子，你在呢！哟，成子、小高、唐老弟都在呢！又让你们大伙受累了，担心了，甭担心，我能扛住……能扛住！”田娣舒缓地看着大伙说道。

“别扛着，哪儿难受就说一声！”梁欣握住田娣的手，俯下身去说道。

“有啥难受的！就是困，困得睁不开眼！好几年没睡得这么香、这么踏实了。燕子妈手术完了吗？小宝、燕子谁看着周周呢？”

“我的姐，您这儿都昏睡了好几天了！你快别操那么多心了，你自己好了比什么都强！”边上的小高一边擦着脸上的汗，一边劝着田娣。

“哎哟，这刚醒就想孙女了！没事，等你好了，咱接周周回咱那儿住几天。”梁欣出着长气，脸上使劲聚集着笑容对着睁开眼的老伴说道。

“那敢情好！别……别接！咱那屋子太小……上厕所也不方便……”

“行，都听你的，你好好养着，大伙都盼着你好了一块儿旅游去呢！”老唐咧着一副笑意十足的嘴说了一句。

“原来想，现在不想了！今后就真有了钱，还得给孙女留着呢！”

“嫂子，你就是想不开！孙女才几岁？她享福的日子长着呢！”张成看着田娣刚能说话就又开始操心，劝慰着说。

“这辈子穷怕了，咱不能让孩子今后也受穷，咱受点罪不算什么！”田娣讲完这句话，瘦弱苍白的脸上兴奋得有了笑容。

“嫂子，您可真吓人！大夫换药我才看见，那刀口那么长！”小高在边上说着又要掉眼泪。

“那不怕，几天就长上了！你们大伙快歇歇吧，我这儿没事！看着你们跟着操心，我真是不落忍！”

“你们家属少和病人说几句,她得休息！这有一个陪床的就行了！”一个换药的护士进屋就下了逐客令。

……

田娣的病情不断反复，不但刀口恢复得不好，保留的肾脏也真像大夫预测的那样出了问题。直到出院，化验单上还带着三个“加号”。

“回去慢慢恢复吧！病人长期住在医院心情会很压抑，病房内交叉感染又很多，都不利于恢复。回去后，饮食要低钠、低蛋白，多晒晒太阳，少着急！当然病人的这种情况也是我们最不愿意看见的结果！出院后一旦有什么情况，我们会继续负责。”

带着王副院长有些无奈的话，田娣被接回了小平房。

10

这天，梁欣把田娣挪到能晒着一小片太阳的床边，用被子给垫上腰，让她靠着舒服点。又把电暖气搬到田娣脚底下，摸着田娣冰冷的手说：“你这手还这么凉！来，我给你焐焐！”

“焐不热了，这人里边没了火力，抱着火炉子也不行！你快忙你的去吧，啊！”

“我有什么可忙的，就咱俩人的饭。”

“弄块豆腐吃吧？吃你弄的菜，老觉着不入味？”

“豆腐你不能吃，老嫌我菜做得不好吃！不放盐，油又不能搁多了，它能香吗？”

“哟……哟……怨我，委屈你了！我问你个事，我出院这么长时间了，怎么‘大个儿’一次没见着，那几个哥们儿来得也少了？吵架了，还是闹酒官司了？这几个都叫你一声‘哥’，有什么得让着点这几个兄弟！”

梁欣听田娣提到“大个儿”，心里“咯噔”一下！

这段时间，梁欣瞒着田娣怕她着急，不愿意告诉她“大个儿”离婚的事。

……

“大个儿”自和老伴离婚后，别看当着哥儿几个嘴硬，可心里确实又添了太多凄苦。十几天的工夫，先是头发一片片地脱落，成了“鬼剃头”！后来左眼上的眉毛也都掉了。跑了几家医院，结论都是神经性脱发，是由于精神压力过大造成的。

“大个儿”眼瞧着自个儿成了丑八怪，心里确实有了负担！他知道这个嫂子一个心思护着这些兄弟，看她病成这样，不敢再拿家里的事烦她。因此不敢在这个嫂子面前露面，几次到家里和医院，也是不进屋老远看看。

梁欣的家原来就是哥儿几个聚会的点，田娣出院后，哥儿几个怕乱着她，谁也不敢张罗着再上这儿聚。这倒让田娣觉着冷清了许多，所以开口问起了梁欣。

梁欣听田娣一问，当时一愣，可马上缓过神来说道：“你这病病歪歪的，脑子还老不闲着！他们哥儿几个看你病着，怕乱着你，都不敢来！‘大个儿’……‘大个儿’，不知这老小子在哪儿受了风！脑袋上头发好么样儿地就掉了好几撮，怕你嫌他寒碜，所以不敢露头。”

“谁不知道谁呀，这傻兄弟！有什么可寒碜的？你告诉他，上理发店把头发都剃了，刮一秃瓢，谁还能看出来！再有，让他买几块老姜，勤往掉头发的地方抹着点，一个月就能长出来！这可真是的，我还当你们打架了呢！闷着也是闷着，要不下午你把他们都叫来，我不吃不喝瞧着你们，也高兴！”

“行啊！有你这句话，我去叫他们。倒是你，得管住自个儿，不能太激动！”

“哎哟！只要你不拿我当病人，我肯定能好得快点！”

得着信儿的几个哥们儿，数张成跑得最快！没到四点，就带着小高一块儿进了梁欣的小屋。梁欣正在厨房忙活，听见动静一进屋，正听见小高说道：“嫂子您大好了？您这一声令下，把成子美得屁颠屁颠的！吃完中午饭，就拉着我去超市淘换东西。您看，这是新疆和田大枣，这是宁夏出的百合。知道您这屋阴冷，还特意淘换了个羊皮褥子！来，您欠欠身，我给您铺上……您看，买了东西，没住脚就往这儿赶！到了门口了，这小子又怕您还歇着没起哪，蹲在门口抽了两颗烟，这才进来，您说……”

“哎哟，老妹子！你这是搬家呢，怎么买这么多东西？嫂子想你们，盼着大伙来，可这心里又怕让你们破费受累！唉……你这出来了，孩子谁看啊？哎哟，你快……快坐这儿吧，你看这事儿！梁子……梁子……快给小高沏茶呀！”田娣看见小高，兴奋得就想下地帮着张罗。

梁欣看见田娣的动静，赶紧上前说道：“得了，我的姑奶奶！这地下没你的事。你和小高有些日子没见了，就坐那儿陪小高聊会儿天吧！”

“还干什么呀？酒和熟食我都带来了。”张成问着梁欣。

“搁下东西，先给你媳妇泡杯茶，回头上厨房帮我收拾点热菜。大冬天的，咱也不能光吃那冰凉的熟食呀！”

“行，我帮你拾掇。哥，热菜咱等着老唐那丫的来了让他炒！凭什么让他吃现成的！”

“又跟人家耍心眼！人家老唐脚不利索，人可是勤快人……”

“成哥，你就坏吧！我招你了？怎么我就不能吃现成的？”梁欣的话没讲完，门口就有人搭了茬。

老唐笑不唧儿地已经站在了厨房门口，显然已经听见了张成刚说的话。

张成看见老唐，亲热地就上前和他撕扯。老唐两手都提着东西，还不了手，脚下又慢，眼看没了招架之功，情急之下喊道：“嫂子，您管不管张成了！这老小子欺负我！”

屋里的田娣和小高，听见老唐的喊叫，谁也没吱声，只是把笑声传出了屋外。倒是梁欣一把拉住张成，说道：“你就知道欺负老唐！得，厨房地儿小，你进屋陪你嫂子说话去吧。今儿还真得让老唐露两手！”

张成不满地看了梁欣一眼，一边叨唠道：“又拉偏架，我还能把他下锅煮着吃了？”一边往屋走。

“梁哥，这些日子事多，有段时间没聚了。今儿咱多弄几个菜，好好乐呵乐呵，让‘大个儿’也顺顺气！”老唐说道。

“成啊！我这儿炖着猪蹄哪，成子拿来有好多熟食，菠菜我焯了，一会用麻酱拌拌，再炒一个肉片青椒、一个家常豆腐，够不？”

“哥，我这儿买了条鲈鱼，你先切点姜片大葱，咱把它蒸上。这儿还有四个鸭腿，我给红烧了，让嫂子吃点！你放心，鸭子是属凉的，又低脂低蛋白，让嫂子吃没事！也不能让嫂子一点荤腥也见不着！我这儿还上药铺给买了个带刻度的尿壶，你每天得记着嫂子尿多少、喝多少，这水喝多了也不行！”两人扯着、聊着，不到六点菜就全上了桌。可一等二等，不见“大个儿”的人影！

天黑透了，张成看着一桌子的菜发起了牢骚，“平常老说老唐不着调，今儿碰上更不着调的了。你要有事，兜里有手机，你来个信儿！别让我们傻老婆等汉子似的瞎等！”

“你这狗嘴里真是吐不出象牙！你说什么呢，怎么就不知道寒碜！”坐在田娣边上的小高听了张成的粗话，立马就和他嚷嚷起来。

老唐刚才一听张成说自己不着调，本就想回嘴，这回一听小高训起了张成，得意地一边用筷子敲桌子一边跺脚。张成本就有气，小高说他，他不敢回声。可一看老唐幸灾乐祸的劲，就想再来上两句。可不等开口，屋门“呼”的一下大开，就见“大个儿”扛着一个大包装箱进了屋。

“你这是干吗呀？”坐在门边的梁欣接过“大个儿”扛着的东西，可转着脚也没地儿撂。

“是……是个轮椅，嫂子走……走不动道，也不……不能囚……囚在这儿啊！弄……弄个轮椅，天……天好你推着嫂……嫂子外头哪儿……哪儿都能遛！梁……梁子，你……你把包装拆……拆了，就是把……把椅子不……不占地儿！”

张成挤过来就要帮着拆包装，让梁欣拦住了，说道：“成子别拆，明儿我退了它！你嫂子要出去，我背着遛，你比我富裕不了多少，我不能让你……”

“拆……拆！谁……谁要退，我……我跟他急！嫂……嫂子平时心……心疼我，我就……就不能尽……尽点心！”

“‘大个儿’，好哥们儿！车钱算我们一份！”小高拦住了死活要推辞的田娣，站起来就给了“大个儿”一个赞！

“也算我一个！谁要不答应，我明儿就去再买一个！”老唐也站起来嚷嚷道。

梁欣看哥儿几个话说到这份，几下拆掉了轮椅的外包装，一把抱起眼里含泪的田娣轻轻地放到了轮椅里。小高早就机灵地把桌上的酒杯斟上了酒，高高地举起杯，冲着大伙说：“还等什么？喝吧！”

这顿酒大伙喝得十分尽兴，就连沉闷多日的“大个儿”，也几次站起来挨个儿给大伙敬酒。等大家都散了后，田娣问正收拾东西的梁欣：“今儿‘大个儿’喝多了吧？看他出去好几趟！这傻兄弟平时酒量挺宽的，今儿这是怎么了？是不舒服，还是心里有事？这‘大个儿’呀，人都好，就是心里太存事！”梁欣听见田娣的问话，“嗯”了一声没做解释。可临到睡觉，田娣又问了一遍。

梁欣知道老伴的脾气，知道老瞒着她也不是个事儿，趁着她高兴索性实话实说道：“‘大个儿’最近刚和王老师离了婚，心情一直不好！”

“两口子离婚了！因为啥呀？那王老师不是更苦了！这两个苦命人，这是干什么？”田娣说着说着就要掉眼泪。

“哎哟，你就别陪着掉眼泪了！他们什么也不因为，就是儿子一走，都找不到过日子的感觉。他老伴又急着要见孙女，‘大个儿’嘴笨，既哄不住媳妇，又劝不动儿媳！老伴嫌他不上心，气头儿上就离了！”

梁欣不提“大个儿”的儿子还好，他这一提，田娣更控制不住地哭了起来。闹得这一宿两人谁也没睡好。

第二天早晨一起床，梁欣看了看已经靠起来坐着的田娣，问道：“你这脸又肿了，昨儿先笑后哭，又闹大发了吧？今儿你给我好好歇着吧！”

“躺平了老觉着上不来气，这么靠着倒舒服点。没事，你别又邪乎诈尸的！我自己的身子我知道。”

“老靠着腰不疼？来，我帮你捶捶？”梁欣说着把田娣翻了个身，用拳头不轻不重地由肩至腰地捶了起来。

“这天要好，我还真想坐上‘大个儿’买的轮椅，让你推上出去遛遛！整天憋在这小黑屋里，心里老不透亮！”

“行！一会儿吃了早饭，拾掇好了，我推你出去遛遛。咱也显摆显摆去，顺便看看这附近有没有比咱这间多见点太阳的房子。”

“你又要折腾什么？我住这儿挺好！我可告诉你，别又想别的，再好的房子也有屋顶罩着哪。咱这回有轮椅了，你推我出去晒晒太阳，吸两口新鲜空气就行。”

“这才刚这么一说,你就急了！又怕租新房花钱吧？行,咱不折腾！给你，吃饭，吃完了咱走！”梁欣一边和田娣聊着天，一边伺候老伴吃了饭，把屋里拾掇利索了，这才把田娣抱到轮椅上。

正要出门，手机响了起来。

梁欣接完电话，回头冲田娣做了个怪脸，笑着说：“得，这回哪儿都甭去了！”

“怎么了？是不是谁要来？唉……你看这事赶的！”田娣满心想坐上新轮椅出去显摆一下，一听说又出不去了，难免有点沮丧，不由叹了口气。

“一会儿，你孙女过来，你叹什么气呀？”

“什么，周周来！谁带她来？”田娣一听孙女要来，立马兴奋起来。

“小宝带着来呗！还能有谁？你还指望儿媳妇来伺候你！哟……看你……看你……你说你六十老几的人了，刚叹完气，这会儿又美成这样，比变戏法都快！”

“哎哟……你还废什么话！赶紧麻溜地把我扶到床上，你把地上再拾掇拾掇，别让孩子来了磕着碰着。我可没指望儿媳妇来伺候我，能认我这个妈，我就知足！回头你再去买二斤排骨炖上，周周爱吃，小宝也爱吃。”

“那儿有昨儿剩的猪蹄、鸭腿，热热得了。”

“我说你怎么这么抠啊！你孙女轻易不登门，二斤排骨你都舍不得！”

“行！我这就买去，您少叨唠两句吧！”梁欣看田娣又要着急，就赶紧答应。

梁欣不失闲地把屋子拾掇好，买回排骨炖上，正张罗着，就听“奶奶！奶……奶！”几声脆亮的叫声，他知道是孙女来了。赶紧用围裙擦干净手，快步迎了出来！

“嘿，真香！炖排骨了吧？”小宝一进院吸吸鼻子说道。倒是他怀里的周周，亲亲地叫道：“爷爷，我要爷爷！”说着张开两手，甩着身子就要梁欣抱。

“来吧，大孙女！爷爷抱你进屋找奶奶去！”

梁欣抱起周周，一边用满是胡子茬儿的嘴亲着孙女，一边大步流星地往屋里走。

“爷爷！你的胡子太扎人了，哎哟……哎哟，痒死了！我不和你玩了，我和奶奶玩顶牛去！”周周不停地用手推着梁欣的脸，“咯咯”地笑，使劲在梁欣怀里打挺。

“别闹……别闹！爷爷抱不住了！”

孩子的笑声，老人的叫声，此起彼伏，立刻给大杂院带来了无限生机

……

连着两天的兴奋劳累，田娣的身体有点扛不住了。浑身肿得透亮，连着几个晚上睡觉身子都不能放平。依着梁欣的意思，是赶紧去医院！可田娣死活不去！梁欣逼急了，田娣就没好气地堵他道：“你是嫌我碍事，还是伺候烦了？我哪儿也不去！”

梁欣一生气就不理她，自个儿闷着头抽烟。

“哟……生什么气呀？我这不是好心多陪陪你吗？一到了连苍蝇都飞不进去的病房，我就觉着这辈子出不来了！你就踏实地让我过几天消停日子吧！”田娣边哄着老伴，手里还在忙着织不完的毛活儿。

……

老唐昨天晚上去了梁欣的小平房。屋里点着一只十瓦的节能灯，光线凄凄惨惨地照着，蜷缩在床角上的田娣更显得苍白的脸上没有一点血色。电暖气虽然开着，可从门缝、窗缝呼呼地灌风，屋里没有一点暖和气。

梁欣正鼓捣着那台满是雪花和噪音的电视，哄着老伴聊天。看见老唐进屋，梁欣给他沏了碗茶说："要来也不早点，凑个对儿也能喝二两！"

老唐看着桌上显然是刚吃剩下的半盘素炒白菜、一小碟挑得剩下的几粒花生米，心里真是为这两口子的生活叫屈！憋了半天说道："酒钱省了吧，留着给嫂子买点有营养的！嫂子，我哥给您做什么吃了？"

"嗐，你哥疼我着呢！是我自个儿不争气，什么有营养的也吃不了，连炒豆腐也不能多吃！晚上，你哥用鸡架熬点汤给我下的面条，好吃着呢！"田娣回答着老唐的问话，还有意地吮了吮嘴。随后又张罗着梁欣说："梁子，你快把我给老唐织的毛衣拿出来，让他试试合身不？不行我再改！"

梁欣从破衣柜里拿出一个包裹得很紧的塑料包，甩给老唐说："快穿上给你嫂子看看，漂亮吗？"

老唐这辈子就怕别人心疼。一说试毛衣，没吭声就解开塑料袋，看见一件大红色配上藏蓝花边四平针的毛衣，心里倏地一下酸了起来，眼眶里泪水也一个劲地往上涌。他不敢抬眼看，借着试毛衣的当口，抹掉了已经滑落到腮边的眼泪。

老唐边往身上套着毛衣，边听田娣叨唠道："兄弟，你和人家成子、'大个儿'不能比，人家边上都有女人，汤汤水水、洗洗涮涮，有人给打理！这家里没有个女人，日子难哪！老唐兄弟，有什么缝缝补补的，你大老爷们儿干不了的活儿，就给嫂子拿来，我这儿下不了地，闲着也是闲着！"

老唐穿好衣服，床上的田娣又把他叫到床边，亲自抬起上身帮他整理着领口，嘴里又叨唠道："合适……正合适！式样老了，新样子嫂子手笨不会，没有买的好！"

梁欣也在边上称赞道："看我这傻兄弟，整个儿一个衣服架子，穿什么都有模有样的，好看……好看！"

……

老唐憋着一腔子的眼泪，几乎是逃跑一样地回了家。

那一夜，他躺在床上翻来覆去睡不着，眼前满是田娣嫂子那苍白的脸和看见他穿好毛衣审视中的慈善的目光，脑子里不由地回想着和梁欣两口子交往的过程。

远的事情不说，仅这几年，老唐的脑子里演起了电影。从梁欣在他受伤后一头儿顾着住院的老伴，一头儿顾着张成母亲去世的丧事，还一天两趟给他换药、擦身、做饭地伺候！想到他受了诈骗，梁欣暴怒地为自己出头，和趴在他宽厚的背上的背来抱去的辛苦。又想到自个儿缺心眼，人家举起胳膊一次献了600cc血。这是救命的情义！老唐不由地赞叹道："多好的人呢！多好的哥们儿啊！"

从梁欣他又想到田娣，自老伴没了后，这个嫂子大活儿小活儿地帮他料理得真细！想到眼前这两个自己最亲的人，就住在那四面透风的小屋里，白天只有两钟头透亮，晚上就顶着那盏十瓦的节能灯。田娣还拖着病体一针针地不是给大伙织帽子，就是给张成孙子织衣服，今儿又给自己织了件毛衣。她图什么呀？不就希望用一针一线回报哥儿几个的情分，用自己的心暖和周围的几个朋友！

老唐的心里像喝了一斤"二锅头"一样翻腾。他想哭，想大声地哭出心里对这两个哥嫂的感激。

老唐躺不住了，他坐起来打开灯，铺平刚拿回来的毛衣，用手一行行地抚摸着。心里不由想道："嫂子……我的亲嫂子，你难道就不知道苦！你病成这样，怎么就不能替自己想想啊？"

他下意识地摸了摸空出半边的大床。他先是怔了一下，随后抡起右臂甩手重重地扇在自己的左脸上。他体味着脸颊麻酥酥的疼，发狠地骂着自己："老唐，你还是个人吗？你就不懂得知恩图报！你眼瞧着自己的哥嫂住在冷窑里，自己却住暖房、睡大床！你个没情义的东西，你的良心落忍吗？"

骂够自己，老唐哪还待得住！他拐着脚大屋小屋地折腾，直到全部收起闺女在时的东西，把自己使的、用的搬进小屋，再把大房的床上床下、柜子家具整理一遍才算完活儿。看着窗外原本沉寂的夜色已渐褪去，阳光丝丝缕缕地透过大屋朝南的大窗，他才洗涮吃饭后穿上外衣去了超市。新被、新褥、新床罩，枕的、盖的都抱回家，他又铺平拽角地装饰一番。眼看齐活儿，扭身想去请人，又觉得宽绰的窗台上有些空。他“噔、噔、噔”下楼，来到花店挑了个素色花瓶，对卖花小姐说：“康乃馨！把瓶装满！”当他举着花瓶最后摆好后，心里有些自豪，不由嘴里嘟囔道：“谁说我老唐没有艺术细胞，我跟他急！”一切停当，他拐着脚又下了楼。

“昨儿刚来看过，怎么今儿又来了？你放心，嫂子没事！真要……梁子还不找你！快，拿那凳子把脚垫起来，舒服点！”田娣看见老唐进屋就招呼着。

“我是来接人的，不坐……不坐！梁哥！你拾掇拾掇，咱们走！”老唐大声嚷嚷着。

“昨儿没睡醒吧！走？上哪儿去？”梁欣以为老唐开玩笑，就乐呵呵地瞧着老唐笑着说。

“搬我那儿去呗！我折腾了一夜，都收拾好了！走！走……”老唐说着就要动手。

“搬你那儿去？老唐咱甭开玩笑，我怎么能搬你那儿去？”梁欣怔怔地看着老唐说道。

“梁子，你就忍心看着嫂子在这儿受罪，就屈在这儿？你不心疼，我还心疼呢！”

“唐师傅，嫂子叫你一声‘兄弟’！嫂子不屈，能有你们这些兄弟帮衬着，嫂子心里亮着呢！兄弟，我们不能搬，不能搬你那儿。你还年轻，闺女也不用你操心，以后再找一个合适的把日子过起来，兄弟你以后的路还宽着哪。嫂子现在帮不了你这个忙，但也不能拖累你！听嫂子的话，麻溜地说合一个，嫂子看着也高兴！”

老唐听了田娣的话，想着她到了这步田地还在替自己打算，昨天晚上的情感一下又涌上心来，失声地喊道：“嫂子，我没那个心了！我这血管里流着梁哥的血，他就是我亲哥！你就是我亲嫂子！兄弟求求你们了！”随着话音一落，老唐“咚”的一声跪在了梁欣和田娣面前失声痛哭起来！

梁欣和田娣都被老唐突然的举动吓愣了！

屋里刹那间只听得见老唐的哭声。而后才又传出田娣的哭喊：“梁子，你傻了！你倒是把他扶起来……扶起来呀！这屋子地冷冰冰的！”

梁欣扶起老唐给他倒了碗水，这才说：“兄弟，房子不是你们拿来的酒，喝就喝了！咱们再好也得有个分寸，我不能这么就搬！”

“你和嫂子给我操的心、受的累有过分寸吗？你们当哥嫂的怎么也得给我一次机会！走！搬！你们要不听我的，我就再割一次腕，再抽你的血，让你没了那个分寸！你信不信！”老唐疯了一样地说。

当天下午，梁欣和老唐搀扶着田娣搬进了老唐家。田娣看着窗前花枝招展，大床上里外三新，张了张嘴想说什么，可又一句话也讲不出来。用手拽拽床单，又拍拍被子，脸憋得通红。

得着信儿的张成拉着“大个儿”都凑兴地赶了过来。张成从厨房里端着老唐炒好的菜往外走，看着田娣满是欣喜的脸说：“这回好了，嫂子看儿子都方便了！”

“又……又让……让老唐占了先，人家这……这好人是当定了！”“大个儿”从厨房里走出来，往桌上码着碗筷，眼睛瞧着老唐兴奋的脸说道。

梁欣看着老伴，看着老唐，看着忙着的张成、“大个儿”，突然觉得从窗外射进的阳光像是照进了心里，觉得又亮又暖和。

……

时光荏苒，梁欣两口子在老唐家一晃就过了一年多。

这天小宝休班，几个发小约他出来吃饭。临走时，周周缠着爸爸也要去。小宝爱意十足地将闺女驮在脖子上，兴致勃勃地赴了饭局。

酒过三巡，发小们开起了玩笑。“行啊，梁家宝！闺女长得够漂亮的。这大眼睛、小尖下巴长的，真俊！比你和你媳妇的‘窗口’可靓多了！是他妈你的种吗？”酒桌上，发小祥子犯坏地说道。

“你丫找抽吧？说什么呢！”小宝恼了。

“不就是个玩笑吗！你孙子至于吗？”祥子也仗着酒劲并不买小宝的账。

“这酒不喝了，闹心！”小宝一生气回了家。

“爸爸，你快来陪我玩！”四岁多的小周周缠着小宝，进屋后就高兴地喊道。

“好闺女，来，爸陪你玩！”小宝一哈腰把周周抱起来说道，“来闺女，亲爸爸一下！”

周周听话地在小宝脸上亲了一口，然后小嘴一嘟，生气地说：“爸爸喝酒了，妈妈说喝酒的孩子不是好孩子！”说着把脸扭向了一侧。

“哎哟，爸的俊闺女，生气也好看！燕子你瞧，咱闺女漂亮不漂亮！那皮肤、眼眉、小下巴真不知是随谁，真漂亮！”

“反正不随你，你就没那根蒿子！”正在描眉的燕子阴阳怪气地甩了小宝一句。

“不随我？也没见你们家哪位长得这么俊！”

“你在哪儿灌了猫尿回来气姑奶奶！你翅膀硬了，长脾气了！撒泡尿照照，你呀，就这喝酒随了你们家！”

“别说话那么难听，这回要不是我妈，你老娘的病……”小宝矫情着。

“你还别老拿这事说事！我欠你们家了？别把我惹急了把你扫地出门……”

“得，得！你横，你有理还不行！咱惹不起还躲不起，走闺女，爸带你去出玩！”小宝认了怂，抱着周周上了街。

“哟，这闺女长得可真俊！是你的闺女？”小宝平时抱周周出来得少，碰见了几个老街坊都是异口同声地夸周周长得俊。

小宝心里挺受用，可偏偏不爱听那句话的后半截！“不……不对……有点不对！”小宝这心里懊恼起来！

……

“成子，你明儿有安排吗？”梁欣大早晨起来，钻进老唐那间小屋就给张成拨通了电话。

“你有事就说，我再有事还不得听你的！废什么话呀？”张成那边正吃着早点，嘴里呜囔着答道。

“明天想……想大伙一块儿出去遛遛。”

"你这大伙都谁呀？有嫂子吗？"

"有啊！是想带她转转！这些年了，别说出去旅游，连公园都没去过！"

"好啊！这是正事！明儿我开车叫上'大个儿'，到你那儿接上老唐、你和嫂子，五个人正好！去哪儿啊？"

"想去北海，你看行吗？"

"嗨，无所谓！只要就这哥儿几个，哪儿还不一样！有钱上顺义包间房，酒喝美了，你说这是美国，大伙也信！"

"别又贫，我跟你说正事呢！你嫂子让你受累今儿去请请王老师……"

"请王老师？人家去吗？"

"别人不行，你还请不动！你叫上小高一块儿去，王老师再不给你面子，也得给小高面子！"

"又是嫂子的主意吧？想揉面，把俩生面疙瘩揉一块儿去，成吗？"

"慢慢来呗！你把这意思也和'大个儿'透透，让他到时候主动点。"

"这难的事都是我的！我告诉你，这么多人，我这车可拉不下！"

"谁用你拉！你把这事办好了，我和'大个儿'骑车过去。我告诉你啊，别打马虎眼！你嫂子给你们闺女又织了几件毛活儿，昨儿收的针……"

"打一棍子，喂俩甜枣！得了，你别白话了！嫂子让办的事什么时候秃噜过！你瞧好吧！"

"这出去玩儿肯定又没我事！听你们白话，我就来气！说，玩累了，回来喂你们什么！"老唐委在被窝里冲梁欣翻着白眼。

"谁说不带你了？今儿家里的活儿都归我，您把脚垫高点养着。明儿你坐成子的车走，想着把你嫂子的轮椅带上！"梁欣说着老唐，自己洗洗脸去了菜市场。

……

"我的天，真累！哪儿也不如家好！"

玩了一天，老唐的脚疼得有点吃不住劲。到了家，边喊边往下扒那双箍脚的皮鞋。

“让你穿双松快的，你不听，皮鞋多帅呀！脚疼？该！”梁欣哈着腰边帮老唐脱鞋边数落他。

“这玩儿，可不就是辛苦事！没见过你们这样的！吃几个‘庆丰包子’也得饶上一瓶酒。”已经让梁欣抱到床上的田娣说道。

“嫂子，这哪叫玩儿啊？整个儿一个思想工作研讨会！您可倒好，车上和王老师聊，下了车又和‘大个儿’聊。我们还得机灵点，该帮腔，帮腔！该腾地儿，腾地儿！”老唐脱了鞋脚底下舒服了，立马和田娣叫起屈来。

“王老师今儿说的倒是实话，可不，要个男人就图有个主心骨！什么也指不上，我不指着你了，行不？这气头儿上可不说离就离了！”田娣揉着自己的腿，嘴里念叨着说道。

“老伴，你这说法也够偏的！她是说实话了，可也够屈‘大个儿’的！我兄弟除了话少、好口酒，还有什么毛病！”

“这得分人，我老伴在时，就嫌我话多！可偏王老师就嫌‘大个儿’没话。你看今儿吃饭时，王老师跟谁都聊，就‘大个儿’一句也接不上！嫂子你给‘大个儿’努嘴是不是想让他来两句？我在边上都看出来了！他倒好，脑瓜子一扎，闷了！您看吧，这回去的一路上，成哥也少不了数落他。”

“本性吗，不好改！我看今儿这劲，要想让两人回头，还欠点火候！”

“本来也不是一天的事……”

……

几个月后，周周发高烧，小宝带着闺女去了医院。

“几岁了？这孩子可真漂亮！您带孩子先照个片子，验验血！”一个女大夫摸了摸周周的小脸蛋，这才扭头向小宝交代道。

小宝这些日子一听别人夸闺女漂亮，就想起酒桌上祥子的话。这回他拿着单子心里犹豫起来。“我也抽点血吧，做个亲子鉴定？合适吗？这不是对不起孩子吗！就这么着，糊涂着养吧，反正她管我叫‘爸’！

再说，这要让燕子知道还不跟我翻车……验了，也好堵住那帮孙子的嘴，省得他们胡吣！管丫的哪，先自个儿整个明白再说，谁知道谁呀！”

小宝先是犹豫，后来那浑劲一上来，还真就和周周在医院一块儿验了血。等验完血，看着躺在病床上睡着了的闺女，他这心里又犯了嘀咕：“老天爷保佑！老天爷，你可要显灵啊，别把我的心肝肉判给别人！”

小宝回家装得跟没事人似的，可这心里几天内就没踏实过。算着日子赶到医院，取出结果一看……

……

这年一入冬，田娣的病又重了几分，躺下上不来气，坐起来腰疼。这白天闹哄着，还不觉什么，一到晚上这一宿能折腾十几遍。梁欣陪着，一夜夜地睡不了觉。这天，他刚伺候完老伴小便，不等迷糊着，边上的田娣又催着要坐起来。梁欣胡噜胡噜发沉的眼皮，吃力地坐起来。两胳膊一用劲，把田娣搂抱起来靠在了自己怀里，在老伴的耳根小声说：“怎么样，这么着舒服点吧？”

“唉，这岁数了，还让你搂着，要让别人看见非得笑话咱！可我真想就这么着让你搂一辈子！可……可我老这么拖累你，什么时候是个头儿啊！还不如……”

“别又胡说，这么大岁数了，还死了活了的，你就不怕让人家笑话！”梁欣知道老伴下面要说什么，赶紧用话顶了回去。

田娣听了没言声，过了会儿才幽幽地说：“你说我吧，就是睡着了，也就是狗眨眼那点工夫，还老做梦。老梦见小宝抱着周周黑更半夜地在野地里走，我怎么叫，他俩也不回头！你说我这是怎么了？”

“嗐，你就是惦记着儿子和孙女呗，这有什么纳闷的！明儿我让他们上来看看，你就踏实了。”

“自打咱搬到老唐这儿，燕子就跟谁惹她一样，一次也没让孙女来过！你说她这是跟谁呀？”

“这你还看不出来？你搬过来离孙女这么近，小家伙又粘你，还不得老要往上跑！人家是怕周周和姥姥家远了！”

“我的天！燕子想得可真长远！”

“得了，甭理她！人做天看，这样的儿媳妇不见也罢！”

“嗐，我没想指着她！就是想……想孩子。”

“别想那么多了，靠着觉着舒服，能睡就迷糊会儿。快……听话，歇歇！明儿有精神咱去医院，看看……看看大夫。”

“你真烦，就想把我送医院去，你好省事！不去……我不去……就……不……去……”田娣说话的声越来越小，一会儿，梁欣竟然听见老伴打起了呼噜。

第二天一早，老唐看见梁欣边揉边甩着胳膊，知道哥们儿这一宿又没睡，就心疼地说：“梁哥，这几天抽空带嫂子去医院吧！你这么一搂一宿的也不是长事，嫂子也经不住这么耗啊。”

“嗐，她不是不去吗！”

“嫂子是病人，这事可不能都听她的！要搁我，立马打车走人！”

“我看她这劲是越来越差，送到医院还出得来吗？我都担心她挺不过……”

“你住声！说什么呢！你甭管，我叫车去，回头我劝嫂子！”

“你还叫车？拉倒吧！你要心疼她，上菜站借个平板车，我骑着送她还差不多！”

“都什么时候了，嫂子还心疼这俩打车钱！唉……我去……我借车去！你把铺的、盖的准备好，别把嫂子冻着。”

这趟医院跑的，连来带去折腾了一天。到梁欣和老唐把田娣抬回楼上，安顿好，三人之间没多说过一句话。

做饭的工夫，老唐和梁欣嘀咕道：“哥，你呀，别跟嫂子赌气了！嫂子的心我明白，她跟你想的一样，也是怕……怕……进了病房，就再也回不了家！嫂子……嫂子是和你没过够！我估摸嫂子心里都明白，她……她是想再多陪……陪陪你！”老唐说着说着嗓子变了声！

“兄弟，哥求你，可不能当着你嫂子哭！刚才你扶着你嫂子出诊室，大夫拍着我的手说：‘老人家，你老伴这盏灯快没油了！千万别让她着急生气，要能熬……熬过冬，可能还能……再好好地尽尽心吧！’他这一说，我什么都明白了，可我当着你嫂子什么也不能说，还得装成没事人似的。回家这一路，我蹬着车，趁她看不见把这辈子的眼泪都流了！你说我赌气，我跟谁赌气呀！我是恨……我真是恨自个儿没本事，弄这么个穷家把她熬成这样！我不能怨小宝，他终究是一个没长大的孩子！我也不能怨人家亲家，怎么就这么寸，捐肾的事就轮上了她！要怨，也只能怨自个儿。兄弟，你说，哥怎么就这么没本事？哥这辈子欠着你嫂子呀！”梁欣边落泪，边小声地诉说着。

“梁哥，别……别！我这刚擦完眼泪，你又招我！”老唐抄起腰上的围裙又擦开了眼泪。

“今儿个大夫给你嫂子开了住院单，要是换了不论谁，我再犹豫，也得让他（她）住院！可我这心对着你嫂子，就怎么也硬不起来！我呀……我呀！”梁欣说着把手里的刀使劲砍在了案板上。

“梁子……梁子……你过来！”可能是厨房的动静大了，隔壁的田娣叫起了梁欣。梁欣不敢怠慢赶紧跑了过去。

“哎哟，这么大岁数，又掉眼泪了？我知道你是嫌我不听话，不住院！跟我致气！你呀，也是，老夫老妻的生什么气！是不是大夫又和你说什么了？”田娣边说边喘，可脸上灿烂得像个孩子。

“你呀，又瞎琢磨，这辈子你看我掉过几次眼泪？蹬着那破车，顶着西北风往回骑，那风吹得我这两眼现在还是木的！等你哪天好了拉我转一圈，你就知道了。”梁欣装出了一副无辜的样子说道。

“没赌气……真没跟我赌气？你呀，骗不了我！我跟了你一辈子，还不知道你的人性？你呀，别净听大夫的，替我瞎着急！我的身子，我知道！我还等着硬朗了跟你旅游去呢！到时候，你给我也弄个手机，让我当着人好好显摆显摆！咳……咳咳……”田娣越说气越短，讲到后来梁欣几乎听不清老伴在叨唠啥！

可他看着田娣脸上的笑容，只能回答道：“说你是天生操心的命，你还不爱听！我跟谁赌气，也不能跟你赌气！你放心，大夫就说等明年一开春，天暖和了，你这病就能见好！你看你又瞎琢磨什么？你好好养着，这辈子我肯定还你的愿，买手机，坐飞机，旅游去！”

“开饭了！嫂子这是给您的汤面，鸡蛋都是蛋白，蛋黄刚让我在厨房偷着吃了！您尝尝，肯定比我哥做的好吃！梁哥，你别那儿戳着，把嫂子扶起来呀！”老唐端着给田娣单做的汤面进了屋。

快过年了，梁欣和老唐一上一下地擦玻璃抹柜子打扫着卫生。正忙活着，梁欣的手机响了。

老唐站在底下把手机递给他，嘴里叨唠道：“谁来电话？真不长眼，没看正忙着吗！”

梁欣接过手机，对着话筒先“喂、喂”两声，她而后问道：“您哪位……哪位？我没听出来！陆……陆？哟哟，是燕子她爸陆科长呀！您看我这耳朵，您找我……找我有……有事？”

梁欣捂着话筒朝老唐努努嘴说“燕子她爸来的,他说有事求我……”

梁欣和老唐嘀咕了几句，随后又对着话筒问道：“您要和我聊聊？聊……让我帮忙？我去您那儿？噢……我们楼下,什么……什么……‘避风港’？有这地方吗？行！我去找，您在那儿等我。好，不见不散！”

梁欣这电话打出了一脑门子汗。他跳下刚站在上面的椅子，对老唐说：“燕子爸约我聊聊。他和我有什么聊的？田娣给他老伴捐了肾，也没看他上门！说有事让我帮忙！帮忙？还要让我们捐什么？”

“让你去就去呗，他还能吃了你！留点心眼儿比啥都强！你走了，我也歇了,给嫂子做饭去。你回来捎点面条,我做浆水面,嫂子准爱吃！”

老唐刚啰唆完，里屋的田娣搭茬道：“别疑神疑鬼的，人家找你必是有事！能帮忙就答应，亲家张一次嘴也不容易！”

“你快歇着吧，又操心！我走了啊！”

梁欣下楼找到燕子爸，跟着他进了“避风港”，这才明白这不过就是个别样的茶室。

燕子爸要了个单间。两人坐定。燕子爸开口道：“听宝儿说老嫂子自摘了肾身体一直不好，我们也没敢上门，怕搅了嫂子休息！这心里挺不落意。”

“嗐，这就是她的命，也怨不着谁！”梁欣没好气地说道。

“是……是……可再怎么说，我让小宝带去的钱，你们也该收下。虽说咱们是亲戚，可给点营养费也是应该的！你这往回一退，我和燕子妈可真是不好意思了！”

“宝儿他妈说了，我们这是捐肾不是卖肾，哪能要您的钱！再说，这不是看着孩子，看着周周的情分吗？”

“话是这么说，可我们……”

“您找我就为这事……”

“不！不！我……我还有事要和您谈！”燕子爸说完端起面前的茶杯迟疑着。

梁欣看他那端杯的手抖个不停，杯里的茶水一个劲往桌上洒，忙说：“陆科长，不舒服？您……”

燕子爸定了定神，放下手中的茶杯说道：“今儿，我叫您一声老哥，我这是……这是丑事啊！丑事！可再丑的事，我这当爸的也得给闺女扛着！我……我真是没退路了！”燕子爸没把事说出来自己的脸先红了。

“出什么事了，让您这么为难？”梁欣一头雾水地看着对方。

“小宝刚把燕子打了！燕子给我打了电话，我这才急着见您！”

“小宝把燕子打了！不会吧？就宝儿那怂样，他敢打燕子？你把事说反了吧？”梁欣从心里不相信自己的儿子敢打燕子。

“这事……这事不能怨小宝！说到根儿上燕子也是该打，就是您现在打我，也是该打！谁让我们办了亏理的事！”

“不会吧，你陆科长能办亏理的事！到底是啥事？你跟我说！要是小宝耍浑，我打断他的腿！”

“老哥，您先别急，一会儿再急！您听我从头说起吧……”燕子爸又哆嗦着端起茶杯，可茶杯仅是碰了碰嘴唇又放到了桌上。定了定神，这才开始了他的叙述：

“老哥哥，虽说我比你小几岁，但其实我和燕子妈年轻时和你们受的是同样的罪！您和老嫂子三十多有的孩子，燕子这孩子也是我和她妈三十多岁才得的女儿。说来咱们这代人都犯一个毛病，都怕自个儿遭的罪再在孩子身上发生！因此，燕子从小娇生惯养，是在她妈怀里和我腿上长大的。这种养法，孩子自然任性！可她再任性，我和她妈再急也没动过她一手指头。直到盼着燕子上了大学，我们这当父母的才略放了点心。觉着她有文化，又是大人了，该明白事了。

“一个周六的晚上，孩子打扮得漂漂亮亮地要出门。我怕天黑，外边不安全，就拦住她问：‘燕子，姑娘家的，别天黑老往外跑，不安全！’

“‘我去周老师那儿补课您也管！明儿我毕不了业，您可别怪我！’燕子回答道。

“说起周老师，我和老伴都不陌生。一是老听燕子讲，周老师对她如何好，给她补功课特别负责任；二是我们两口子觉着老麻烦人家不好意思，曾经请周老师吃过饭。当时看周老师的年龄比我还大不少，温文尔雅真是很有风度、有知识的良师，我和她妈也就放心了。所以她说去周老师那儿补课我也就没拦她。

“一来二去，时间长了，燕子周末有时也不回来。她妈去电话问，回答也是说功课忙。好在没白忙活，燕子毕业，上了班，我和燕子妈从心里才真觉着踏实。

“燕子上班后和周老师关系没断，有一次师生俩还去青岛旅游，玩儿了几天。我背地里还向老伴表扬闺女，说：‘她妈你看，燕子这孩子挺重情谊，懂得知恩图报，上了班后开始回报老师了！’

“当时她妈也说：‘吃水不忘挖井人吗！一日为师，终身为父！燕子做得对！’

“可谁想到偏偏就真出了事，而且还是大事！有一天，她妈看着燕子换衣服要出门，穿上一件瘦，又穿一件还是瘦！就数落闺女：‘燕子，你看你这肚子胖的！该减肥了吧！哪有大姑娘不注意保持体型的！’

“谁想，说者无心，听者有意！燕子听了她妈的话后，衣服不换了，门也不出了，回自己的屋整哭了一天！等我下班不见闺女露面，一问，她妈说了经过，委屈得也直掉眼泪。我想娘儿俩话说岔了，闹点脾气，能有什么大事，就一遍一遍地敲闺女的门。

“可能是我门敲急了，或是燕子气消了，临睡前，燕子开了门，一屁股就坐在了我和她妈中间，笑了笑说：‘爸妈，我要结婚！’

“‘结婚！你开什么玩笑，要跟谁结婚？’她妈一听燕子说，就有点急、有点愣，立马反问了一句。

“‘男大当婚，女大当嫁，怎么，闺女不想和爸爸一块儿过了？’我当时觉得闺女说想结婚也就是小孩子说着玩，还和她开着玩笑。”

说到这儿，燕子爸停下话头，哆哆嗦嗦端起茶杯又喝水，并顺手扔给梁欣一颗烟。自己也点了一颗，把脑袋往后一仰，靠在椅背上不再说话。

梁欣听到这儿，知道一会儿就会谈到小宝，也是心里一紧，随手端起茶杯喝了一口，并破天荒地点燃了对面甩过来的烟。谁也没再急于说什么。

还是燕子爸沉重的话语打破了沉默，他接着说道：“燕子没让我们继续追问，说出了让我们大吃一惊的结果，‘爸妈，我要和周老师结婚！’”

梁欣听到这儿，先愣了！他大张着嘴刚要问，立刻被对面的燕子爸拦住！说道：“老哥急了吧？当时我听了燕子的话，表情跟现在的你一样！也是立时吼问道：‘燕子你吃错药了，这种玩笑怎么能开？’”

“燕子听了我的怒吼没有像往常一样暴跳如雷，而是轻蔑地一笑，而后站起来站在我和她妈面前，说：‘我就知道你们得冲我吼！你们这些俗人，根本不懂什么叫爱情！我就是爱周老师，就是爱他的风度，爱他的成熟美！这种爱，你们不会懂！’

“‘燕子，你不能……人家周老师有家、有孩子，比你大四十多岁，都快要能当你的爷爷了！燕子不能……不能啊！’听了这话，当时燕子妈就哭倒在沙发上。

“我当时虽然也气昏了头，但闺女谈到周老师，她眼神中一丝兴奋的闪光让我明白眼前的一切不是玩笑而是现实。

“也许是燕子妈听不见我劝闺女来了气，也许是她已经气昏了头，就见她嘴里喊着‘作孽呀！作孽！’，就扑到我身上又撕又咬！

“‘你们别闹了！差四十多岁怎么了？他有家怎么了？我告诉你们，周老师已经答应我和他老伴离婚，而且我已经怀了他的孩子。为了他的孩子，什么条件他都得接受！为了我的孩子，你们也别想拦着我！’燕子说着就回了自己的房间，重重地锁上了门。

“什么？燕子怀了周老师的孩子！这孩子是不是周周？你给我说清楚！”梁欣听到这儿，疑心上来了，立刻站起来戟指着燕子爸问道。

“老哥，我知道你听到这儿会急，可现在先别急，我这不正和你想说清楚吗！”

“你说……说！”梁欣的脾气有点上来了。可在人家的劝说下，只好又坐在椅子上，听对面的男人继续讲下去。

“事情到了这步，老哥你应该能想到那一宿我和她妈是怎么度过的了！我一颗颗抽着闷烟，一句句劝着老伴。可我这心里想不出出路啊！

“挨到天亮，想再和闺女推心置腹地讲讲事情的复杂和严重性。可闺女早早起来，甩了一句：‘你们看着办，要不同意，我死个样给你们看！’然后离家而去。

“随后三天，三天啊！我们没了燕子任何的消息。燕子妈和我寻死觅活地闹，让我还她闺女！老哥，当时我真是走投无路啊！只能求周老师，约着见个面！那个见面场合，我尴尬，人家也难堪，可还得谈啊！

“周老师撇得很清，跟我说道：‘燕子追求我，爱我！那是她的权利！我这个年龄的人，早过了孟浪的阶段，可燕子的热情感染了我。我不是玩弄她的感情，是也爱上了她！如今，她怀了我的孩子，我会向现在的老伴提出离婚，给燕子一个交代。可如今看到你们的态度，知道你们不同意我和燕子的关系。所以，这事只能……’

“我听那老东西说得这么潇洒，心里这个气呀！心想：‘你玩了黄花闺女，还让她怀了你的种，如今你倒成了无辜者！’当时，我真想扑过去把对面那个老棺材瓤子打散了，让他满地找牙！可我明白，不能打！要真打了他，可就把闺女打跑了，只能‘放下原告的身份去当被告’！由里到外地劝周老师能舍弃燕子，把闺女还给我们。

“周老师回答得也痛快，说他可以中止和燕子的关系，只要燕子不再纠缠他！看到老东西松了口，我这悬着的心才算放下一半，心想只要劝燕子打下孩子，事情就算有了结果。

“和周老师谈完的当天晚上，燕子回了家，躲在自己屋里不出来，和我们赌着气。任我和老伴磨破了嘴，燕子就是不理不睬。

“就这样哭哭闹闹地又折腾了三天，老伴扛不住了，本来就是肾衰高血压的底子，闹得急性发作！我找医生叫救护车，把老伴送进了医院，眼看着这个家就要散！

“燕子挺会找时机，此时对我说：‘爸，我如今不怨你狠心拆散了我的婚姻，但我一定得生下老周的孩子！我要让肚子里的孩子来延续我和老周的爱！你要是同意，你就还是我爸，今后再有事我听你的！你要是不同意……’

“‘同意，爸同意！只要你和他不再来往，爸都同意！’老哥，到了这个节骨眼儿，我没办法，我只能答应……”

“我就知道，你们这家都不是什么好玩意儿！这不地道的事，也就你们干得出来！老陆！你给我把怎么又勾搭上小宝的事说清楚了！周周到底是谁的孩子？”梁欣越听心里越不是滋味，涨红着脸一把揪住对面燕子爸的衣领嚷了起来。

“老哥你先坐下，坐下！我今儿找您就是想把这纸里包不住火的事讲清楚！再说，我就是想瞒也瞒不住了！您坐下听我说！”

燕子爸再一次把梁欣劝回到椅子上，又叼上一颗烟，这才说道：“老哥呀，老哥！哪有女儿造了孽爹妈不心疼的！后面的事怨不着燕子，都是我的主意了！我不能眼看着燕子一大姑娘在家生孩子，那她今后还怎么有脸见人！燕子在我的安排下，上网发博客、建QQ，找聊友，发现了小宝。觉着这孩子年龄、长相都不错，燕子也能看上眼。后来，燕子和小宝见了面，我和她妈暗藏着观察，看出小宝骨子里的单纯，和经济上不宽绰的弱点。就认定要让小宝当解救燕子燃眉之急的‘救火队员’。我们老两口边想办法，边创造条件，让燕子和小宝上了床……也就有了以后您所了解的一切……”

“你们还算人吗？你们办的这是人事吗？你们设了圈套，让我儿子一进门就戴绿帽子！你们……真是……真是欺负老实人……欺负老实人！我不和你谈了，我告……告你们去！告……”梁欣边擦着急出来的满脑袋汗，边扭头就往外走。

“老哥呀！我们不是人！可有哪个当爸的不向着自己的孩子，不替自己的孩子着想的？我也是实在没有办法！当然，您可以告……可以告啊……”燕子爸说到这儿，两肩抽动呜呜地哭了起来。

面对一个老男人的哭声，梁欣的心软了，他软软地坐回椅子上，有如呻吟般地说："你们今天……今天怎么想起说实话了？还不如做实了，骗我们一辈子，我好恨哪……我！小宝进了你们家，得着过一天好了吗？这我不怨，谁让我们穷！可……你知道吗？为了儿子有个人样，我们这些年过的是什么日子！为了你们……我老伴连命都不要了！如今……如今……"梁欣想起躺在床上的田娣，哪还说得下去，一口恶气哽在喉咙里，老泪婆娑。

"老哥哎，您消消气！燕子任性，她妈又那怂脾气！小宝……小宝，他……他是受了点委屈！你耐点心，听我……我……我接着说！"燕子爸看着气昏了头的梁欣，又抽抽搭搭地开了口。

"燕子自和小宝结婚后，虽然脾气还是有点骄纵，但毕竟和小宝过起了日子。小两口吵吵闹闹中，周周落了地！眼看风平浪静一切都进了正轨，谁想……谁想小宝不知是受了谁的挑唆，又看孩子长得太漂亮，不像自己的种，竟偷偷去医院和孩子做了亲子鉴定！医院的结果一出来，我的苦心泡了汤……小宝一气之下又打了燕子！亲家呀，亲家！我本没脸说，可我……可我不说不成了！"

"我还当是你们有了良心，原来是让小宝逼的，露了馅儿！离吧！这日子没法凑合！"梁欣跺着双脚，说出了这两句话。

"您说告我们，甚至小两口离婚，都没错！您找几个哥们儿来，砸了家，再打我一顿，我也认！为了闺女，我只能认！这事放到我身上，也会这么办！得出这口气呀！可老哥呀！气好出，但咱当父母的还得替孩子想呀。您告了，他们离了，燕子和我们没脸见人！可小宝、您和嫂子，不也灰头土脸吗！您再想想……小宝那工作……真要他们离了？还能干得下去吗！老哥，我这儿的话都说了，就求您再想想……再想想……我这……我这也都是为了……为了孩子！"燕子爸说完，又呜呜地哭了起来。

"你甭拿小宝的工作唬人！我梁家的儿，就是要饭，也不能再登你家的门！我们今儿要不离……你们……你们不定还会干出什么事来！"梁欣正在气头上，一个心思就想让儿子立马离婚！

“不会……不会！我们不会再办那缺德的事了！老哥……老哥……我求您……再想想！您回去和亲家母……和亲家母合计……再合计、合计！为了孩子，我求您再退……再退一步……”

梁欣听对面男人提起了老伴，心里不由地打了个激灵！他想起医院大夫和他说的话，“别着急，别生气！熬过这个冬天……”梁欣一想到田娣，没了脾气！他明白老伴为了儿子不会让他闹！他更知道今天的老伴再也经不住这么闹了！

梁欣强压下心头这口气，只觉得天旋地转！对面的男人看到他脸色由赤红变成苍白，满头虚汗顺脑袋往下流，怕他出事，赶紧探过身子问道：“老哥……老哥！你挺住！你挺住！”

“我死不了！死不了！”梁欣长出了口气，眼睛直愣愣地连说了两句“死不了”后又喃喃地叨唠道：“这都是为了什么，到底为了什么！为了孩子，为了孩子？难道为了孩子，就能作孽！你们……你们不能这么作践人哪……”

“铃、铃……”梁欣的手机响了，他顾不上抹掉脸上的老泪，接通了电话。

“梁哥！你快回来……快回来……小宝在楼上和嫂子又哭又闹！我看嫂子的神色不对。你快回来吧！”电话里传来老唐焦急的声音。

梁欣撇下燕子爸一口气跑回家，进门就听见小宝在哭喊。

“妈，妈……咱们养了……养了一个杂种……一个杂种啊！他们骗了我，也骗了咱们家呀！妈，妈！您要给我出这口气，出这口气呀！妈，您给我做主，我……我不和他们过了……”小宝趴在田娣的床前哭得要岔了气！

“不许胡说！孩子有什么错，周周有什么错？这都是大人造的孽！”梁欣跨进屋来，大声呵斥着小宝。

田娣把瘦弱的胳膊伸出被子，拍着小宝的手，有气无力地说：“宝儿，别哭……别哭……你哭得妈心疼啊！你爸说得对，孩子没罪，周周还是妈的好孙女！你要……你带好她！妈……妈可能……可能……”

梁欣看着田娣两行不多的泪顺着眼角慢慢往下流，心疼地冲小宝喊道："小宝，你出去，出去！让你妈静静心！让她过了这个年……过了这个年！爸求你……求你快走吧！"

"不……不……周周不是我闺女！不是我闺女！燕子骗了我！他们家骗了我！妈，我这心里难受啊！妈，你听见了吗？儿子心里难受啊！"

梁欣眼看着田娣在小宝的哭喊中不再搭茬，两只眼睛无神地看着天花板，气息显得越来越弱。梁欣心疼老伴，更恼恨刚刚燕子爸说出的那闹人的经过，心里压抑了几年的火，一下拱了上来，抡起巴掌"啪"地打在小宝的脸上，嘴里喊道："你给我滚！滚！我没有你这个不争气的儿子！"

小宝先是一愣，而后睁大眼睛瞪着梁欣和躺在床上的田娣说道："妈……妈！您看见了吧？我爸打我，他打我呀！好……好……你们也嫌弃我……你们也嫌弃我！我滚……我滚……我不活了！"说着冲出门去。

"小宝，你要上哪儿？小宝，你站住！唐叔追不上你！"一直在边上陪着落泪的老唐慌乱地追了出去！

"让他滚……滚得远远的……"梁欣余怒未消地喊着！

"宝儿，妈的心头肉！你……你不能……"梁欣听见田娣撕心裂肺地一声喊叫。回头一看，田娣上半身已经扑倒在床边，嗓子里"嗝儿……嗝儿……"地出着气，眼睛空洞地向上翻着！他再顾不上小宝，一把将田娣抱在怀里。

田娣满头虚汗，眼睛无神地大睁着朝向门口，嘴张着像是要再喊一声"小宝"，可气若游丝的她哪还喊得出声！

"田娣……田娣……他妈……小宝他妈！你醒醒！"梁欣眼看田娣的眼睛散了神，知道大事不好！赶紧喊着追出门外的老唐，"老唐……老唐！要救护车……救护车！"

120 急救电话打了，可救护车却迟迟没有动静！梁欣先还觉着怀里的田娣嗓子还在响动，身子也强直性地抽动，后来竟像睡着一样没了动静。他欲哭无泪，只能紧紧地抱着老伴，用自己的体温暖着灵魂已渐渐远去的田娣。

老唐此时也是六神无主，只知道楼上楼下一趟趟地瞎跑。

“我的天，都一个多钟头了！你们是干什么吃的？这要真有点事，我跟你们没完！”老唐看见急救车下来的大夫就嚷了起来。

“大叔，你也不看看日子，这大年关又是上下班高峰，一个钟头算快的了！”

“你们这是什么态度！”

“大叔，您先别抱怨，别抱怨！看看病人吧！”

大夫进了屋，先是翻开田娣的眼皮，用手电照着看了看瞳孔，而后又忙着给做了个心电图。眼看心电图上出来的直线，两个大夫停止了动作。

“查什么查，上医院吧！别在这瞎耗着！”老唐催促着。

两个大夫看了看梁欣，面无表情地说：“瞳孔散了，脉搏没了，心电图直线，人都走了，还去什么医院？”说着趴在桌上写着什么。

“大夫，不会的，不会的！上医院……咱们上医院！求求你们，咱们去医院！”老唐央求着。

“大叔，这不是求不求的事，我们这是急救车，是拉活人的，不能拉死人！”

“你胡说，谁是死人！你们这是怎么说话呢！”老唐急了。

“大叔，您别急，别急！我知道亲人走了，您心里难受。可你得讲科学，人出错，机器不会出错！您看这心电图……”

“她没有……她怎么会……你们帮帮忙！我给你们钱……给你们钱！”老唐一边掏着钱，一边嘴唇哆嗦着和大夫们说着。

“病人已经走了，拉到医院也是走形式。到了那儿又掐又灌，您不心疼钱，也得心疼和尊重这上路的人啊！”说着，两个大夫头也不回地下了楼。

从大夫上楼进屋，梁欣没说一句话，甚至没有看他们一眼，只是看着田娣的脸聊着：“田娣，你走了，你走了？走吧，别上医院受那个罪了！你冷，我知道你冷！来，我再搂紧点！这辈子你也没让我这么抱着过！我悔呀，悔这辈子为什么娶了你，让你跟我受了一辈子罪！我原想等着手里松快点，给你也弄个手机，打个电话、发个微信什么的。我等着手里松快点，也带上你去旅游！可你……可你太任性，说走就走……你不等我……你不等我呀！”

“梁哥，把嫂子放下……放下……歇歇吧！”老唐看梁欣既不落泪，也没有张罗田娣后事的意思，不由地开了腔。

“老伴，你闭眼吧，路上甭想那么多！小宝受点罪怎样不了，你不用惦记他！倒是要看清路，那边黑，往亮的地方走。回头，我就给你送点钱和用的东西！你命好啊，有老伴送你！别担心，你在那边睡一天，这边就是一年，你等不了几天，我就跟过去了……噢！你怨我不跟你一块儿走！别怨我，让我再陪陪咱那不争气的儿子吧！我要也真这么走了，也是不放心呢！”梁欣像是没有听见老唐的话，继续叨唠着……

老唐看着梁欣这劲有点害怕，又不愿意当着梁欣的面找人，只能跑到楼下用手机拨通了张成和“大个儿”的电话。

一阵风的工夫，张成、“大个儿”都来了。可任是几个人磨破了嘴，梁欣既不说话也不放下怀里的田娣，嘴里还是紧一阵慢一阵地叙说着：“老伴你冷吗？你看见了吧，成子、‘大个儿’、老唐都送你呢！你要看见了就闭眼吧！你老这么看着我……我心里难受啊！”

“成子，咱得把小宝找回来……找回来，让他们娘儿俩见个面吧？我看嫂子眼睛闭不上，是在等儿子吧！”张成提醒着说。

“走、走！找……找小……小宝去！老……老唐你……你先……先照看着点！”

两人下楼，到了小宝家，就听里边又哭又喊和砸碎东西的“乒、乓”声。

“甭……甭找了，肯定在……在里边闹呢！”“大个儿”说了一句。

“这俩浑蛋，上边老的刚咽气，这儿就又打又摔，还不吓着孩子！来，我叫门！”张成说着对着门就是一脚。

“谁呀？这么横！”小宝开了门。

“别打了……上楼看看你妈……快去看看你妈吧！”

“不去！我爸扇我，我妈都不拦着！我不去！我得先和这破货说清楚！”

“我破货！姑娘就是喜欢他！你能……”

“你他妈不要脸，给老子戴绿帽子，老子抽你！”小宝说着又要往屋里冲。

“爸爸，妈妈！您们别打了，别打了！周周害怕！周周要奶奶、要爷爷！”

“你奶奶在平房哪，你找她？她不要你了！”燕子披头散发地冲着周周喊道。

周周听到妈妈的话，“哇”的一声哭了起来，小嘴中喊道：“奶奶要我！奶奶要我！我要找奶奶！”

“小宝别打了！你妈……你妈不行了！快去和你妈见一面……见一面！”“大个儿”抱住小宝就往楼上拽，张成在边上大喊着说。

小宝上了楼，看见梁欣正抱着田娣，扭头对张成说：“成叔，我妈不……不挺好吗？”

张成看着小宝不着调的样，一时真不知道说什么好。老唐上来一把拉过小宝，来到梁欣身旁，说道：“傻孩子，快帮你爸给你妈换衣裳！换衣裳吧！”

老唐说完小宝，又对着梁欣怀里的田娣喊道：“嫂子，嫂子……你闭眼吧！老伴和儿子，张成、我们哥儿几个都来送你了！嫂子你闭眼上路……在那边等着梁子，等着哥儿几个吧！”话音未落，率先大哭了起来。

小宝先是愣愣地看着，当他确认妈，他的亲妈，已经永远离他而去时，疯了一样从梁欣手里接过田娣，死不撒手地憾哭起来。

梁欣默默地看着眼前的一切。他没有拉劝小宝，任他边哭边说着心里从未说出的话。

“妈……妈……您怎么就走了……您不要我了！您走，今后谁还疼我！妈……妈……您答应儿子一声……您答应一声！我后悔了！儿子后悔了！是儿子……您的儿子害了您……害了您啊！妈，我不该……不该这样啊！”刚还大睁着双眼的田娣，在小宝一遍又一遍的呼唤中，在儿子充满悔恨的哭诉中渐渐闭上了眼睛，脸上的皱纹舒展开来，两颊重现久违的红晕，嘴角现出一抹舒心的微笑。笑得舒心，笑得满足。

“小宝……小宝……他爸！闺女……闺女上哪了？周周！妈的好闺女……你……你上哪儿了呀！”

随着楼下燕子撕心裂肺的一声哭喊，刚刚平静了的屋里一下又像点燃了的火药桶般炸了开来。

小宝失魂落魄地跑下楼，“大个儿”、张成跑下了楼。老唐奓着双手，不知是该下楼帮着找孩子呢，还是顾着这头儿梁欣和刚咽气的田娣。

外面的天黑了下来，风也刮得一阵紧似一阵。“大个儿”、张成带着外面的寒气垂头丧气地进了屋。楼下隐约传来摔东西的“乒、乓”声和燕子、小宝“这日子不过了！离……离婚！”的吵闹声。

“这孩子能上哪儿呢？小区里我都找遍了！”张成搓着冻得通红的耳朵说。

“小区外……外的街上，我……我也看了，哪儿……哪儿都没有！”大个补充道。

“这么冷的天，四五岁的孩子再有个好歹的！”老唐跺着脚着急地说。

“老伴，你躺躺，我去把咱孙女找回来！我寻思着孙女是找你……找你去了！”

梁欣气色平和地放下手里的田娣，小声和她道别后，颤颤巍巍地下了楼。

梁欣的身影迅速消失在黑暗中，他心里惦着孩子，脚下的步子越来越快，气喘吁吁地往小平房赶。

他想着周周必是受了大人打架的惊吓，燕子又从未告诉孩子她爷爷奶奶已经住在楼上，肯定是凭着记忆去寻找对自己最亲的奶奶了。

“到了……总算到了！”梁欣觉得浑身的血都不知跑去了哪儿，心像被挖空了一样没个着落。

梁欣自打从这儿搬走后，一直没回来过。乍一进院，感到十分陌生。那间曾给过他温暖的小屋，里面黑漆漆的！显然屋子还没找到新的房客。他冲撞着往里走，迎着一束刺眼的路灯光……

“奶奶,开门,周周来了！奶奶快开门啊！外面好黑,周周害怕呀！”

在孩子沙哑的哭喊中，梁欣看到周周的小身体正贴在屋门上，两只手敲打着门。

“这是谁家的孩子，怎么没人管，都哭了这么半天了！”院里的一个房客不满地喊着。

“别怕，别怕！爷爷来了……爷爷来给周周开门！”梁欣大喊着冲向前去。

“爷爷，你去哪儿了？爸爸、妈妈不疼周周了！爷爷……我要奶奶……我要奶奶！”周周张着含满泪水的大眼睛，哭喊着一下扑到梁欣的怀里。

“爷爷的好孩子，不哭不哭，奶奶出门……出远门了！等你……等你长大，爷爷带你去找奶奶……去找奶奶好吗？”

“爷爷……奶奶也不要你了……也不要周周了！”说着，哭声又比刚才伤心了几分。

梁欣一只手抱着孙女，一只手搓着孙女冻红的小手，周周也把小脸贴在了他的脸上。爷孙俩用行动温暖着彼此的心，一步一步地往家走。

11

田娣火化后，三天里，梁欣不吃不喝不说话，白天像个活死人一样，不论坐哪儿，一委就是一天。到了晚上，就抱着骨灰盒，对着盒上田娣的相片一说一宿。

张成、“大个儿”、老唐三个哥们儿，眼看着梁欣太阳穴瘪了，腮帮子也塌了，整个人一下老了十来岁。可除了陪着落泪，谁也没什么好办法，就像三只热锅上的蚂蚁，乱打乱撞地没了方寸。

“成子……你再想想办法！总不能看着梁哥就这么过下去呀！”

“入土为安，入土为安！嫂子得入土才安呢！”老唐搓着手说着。

“你们都让我想办法，我有什么办法！你们不是都打听了吗？北京这几家墓地，贵的上不封顶，便宜的也得十几万！我……我有什么办法！”张成说完也是重重地叹了口气。

“要不……我把这房子卖了，给嫂子买块墓地，总不能让我哥抱一辈子骨灰盒吧！”老唐说道。

“又……又说那不……不着调的，这是……是钱的事吗？真说……说买，只要梁……梁子同意，那……那点钱我……我给凑！”“大个儿”看着老唐说了一句。

“你们都住声吧！真要说出钱，梁子是我哥，我要不出钱，到了地府我妈都得骂我！”

三人为这事见面就吵吵，可谁也拿不出个主意。

这天晚上，直到那俩下楼回家，老唐看梁欣还是没有一点活泛劲，就自己琢磨着，应该把田娣的东西收拾起来，省的梁欣看着心里难受。他里屋外屋地收拾，梁欣看着他忙，也不搭手也不言声。老唐拿起一个枕头，刚想问梁欣还用不用，“啪”一个纸包掉了下来。打开一看，里面除了一个记着账的小本，还有一个信封。他随手扔给沙发上打愣的梁欣。梁欣本能地看完本上记的东西，呜咽着把信封和小本又递给了老唐。老唐看梁欣又开始落泪，以为自己惹了祸，赶紧接过东西一看。信皮上赫然写着“老唐兄弟的房费”，不用看，信封里装的是钱！小本上则记录着欠哥儿几个钱的明细账。其中大部分都打了还清的钩儿，只有一笔，是刘星给梁欣的那一万，上面画了个问号。

看到这些，老唐受不了了。他挤到梁欣坐着的沙发上，搂着梁欣的脖子，可着劲地哭出了声！一时，屋里就让两个老男人的哭声塞了个严丝合缝。老唐一边用纸巾擦自己的眼泪，一边叨唠道："嫂子呀，嫂子！你这辈子心里就知道想着别人，但凡你能想想自己，哪能就抛开儿子、老公、兄弟们就这么走啊！兄弟们欠你的人情，你就不能给大伙一个机会……”

第二天一早，张成和“大个儿”赶到老唐家，却不见了主人。问梁欣也是“瞎子点灯——白费蜡”，一问三不知。两人张罗着收拾房间，做出午饭。眼看着梁欣没吃几口又坐回沙发发起了愣。

张成进了老唐的卧室，一歪身就想靠在床上歇会儿，回头冲“大个儿”说道：“‘大个儿’……‘大个儿’……你过来！挤着歪会儿！”

“大个儿”过来也没客气，躺在张成身边说：“成……成子，我……我这左……左腿老是……是丝丝拉拉地疼，也……也不知道是……是怎么了！”

“哪儿啊……哪儿，我给你看看！”

“你……你又不……不是大夫，你看管……管个屁用！”“大个儿”说着挽起了裤腿。

“是这儿不是？”

“对……对……慢……慢点，还挺疼！”

“我摸着里头是有个疙瘩，上医院看看吧，别有病耽误了！”

“你……你小……小点声，别让……让梁子听……听见，又……又操心！”

“‘大个儿’，跟你打听个事，听了不许急啊！”两个人沉默了会儿后，张成眼望着躺在身边的“大个儿”，说道。

“问……问吧！又不收……收税。”

“这些日子和媳妇怎么样了？”张成小心地问道。

“不……不是媳……媳妇，是……是……是邻居，你可别……别胡……胡叫！”

“怎么叫还不是你们两口子？有什么呀！闹闹就完了，还当起真了！儿子走了，闹得你们人财两空！本该你们两口子应该更加恩爱体贴，怎么就处成了一对冤家？让你儿子在那头看着你们都揪心！按说你这腿疼，就应该让老伴陪着上医院……”

“成子我……我求你别……别提这段儿！我家那……那口……口子，心里冷……冷了，且焐……焐不热呢！成……成子，其实自……自我们离……离了后，看……看着她一……一个人出……出来进去的，心……心里特……特难受！这两……两天，我……我临出来……来前，都替她把……把早点买……了，菜……菜买了。还……还是那……那句话，我们俩走……走到今……今天，我……我不怨……怨她！她抛……抛家舍……舍业跟我到……到北……北京，净……净受罪了，我……我心里明……明白！”“大个儿”啰里啰嗦地说着心里的话。

“你这傻老头子，光心里明白，管蛋事啊！你把今儿说这话，早要跟王老师多说说，人家能跟你离？你可倒好，天生的闷驴，长一张嘴就知道喝酒！什么事也指不上你，要我，也跟你离！我告诉你，女人，不管多大岁数都希望老伴的爱！你这傻蛋，懂吗？”张成听着“大个儿”说心里明白，心里替他着急，不由地教训起人来。

“你……小……小点声，还嫌不……不乱呀！”“大个儿”用腿顶了一下边上的张成，小声地制止哥们儿的大嗓门。

两人看着床上那块不大的天花板，一时都没再言声。

“睡……睡着……着了？”待了会儿，“大个儿”看张成闭着眼不说话，又用腿碰了碰他，并开口问道。

“睡什么睡！心里替你操心呢！”张成没睁眼，话却答得挺快。

“甭……甭替我……我操心！我跟……跟你讲，这人就……就……就是……贱！我们俩没……没离的时……时候，谁看……看谁都……都烦！可真等离……离了后，我……我这心……心里老……老想着她这……这辈子对……对我的好！好几……几次夜……夜里，我都……都想进……进她那……屋！把心……心里憋……憋着的话跟……跟她讲……讲出来！可……可我又不……敢！怕……怕她把……把我轰……轰出来！这……这劲跟……当……当年搞……搞对象一……一样，挺……挺激……激动的！”

“光你自个儿激动管个屁用！你得让王老师跟你一样激动！要是王老师跟你想的一样，那可真是‘死人放屁——有缓儿’！到时候，哥们儿给你们两口子买复婚戒指！”张成说这话时欠起了身，直盯着“大个儿”的脸说道。

“我……我不……不知道她……她怎么想？那天，我……我麻烦她教……教我加……加手机上的微……微友，大……大着胆……子，就……就近亲……亲了她脑……脑门一……一下。”“大个儿”说着说着脸红了。

“你这没用的东西，脸红什么？你亲的是你媳妇，有什么丢人的！我问你，你亲了后，王老师有什么反应？”张成刨根问底地问道。

“没……没什……什么反……反应，就……就抬头看……看了我一眼！”“大个儿”的脸让张成说得越发红了起来。

“人家那是默认！那就别光亲脑门了！”张成从心里替这个哥们儿着起急来。

“不……不亲……亲脑门？那……那你说……说亲哪儿？”“大个儿”脑子还是有点不入戏，反倒问起了张成。

“你说该亲哪儿，这还用我教你！”张成坏笑着，边说边用手弹了一下“大个儿”的脑门。

两人说着聊着，一个下午悄然而过。等做出晚饭，天也黑了下来，外面刮起了大风，两人可真是着了急。

“这个不着调的东西，活不见人，死不见尸的，这是上哪儿灌猫尿去了，让咱们俩给他顶缸！”张成发起了牢骚。

“这丫……丫的，是……是有点不……不着调，可……可人还……还是好人！咱着……着急，是……是怕他把自……自个儿卖了，咱们不……不知道上哪儿要钱！我是担……担心，他……他那破脚，别再出……出什么事！”

……

老唐这宿可真是睡不着！他攥着那信封，想着田娣的墓地。后来，实在睡不着，摸黑起来想找着酒瓶子灌两口。一出自个儿的屋，就听见梁欣在那间屋里叨唠。

“老伴困了吗？我知道你肯定也是睡不着。你说这相片上，那会儿你多年轻，一乐嘴边上两酒窝真漂亮！过去整天守着你不理会。你别嫌我心粗，男人都这样，一旦有个女人占了他的心，女人美不美他看着不说，可这心里甜着呢！别怨小宝这傻孩子，他是让你宠坏了，可他对你这个妈还是上心的！我是担心……担心这浑小子别再闹出什么事来！你放心，周周这孩子的事我管定了，绝不能让孩子受委屈！你这几个兄弟，你也看见了，对你这个嫂子那是一百个敬重！你不用操心我，虽说这两年也觉着老了，可要说身体，这哥儿几个还数我结实。以后老唐要有机会再迈一步，我搬走给他腾房……这你就放心吧！”

老唐听着，又不敢出声，又开始一把一把地抹着眼泪。后来，实在听着揪心，回到自己床上捂着被子哭了个痛快。直到快天亮，他突然想起，干吗不去密云老家看看，说不定那些亲戚老乡们就能有点办法。想到这儿，他躺不住了，轻手轻脚穿好衣服出了门。

头中午，老唐到了老家。村里村外地一打听，还真就有了结果。一个远房侄子领着他到了山里一个新开的墓地，价钱不贵，任谁也买得起！老唐心里乐了。可一听人家提的几个要求：一是不能立碑，二是不能有坟头，一平方米之内一个墓穴一个树坑。他这心里又有点嘀咕：“这儿离城里有点远，有点孤单！不让出坟，又不让立碑，以后怎么认呢？”

老唐想了会儿开口问道：“您这儿什么标记都不让留，后人扫墓怎么认呢？”

墓地管理员告诉他：“大叔，您没看这墓穴都是横有排竖有行！您只要别丢了发给你的埋葬证，上面写得明白，好找！以后清明您到这儿浇了树，又绿化了山区，又祭奠了亡灵。这树长大了还是您的产权，您有什么担心的？我告诉您，这信儿一传到城里，半年这山坡子就得满了！”

老唐心里踏实了，凭着手里带来的钱，一狠心不单把田娣的事搞定了，顺便还留了个大后手。他饭没吃水没喝就往城里赶。他是急着回去报信儿，让梁子心里踏实，也让那哥儿俩踏实了。

掌灯时分，老唐拐着两只肿胀酸疼的脚打开门，正听见张成在那儿念叨：“我是担心他那破脚别再出什么事！”老唐一个趔趄栽进屋去，回口说道：“破脚怎么了？就是这双破脚把事办了！”

“老唐……老唐……这一天你死哪儿去了？你把事……把嫂子……把嫂子的事办了？”

“办了，都办了！这会儿不嫌我这破脚了吧！还不给老弟拿酒来，我这一天还水米未进呢！”老唐说完，往沙发上一坐，端起了派头。

“成，您要什么有什么，我们哥儿俩伺候你，快说说正事吧！”张成一脸媚笑地说着好听的，并随手将不凉不热的茶水递到了老唐手上。

老唐先喝了两口水，这才把一天的经过说了一遍。“大个儿”听了，瞧着枯坐着没搭茬的梁欣说道：“行……行，就……就是远了点……有点孤……”

“这种安葬方法好！但我也是觉着……嫂子一人有点孤单……”张成也瞄了一眼梁欣的脸色说道。

“我告诉你们，嫂子在那儿一点不孤单，有人给做伴！”

“谁给嫂子做伴？”张成、“大个儿”边问着老唐，眼睛却都一齐盯着梁欣的脸色看。

“回头我就把我老伴的骨灰迁过去和嫂子做伴！”老唐嚷嚷道。

梁欣慢慢地抬起头，先把目光盯在了老唐的脸上。大伙看他慢慢地站起来，到了老唐身边，两腿弯了下去就要跪在老唐脚下。

“哥！哥！梁子！你干吗？”张成、“大个儿”、老唐都慌了神！老唐更是一把将梁欣抱住拉到沙发上坐下，嘴里急说道：“哥，你要嫌这儿不好，咱再找别处！你……别……”

“好啊，兄弟！密云的山上好啊！”梁欣没说别的，先叫了两声好。大伙愣愣地看着他缓了半天劲，才又听他说道：“这些天了，我没打过一个盹，今天怎么就犯了阵迷糊，看见老伴站在高处树林子里冲我招手。我往前跑，到了山上一看，你们也都在！田娣看着我们大伙说：‘嘿，这回又聚齐了！’等这迷糊劲一过，我就琢磨老伴的事肯定是有了结果！”

“神了，神了！梁哥，没错！赶明儿我去把咱这哥儿几个的穴坑都预办了！”

“你这不着调的又胡说！墓穴得要死亡证才能办，哪能预办呀！”张成挑起了毛病。

“你懂个屁！这是生态葬，你占住树坑就占住了墓地。再说，再说咱有关系呀！”老唐把脑袋往上一仰，眯着眼冲张成说道。

“要……要都给办……办了，可……可不，大伙早……早晚又都要……要聚……聚齐了吗！”“大个儿”兴奋地朝梁欣说道。

“回头得闲我先回南边，把老伴的盒子抱回来埋到嫂子边上，让她们姐儿俩做伴！”老唐流着眼泪抱着梁欣先又哭了起来。

“行，老唐兄弟，别哭别哭！有你的，你真是给哥儿几个找了个好去处。回家我就告诉小高，让她心里也踏实了。”张成搂着老唐的脖子就在腮帮子上亲了一口，也挤在了沙发上。

“谢……谢谢唐老弟，给……给我也安排了归……归宿，谢……谢了！说……说不定，还是我先上……上山给嫂子做伴呢！”“大个儿”说着眼圈真就红了起来。

“‘大个儿’,你干吗呢？梁子刚有点笑模样,你又来劲了！我看……我看……今……今儿一慰嫂子亡灵，二谢唐老弟辛苦劳顿，这眼看着又要过年了，咱喝一个吧？”张成边说着“大个儿”，边看着梁欣的表情说道。

梁欣眼睛盯着窗外，嘴里应和道：“喝……是该喝一个了！”

哥儿几个摆上桌，端起杯，不约而同地又将目光投向柜子上摆放的田娣那面带笑容的相片。先是老唐哆嗦着站起来，而后大家都站了起来，梁欣大着嗓子喊道：“老伴！你快看……快看！哥儿几个又要给你敬酒了！”

……

北京春天的风大，曾经那是五湖四海的人民都公认的一景。可现如今，风到了京城就拐弯，闹得偌大的城市雾霾锁城，像进了八卦阵，天天阴丧着脸，没个放晴的笑模样！路上的行人明显少了起来，只有那些赶行程的上班族，每人戴个口罩，来去匆匆。

梁欣和老唐待在屋里哪儿也去不了，只能对着抽哑烟、喝闷酒。

这天晚上，梁欣百无聊赖地早早上床看着过期的报纸。老唐是瞪着两眼，等着看新闻联播后面的天气预报。

“哥……哥！今晚上大风，明天……明天晴天了！”

“那还嚷嚷什么，赶紧给那俩哥们儿去电话，咱们也出去遛遛！”

“得嘞，我这就打！”老唐像得了将令一样，拨起了茶几上的电话。可不等他拨通，梁欣的手机先响了起来。

“怎么着，憋得难受想放风了吧？”梁欣和电话那头的“大个儿”开着玩笑。

“什么？眼睛模糊看不清东西？那是眼花了呗，我早就得戴镜子了！正好……正好……明儿陪你配镜子去！行……叫上成子，那还用你提醒！行……行……明儿见！”

梁欣放下电话又冲门厅里的老唐说道：“给张成去电话吧，告诉他，明天咱一块儿陪‘大个儿’上王府井儿配眼镜去。”

老唐给张成打完电话，进屋对梁欣说：“配个花镜，哪儿没有啊，还用跑那么老远？”

“王府井儿那儿有家老北京布鞋店，你看看你的脚，不是想就手给你淘换一双合适的鞋吗？”

老唐顺着梁欣的话音，低头看了看自己的脚，嘀咕道：“还是我哥心疼我！”

王府井“大明眼镜店”，到底是老字号，虽然不是双休日，里面的顾客还是挺多。几个人等着没事，就南边北边地闲聊起来。

“你说，过去北京的风刮得外地人找不着北，现在是风没了，外地人反倒不敢来了！怕什么？怕北京的霾呗！”

“可也是，按北京台的《这里是北京》里说，老北京城四处是水，永定河还老闹水害哪！可现在这城里只知道有桥，哪还见得着水？就剩什刹海那一‘洗脸盆’水了！”

“何止这些，那会儿北京多冷啊！能冻掉耳朵！”

“可不，说点寒碜的，茅房里冻的那屎坨子，你要不用镐刨，顶着屁眼儿蹲不下去！”

“大爷们，别聊了！您哪位验光？”一位店员问道。

“我……我！”“大个儿”答应着，嘻嘻哈哈地进了验光室。

剩下的哥儿仨看“大个儿”进了里面，一股脑儿跑到门外抽起了烟。谁想一等二等三等，就是不见“大个儿”出来。梁欣返身进了店，看见“大个儿”正擦着满脑袋的汗由里往外走。

“怎么样，多少度啊？”梁欣问道。

“配不成，试多少度都不合适，说让上医院查眼底，看看眼底是不是有什么毛病。”“大个儿”丧头丧气地说。说着两人一块儿往门外走。

几个人聚了齐，逛了逛王府井大街。除梁欣帮老唐选了一双圆口厚底的布鞋外，几个人让南来北往的人撞得没了兴致。尤其是看着老唐怕别人踩着不敢伸脚的窘态，决定立马打道回府，回去喝酒。

几个人一上汽车，立时站起来几个让座的年轻人。“大个儿”红着脸说：“得……得了，老……老哥儿几个，这岁数少……少出门，在家当……当‘宅男’吧，让……让人家照顾着，脸……脸都红了！”

成子看“大个儿”坐在那儿，两条长腿没地儿藏没地儿放的，突然想起他腿上的疙瘩，赶紧问道：“‘大个儿’，你腿上的疙瘩消下去了吗？这些日子忙得忘问你了。”

“没……没有，我……我摸着还大了！”

“得，明天连带着一块儿看吧！别耽误了！”

“行，明儿一早还在老唐这儿聚齐！”

“我还是早点给你挂号吧！你和梁哥还能晚点去，省得都陪个大早！”张成说道。

12

第二天，梁欣和老唐吃完早点等了会儿，“大个儿”就上了楼。老唐也想去，被“大个儿”拦住道：“你……你别去了，拐啦……拐啦的，把……把菜准备好，中……中午回来，怎……怎么也得弄一顿呢！”

老唐一听又让自己看家，就没好气地说：“行……你们利索，你们去！我看家，当饲养员！我……我……我给你们熬猪食！”

老唐说了气话，可等人家一走，还是老老实实上超市转菜场地筹备着中午饭。从市场回来，先把排骨炖上，又把买的鸡胗洗净、剥皮、焯了、切丝，拌上香菜，弄了盘“大个儿”最爱吃的凉菜。而后又炸花生米、炒热菜，手脚不闲地忙活。心里想着：“这几个丫的，真要让他们做饭，我还真不爱吃！就张成那两下子，不是醋熘白菜，就是炒土豆片，真没吃头！‘大个儿’省事儿，就会清蒸鱼！梁子能干，可那是哥哥，哪能让他动手！”

老唐心里想着，火上的羊肉丸子萝卜汤也已完活儿！他松了口气，用围裙擦擦手，挑了块鸡胗扔进嘴里，赞叹道：“真地道！不老、不欠火，正合适！让‘大个儿’美吧！”

摆上碗筷、码上酒杯，看看表，“都十二点半了，怎么还不见鬼影儿！”老唐心里怨着。

直到时针悄悄地转到三时，屋门开了。梁欣、张成进了屋，谁也没看这一桌子菜，就闷着头坐进沙发。老唐看张成进屋随手带上了门，又都这气色，忙问：“‘大个儿’呢？”可任他连问三遍，愣没人理他！

老唐火上来了，嚷道：“你们是死人啊？爷辛苦一上午伺候你们，你们倒都成了菩萨，金口不开！嗐……我问你们呢！”

“‘大个儿’……‘大个儿’让医院留下了！”张成没有在意老唐的怨气，郁郁地说道。

“怎么了……‘大个儿’查出什么了？怎么医院说留就留下了！”老唐追问道。

“骨癌晚期，已经脑转移，压迫了视神经！”张成毫无生气地吐出这一句话，眼泪就流了下来。

“‘大个儿’平时看着不拿事，可这回刚强啊！真没想到他听了这个信儿，脸色都没变，还劝着咱们回来路上要当心！”梁欣没有看老唐，低着头说了一句。

“怎么……怎么会是这样！你们俩……待着……我……我给‘大个儿’……给‘大个儿’送饭……送饭去！”老唐说着眼泪就要流下来。他抹着眼角找来饭盒，先把鸡胗放好，又夹了些排骨和其他炒菜就要出门。

“老唐你……你等等！中午饭，我们和‘大个儿’一块儿吃了。你这去了能劝他什么？哭？我们有的是眼泪！可这会儿眼泪会让他心里更乱！不如他一个人静静心。”梁欣叫住老唐说道。老唐听话地停止了动作，坐在张成边上仍在落着泪。

“先都冷静冷静吧！我看‘大个儿’这情况，恐怕这腿上的毛病大了！要想再下地难了！”

“怎么着，还要截肢？”老唐吃惊地问道。

“截肢都是小事，先保命吧！”

梁欣回答了老唐，又对张成说道：“成子，你看是不是给他爱人王老师去个电话，一是报个信儿，二是商量着以后怎么办。咱得尊重人家的意见！”

“打电话能说清吗？不如一块儿上他们家商量！”张成嘟囔道。

“也是，那就走，别耽误！“大个儿”那儿晚上还得用人！”梁欣看了看表说道。

三人赶到“大个儿”家，不巧得很，家里正有客人。王老师将他们让进屋后，边让他们落座，边继续给几个女客人解释着佛经中的见解。

梁欣当着客人不敢造次，只能耐下心来等。可等了会儿，看对方没有停下来的意思，老唐耐不住先开口道：“王老师，‘大个儿’……‘大个儿’病了，我们想……”

“我知道他病了，从儿子走后，他就没好过！不是腿疼就是眼花！我劝他信佛，先净化灵魂，可他不听我的……”王老师不等老唐讲完就用一种静如秋水般的语气说道。

“不……不是！‘大个儿’是骨癌！脑转移压迫视神经，已经住院了！我们是想和您商量一下后面怎么办……”梁欣说出了实情。

屋里突然静了下来，先是几个客人离去，而后是王老师从胸腹中发出的低沉而压抑的哭声。

……

“大个儿”的病情发展得出乎意料地快！眼睛已经全部失明，而且全身骨骼出现多发性病灶，已经下不了地。加上放、化疗的摧残，人已经整个儿脱了形。

梁欣和张成轮着夜里陪护，老唐看着哥儿俩辛苦，争着也想往上冲！可每次都被梁欣拦住说：“兄弟，别争了，你这百十斤的身子经不住熬！‘大个儿’已经这样了，我不能再赔上你！你的心意‘大个儿’懂，我和成子也懂！在家做点‘大个儿’能吃的、爱吃的，就是尽心了！”

梁欣说这番话，一是心里确实心疼老唐，二是知道老唐性子软，看见“大个儿”的现状肯定忍不住哭，会招得所有人心里难受。其实，这种场面也正是让梁欣备受煎熬的原因。他不怕奔来跑去的辛苦，更不厌烦床前伺候的艰辛！而是难挨这眼看着朋友命悬一线，自己却什么也做不了的无奈！更让他心里难受的是，自打“大个儿”知道了病情后，简直变了个人！不但话多了，性格也变得十分开朗！梁欣明白，哥们儿这一切都是装的！可他不能揭穿！每当他面对明知是时日不多，又忍着巨痛和无数次呕吐的痛苦，却仍然谈笑风生的那张脸，面对那种坚强，他只能强忍着百蚁食心的痛强颜欢笑。可老唐不行，一旦他情绪失控，会造成连锁反应，反倒对“大个儿”的病情不利。

正想着，桌上的电话响了。梁欣一接听，话筒里传出王老师的声音：“梁哥，今儿那老头子跟我提出不想继续放、化疗了。我怎么劝他也不听！我是真没办法了！您看……再有，明天我想去趟庙里，给他烧一炷香，明儿医院那儿我只能是下午到了！”

“王老师，您能做到这样，我们哥儿几个都得替‘大个儿’谢谢您！”

“梁哥，老肖已经这样了，我哪能不管他！再说，还不都是你们帮忙，他才熬了这么些日子！您……您可别和我说谢！倒是我该代表老肖谢谢你们呀！”王老师边哭边说道。

“我们没事！回头我就去……您忙您的，我们盯着！停止放、化疗……是不是明儿我问问大夫的意见后再和您商量。工作我们哥儿几个做，这主意，可得您拿！行……行……就这样！”

梁欣放下电话，老唐就问道：“这不放、化疗，不就等死了！梁哥，你可千万别答应！”

“其实，‘大个儿’这意思早就跟我提了。他是想留点活着的尊严和乐趣！可这事咱不能给定，最后得是他老伴下决心！”

这天晚上梁欣的夜班儿，在老唐的央求下，两人一块儿去了医院。

“梁哥，来……来了吧？你……你们别乐，我这……这眼睛虽然是……是看不见了，可……可咱哥们儿这……这脑子是……是亮堂的，听这……这拖拉拖拉的声，就……就知道老……老唐兄弟也来了！又……又给哥带……带啥好吃的了？”梁欣和老唐刚一进“大个儿”的病房门，就看见“大个儿”瞪着两只什么也看不见的眼睛说道。

“今儿你的主管大夫下班时又说什么了吗？看着气色比昨儿强！”梁欣没有接“大个儿”的话，反问道。

“得……得了梁……梁子，跟……跟哥……哥们儿净来虚的！别……别骗我了，来……来的人都说……说我比昨儿强！其……其实你们这……这么说，我……我心里更难受！咱们哥……哥们儿交了一……一辈子，说……说了一辈子实话，这会儿倒……倒没实话了，还是……是哥们儿吗？”

“你爱说什么说什么，来，我先帮你翻个身！”梁欣说着将“大个儿”胳膊放在自己肩上，使劲给“大个儿”翻了身。

老唐看着“大个儿”瘀青的脸，胳膊腿就像放在身边的玩具，七零八落地扭曲着。盖在薄被下的身上哪还有一丝肉，只剩下脸上的笑容依然灿烂！见到哥们儿这般光景，他心中凄惨得哪还开得了口！只是觉着鼻子一阵阵发酸。

“来了也不说……说个笑话，闷……闷着掉……掉眼泪哪吧？你……你们怎么都……都这样啊！怨不得人……人家演林黛玉的陈晓旭得……得了病任谁不……不让见，不就是怕……怕你们这……这样的！没劲……真……真没劲！我就希望着你……你们都……都当我……我和过去一样。该……该说，说，该……该逗，逗！让……让我活一……一天就像个人似的痛……痛快一天！行……行不？老弟！”

“行……行……孙子才哭呢！本来你也没大病，没事别老在这儿耗着，赶紧跟我回家！我那儿拌了鸡胗藏着‘二锅头’等着你呢！”老唐从哭丧的脸强扭成笑脸，面部肌肉扭曲得比“大个儿”的脸还难看，鼻子也是齉齉地说着。

“这……这就对了！唐老弟还……还是你会……会疼人，我……我就说嘛，这病不……不如回家养着，哥儿几个还……还有个乐呵！可……可梁哥不听我……我的，非……非让……让我在……在这儿受罪！求……求你了老弟，下回来带点……点酒，不……不喝闻……闻着也过瘾！”

“酒！下次肯定给你捎来，先喝两口你兄弟为你熬的鱼汤！来……还热乎哪！”老唐端起带来的鱼汤递在“大个儿”手里。

“来，喝……”“大个儿”哆嗦着端起鱼汤就往嘴里灌，可不等咽下，就“哇、哇”地吐了起来。

梁欣赶紧端盆捶背地忙活。老唐看着“大个儿”翻吊着的眼白，胸腹剧烈地抽搐，头上满是细密的汗珠，心疼得扭身跑出屋去。

梁欣涮了条热毛巾给“大个儿”擦着满身的虚汗，听见“大个儿”气息未定地说：“哥，别……别带老唐来了，他……他性子软，见不……不得这个！他看见我……我这样心……心里难受，虽……虽说我……我看不……不见他落泪，可……可我知……知道他……他肯……肯定哭了！他这一哭，我这心里更……更难受！”“大个儿”说着，刚擦完的脑门上又是一层汗珠，眼角也罕见地流下一行眼泪。

梁欣自“大个儿”病倒后，是头一次看他掉眼泪，赶紧说道：“行……不让他来了！兄弟要忍不住就哭两声，不寒碜，哥听着也痛快！别老这么强忍着！”

“哭……不哭！梁子，你……你老问我这……这身上疼……疼不疼！能不疼吗？你听邻床那……那几位，不……不都疼得鬼……鬼哭狼嚎的。可……可哭有用吗？没用！这就是咬……咬牙的事！刚我这……这眼泪是为别人流的，我看见别……别人难受才……才掉的眼泪！”

“别说了，我心里清楚……”

“梁子，我……我再说一……一遍，化……化疗别做了。受这活罪不……不如死了算了！我就……就盼着能迈出这……这间屋，回……回到家里，就那么再……再跟你们乐呵一天也……也知足！”

“行，我依你！明天我和大夫说！”

“今晚上你踏实睡，我没事！”“大个儿”说着就闭上了眼。

梁欣抽这个空儿，找到外边还在抽搭着的老唐说：“不让你来，你非要来！来了，看见了，心里又受不了！来给你！”说着递给老唐几张纸巾。

“梁哥，你说……你说这人活什么劲呢！看着‘大个儿’那样我是真害怕，以后要真是我走你们后头，再落下这个病……”

“别胡说了，喝‘二锅头’的时候，怎么不说活着没劲！你呀，就是个老小孩儿！快别在这儿迎着风哭啦，找病呢！去，回家吧！有话咱哥儿俩明天说，快，听话！回家……回家吧。”看着老唐佝偻着腰，身影在黑暗中逐渐消失，梁欣这才回了“大个儿”的病房。

“老唐，走……走了吧？真……真不知道我们哥……哥儿俩还能见……见几面儿？处了这……这些年，也……也吵也闹意见，今儿想起来那算个屁！哥，我……我掏心……心窝子说，死……死不怕，就……就是可……可惜跟你们这……这几个哥们儿没……没处够啊！”

“说着说着就悲观劲又上来了，能歇会儿就养养神，到点儿该翻身我叫你！”梁欣进屋就见“大个儿”空睁着大眼珠子和他搭话，就劝着他早点休息。

“睡……睡不着啊，眼……眼睛一闭就……就是和刘星那……那小子冒……冒着大雪赶……赶夜路的景！我也……也纳闷，最近怎……怎么老想起他……他来，恐怕我……我们哥儿俩是……是快见面了……”

“挺坚强的人，今儿是怎么了？快把那腕绳递给我，你自己也套上歇着吧啊！要实在睡不着，咱哥们儿就聊点痛快的事！”梁欣说道。

“梁子，你……你知道我……我现在想吃什么吗？”

“你说！只要你叫的出名，我就能给你淘换来！”

“我想吃……吃田娣嫂……嫂子蒸……蒸的枣年糕！”

“那还不容易！明儿，我就上‘护国寺小吃’给你买来。说，是要黄米面的还是江米面的。”

“买……买来的有啥吃头！人家嫂……嫂子做的，一……一是蒸得透，揉……揉得均匀；二是豆……豆沙拌枣泥去……去皮去核，上……上头撒上金……金糕条儿、瓜子仁儿、核桃仁儿，那味儿吃起来就……

就是不一样！特……特别是过……过大年，嫂……嫂子把……把蒸好的糕四……四四方方切好、打……打包，哥……哥儿几个一人一份提……提着回家，心……心里那个美……美呀！比……比小时候得点压……压岁钱还高兴！”

梁欣听“大个儿”提到了田娣，心里也感凄凉。老伴走了撇下他一个，就像抽去了他一半的魂儿！眼瞧着哥们儿又是这般光景，这心就像被黄连水泡过，从里往外地苦！可他不敢由着性子想自己的心事，只能顺着“大个儿”的话说道：“你嫂子那是正经糕点厂里学的手艺，看她做了一辈子，我也能蒙着做，回头我给你蒸一块尝尝。”

“得了……得了！你别瞎……瞎忙活，你做了我……我也不爱吃！我估摸着嫂……嫂子已经在……在那头儿给我蒸好了，正……正等着我呢！”

“我说你这是怎么了？怎么老说这个！我看你那劲是又上来了！不跟你聊了，快歇着吧啊！”梁欣挂了免战牌。

“行……行，歇着……歇着……你……你也歇着！腕绳甭……甭用了，有事我……我叫你！”

“甭，还是套上吧！我睡得死，回头再听不见！”梁欣知道“大个儿”今儿看老唐来看他，心里兴奋着还想聊。可怕他又说出那些悲情的话，心里都难受，就劝着“大个儿”早点睡。

梁欣躺在那把租来的椅子上，哪有一丝睡意。他想着“大个儿”受的罪和他的后事，想着身边的人越来越少，一时悲情上涌，鼻子酸得有点拿捏不住，眼泪不听话地就往上涌。也不知想了多久，他仔细听边上的“大个儿”没有动静，这才放心地闭上眼睛。

朦胧中他听见“大个儿”牙咬得“吱、吱”地响，拽了拽腕绳，没有反应，就赶紧翻身坐起来。看见“大个儿”不知啥时已将腕绳拴在了床头柜上，两手攥拳、紧闭着眼，脑门上汗珠乱滚！知道他又疼得够呛，就埋怨道：“你可真行，干吗把绳拴这儿？你呀！”说着去了护士站。

“大夫，给8床打一针吧！别让他忍着了！”

“打……打，你告诉病人不用强忍着，干吗有药不用啊！跟那几位比，他连一半的止疼药也没用！”

正说着，又过来一位要求打止疼针的家属。“您那儿不能再打了，刚打完一个钟头，又打？以后怎么办呢？您看看人家 8 床，哪天也就一两针！”护士说着进屋给“大个儿”打了一针。梁欣拧了块毛巾慢慢帮“大个儿”擦着脸上、身上的汗。

“又把你折腾起来了，唉，什么时候是个头啊！”“大个儿”叹了一口气。

“大个儿”叹了这口气后，就再也不言声了，一直熬到第二天中午也没说一句话。梁欣几次将吃的、喝的送到他嘴边都被他推开，能做的只能是一遍又遍地擦拭着哥们儿脸上、身上不断渗出的汗，和两个小时翻一次身。

梁欣等到下午，王老师进了病房，就赶紧把她叫到了一边，一五一十地把“大个儿”的情况和自己的意见说给了她。王老师站在梁欣对面，眼睛红红地盯着地面，两手机械地拧着手里的围巾，先是默默地听，而后不抬头地小声叨唠道：“梁哥，这些日子我也在琢磨老头子的心思！今儿，我在庙里给他烧香祈福时，猛不丁明白了！‘大个儿’……‘大个儿’，他是心疼我呀！儿子走掏空了这个家，他是想怎么也要给我留下几个养老钱！他也和我说了几次了，我劝他，他也不言声。我知道他这病也没什么希望了！但看着他这么扛着，让我说不治，我张不开嘴，也更于心不忍。梁哥，我知道您劝他也许还能让他听两句。您知道，我不在乎那俩钱儿，留下再多剩我一个老婆子还能干啥？留不下也未见就饿着我、冻着我！我只要去了庙里，这心里静得很，就是盼着他少受点罪，别的都无所谓！”

梁欣每次和王老师聊天就怕她提庙里的事，今儿听她又说到这儿，心里就又犯了迷糊，不知道该怎么接下句，一时又卡了壳。

“你们二位闷着干吗呢？怎么都不言声了！”提着饭盒要进屋的张成边往里走边问道。“大个儿”听出是成子来了，他冲来者笑了笑就闭上了眼睛。

……

昨天晚上趁梁欣打盹的时候，他准备吞下偷攒下的安眠药，可药放到嘴里又让他吐了出来。因为他知道，这种方式的离别，对梁欣太不公平！会让哥们儿对自己的失职懊悔一生！“再熬几天吧！”他在心里叹了口气，静静地听着床前人的谈话。

“哎哟，这么早就来了？”梁欣看见张成像看见了救兵，赶紧跟着进屋问道。

王老师也迎上去接过张成手里的东西，说道：“真难为你们这几个朋友了，要不是有你们帮忙……”

“王老师，您跟我们哥们儿客气什么？只要‘大个儿’见好，我天天陪着他都成！”张成嘻嘻哈哈地说道。

这一天，“大个儿”从输液量上判断出，不论是老伴，还是梁欣等几个哥们儿，都没有听取自己的意见。其实，从他真正了解了自己的病情后，他就明白脚下的路已经走到了尽头。他把每天的生命分成两半，白天除应付各种检查治疗外，他忍着疼，给伴在身边的亲人或朋友一个笑脸和平静；每到夜晚，人生历程中的角角落落，会让他在冥想中毫不掩饰地宣泄！有时他已分不清流在脸颊上的是泪水还是汗水。他似乎悟出，人之所以对死亡都持有恐惧，可能正是这种面对死亡的等待，是对这种等待的恐惧！在这种等待中，除了自己要忍受那令人心悸的痛苦，他更清楚，围在身边的亲人和朋友，也在这种等待中承受着巨大的煎熬！一个“爱”字，在这种无奈的等待中，被抻得又薄又长。他甚至能透过这个被抻长的“爱”字，称出自己在他们心中的分量！他担心自己的亲人、朋友的身体会在这种等待中随时崩溃。他担心，那个他心中的“爱”字会被撕裂！

为了缩短这种等待，他开始用自己的方式一点点地完成着他的努力。这是一个唯一他能做出的努力。送来的药他会找机会扔掉，赖以支撑的营养品吃下再吐掉……这几天他明显感到这种努力渐渐有了效果。因为他体会到自己支配身体的力量变得越来越差，大脑对周围环境也变得迟钝。“快了……就要结束了！”他觉得这是一种胜利！

又是一天的昏睡，他睁开眼睛辨别出一丝光感。他动了动身子，想问问时间。可不等开口，一股浓浓的睡意又袭了上来，他意识到这次睡意来得格外强烈，似是有股力量在抽吸着他的灵魂，刚睁开的眼皮又沉重地合了起来……

"'大个儿'！'大个儿'……"

正赶上夜班儿的张成和还没回去的王老师，看见"大个儿"床头的心脏监护仪上心率的次数在一点点增高，血压却在一点点下降，眼看着他的气息就要消失，不由着急地喊了起来。

值班大夫、护士听到呼唤，也先后冲进病房，看了看"大个儿"的情况后，说道："病人恐怕坚持不了几天了，你看人都瘦成这样，真是熬干的油灯……快……快抢救！"

"这些日子，他一点有营养的都不吃，谁劝也没用，就这么干熬！甭说是得了癌症，正常人也扛不住啊！"张成看着床上躺着的"大个儿"无奈地说。

"给用点ＸＸ药吧，明天看看情况，再定治疗方案。"值班大夫和护士说完出了病房。

"我明白，他是真不想再这么耗下去了！他是在自绝……他是心里想明白了，可咱们……是咱们放不下呀！"一直在流泪的王老师，吃力地讲了这几句话。

"'大个儿'……'大个儿'，你醒醒……你醒醒！"

昏迷中，"大个儿"又听到了这几天常听到的呼唤。从语声中，他能分辨出呼唤他的是老伴和张成。伴着呼唤，他的意识渐渐清晰，随之而来的还是那彻骨的疼痛。"唉，又醒了！这最后的一步怎么这么难迈啊！""大个儿"沮丧地想捶捶自己的腿，可胳膊像钉在床上一样，纹丝没动。"大个儿"下意识地使劲咬了咬牙，耳膜立刻被牙齿的摩擦声震得"嗡嗡"直响。他知道，一旦睁开自己什么都看不见的双眼，面对的必是两张泪眼婆娑的脸。

"不能，不能让他们再为我心痛！我要……我要……"

"大个儿"在心里默想着的同时，开始调动脑神经和脸上的肌肉。他想好了，要在脸上摆出一副熟睡后见到早晨太阳的那种幸福的面容。

他使着劲，使着全身的劲……“唉！真难，真累呀！”他觉着头上的汗又流到了脸颊。

“他醒了！他醒了！王老师快把您泡好的灵芝参汤端来，我喂他两口！”张成看见“大个儿”瘦得脱了相的脸上显出一种惬意的笑容后，立刻向边上的王老师喊道。

王老师一边把保温杯递给张成，一边拿起涮好的毛巾擦着“大个儿”满脸的汗，嘴里说道：“怎么这么多的汗，疼吧？要不，我让大夫再给你打一针？”

“不用麻烦，不用麻烦！不疼……不疼！”“大个儿”边回答着，边用手推开了张成递到嘴边的参汤。

然而随着牙关的放松，钻心的疼立刻让他刚用力摆好的笑脸扭曲起来，浑身也痉挛般地抽搐起来。

“哎哟，‘大个儿’！疼，你就喊两声！别这么强忍着！哥们儿求你……求你喝点、吃点什么吧！”张成拖着哭腔说道。

这一夜又悄悄地过去了。

张成回了家，一边哭一边把“大个儿”的事说给了小高。小高先是愣愣地听，而后看着老伴也日渐衰老的脸说：“成子……别伤心！到了咱们这岁数，经不住……经不住这个了！想开些……想开些……老天爷是要收咱们这拨儿人了，谁也拦不住！你想这人，早晚不是得这病，就是得那病！不是这么死，就得那么死！说白了，不就那么回事！只是……只是‘大个儿’这病……这病……遭罪呀！”小高说着，眼泪早已稀里哗啦地流了下来！

这天，接班儿的梁欣经不住老唐的死磨硬泡，哥儿俩一块儿到了医院。到了病房门口，老唐兴冲冲地刚要推门，却被梁欣一把拦住。老唐不解地正要问，就听病房中传出了“大个儿”的语音：“唉，我……我这心……心里一直还……还有件……件事撂……撂不……不下。”

“别发愁！你说，说出来我给你办！”回答的是王老师。

“我知……知道，我……我要上……上山陪……陪田娣嫂……嫂子了！我……我是……是觉着……唉……”

“你别说了！我知道你想的是什么！放心吧，等到了我的那天，我会上山陪着你去！”梁欣和老唐听出王老师一边说一边小声地抽泣。

“别……别哭！你……你真……真好！你答……答应了？”

“我答应了！跟了你一辈子，是好是歹都是咱俩的命！”

“那，我……我就踏……踏实了！这……这辈子是……是我……我欠……欠你的，是我冷……冷了你……你的心！都……都怨……怨我！你骂……骂我，我……我应！下……下辈子，我……我给你……你还！”

“别说了，今天刚精神点，好好缓缓吧！”

梁欣和老唐直等到病房里没了说话的声音才小心地推开房门。一进房，两人就愣住了！“大个儿”斜靠在床上满脸轻松，边让边上的王老师擦着脸，边咧着嘴笑着对进来的两个人说道：“梁……子，别看我……我什么也……也看……不见，可今……今儿你准……准带老……老唐来了吧？这孙子说……说话不算数，说好了给……给我拿‘二锅头’来，这么多天……天都不见影儿，真……真不……不够哥们儿！”

“你怎么知道我来了！瞎猜的吧？”

“就……就你那……那两步走，隔……隔二……二里地就听……听见了，还用……用猜！”

“嘿，可真有你的，眼睛不行耳朵变长了！得……得，您也别骂我了，今儿我可真把‘二锅头’带来了。你要想喝酒也容易，可你得先喝了我给你带来的鸡汤！”老唐装着语气轻松地和“大个儿”连开着玩笑带讲条件地说笑着。

“行……行，没……没问题！只要能……能……能喝上兄弟拿来的……的酒，掺……掺着敌……敌畏一……一块儿喝都成！”“大个儿”说着，扭着身子还想下床。

“你快……快躺……快躺下！”看到“大个儿”的举动，几个人一齐喊道。

“没……没事，没事！我……我今天这……这身上不但不……不疼，还……还觉着挺有劲！回头你……你们扶我出……出去晒晒太阳，别老……老这么囚着我！”“大个儿”躺回床上嘴里还兴奋地说着。

这一天，几个人围在“大个儿”身边陪着他又吃又喝，聊着开心的事，气氛显得格外轻松。直到临走，老唐拉着“大个儿”的手对王老师和梁欣说：“还是我们哥儿俩投缘！你们看，今儿我来了，‘大个儿’又吃又喝，多好！”

说完后又得意地晃着“大个儿”的手说：“老哥！明儿我还来，说，想吃什么？兄弟明天给你带来！”“大个儿”听了老唐的话并不回答，只是甜甜地笑。

回家的路上，老唐看着闷闷的梁欣说：“‘大个儿’见好了吧？比我上次见，他好多了！”说完后，等了半天不见梁欣搭茬，就埋怨道：“怎么了？迷症了！跟你说话哪，嘿！”

“你才迷怔呢！我看‘大个儿’这光景恐怕是……”梁欣讲了一半，突然收了口。

“恐怕什么呀？你疑神疑鬼的，说个半截话！”

“哎哟，你别问了，自己想！”

老唐让梁欣噎得住了声，琢磨了会儿，突然说道：“噢，你是怕‘大个儿’是回……”老唐说到这儿也立刻住了声。

这一宿，哥儿俩回了家谁也睡不着，先是翻过来调过去地互相问几点了，而后是你出来我进去地上厕所，直到窗帘现了白，俩人才消停。

“铃……”

刺耳的电话铃声像锥子一下刺进了心里，两人都不由自主地打了冷战，望着仍在响的电话，谁也不肯先迈出一步。

“喂……喂……成子！我俩都在，都在……知道了！知道了！”还是梁欣小心地接了电话。

梁欣简短地和电话那头儿的张成讲了几句，就放下听筒。老唐看了看梁欣的表情，一句话没问，把脸往墙一扭，长长地叹了口气。一时，两人淹没在那瘆人的寂静之中。

……

自打“大个儿”走了以后，张成嫌孤单，整整在老唐家睡了一个礼拜的沙发。三个人凑到一块儿，说会儿、哭会儿、喝会儿，直到张成临回家，谁也没整明白这些天是怎么过来的。可能是因为连着喝酒，等张成一走，老唐才觉出脚上让痛风闹得又起了几个疙瘩，疼得他下不了地。梁欣除了伺候他，自己也暗暗下了狠心，不但不让老唐再沾酒，自己也一口不喝。哥儿俩实在瘾上来了，就打开一瓶“二锅头”往地下泼点，一块儿吸鼻子闻味。

这天晚上吃完饭，梁欣收拾着碗筷，顺手收拾收拾屋子。老唐斜靠在被子上玩着手机，一会竟乐得有点前仰后合。这一个多月就没有听过笑声的梁欣，让他这一闹，心里开朗了许多。他看着仍在笑着的老唐说：“干吗呢？抢着大红包了？美成这样！”

老唐用手抹着笑出来的眼泪说：“哥，你先歇会儿，这段子说的都是喝酒的乐儿！你听着，我给你念：第一条，上联是：你不喝，我不喝，中国好酒往哪儿搁！下联是：你不醉，我不醉，马路牙子谁来睡！横批是：喝一次醉一次，次次难受！第二条，上联是：不想喝，不情愿，没控制住！下联是：老蒙圈，老断片，心里没数！横批是：一吐一马路！第三条，上联是：高兴喝，郁闷喝，心情好坏都得喝！下联是：红的喝，白的喝，不管啥色儿都得喝！横批是……”

梁欣听了老唐念的段子也想乐，可还是强忍着板起脸说道：“得了！这段子都是说你哪，还有脸笑。自个儿喝得都下不了地了，还笑得出来！”

“喝酒人，谁没出过洋相，你就知道说我，‘大个儿’那样了，还想……”老唐乐得忘了忌讳，他发现自己嘴漏说起了“大个儿”，立时就住了声。

梁欣和老唐说着话，正要接盆热水帮老唐洗脚，听见老唐提“大个儿”，立刻沮丧地坐在了椅子上。小屋里顿时是没了声响。老唐把脸扭着冲向墙，不再言声。直到憋急要撒尿，偷看着梁欣还愣愣地坐在那儿，只好挣扎着自己下地。可脚上刚一用劲立马疼得他“哎哟”一声。梁欣听到响动赶紧过来扶住老唐，顺手把他又按回床上，嘴里叨唠了一句：“瞎逞什么能！”回身从卫生间取来尿壶递到老唐手上，这才又招呼着给老唐端洗脚水、拿脚巾。

老唐方便完了，把尿壶递回梁欣时说道：“哥，我今后要真落了床，你还这么伺候我？”

“你，盼点好！”梁欣瞪了老唐一眼，闷声闷气地答道。

13

人老了，头发长得慢，指甲长得快。走道步子迈得慢，可一年年的日子过得快！眼瞧着三年一晃又过去了。

清明节一大早，梁欣和张成、老唐先到“大个儿”家聚了齐，正赶上王老师要出门。哥儿几个一看老太太手里攥着一把黄菊花，就知道这是要先给儿子扫墓去。梁欣拦住王老师说道：“你看这巧，我们哥儿仨今儿商量着要去密云给那几个亲人扫扫墓，同时给‘大个儿’祭三周年。临走上您这儿看看，有什么要捎、要嘱咐的？或是家里有什么难办的事，您尽管开口！”

“净麻烦您三位了，每年都麻烦你们。给老头子捎的东西在屋里，我这就给你们取。也想跟着你们一起上山跟他说两句，可你看，不行了！两腿迈不开步了！说不定哪天我就找他做伴去了！小的走了，他也走了，剩我一个孤老婆子活什么劲！可就是不死……唉……”王老师边叨唠，边从屋里拿出一把同样的菊花和一个布袋递到梁欣手上。

“儿子那儿说近也不近，道上当心点！看看就抓紧回来。都老了，经不住伤心受累了！”梁欣嘱咐道。

王老师看着站着的哥儿仨想说什么，努了努嘴、抹了抹眼角的泪花，没言声低着头走了。

去密云，这要赶过去，坐骡子车那得好几天！现今，地铁、公交来去已十分方便。可饶是方便，这一趟还是把老哥儿仨累得够呛！

从山上下来，张成又要跟着回老唐家，让梁欣拦住了，说道：“按说你要来，我和老唐不能拦你，可你也该心疼心疼小高了！都这岁数了，又带着你那二胎孙子，你回去帮把手，别老当那甩手掌柜的，让人家心里也热乎点。”

就这样三人分手，并商定第二天都在家歇歇。

……

不聚归不聚，可张成这酒不能少喝！第二天中午，老哥们儿开了酒瓶就一个人闷上了。

“成子，别光顾着喝酒，浩浩屋里睡觉哪，你给我听着点，别睡醒了摔着！”

“你干吗去呀，大中午的！”张成看了小高一眼问道。

“我下楼去张姐那儿坐会儿，就手把今年的卫生费收了，就欠她一家了。”

“你这挣钱不多，管事不少！收费的事，让他们居委会干去！”

“你这人怎么这样啊？大伙的事不就得大伙操心。这让你看会儿外孙子，你就这么多话？”

“嘿！怎么又叫外孙，不是改姓张了吗！那是孙子，亲孙子！你这老糊涂！走你的，就是摔死我，也不能摔着我这大孙子！”

“看把你美的！那是闺女懂事，其实这就是瞎掰，叫啥还不一样！”小高说着，乐呵呵地出了门。

“高姐，您来了，快坐！我还说待会儿把卫生费给您送上去哪，不好意思，让您跑一趟！”楼下的张姐开门迎进小高客气地说。

“这麻烦什么，楼上楼下的，吃饱饭正好活动活动！”

“哎哟，你们家闺女就是有本事，这头胎的外孙女刚上学，回手又给您生了个外孙，快两周岁了吧！那孩子长的真是双眼皮、大眼睛，胖墩墩的，谁看谁喜欢！”

“哎哟，您还不知道啊？这小胖小子，改姓张了！外孙，变孙子喽！”

“是吗！是你们家老张的主意吧？”

“可不是吗！她奶奶活着时候有这心愿，小蓉这闺女又懂事。这不，老张家就有后了！”

“那敢情好！您这回当奶奶了！”

“嗨！要说好！那还不是赶上了允许生‘二胎’的政策了。咱们那会儿，都想生，可谁敢呢，还是现在的政策好！可话又说回来了，闺女、女婿只管生，不管带，这受罪的还不是咱们这些老婆子！”

“哎哟……您快美去吧！原来老上你家的那个‘大个儿’他家，儿子走了，他也走了，留下的那个孙女又不上门，就剩一个老太太清门寡户的，日子可怎么熬！”

“唉……您快别提王老师她们家了！‘大个儿’在时和张成是发小，现在一提起来还掉眼泪！那几个朋友有时去王老师那儿坐坐，看见有什么力气活都帮助干干，那真是比至亲的亲戚都强多了！”

“嗐，说到这‘大个儿’的老伴也真是惨呢！可你说，现今都是独子，谁家赶上，这家可不就绝户了……”

“好在人家老太太信佛，成天和那些善男信女在一块儿，也算有个寄托。这要是咱们，就这孤单劲谁受得了！”

“哎！谁家的孩子！嗨！谁家的孩子！危险！危险！”楼下不知谁在喊。

“我瞧瞧，这是谁家，大中午的，这么喊？”张姐说着打开窗户探出头去。

“哎哟，高姐，是你孙子爬到护栏上去了吧！快！快去看看！”

“砰！”

小高听到张姐呼喊的同时，听见楼上自己家里传来震耳的响动。她不敢犹豫，立时飞奔上楼。一进门，小高借着里屋没关严的门，先看见小孙子浩浩站在窗户护栏上使劲拱着往外钻。小高一看，立马吓得心急悬了起来，着急地喊道:“浩浩……浩浩！别动……别动！奶奶来了……奶奶来了！”

她慌张地就要往里屋跑，“叭”，她被绊了一跤！一看，绊倒她的是张成的身体，这才知道刚才在楼下听见的声音是张成摔倒的声音。小高一时慌了神，不知是先抱回该子，还是先扶起张成！亏了楼下的张姐和她同时上了楼，抢先一步已经从窗户护栏上抱回了孩子。

“成子！成子！你怎么了，怎么了！”小高不迭声地喊着，眼泪伴着脸上的汗痛苦地流了下来。

……

张成一个人喝着闷酒，喝着喝着想起了“大个儿”。过去两家近，甭管谁开酒瓶，准叫那一个，那真比算卦还准。如今落了单，是触景生情。他想着昔日的哥们儿，脑子里已是一片空白。直到听见楼下有人喊“孩子危险！”这才想起里屋睡着的孩子。他磕磕绊绊一进里屋，正看见胖小子在窗户护栏上站着。这一惊，让他浑身汗毛都立了起来，张嘴就喊：“宝宝！别动……别动！”孩子听到动静一回头，眼看一只脚就要踩空！张成只觉得浑身的血都涌到头上，眼前一黑，身子一软，人早摔了下去。

……

梁欣得着张成脑溢血的信儿时，正和老唐面对面包饺子。

老唐甩着沾在手上的馅儿说：“苑哥不知道哪年能回来？又有好几年没信儿了！这老哥要回来得晚，咱们可就聚不起来了。哪天你给去个电话问问。”

“美国和咱这儿时差有十二个钟头，来个电话不方便。再有，他也怕咱打国际长途花钱！”

“苑哥还不知道‘大个儿’走了哪，要知道了，又得伤心！”

“那可不，都是多年的哥们儿，能不伤心吗？”

“梁哥，你说这些朋友要都走了，剩咱俩糟老头子，和现在年轻的又交流不上，还活个什么劲？还不如死了！”

“你想死就能死啊！没准最后还就单留你一个！”

“你可别吓唬我……千万别……想着都后怕！”

“前几年，兜里缺银子，老觉着这人离开钱寸步难行！这两年，哥们儿走的走离的离，心里才明白，人老了孤单比没钱还要命！苑哥走之前和我聊了一晚上，那老哥在美国心里也是个空啊！”

“哥，要说你守着楼下的儿子、孙女比我不强百倍？我这老……老伴走了，闺女又……又离着千里远！原先嫂子在，嫂子疼我，你说现在……现在……我哪还有个亲的、热的……”

“你这长不大的老小孩儿，说着说着怎么还掉起‘猫尿’来了！哥不疼你？你个没良心的，越老越没出息！”

“铃、铃……”

电话一响，两人吓了一跳。梁欣接着电话，老唐就看着梁欣的脑门直冒汗，知道肯定没好事！可不等他问，梁欣放下电话，就冲他喊道：“成子……成子他脑溢血了！”说完人就蹲了下去。

老唐顾不上再说话，麻利地去涮了个凉手巾把儿，兜头擦着梁欣冒出来的汗，又使劲把他拉到椅子上坐稳，然后说道：“哥……梁哥！你明白明白！这会儿你得扛住……你得扛住啊！咱得……咱得立马去医院！”

梁欣用劲眨了眨眼，起身拉着老唐就往医院赶。等两人赶到医院的抢救室，小高和闺女、女婿，张成的几个妹妹都挤在一块儿正商量着事。小高看见梁欣老哥儿俩后，简单地把张成发病的过程说了一遍，然后拍着梁欣的胳膊一字一句地说：“两位老哥来看看得了，二位的心到了，成子在里边挺得过来、挺不过来都得领二位哥哥的情。可你们都是七十往上的人了，经不住这种折腾，你们要再有个好歹，成子就是抢救过来，活着也没意思！今儿个弟妹做主了，医院这边没您二位的事，我们这一大家子，人手够！你进来前我们这儿也商量呢，抓紧找护工，咱们亲的、热的，搭把手就行。”

小高快言快语的安排让梁欣和老唐都很佩服，可又都觉着不见成子一面心里不踏实。老唐沉不住气，抢先说道：“嫂子，怎么也得让我和梁哥见了成子面再走……再走吧！”

“哎哟，我的俩亲哥，你们在这儿熬着，除了担惊受怕，有用吗？赶紧回家歇着，我这儿一有信儿，立马让女婿开车去接你们。这事我还不明白，成子真要还能睁开眼，首先找的不是我和闺女，也不是他这些妹妹，肯定是先找您二位老哥！成子昨儿还和我念叨，说刘星没了、‘大个儿’走了，苑哥又不在跟前……当时我就劝他，两人成双，三人成帮，只要你们……你们在……哥们儿的心就散不了……”小高说到这儿，心里憋着的那股刚强劲泄了，再也控制不住心里的痛，趴在梁欣的肩膀上哭了起来。

张成终于抢救过来了，可浑身除了左胳膊左腿还有点知觉外，其他地方都不听使唤了！更让人着急的是，心里都明白，就是说不了话！满嘴就会“咿咿呀呀”地瞎叫！本来他就事多，又是急脾气，天天在医院闹得四邻不安！任小高、闺女、几个妹妹在，却真是怎么也伺候不了！小高没了辙，只能搬梁欣和老唐这两个救兵。可也真是一物降一物，只要这俩人一到，拉着他的手一说，张成立马乖得像个孩子。这景儿，让小高一家人在边上看着，真是哭笑不得！

张成住院这个阶段，虽说小高坚持不让他们老哥儿俩值班陪床，可这俩人也没闲着，那真是使出浑身解数变着花样给张成做饭。

这天中午，梁欣提着今早给做的鸭血粉丝汤，老唐端着用新下来的窖韭配上虾仁、猪肉、鸡蛋给炸得焦黄的春卷进了病房。张成那儿早就斜靠在床头上，鼓着双眼，等得不耐烦了。看他俩一进屋，就瞪着眼睛一通“咿咿呀呀”地乱嚷嚷。

边上的小高说道：“不到十二点就急了，你说他躺床上八百六十人地伺候着，还老不满意！嘴越吃越刁不说，还挺能吃！你俩老哥就惯着他吧，看他出了院怎么办！我可没那耐心给他这么换花样！”

张成也不听小高叨唠，用不利索的左手使劲扒老唐端着的饭盒。老唐顾不得坐下来落汗，就哈着腰喂他吃了两个春卷。这边的梁欣怕他吃着干，一勺勺地把汤喂到他嘴里。

张成喝着汤，用左手冲老唐伸出两根手指。老唐以为他是还要吃，就又喂了他俩春卷。可张成竖着的两根手指还是不肯放下。老唐还要喂，让梁欣给拦了下来，冲着张成说道：“行了，四个不少了！爱吃晚上热热再吃！来再喝点汤！”张成对梁欣的话根本没有反应，执拗地仍然冲老唐伸两根指头。老唐不解其意，待了会儿猛然说道：“你这老东西，躺着动不了还骂我‘二’是吧？我‘二’？你才‘二’呢！”

听了老唐的话，张成“咿咿呀呀”地乐了，扭过脸又冲梁欣竖那俩指头。梁欣猜了半天，突然哈哈大笑，冲着屋里的人说道：“他是想喝‘二锅头’了，对不对？”听了这话，屋里的人都乐了，张成难为情地也乐了，并且放平了伸着的两根指头。

“我看你是好了，该出院了！要想喝，咱回家喝去，哪有躺病床上喝‘二锅头’的！你呀，这点德行真是都散在这儿了！”小高用手指戳了一下张成的脑门说道。

……

最近几天，梁欣老觉着晚上看电视的时候心里一个劲地瞎“突突”。那劲就像坐电梯由高向低落的感觉，挺不舒服。有时候招得他老想咳嗽，可真一咳嗽，那劲也就过去了。

“是得上医院看看了吧？别又是添了新毛病。”他心里想着。

想到这儿，他问了一声边上的老唐：“兄弟，咱是不是到了该取药的日子了。”

话说出去，没人言声，扭头一看，老唐靠在沙发上，脑袋正往前一栽栽地打着盹。

“你可真行，吃饱了就睡！要真困了，洗洗脚上床睡去！”说着，梁欣打了盆热水，拿来脚巾，蹲下身就要帮老唐脱鞋脱袜子。

“得，得，我自己来，自己来！谁说我睡着了！”老唐一边用手抹着嘴角的口水，一边自己脱了鞋袜把脚泡在了热水盆里。瞧着梁欣，愣了会儿问道：“梁哥，你刚才和我说啥？”

“我问你，咱们是不是又该上医院取药了！”

“是该了，阿司匹林、降……都没了！”

“我明天早晨去医院，早点你自己做？”

“甭，甭，我和你一块儿去。一块儿去吧，省得你又找不着家！”

“开什么玩笑！谁找不着家了！你别跟着我，我自个儿去，走得还快点！”

“好了伤疤忘了疼，忘了那次自个儿去商场，找不着家给我来电话了！”

“还知道给你打电话就是没傻！那次是在商场里转得有点迷糊，出错门了，那不算！再说了！咱再傻也不至于拿着假牙不知道往嘴里怎么安！明儿啊，就医院这两步，我快去快回，哪至于找不着家呀！”

“行，不至于，你能，你能！嫌咱走得慢，咱不给你当累赘，你自个儿小心点……”

其实，梁欣最不愿意去的就是医院！看着院里、楼里密密匝匝地都是人，心里就堵得慌。可每月上医院拿药又是免不了的活儿！他心里又心疼老唐，不愿意让他拐着脚来回跑，所以去医院就成了他的工作。按说，如今网上、电话里都能预约挂号，可这现代化的程序他和老唐谁也鼓捣不了，只能老老实实早起上医院排队挂号。

心里有事睡不踏实，刚五点梁欣就摸索着穿衣起床，五点大几就出了家门。小区里有数的几盏路灯朦胧地映出院子的轮廓，梁欣顾不得细打量，铆着劲往外走。

“嘿……那不是小宝吗？黑灯瞎火的，不睡觉在这瞎转什么？”

梁欣没言声，直走到儿子身前，才看见小宝手里拿着本书，嘴里还直念叨着。他拍了拍儿子的肩膀，有些不解地问道：“你这儿干吗呢？放着觉不睡，在这儿转悠？”

“唉，爸您这么早干吗去？我……我……早起会儿背背外语，准备参加药剂师资格考试。等一会儿，就得叫周周起床，收拾收拾送她上学了。”小宝看着老爸笑了笑，有点不好意思地答道。

“我是睡不着出去遛遛。这早晚的天冷，多穿点衣裳，别把自己闹病了！”梁欣看着知道上进了的儿子，心里一热，撒了个谎就出了小区门。

梁欣慌手忙脚走到车站，等上了汽车，困劲又上来了。他挣扎着不敢闭眼，直熬到下车走进医院大门，脑子才算彻底明白过来。抬眼一看，差一刻七点！等进了大厅，挂号窗口前是挤得水泄不通。

“又是起大早赶晚集！”梁欣干着急没辙，只能无奈地在人群中挤来挤去地找队尾。等排上了队，身上的秋衣早已湿乎乎地贴在了背上。他望了望四周，前面是个年轻的媳妇，站在队里不错眼珠地看着靠门口站着的一个老太太。

“是给老人挂号吧？”梁欣客气着。

“可不吗？请了半天假，到这会儿还挂不上号！这月奖、年奖还得挨扣，怎么弄啊？真急死了！”年轻的媳妇有点没好气地说。

“您这就真是好样的了！您看这大厅，陪孩子看病的，有的是！真陪爹妈来的，有几个？”

“嗨！这家里就怕老人得病！要再赶上有个卧床的老人，不怕您不爱听，这做子女的忙工作、忙孩子，再伺候老的吃喝拉撒，那真得累得七荤八素的！死的心都有！”

“给雇个保姆伺候呗！”梁欣搭了一句。

“雇保姆？我这一个月的工资都不够保姆费！哪雇得起呀！”

“唉！这人老了真是拖累人，现在要想靠子女养老？难哪！”

聊着天，时间显着快了许多。梁欣总算拿着号进了候诊区，往里一看还得等。“等吧！”梁欣叹了口气，坐在了椅子上打起了盹。

“梁欣！”一个护士叫。

梁欣坐到大夫面前，今早晨想好要和大夫说的症状却忘了个一干二净。这一急，身上汗冒了出来！

“哟，您这里边的衣服怎么都湿了！”给梁欣看病的女大夫一边揭着梁欣的衣服，一边把一个冰凉的听诊器塞到了他的胸口上。

“嗨，一到医院就紧张，看到你们这些穿白大褂的就出汗！老了，没出息了！”梁欣的话招得几个同屋看病的老头老太太直乐。

“哟，您这么大岁数，自个儿来的？儿女呢，怎么不陪着来？您扶着点桌子，当心摔着！”对面桌前的一位大夫招呼着一个气喘吁吁的老太太。

这位大夫嘱咐完老太太，随口又说道：“您说中国现在还没进入标准的老龄社会呢，怎么就有这么多老人！我这一上午，厕所都没工夫去，满眼都是白头发的，今后这社会可怎么办呢？”

“都该拉出去活埋，省得又浪费粮食，又浪费国家药材，还拖累儿女！”边上一个老头甩了一句。屋里的老人有摇头的，有点头的，一时没了声响。

“您平时喝酒、抽烟吗？”坐在梁欣对面的小大夫两眼紧盯着桌上的电脑问道。

“烟也抽，酒也喝，这些年量小了点！”

“能戒赶紧戒了吧！您血压也高，心率也不齐。我给您开个单子验验血，再做个彩超，好好查查吧！”

“嗨！您先把药给我开上，查不查的，眼下还不觉着太难受。”

“等您觉着难受就晚了，还是查查吧！这是您的单子，您收好。”

“下一位！您哪儿不舒服……”大夫把单子塞在了梁欣手里，招呼下一位病人。

梁欣又排了两次队，总算交完费取了药。一看厅里的大钟，无奈地叹口气，回手把大夫开的那几张检查的单子塞进了兜里，一步步地往外走。

“铃……”手机响了起来。

“哎,梁子,你怎么还不到家？我都收拾好了,就等你回来下面条！”

“你是‘不当家不知柴米贵’，我这儿刚拿完药，正往外走哪，你瞎催什么！”梁欣回答着。

“我怕你又找不着家，在外头瞎转悠！”

“你等等，等等！我挂了……”

梁欣正和老唐扯着，不远处一个高挑身姿、头发素白，穿一袭长款黑色绒呢大衣，肩上随意搭着一条浅灰色披肩的老妇，推着一辆坐着一位老先生的轮椅进入了他的视野。老妇穿着并不显华丽，但举手投足间不同于他人的气质还是引来了周围人的侧目。

“年龄也不小了吧？还能有这种气质，这老太太年轻时肯定不同凡响！”梁欣默默都想着。他扭过脸正想走……“哎！老太太推着的老头怎么像是老苑？不会吧，苑哥不是在美国，他就是回来也得和我们有个联系呀！但怎么……怎么那么像！”

梁欣匆匆关了手机，想快点赶上去看个究竟，可巧一辆担架车被几个护士推着挡在了前面。梁欣利索地让开路，等再回脸却不见了前面那辆轮椅。他着急地在大厅和几个通道间来回地巡找，终于从一排座椅的缝隙中发现了目标。

梁欣试探着靠向那辆轮椅，不断端详着椅子上的老先生。一件深蓝色的大衣，身上、腿上压着一条黑色小毯，仅露出老先生的头，是一张瘦削的脸和一头让人看了有些压抑的暗灰色头发……

“是他吗？他应该看见我了，他……怎么不打招呼？不是……”

迟疑中，梁欣已经到了老先生的面前。他清楚地看见老先生手里正玩弄着一个羽毛球。

“对！这正是苑哥的习惯，他就是苑哥！”梁欣兴奋了。

“苑哥，你这是怎么了！你什么时候回国的，怎么不来个电话？你可想死哥儿几个了！”梁欣向车上的老苑喊了起来。

听到响动，车上的“老苑”看了看他，脸上毫无表情地将头扭向了一边。

“苑哥！我是梁子，是梁欣啊！”

“我不……认识你呀！你……是谁？”“老苑”木讷地说。

“老哥哥，您怎么忘了！梁子……梁欣！”梁欣说着就要握老苑的手。

“你……你要干什么！”“老苑”惊恐地看着梁欣伸来的手，身子使劲往后躲着。

“这位先生，您是……”刚才吸引路人眼球的老妇人不知何时已站在了老苑的身边，有些吃惊地向梁欣问道。

“哟，对不起！我是老苑多年的朋友，我刚刚……”梁欣指了指轮椅上的“老苑”，向站在面前一头白发的老太太解释道。

“我是他爱人……”老妇人舒缓柔慢的话语让梁欣明白了，眼前的老妇正是老苑曾和自己说起的才女，方。

“那……我得……管您叫……嫂……子了！我叫梁……”梁欣有些紧张。

“哟，您就是梁欣！还是叫我老方吧！我先生没病的时候，经常向我提起您！”

“怎么，苑哥病了？”

“对……他病了！”

“病了，苑哥得了什么病！”

“你要是不忙，我们坐下说好吗？”方一边说，一边用眼神征求着梁欣的意见。

“好……好！坐下说！”梁欣说着坐在了老苑边上。

“苑，噢……对不起，我习惯了这样称呼他。他患的是‘海默氏综合症’，已经有几年了。”

“海……氏……病？”梁欣有些不解。

“噢！就是国内普遍叫作的‘老年痴呆症’！”

“苑哥那么睿智的人，怎么会得这种病？”

“怎么给你解释呢？目前国际上对这种病的成因还没有定论，但据一些临床病例的分析，可能与遗传和环境压抑有些关系！”方给梁欣做着说明。

“美国对这种病也治不了？”

“美国的治疗条件比国内要好得多，但也没有特效药……”

“那为什么不留在美国？”

“苑在患病前和我曾有约定：一旦他的身体恶化，就带他回家！在苑的心里这里才是他的家！”

梁欣看着轮椅上的老苑，心里回忆着几个朋友互相交往的趣事，默默地听方继续说道：“苑在美国生活的那几年中，仍习惯按照国内的思维习惯思考问题，在家里闹了一些误会和不愉快，可能造成了他思想上的一些压力。医生讲这都是他生病的诱因。我不知道他上次回国是否和您提起过这些不愉快。”

“苑哥上次回来，我们都觉出老哥的脾气有点变化，话少了，显得有点沉闷。临回美国的前一天晚上，老哥把我单独约出来聊得很晚，也说了些在美国生活的误会和苦闷。”梁欣回答道。

“是的！他回国前是因为又和儿媳闹了点囧事。其实，这些事在美国人眼里连个笑话都算不上！可他自己，却总也不能从那种窘境中摆脱出来。事情发生后，甚至不和家人同桌吃饭，孤僻地把自己封闭起来。苑从国内回来后，有一阵很兴奋，不断向我叙述着和你们见面后的喜悦。可无奈的是，在美国除了我礼貌性地听他叙述外，就再也找不到另一个听众了。没过几天，苑又恢复了常态。对他而言，唯一的乐趣就是用儿子给他买的羽毛球拍，对着一面白墙不停地击打。可巧有一天，他挥起的球拍击碎了房间里的水晶吊灯！在他知道那盏吊灯是我从父亲老房中带回来的唯一一件纪念品，而且是一件十八世纪的古董后，他懊恼地把自己关在房间里，任我怎么劝说，也不肯迈出房子一步。

“梁先生，不怕你笑话！面对这个我深爱的人，我真是束手无策！那些日子无论我和儿子如何劝说，只能听到他不断重复着说：‘我怎么成了麻烦制造者了！’这一句话。渐渐的，他几乎和家人没有了交流，总是坐在他喜欢的那张藤椅上想自己的心事。不能让人原谅的是，我太粗心了，真是太粗心了！我怎么就没想到他……他这是病态呀！”

方讲到这儿，把脸埋在了黑色绒呢大衣的领子里，两肩不停地耸动。梁欣知道眼前这位不让叫嫂子的嫂子正在落泪，却找不到一句劝慰的话。当他扭脸看到面部表情没有任何变化的老苑仍在执着地玩着手上那只羽毛球时，明显地感到自己胸部如电击般一阵疼痛，还有撞击般的搏跳。他努力咳嗽了几声，才感到胸中有所舒缓。

方渐渐平复了情绪，面带歉意地冲梁欣笑了笑，接着讲道：“直到有一次苑独自出去散步，很晚才被一名警察送回家，说他迷了路，才引起了我的注意！然而一切都晚了！没有几年的时间，他就变成了这个样子。

“他的病情加重后，我停止了所有的工作，常常把他推到阳台上，看着他在阳光下静静地坐着。在观察中，我看见他的目光仍跟正常人一样，深邃地望向远方，面部常有欣喜或痛苦的表情闪现。看到他的表情，我曾以意识的角度思考过。也许苑的意识仅仅像电脑换了新的硬盘一样，仍在活跃着，只是与我们的意识无法兼容、无法连接而已。我有时甚至想，虽然他不能分辨周围的亲人，但他的情感可能一直都和我们没有分开过。他病了这么多年，生活不能自理，连食物的生熟都不能分辨。可唯独有两样东西，他须臾不能离开。你看他手里的羽毛球，我记不清他已玩坏了多少！可一旦手里没了这个东西，他就会变得焦躁不安。梁先生，在今天的苑的眼里，‘羽毛球’就是他的朋友。只要他拿着，就是和你们在一起！”说到这儿，方擦了擦眼睛，把目光投向正在认真玩着羽毛球的老苑。

“不是还有一样苑哥离不开的东西吗？”梁欣刨根问底地追问道。

“是……是还有一样东西！”方太太一边回答梁欣，一边站起来从老苑的外衣口袋里掏出一沓书信递给了梁欣。

梁欣有点理不清头绪，下意识接过那沓书信，可昏花的眼睛实在分辨不出上面写的是什么。只能抬起头，茫然地把东西又递还到方手里。

“这是我们分别的年里我写给他的信！”

“我的……我的……还给我……还给我！”轮椅上的老苑奓着双手，抢夺着老伴手里的信。

“好……好……还给你，还给你！”方一边将信重新装在老苑的外衣口袋里，一边无奈地冲梁欣笑了笑说：“他把对我的爱已经珍藏在了心里！”

听到这儿，梁欣看见方刚刚平静的面容又出现了几次抽动。他想接上她的话题，可方讲得有点深，他有些跟不上！犹豫中，耳边又响起了方那语音轻柔的话。

“一个人的幸福观是复杂的，对苑来讲不仅是家庭，还要有他热爱的土地、社会文化和你们这些朋友。他只有在这个适宜的土壤中才能释放他的情感。是我错了，如果时间能够倒流的话，我……我不会让苑去美国，那不是他希望的生活！”方眼圈红红地结束了她的话。

“不，不对！这些年我……我们逢年都能接到苑哥寄来的礼物和祝福！去年还……”

“早些年，是苑在用这种形式完成他精神上的寄托。他病了后，是我按照他的习惯和意愿去完成的。”

“嫂子……啊不……你……千万别着急，以后有什么需要帮忙的地方，您尽管说！”

“不，不必了！我很尊重你们之间的感情，但我们都老了！目前我们俩的生活很平静，儿子一家也常回国探望。我要用自己的方式表达对苑的愧疚，就让我们这样安静地度过人生的最后阶段吧！”方说完，站起身来礼貌地向梁欣道了别，缓慢推着老苑消失在拥挤的人流中。

梁欣想喊“嫂子，哪天我去看老苑！”可他喊不出来，因为他知道自己并不能再给老苑带来任何帮助。他心目中的苑哥，已经被他讲的更高的生命关了电门，现在只剩一个活在自我世界的躯壳。

梁欣出了医院大门，心里又觉着一个劲地“突突”，很不舒服，索性一屁股坐在台阶上。

……

老唐把饭菜都做好了，打开酒瓶摆上杯子，单等着梁欣一回来就开喝！谁想等得都犯了困，也不见回来！好心好意打个电话关心关心，还让梁欣掐了，心里那个窝火！

“好心当驴肝肺！”他嘟囔着往嘴里扔了粒花生米。可没等那粒花生嚼烂，他心里又犯了嘀咕：“别又是找不着家了吧？不对，是有事了吧！”想到这儿，他坐不住了。

老唐出门拦了辆出租就往医院赶，到了地方扔下钱，拐着脚就往医院里走。老远看见梁欣坐在台阶上犯愣，心里庆幸道：“这老哥哥真是又找不着家了，幸亏我接来他！”

“傻哥哥干吗哪，又找不着家了？”老唐想给梁欣来个出其不意，快到跟前了才大喊一句。谁想一分心，脚下一软，一个趔趄栽了出去……

梁欣坐在台阶上，脑子里晃动的都是老苑坐在轮椅上一言不发，手里玩着一个没了毛的羽毛球的样子。心里阵阵悲哀，不断用粗短的手抹着脸上往下流淌的汗或泪，嘴里叨唠着：“多好的老哥呀！总是想着别人的睿智的老哥呀！你怎么就得了这个病？你就真的什么也想不起来了？唉，他老伴说得对呀！谁能说清最后是谁伴你走？老伴田娣，就那么走了！‘大个儿’多好的身体，也走了！刘星死得惨啊！成子……成子，他也一病不起，自身难保！苑哥又到了这步田地！”

想到这儿，他觉的心空了，一种孤独、一种寂寞、一种凄凉油然而生。周围穿梭来往的路人、林立的楼群、喧闹的车流瞬间在视野里消失了。眼前的万物扭曲着，让他分辨不出是人是物，甚至空空的，成了一片荒漠！他想也许苑哥的失忆也是一种解脱！

“傻哥哥干吗哪……”一声呼叫让梁欣一愣，正看见老唐拐着脚一个跟头摔了过来！伸手去扶，来不及了！梁欣下意识双手一推台阶，人顺坡滑了下去，人影一闪，老唐摔在了他的身上。

“摔着了吧？你干吗来了啊！”梁欣一边揉着让老唐砸得生疼的腿，一边问着老唐。

“干吗来了？怕你找不着家！”老唐气哼哼地说。

“家！找不着家？”梁欣先是一愣，回头看看老唐心里一热，眼眶里的眼泪更加畅快地流了下来！

“怎么还屈了你了？我说跟你来，你嫌我累赘！这倒好，还得我跑一趟！别哭了，让人笑话！咱们回家！”

老唐一句“回家”让梁欣空空的心里突然有了依托。他擦了擦眼泪说：“是啊！哥是心里找不着家，心里找不着家喽！”

“没喝酒就醉了，赶紧走，回家！”老唐凶着脸冲梁欣喊道。

14

自打田娣走了以后，小宝像是长大了不少。每天下班，不论早晚总是先上楼看看梁欣和他唐叔叔。经常不断地还给梁欣带点蔬菜和下酒的吃食。有时候不但和梁欣聊聊天，说点工作上的事，还知道讨老爸高兴，说点逗乐的事。

老唐背地里跟梁欣说：“宝儿这孩子快成熟了，心里知道疼人了。那眼神跟过去不一样了！”

“也奔四十的人了，再有他妈这一走，燕子和闺女又是这么个情况，磨也该把他磨熟了！”

“那倒是，不经着事永远是孩子！等真赶上事，这人就等于迈过了一道坎，一下就明白事了！不过这道坎小宝迈着可不容易！别说是小宝，要我这口气也咽不下去……”

“唉……咽不下去又能怎么着？你就是离了，谁又能保证再找就一定能碰上好人家！好在燕子这孩子比过去也规矩了不少，小宝的腰也直了，孩子……孩子也算聪明可爱。得了，糊里糊涂就这么过吧！”

这天，小宝下班后照例上了楼，先放下手里提的一瓶酒，到田娣的灵位前烧起三炷香鞠了三个躬后，对着照片说道：“妈……妈！您听见了吗？儿子又犯难了！我长这么大有什么难，以前都是您护着我，可如今您让我和谁说呀？”

梁欣正和老唐摆桌准备吃晚饭，看见小宝对着田娣的照片又哭又说，赶紧把他拉过来问道：“又怎么了？有什么难和爸说！”

“爸……爸……”小宝一下扑在梁欣怀里，几声“爸”叫得梁欣心里从未有过的亲切。他第一次感到了儿子对自己的信任！梁欣定了定神，用手轻轻拍着儿子的后背。

边上的老唐看着着急，催促道：“你这孩子，有什么事跟你爸说，别让他着急！”

小宝住了声，不敢抬脸地嗫嚅道：“燕子她爸……让检察院带走了！”

“犯什么法了？不是都退了休了吗，怎么……”梁欣一听这事赶紧追问道。

“受贿有好几百万！法院通知，明天宣判！”小宝说完还是没敢看他爸的脸。

“我说这么长时间没见着他了，丢人！丢人啊！咱们家怎么还沾上这腐败了？你说这今后可怎么见街坊四邻！”梁欣本就对这个亲家没好印象，一听说又出了这么不光彩的事，气一下就顶上来了。

“你先别想你！你个老东西有什么脸面不脸面的？先替儿子多想想！”老唐看着受气包似的小宝，心疼地冲梁欣喊道。

小宝听了老唐的话，几步蹿到田娣的遗像前大声哭喊道：“妈！儿子命苦，摊了这么个人家、这么个媳妇、这么个孩子！妈……儿子活着憋屈，活着憋屈呀！您教教我……我该怎么办？”

小宝的诉说，让梁欣听着心里也是万箭穿心般地疼。他设身处地换位思考，这事换自己也是难啊！可鼓励他，让他们离，这不是仁义之家能办的事！不离？那就只能是忍！他这心里真有点替儿子担心。

“大侄子，今儿跟你唐叔这儿吃吧！陪你爸喝点酒，你爸老了，有时间多陪陪他。”

“怕我爸不待见我，我也想和他老人家坐会儿，说点心里的憋屈。”小宝边说，边看梁欣的脸色。

“小宝，你说你爸什么都行，就是不能说他不疼你！天下哪有不疼自己孩子的，你呀，慢慢体会吧！”

爷儿仨坐一块儿，梁欣一下找不着感觉了，盯着酒杯犯愣，不知该干什么。倒是小宝先端起酒杯说：“爸，这杯酒让我当着我妈的面儿陪您喝了，让我妈在那边替咱高兴！”

小宝这一句话就把梁欣的眼泪说了下来。他颤抖着使劲地搂过儿子，放肆地任眼泪顺着脸上的皱纹流到小宝的身上。边上的老唐边用袖子擦着眼角，边说道：“好啊，好！爷儿俩的心总算碰到一块儿了！”

随后，端着酒杯，来到田娣的遗像前，大声说道：“嫂子，你在天有灵，今儿这场景您看到了吧！这回该踏实了吧！来，嫂子，兄弟先敬你一个！”老唐说完将杯里的酒洒到地上，这才转身冲着小宝说道：“大侄子，来，跟叔也喝一个！”

这顿酒喝得畅快，梁欣头一次在心里体会到儿子在边上陪酒的舒坦。眼看一瓶酒不大一会儿见了底，老唐张罗着又开了一瓶。借着这个当子，小宝扭捏着对梁欣说：“爸，有几件事我想和您商量一下。一是燕子妈近日要卖掉眼下的房子，替燕子爸退赔赃款！她妈……她妈就要搬来咱们家住！二是她爸明天宣判，我昨儿和燕子一块儿探监，她爸想让您以家属身份旁听，借这机会见见您；三是这月起您别再给我钱了，我和燕子挣多多花，挣少少花，不能再啃您那点退休费了。您为我省了一辈子，该享点福了！”

听了小宝这三件事，梁欣觉着肩上立时松快了不少，他泪眼婆娑地看着眼前的儿子，一时百感交集，竟不知该说什么好！只觉得倒进嘴里的酒格外适口。又几杯下去，人就已经大醉！恍惚中知道老唐用热毛巾替自己擦脸，然后替自己脱鞋扒袜子搁到床上。再一睁眼已是面对老唐的焦急催促：“不是答应小宝今天去法院吗？叫你三次了，支支吾吾地不起！快点吧，再不起就晚了！看你昨儿那点起子，听了儿子几句受用的话，心里就先醉了！快……快点吧！”

当梁欣以被告亲属的身份在法庭前排落座后，看见一名法官用木槌敲打了一下桌子后说道：

“下面是被告最后陈述！”

“还是来晚了，误了事了！”梁欣心里有些自责。

“被告人，你在法庭上还有需要陈述的吗？”法官向被告问道。

“有，有啊！我要向所有到庭的人忏悔！向人民忏悔！”

随着被告的话音，梁欣才看清被告席木栅栏后站立的男人，在两名大个子警察中间慢慢转过身来。

“这是燕子她爸吗？”看到眼前这个衰老的男人，梁欣愣住了。头发怎么都白了？肚子也瘪了，脸白得有点吓人！

“老了，他可真老喽！看来号子里的日子不好过呀！”梁欣在心里感叹道。

燕子爸一直没有抬头，腰背也自然地弯着，人显得矮了不少。他愣愣地站在那儿，半天没有开口。直到法官再次提醒被告开始陈述，这才清了清嗓子说道：“各位法官、陪审员，我是个有罪的人，我完全同意法庭对我的判决，我认罪！我不上诉不申辩，我要认真改造。法庭让我最后陈述，那我就讲讲我的教训！我从小家里很苦，从心里羡慕那些有钱人。每次能得到一个钢镚儿，都能让我欣喜若狂。所以从小我就明白‘钱’是个好东西！后来我大了，有了工作，为了当一个富人，我把挣到的每分钱都视作是生命的一部分，拼命地攒钱！可直到我结婚，生了女儿，穷帽子还牢牢地戴在头上。想起自己小时候的苦日子，看到娇嫩的宝贝女儿，我发誓不能让孩子受一点委屈。但上班后几年的经验告诉我，靠工资攒钱不会让我翻身。在钱的诱惑下，我开始在工作中钻空子、赚外快，后来自己手里有了一点权力，胆子越来越大，直到走到了今天。

“其实，自己从小就听人讲过‘莫伸手，伸手必被捉！’这句话。可我压抑不住自己的贪婪！其罪恶之源就是对自己女儿的溺爱！我害怕不能满足女儿的要求，我担心自己的女儿不能过上她想过的日子。说句良心话，这么多年的不义之财，我舍不得给自己花，甚至舍不得给老伴儿花。人家送的烟，不到发霉我不舍得抽！人家送的保养品，不到过期我不舍得让老伴儿吃！但我舍得给女儿花，就是再大的开销我也舍得！女儿在我的娇惯下胃口越来越大，促使我在贪腐的路上也越走越远。看着孩子渐渐长大，我担心她老来无靠，所以又变本加厉地攒、变本加厉地贪。我想用金线给孩子铺一条衣食无忧的路，做一个让孩子满意的父亲。今天，我站在被告席上，是法官的木槌敲醒了我！我认罪呀！我不但对人民有罪，更是女儿、女婿、亲家的罪人！今天，我没有资格求得法庭的原谅，更没有脸求得亲人的原谅！只能用忏悔的心和诚实改造的行动，争取有生之年出狱重新做人。最后，请法庭允许我给法庭和公诉人鞠躬！允许我给我的亲人们鞠躬！”

燕子爸早就泣不成声了，讲完颤抖着行着礼。坐在台下的燕子，几次想站起来呼喊她爸，几次被边上的小宝劝住。梁欣的心在亲家公的忏悔中软了，心中默默重复着“为了我们的孩子，都是为了孩子呀！”这句话。

从法院回家的路上，小宝一直扶着哭得天昏地暗的燕子。梁欣看了心里也是酸得不行。他喊着小宝，让他把燕子先扶到街边的椅子上坐下，这才把儿子叫到一边叮嘱道：“你看看燕子她爸今天惨不惨！别说燕子哭，我都陪着掉眼泪！爸今儿还得嘱咐你两句，你可得听进去！”

“爸，您说吧，我听着！”小宝的头低着，眼睛无神地看着眼前的老爸。

“一是钱！挣多挣少，那看你的能力。我听说你现在也在单位负了点责，你可千万记着，不干净的钱咱一分也不要！二是燕子家里出了事，尽管她家过去办的事有点缺德，可那都是历史了，你不能歧视人家！尤其燕子妈又住你这儿，她是老人了，你得让着点！不能学那些丢脸子甩闲话的本事。你岳父这儿，有探视机会一定带上家里人去看看，去时候想着把吃的、用的给带齐了。以后，只要我还能动，一定也找机会去看看他。人哪，走到低谷了，这才能品出周围亲的、热的是真还是假……”

……

“嘭、嘭、嘭”，房门被拍得山响。正在洗衣服的梁欣，一边指挥着老唐撤换屋里的床单被罩，一边甩甩手上的水喊道：“谁呀？来了！”

“这大雪天的能是谁？”老唐嘟囔着。

“快递，您的快递！”门外的人大着嗓子喊道。

梁欣拖拉着已不利索的两条腿来到门前，从防盗门的小观察孔往外看了看，这才打开了门。

“这是您的东西，麻烦您在这儿……在这儿签字！”

快递员走了，梁欣正瞧着包裹上的字，一边的老唐说起了片儿汤话：“嘿……够牛的，还有快递了！”

“你的！要知道没我什么事，门我都懒得开！”梁欣回了一句，把手里的快递扔给了老唐。

“这回可是真牛，国际快递！闺女寄来的噢！”老唐边拆着包装，边拿话气着梁欣。

梁欣没搭茬，一会儿就听老唐不满地叨唠道：“这臭丫头，大老远地寄个木头娃娃来，这不是有病吗？”

梁欣扭头看了一眼老唐手里的东西，说道：“什么都不懂！这叫‘俄罗斯套娃’，是当地最好的手工艺品。”

“套娃？可不，大的套小的！好，好玩！嗨！里边还有一个！这回该没了吧？噢，信在这儿，还有外孙的照片……哟，这么大了！”

“你外孙是叫洋名啊，还是起的中国名？”梁欣问道。

“小东西叫‘唐心’！咱得按祖上的规矩，爷爷给孙子起名！哎哟，梁子，你快过来！你瞧这‘小杂种’眼睛是蓝的！”

“你这老不着调的，有你这么说外孙的吗？孩子头发是黑的就够给你面子了！嘿！这孩子长得多俊，以后个儿也矮不了！老唐啊！你今后可怎么好，闺女、女婿个儿高，外孙以后更高！就可怜你了！有攥的地儿没打的地儿，有打的地儿没攥的地儿，站直了整三块豆腐干高！”梁欣听见老唐叫他，就放下手里的活儿，挤在老唐身边，边端详着照片里的孩子，边打趣着老唐。

“我矮，你高！踮着脚三块半豆腐干高，有什么可牛的！得，您欠欠身，闺女的信压你屁股底下了！”老唐嘴上边回击着，边用力从梁欣的身下掏出了闺女的信。

梁欣见老唐安静地看起了闺女的信，就接着洗起了衣服。一会儿就听老唐“嘿嘿”乐！梁欣不由调侃道：“闺女的信里抹蜜了？看把你美的！”

“你个傻老头子，能不美吗？闺女说过两天就回北京，一家三口都来！还说一块儿回俄罗斯过年！”老唐把看完的信往高处一甩，两手抱头在沙发上舒服地打了挺。

“好，你美！你有个好闺女！你放心，人家来了我外头住去，给你腾房！你去了俄罗斯，老哥再回来给你看房，你踏实地走吧！”梁欣说完这话，心里有点犯酸！

“嘿哟！我的天！这话听着酸倒牙！别怨我数落你，一到关键时候就不信任你兄弟！我告诉你，别说是闺女，就是祖宗回来也让他外头住去！再说……”

“别老拿好话填我！我要这点事都不懂，这七十多年不是白活了！”

“我看你是越老越小心眼！我也懒得和你废话！信在那儿，后半截是闺女写给你的，你自己看！得，您擦手看信，剩下的衣服我洗行了吧！”老唐说着进了卫生间。

梁欣捡起已经落到地上的信，果然其中的一页是写给他的。

梁叔叔，你好：

几年没见，您的身体一定还那么结实吧！从爸爸的电话中知道，这几年你们共同生活得很愉快。说句心里话，不论是我在国内的阶段，还是和爸爸分别后，我一直感到您就是我的家里人，也是我的亲人！此时在亲人面前讲一句“谢谢！”显得有几分客套，也有些苍白！而此时，我对你们的思念，才是表示我愧与谢的最真实的情感！

梁叔叔，跟您我客气话就不讲了。此次匆忙决定回国，是游子乡愁的爆发，更是想亲眼看到您和爸爸是如何生活的，以平息一个女儿心中的牵挂。当然也想让孩子尽早回家认祖。家里任何准备对我们都是多余的，仅希望我们的到来不会打扰你们。

另外，我准备请您陪爸爸与我们一块儿回俄罗斯。咱们一家好好在异国过一个春节，我想那一定是个美妙的时刻！

梁叔叔，希望您不要提出任何理由拒绝我们一家的邀请！

北京见！

您的侄女

信读完了，梁欣的心里一阵发热，眼角也有些潮湿。他颤颤巍巍地站起来走到洗衣机旁，看着正在揉搓衣服的老唐说：“这丫头真懂事！老唐兄弟，你这辈子没白活呀！”

“你家小宝这几年也不错呀，哪天上楼空过手？知足吧老哥，冲着孩子们，咱们也得多活两年！”

……

老唐闺女一家明天就要到北京了。俩老头剃头刮脸，洗澡换衣服，一通折腾。都忙完了，两人坐下开始商量明天客人到了该吃点啥。

“闺女明天到，咱外头定个单间，排排场场地下顿馆子。这第一顿怎么也得我请，到时候你可别和我争！”梁欣胡噜着刚刮完的腮帮子说道。

“凭什么呀？不给你这机会！我早想好了，这天外头这么冷又下着雪，咱们一家子就在家里涮羊肉吃。又暖和吃着又舒服，咱俩当着洋人，还能显摆显摆咱正宗北京人的范儿！”

“吃涮羊肉确实不错，我是担心你的脚！别吃完了又下不了地！”

“我又不缺心眼，捞稠的吃呗！”

“得！只要你扛得住，我等晚半晌儿雪小点就去买羊肉去。”

“一块儿去吧，我也逛逛雪景！咱俩晚上也甭做饭了，多买点肉片先涮一锅。你把那‘二锅头’酒瓶给我放暖气上，直当烫酒了！”

“行，都听你的！”梁欣答应了一声。

漫天的大雪整下了一天，临到掌灯时分，雪花仍飘飘洒洒不依不饶地下个不停。大街上，稀少的路人个个行色匆匆。城里的楼房、街道、树木在雪花中变得模糊起来，北京城往日的喧嚣被这场大雪削减了许多。

“刺溜”一声，走在梁欣边上的老唐在雪地里摔了一跤，把手里提着的刚买的羊肉卷甩出去老远。

“都什么岁数了还这么‘狡猾’！”梁欣开着老唐的玩笑。

“谁狡猾了，是脚不跟劲！”

“不‘脚滑’，你摔跟头？”

“还哥们儿呢，兄弟摔了不知道扶一把，还说风凉话！”

“扶！哪能不扶啊！”梁欣边说边把手递给仍坐在地上不肯起来的老唐。

“你也来一个吧！”梁欣没有防备，被坐在地上的老唐一用劲，随着话音就摔在了老唐的身上。

“我的脚！我的脚！”老唐立刻发出了杀猪般的喊叫。

半晌，两个老头子窝在雪地里谁也不肯起来。

“梁子，今年这雪下得可够大的，是不是有点邪！”老唐拍着头上的雪冲着梁欣说道。

“可不是吗，近二十年可能都没下过这么大的雪了。”梁欣边回应着老唐，边撅着屁股想往起爬。

“你再陪我坐会儿吧，难得这天气哥儿俩一块儿赏雪！”老唐说着一伸胳膊又把梁欣拉倒在雪地里。梁欣索性和老唐背靠背坐在一起，抬头向天空望去。灰蒙蒙的天际望不出几丈远，就看见雪花在路灯的照射中，飘飘忽忽地在头顶上翻卷。梁欣脑海中，似有似无地映出了六十年代初北京冬天常下的白毛雪时的情景。那雪也是这么大，身上无衣，肚里无食，站在雪地里排着长队等着买红薯。

突然，梁欣感到脑海中的雪花更大、更密，一个人影在迷茫的雪花中时隐时现。像是刘星裹着皮袄瑟瑟发抖地在雪中行走。紧跟着，啊！那不正是“大个儿”，正顶着风雪，追上了前面的刘星。“内蒙古的雪好大啊！”梁欣在心里感叹着。“梁子，你脑袋让驴踢了？这么冷的天在雪地里坐着，快跟我回家吧！”“回家？”梁欣一惊，心里想：“怎么像是田娣在叫我！”他扭头一看，啊，可不！田娣站在前面的电线杆下，灯光正投在她花白的头发上，在灯光和雪色的映衬中，她的脸更显苍白，只是那飞雪让他感到影影绰绰的，看不清田娣的表情。

惊讶中，他揉揉眼睛再想细看时，哪里还有田娣的影子，只是她刚刚站立的地方显着雪花更加稠密。他不由有些迷茫地向靠在身上的伙伴问道："老唐，今天是几九了？"

"过糊涂了吧！明天冬至，离数九还有几天哪。"老唐答道。

"怨不得哪，是给逝人送寒衣的日子！刘星走了这些年了，走得凄惨！在那边没人惦记，这天气一定是冻得够呛！"梁欣心里默默想道。

"哥！想什么呢！"后面的老唐用后背拱了一下梁欣问道。

"今儿干吗叫得这么亲！你想什么呢？干吗问我！"

"梁子，你没良心，在我心里，叫不叫，你都是我哥！身边也就剩你这么个亲人了。也不知为啥？我这脑子里老是老伴的影子！这雪天也不知道她冷不冷？"

"烧点纸吧，给那些惦记的人烧点纸吧！"梁欣近乎耳语般地说道。

"大爷们！你们没事吧？用我们扶一把吗？"几个路过的年轻人问道。

"没事，没事！谢谢！"老唐感谢路过的好心人后，又用后背拱了拱梁欣说："哥，我们回家吧。那瓶'二锅头'还在暖气片上烘着呢！再不回去，瓶都干了！"

"你这心里装的都是酒，没别的玩意儿！走走，回去。哎！你这傻东西，刚才手里拿的糖蒜扔哪儿去了？"

"糖蒜不是你拿着吗，怎么问起我来了！出了错都是埋怨我！"老唐边捡拾着地上的羊肉卷，边抱怨着。

"谁埋怨你了？不管谁甩出去的也得找着啊！一会儿等吃的时候找不着，又该急赤白脸了！"

"谁敢跟您急赤白脸，那不是找抽吗？"

"抽你？我才懒得用那傻劲哪，回头把你那两只萝卜脚给涮着吃了，那才叫过瘾呢！"

"别尽说我的脚了，糖蒜不就在你脚底下吗！"老唐指着雪里的一包糖蒜冲梁欣喊道。

突然，老唐一屁股又坐在了雪地里。

“别闹了兄弟！起来，起来吧！”梁欣看着雪地里的老唐，像哄孩子似的说道。

“哥，我怎么有点困呢？眼皮也睁不开！”老唐脸上显出了一种像是孩子撒娇，又像是有点恶作剧的怪样。

“又闹乐儿，困也得到家喝了你那瓶猫尿再睡呀！来，哥扶你起来，扶你起来！回家咱哥们儿涮点肉吃，明天冬至，哥等明天客人来了，晚上给你一家子包饺子吃。”

“哥，我想让你背我，就背一会儿，行吗？”

“你当你是孩子！还让人背？快起来，起来……我扶你走。”

“哥，我脚疼，我困！你就背我一会儿！我求……求你了！”

梁欣看见老唐真的就要往下躺，赶紧说：“行、行，我背你、我背你！”说着梁欣蹲下身，让老唐趴在自己的背上，两手用劲把住老唐的大腿，吃力地站了起来。边晃晃悠悠地走，边对背上的老唐说：“哥们儿，今儿咱俩酒别喝了，你看你这两条腿哪还有肉啊？瘦得就剩两根骨头了！让人心疼啊！”

“哥！你背着我这劲头……真……真舒服。酒不……喝，行！不……喝就……不喝！这辈子我这酒也喝到头了，到……到……头了！”

梁欣觉着背上的老唐真像是睡着了，话说不利索不说，身子也在一点点地往下坠，抠着他两条腿的手越来越吃不住劲。

“兄弟！你先别睡，别睡，等到家再睡！”

背上的老唐索性不搭理他，没了动静。梁欣使出吃奶的劲把老唐的身子往上颠了颠，猛然间，他觉着一股温热湿粘的液体流进了衣领，不由抱怨道：“你这赖子，是哭了，还是笑呢？怎么鼻涕眼泪都流我脖子里了！”背上的老唐还是没有动静。梁欣能看见小区的大门了，他想加把劲一口气走到家，可脚下一滑一个跟头摔在了地上。身上的老唐毫无反应地摔在了一边。梁欣觉着不对劲，坐起身扳过老唐的身子，用手拍着老唐的脸叫着：“老唐，老唐！你醒醒，醒醒！哥背不动……背不动了！”老唐还是没有动静，一种从未有过的恐惧让梁欣浑身的汗毛都立了起来。他伸手摸了摸老唐的鼻息，已经没了一丝动静，又摸了摸老唐的脉搏，也是没了搏动。

“兄弟……兄弟啊！你怎么了？你怎么了！你不能……不能就这么走啊！你走了，哥怎么办……怎么办啊！”梁欣撕心裂肺的一声哀号划破了寂静的夜空。

急救车的呼啸，急诊室的忙碌，梁欣像旁观者一样静静地看着。因为他知道那只是形式，老唐已经走了——他，已经走了！

当一切都已经结束，冰冷的太平间里，梁欣拒绝了殡仪化妆师的帮忙。就近买了条新毛巾和几件新衣服。他打来一盆热水，兑上老唐爱喝的‘二锅头’，从头到脚小心地擦拭着老唐的身子，嘴里不停地念叨道：“兄弟，别不好意思，这儿没外人，哥给你擦擦身子。哥知道你好干净，毛巾是新的，给你擦完了，咱们换那新衣裳。你别嫌弃，哥手重！噢，嫌水凉了？没关系，咱再兑点热水。”梁欣起身将边上暖瓶里的水又倒进了盆里，嘴里又小声地叨唠道：“走吧，兄弟！这世上也没啥可惦记的了！你有福啊，临走还让哥背了你一程！到了那边你慢点走，脚不好，走会儿就歇会儿，也许哥就能追上你！到时候哥还背着你，背着你呀，兄弟！”

梁欣给老唐擦洗完，换了衣服，仔细地看了看躺在床上像是睡熟了的老唐，俯下身对着他的耳朵说：“哥得走了，哥还有要办的事，你睡……你睡吧！”

梁欣离开医院，冒着还在下着的雪一步步地向家走去，身后洁净的雪地上留下了两行清晰的脚印……

……

北京城夜里的雪景，美得让人醉！

在一个树木稀少的空地，一个老人舒服地坐在雪地里。他小心地用手扒开身前的雪，从随身带的提包里，一件件地掏着带来的东西。随着火光一闪，一团火在身前燃起。老人一边向火里投放着纸钱，一边嘴里念叨道：“兄弟！走到哪儿了？等等哥，哥给你点烟哪。抽！先抽完哥点的烟，扯两句再走。今儿是冬至了，你走得急，连钱也没带，哥给你送来了！兄弟慢点走，收好钱再走！兄弟，这是你平常喜欢的衣服，哥也带来了，一块儿给你捎走！”随着话音，老人点着一颗烟扔在火堆里又把身边几件色彩亮丽的衣服也投向火堆。一股浓烟过后，火苗忽地一下蹿起老高，映亮了老人的脸。四方刚毅的面容上，老泪正顺着纵横交错的皱纹一滴滴地落在火堆里。泪水掉在火堆上，让那燃烧的火焰跳出几朵金星般的闪亮。随后，他嘴里又在不断叫着一个又一个的名字，不停地将手中的纸钱撒向火堆。当他回首看见身边仅剩下最后一沓纸钱时，老人停住了动作。仰望雪花纷飞的夜空，他觉着寂静的空中，突然传来一种近乎殡仪馆里常放的安魂曲一样的美妙音乐。那些逝去的亲人朋友一个个映在雪花中像是在招手！其中，赫然站着田娣、老唐、“大个儿”和刘星。老人看到这一幕，只觉心口一阵剧烈跳动，人也随着一股疼痛而紧缩成一团。他的喉咙里含糊不清地发出低沉的语声，伸手抓起最后一沓纸钱用力甩向天空。老人也在那奋力一掷中瞬间轰然倒下。

空中一张张纸钱和片片飘落的雪花一起落在下面行将熄灭的火堆上，一片片，一张张，星星点点地燃烧着。当最后一点火熄灭后，天空的阴云骤然加厚，笼得四周没了一丝光亮，一时昏暗夜空中的厚重阴云像是被雪花压垮了一样重重地向大地袭来。

小高早早起来，帮张成完成早晨的功课。躺在床上的张成嘴里“咿咿呀呀”地喊着，并不依不饶地用尚能微微抬起的手，指着墙上的电视机。

“你着什么急，回头我就给你把电视打开！你说你，动也不能动，说也不能说，还挺关心国家大事！你自个儿好好活着比什么不强！”小高一边说着张成，一边“啪”的一声打开电视。

“北京电视台报道，昨天白天到夜间，北京城区普降大雪。据气象台专家统计，这是京城二十年来最大的一场雪。大雪在给市民带来美景的同时，也给北京的交通带来不便。在此特别提醒，由于天气的原因，将会给患有心脑血管疾病的老年朋友带来危害！”

“据综合台现场记者报道，今天清晨，环卫四大队的工人在清扫路边积雪时，发现一名老人死亡。根据现场的痕迹分析，老人是在路边烧祭时猝死。因此特别提醒市民朋友照顾好身边的老人。”

“另据记者追踪报道，逝去的老人姓梁，有知情人透露，老人是昨晚陪伴一唐姓老人临终后，在凌晨祭奠时不幸离世。”

正要给张成喂饭的小高“哇”的一声哭了出来！手里的碗“啪”地掉在了地上。张成没有表情地盯着电视，一行泪水早就顺着脸颊流了下来。

后 记

十载秋风，十载寒冬。古城北京又悄悄地走过了十年历程。可这让人没脾气的天，还是透着那么邪性！该冷不冷、该热不热不说，整个冬天没见雪花，更是创下了新纪录。原本经过几年治理，城里总算是见了蓝天。可从三月末就开始刮的风，竟然来了个三起三落。被大风刮得晕头转向的老百姓，送走雾霾迎来沙暴，刚换春衫又捂冬装是一通忙！

明天就是清明了，祭扫的人都盼着是个雨纷纷欲断魂的天，好借着天上的一片愁云，来抒发凭吊亲人的哀思。但事与愿违，从凌晨刮起的黄风如铁骑般再次席卷了城市。地上浮尘漫天飞舞，土腥味弥漫，让行人的脸上不得不标配着一片猪嘴形的口罩。

小宝一家本打算今天全家出动，上密云山上给爸妈扫墓，可昨晚上，燕子让这场大风吹得又闹起哮喘病。计划赶不上变化，任务也只能落到正在北大中文系读大四的闺女梁周身上。

当日头带着黄色的晕光，斜挂在天上的时候，周周带上鲜花，背着双肩包，已经到了山上。她轻车熟路地到墓区服务站，借到一只小桶，打来清水，依次浇灌四棵相邻的梨树。又将带来的鲜花分成四束，静静地插在树下潮湿的泥土中。而后，她直起腰，从头上解下一根红色丝带，系到了中间的一棵树上，慢慢打开双肩包取出一张白色卡片，依着树干一笔一画地写道："爷爷、奶奶，周周来看您们了！您们不用开门，我已经看到了您们的微笑，周周好想您们。"写好后，周周把卡片固定在红色丝带上，静静站在那儿，目不转睛地看着那带有她体温的卡片在风中翻卷。一时脑子里竟然觉得那风中带着咒语，正把她卡片上的字带进另一个世界。愣愣的她，想再和爷爷奶奶说点什么，可又觉得心语竟是那么不好表达。她看了看浑浊的天空，有些忸怩地从双肩包中取出几本相同的书，恭敬地在另外三棵树前各放了一本。自己这才舒缓地坐到那棵系着红丝带的树下，捧着手中剩下的一本书，小声说道："爷爷，奶奶，周周的处女作发表了！书名是爷爷常挂在嘴边的词'哥们儿'！孙女试着将你们的艰辛、情怀和相互间的故事写了出来，可能写得不好……"梁周正要细说心中的感慨，一股更强的风恰在此时刮起，狂风卷起山上千百棵树上的梨花、桃花、杏花的花瓣，在天空中飞舞。梁周抬眼看着那漫天的花瓣，恰似一片片雪花在天空飞舞！她猛然联想到自己书中描写爷爷在漫天大雪中轰然倒下的一幕，触景生情，她觉出自己的泪水已经流到了脸上，有些凉……

婆娑中，梁周看见一个比她年龄稍大的姑娘，蹲下身子正着急地整理着树下被风吹乱的书。

"你是谁？"梁周好奇地问道。

"肖华，来看爷爷、奶奶。这是你写的书？"姑娘没有抬头，可柔软的语音已清晰地送了过来。

"是，写得不好，请别见笑。您是肖爷爷的孙女？"

"对，我是他孙女！您是……"

"梁周！也是来看爷爷、奶奶。"

"噢，我知道你！"

"我也知道你，并且见过面！"

"见过面？不会吧？"

"去年扫墓，下山时我们曾擦肩而过。"

"你不会认错？"

"不会，因为你个子高，现在明白了，你像肖爷爷！"

"你见过他？"

"见过！这里躺着的亲人我都见过！"

"你好幸福！"

"来，坐吧。"梁周说着，挪了挪身子，让肖华坐在了身边。

两个姑娘坐到一起后，谁也没急于再开口。时间在沉默中，显得有些尴尬。

“人有灵魂吗？”沉默中，梁周突兀地问道。

“不知道，但，可能会有感应。”

“心灵感应吗？”

“对！清明前后，爷爷、奶奶和爸爸总会来看我。”

“在梦里？”

“嗯！”

“是啊，只有我们，才能证明他们曾来过这个世界！”

“真羡慕你，这么小的年龄就有了自己的著作，还在读书吧？”

“是，读中文，今年大四，明年就毕业了。你做什么？”

“小学教师，孩子头儿！”

“塑造人类灵魂的工程师，好职业！”

“你的书，是写他们？”

“对，是记录那一代人的祭文！”

“为什么这么说？”

“因为‘哥们儿’的时代已经结束，他们之间的那种精神，在当今这个社会已经没有了发扬的沃土。”

“是啊！虽然我们几代人都在传唱《让我们荡起双桨》，但心境已大相径庭！今天的孩子，永远站在起跑线上，是拒绝平凡、输不起的一代！”

“时代会催生新的故事，也会有新的主角！”

……

两个姑娘正聊着心里的感悟，几只麻雀不怕人地落在树下，叽叽喳喳地叫着跳着，并在梁周摆放的鲜花中不停地啄食。

“唉……”先是肖华叹了一口气。

“唉……”梁周也条件反射般地叹了口气。

这叹息可能是一种含义，也可能各有各的含义。两人面含笑意，对望了一眼，就把视线转向了那几只麻雀，不再说话。

昏黄的日头无声地移到了正中，麻雀叫了几声，振翅飞向了远方。

“它们飞了！”

“是去寻找失散的哥们儿吧？”

“是吧，我们也该走了。”

“等等，让我把带来的祭品摆好。”肖华说着先站起身，从手中的提兜里拿出两瓶“二锅头”、几只酒杯，无声地摆到中间那棵梨树下，然后扭身拉起仍坐在地上的梁周，就要往山下走。

“肖姐，酒瓶没有打开，杯子也要分开摆！”梁周边说，边想挣脱被肖华扯住的手。

“不用！你没看，他们已经聚到那棵树下，正在看着我们哈哈大笑！”

“肖姐，你又有了感应？”

随着梁周的话音，又是一阵疾风吹来。两个姑娘的身影在那有如鹅毛大雪般的乱花中不再清晰，若隐若现消失在花海和繁密枝叶中。